Dorothea Speyer-Heise · Der Gesang der Schranktür

Dorothea Speyer-Heise

Der Gesang der Schranktür

Roman

AUGUST VON GOETHE LITERATURVERLAG

FRANKFURT A.M. • WEIMAR • LONDON • NEW YORK

Die neue Literatur, die – in Erinnerung an die Zusammenarbeit Heinrich Heines und Annette von Droste-Hülshoffs mit der Herausgeberin Elise von Hohenhausen – ein Wagnis ist, steht im Mittelpunkt der Verlagsarbeit. Das Lektorat nimmt daher Manuskripte an, um deren Einsendung das gebildete Publikum gebeten wird.

Bibliografische Information
der Deutschen Nationalbibliothek

Die Deutsche Nationalbibliothek verzeichnet diese Publikation in der Deutschen Nationalbibliografie; detaillierte bibliografische Daten sind im Internet abrufbar über http://dnb.d-nb.de.

Die Autoren des Verlags unterstützen den Bund Deutscher Schriftsteller e.V., der gemeinnützig neue Autoren bei der Verlagssuche berät. Wenn Sie sich als Leser an dieser Förderung beteiligen möchten, überweisen Sie bitte einen – auch gern geringen – Beitrag an die Volksbank Dreieich, Kto. 7305192, BLZ 505 922 00, mit dem Stichwort „Literatur fördern". Die Autoren und der Verlag danken Ihnen dafür!

Lektorat: Dr. Helga Miesch
Umschlagbild: Marina Hansch

Websites der Verlagshäuser der
Frankfurter Verlagsgruppe:

www.frankfurter-verlagsgruppe.de
www.frankfurter-literaturverlag.de
www.frankfurter-taschenbuchverlag.de
www.publicbookmedia.de
www.august-goethe-literaturverlag.de
www.fouque-literaturverlag.de
www.weimarer-schiller-presse.de
www.deutsche-hochschulschriften.de
www.deutsche-bibliothek-der-wissenschaften.de
www.haensel-hohenhausen.de
www.prinz-von-hohenzollern-emden.de

Gedruckt auf säurefreiem, alterungsbeständigem Papier, hergestellt aus chlorfrei gebleichtem Zellstoff (TcF-Norm).
Printed in Germany

ISBN 978-3-8372-1414-7

Ein Unternehmen der Holding
FRANKFURTER VERLAGSGRUPPE
AKTIENGESELLSCHAFT
In der Straße des Goethehauses/Großer Hirschgraben 15
D-60311 Frankfurt a/M
Tel. 069-40-894-0 ▪ Fax 069-40-894-194
E-Mail lektorat@frankfurter-literaturverlag.de

Medien- und Buchverlage
DR. VON HÄNSEL-HOHENHAUSEN
seit 1987

Für Dieter

„Papa, hörst du mich?“ Sein Gesicht zeigte keinerlei Reaktion. Ein Schlaganfall, hatten die Ärzte gesagt. Seit Stunden schon saß sie an seinem Bett, fühlte sich hilflos, sprachlos. Wie redet man mit einem Menschen, von dem man nicht weiß, ob er einen hört, geschweige denn versteht? „Sagen Sie ihm etwas Liebevolles“, riet die Krankenschwester. „Sagen Sie ihm, wie wichtig er für Sie ist, was Sie ihm alles verdanken. Was er Ihnen mitgegeben hat.“

Ja, mitgegeben hatte ihr Vater ihr vieles, ihr und ihrer Schwester. Seine eigene Vergangenheit, seine Kriegserfahrungen, seine Enttäuschungen, sein Unvermögen, sich damit zu versöhnen – das alles hatte er ihr mitgegeben, ihr aufgebürdet. Konnte man dafür dankbar sein?

Kapitel 1

Wieder einmal singt die Schranktür. Die Mutter ist hereingekommen und hat die Bügelwäsche in den Schrank gelegt. Schon lange hat das Kind, weil es nicht schlafen kann, das Geräusch des Bügeleisens auf der harten Küchentischplatte, nur durch eine alte Wehrmachtsdecke gedämpft, gehört. Bettwäsche, Oberhemden für den Vater, Blusen der Mutter, das alles soll jetzt in den Schrank. Die Schranktür singt – der Schrank schließt sich wieder.

Das Kind ist müde; es würde gerne wieder einschlafen. Aber da hört es die Stimme der Mutter von nebenan aus der Küche: „Warum redest du nicht mit mir?“ Jetzt müsste die Stimme des Vaters zu hören sein. Warum kann das Kind den Vater nicht hören? Dafür die Stimme der Mutter, umso drängender: „Wir können uns doch nicht immer nur anschweigen. Sag doch endlich was.“ Still ist es, nebenan in der Küche und hier im Kinderzimmer. Nur das leise Schluchzen des Kindes in seinem Gitterbett ist zu hören, dazu das gleichmäßige Atmen der älteren Schwester im Klappbett daneben.

„Sie erzählten mir beim letzten Mal von Ihrem Vater“, sagte der Psychotherapeut und schob seine Brille zurecht. „Sie erzählten, Ihr Vater hätte mal gesagt, die glücklichsten Jahre seines Lebens wären die in der Gefangenschaft gewesen. Können Sie sich vorstellen, wie er das gemeint hat?“
„Ich weiß es nicht“, sagte sie, „vielleicht, weil er dort keine Verantwortung zu tragen hatte? Weil ihm alle großen Entscheidungen abgenommen wurden?“

Herr Bierbaum, der Therapeut, schwieg. Oh Gott, wie sie sein Schweigen hasste! „Fräulein Menge, kommt es Ihnen nicht merkwürdig vor“, fragte er schließlich, „dass sich seine angeblich glücklichste Zeit in einer Art Gefängnis zugetragen hat? Glücklich als Gefangener – hat er sich durch Freiheit bedroht gefühlt? War er vielleicht auch nicht imstande, die Freiheit für sich zu nutzen?"

Elisabeth senkte den Kopf. Tränen standen ihr in den Augen. Der Therapeut fragte weiter: „Und Sie selbst – wie nutzen Sie die eigene Freiheit? Oder legen Sie sich selbst immer wieder Fesseln auf, aus Angst vor der Freiheit?" Sie schwieg.

Später, in ihrer Studentenbude, tauchten Bilder vor ihr auf: Ihr Vater, wie er aus einem Schrank in seinem Arbeitszimmer eine Klarinette hervorholte und einige Töne darauf spielte. Schiefe, ungeübte Töne, aber wie sich da ein glückliches Lächeln in sein Gesicht stahl, so glücklich, wie man es selten an ihm sah. Ja, sogar Musik durften sie machen, damals in amerikanischer Gefangenschaft. Eine Bigband hatten sie gegründet, diese jungen Soldaten, die dem Tod auf dem Schlachtfeld so gnädig entkommen waren. Eine ganz neue Art Musik für den Vater, den wohlerzogenen Jungen aus gutem Hause, mit Geigen- und Klavierunterricht während der Schulzeit, mit Gesang im Kirchenchor. Er war aufgelebt in diesen neuen Tönen, die in Deutschland verboten gewesen waren. Theaterstücke hatten sie eingeübt, Shakespeare, Romeo und Julia, nur von Männern gespielt. Sie musste lachen bei der Vorstellung. „War es die Nachtigall? Oder die Lerche?" Nein, junge Männer waren es, hungrig nach Leben, nach geistiger Freiheit, nach Musik und Literatur. Das war kein Gefängnis gewesen damals für den Vater. Neue Welten hatten sich ihm erschlossen, drüben in der neuen Welt.

Warum musste der Therapeut das so mies machen? Konnte der sich das überhaupt vorstellen, wie es damals gewesen war? Vielleicht hatte er keine Eltern gehabt, die ihn an ihren Erinnerungen hatten teilhaben lassen. Ihre Eltern hatten sie mit hineingenommen in das Geschehen während des Krieges und der Nachkriegszeit. Zum Teil ganz bewusst, mehr aber unbewusst: „Ihr sollt unsere Fehler nicht wiederholen", hieß es. Viel zu sehr hatten sie die Kinder teilhaben lassen und ihre eigenen Erinnerungen zu Erinnerungen der Kinder werden lassen. In aller Intensität, mit allen Gefühlen, die daran hingen. Der Schrecken der Eltern war zu ihrem eigenen Schrecken geworden. Der Krieg stand Tag und Nacht im Raum, in allen nur denkbaren Farben und Klängen, solange sie Kind gewesen war. Er lebte mit in der kleinen Wohnung der ersten Nachkriegsjahre, in den beengten Räumen, in denen die Eltern ihre verlorene Jugend betrauerten. Wie ein düsterer Schatten lag er über ihrer frühen Kindheit. Wenn Freunde erzählten, wie glücklich und unbeschwert ihre ersten Jahre gewesen waren, dann fragte sie sich: Warum kann ich meine Kindheit nicht so rosarot sehen?

Sie hatte die Psychotherapie begonnen in der Hoffnung, Antwort auf diese und viele andere Fragen zu bekommen. Aber der Therapeut hatte sich festgebissen am Aufdecken ihrer Ängste und Unsicherheiten, und wieder einmal überlegte sie, die Therapie abzubrechen. Sie hatte sich erhofft, dass er ihr beim Ablegen ihrer Konfliktscheu helfen würde, dass er mit ihr den Knoten ihrer Schüchternheit lösen würde.

Den Eltern hatte sie natürlich davon nichts erzählt. Sie hatte nur zu Hause gesagt, sie wolle mit Hilfe eines Psychologen mehr Selbstvertrauen gewinnen. „Das wird ja auch Zeit“, hatte der Vater gebrummt, „ich halte ja nicht viel von dem ganzen Psychoquatsch, ein einfühlsamer Pastor ist mir lieber. Aber wenn es deinem Psychoonkel gelingt, dir mehr Selbstbewusstsein einzuimpfen, dann hat er meinen Respekt. Wie willst du sonst auch irgendwann durchs Examen kommen, so maulfaul wie du bist.“ Es lag ihr auf der Zunge zu sagen: „Vielleicht bist du ja nicht ganz unschuldig an meiner Ängstlichkeit?“ Aber mal wieder scheute sie den Konflikt. Zumindest hatten ihr die Eltern dann einen Zuschuss zum Honorar des Therapeuten genehmigt.

Am nächsten Morgen hat die Mutter rote verweinte Augen. Der Vater ist schon weg, ins Finanzamt zur Arbeit. Seine Arbeit ist wichtig, denn von ihm hängt es ab, dass in der Stadt die Steuern ordentlich berechnet und gezahlt werden.

Was Steuern sind, das hat der Vater dem Kind genau erklärt: Jeder muss von seinem Geld ein wenig abgeben, damit davon große wichtige Dinge bezahlt werden können: die Straßen und die Eisenbahn zum Beispiel. „Müssen wir auch Geld abgeben?“, hatte das Kind gefragt. „Natürlich!“, hatte der Vater geantwortet, und das Kind hatte geseufzt: „Darum haben wir nie Geld, und immer musst du sagen: das können wir uns nicht leisten. Keine Schokolade, kein Kinderrad mit Stützrädern für mich, kein Auto.“
„Aber wir haben doch immer genug zum Essen“, hatte die Mutter gesagt. Und der Vater hatte sich seine Aktentasche gegriffen, um zwei Stockwerke hinunter zur Arbeit zu gehen. Er hatte das Gespräch beendet mit den Worten: „Kind, sei dankbar – im Krieg hatten wir viele Tage nichts zu essen, keine saubere Wäsche und oft genug auch kein Dach überm Kopf.“

Auch die große Schwester ist schon aus dem Haus, zur Schule. Das Kind möchte die Mutter fragen, was mit ihren Augen passiert ist, aber es traut sich nicht. Reden kann Schaden anrichten, sonst hätte der Vater gestern Nacht doch mit der Mutter gesprochen. Lieber nichts sagen, und die Mutter sagt auch nicht viel. Sie achtet heute noch nicht einmal darauf, ob sich das Kind ordentlich Gesicht und Hände wäscht, bevor es sich an den Frühstückstisch setzt. Darüber ist das Kind einerseits erleichtert, denn es hat geschummelt beim Waschen, aber es ist ihm auch unheimlich.

Nach dem Frühstück geht es zum Einkaufen. Sechs Treppen geht es abwärts, denn die Wohnung der Eltern ist im dritten Stock, ganz oben unterm Dach des alten Gebäudes, in dem jetzt das Finanzamt und das Büro des Vaters untergebracht sind. „Wir können froh und dankbar sein, dass wir diese Dienstwohnung bekommen haben, und noch dazu so günstig", sagt der Vater immer wieder, „außerdem haben wir Zentralheizung – das ist nicht selbstverständlich in diesen Zeiten." Die Mutter wirkt nicht dankbar, wenn sie wieder einmal die Schmutzwäsche die vielen Stufen hinunter in die Waschküche getragen hat oder die Kartoffeln aus dem Keller geholt hat. Aber die Stimme des Vaters lässt keinen Widerspruch zu. Wie so oft. Das Kind fürchtet sich, wenn der Vater diesen Tonfall anschlägt. Wenn dann doch noch jemand aus der Familie das Wort ergreift, wird er laut. „Wenn hier jemand schimpft, dann ich!"

Auf dem Weg zum Einkaufen vergisst das Kind, was letzte Nacht und heute Morgen war. Es hüpft erst auf dem rechten Bein ein Stück, dann auf dem linken. Die Mutter, die sonst immer zur Eile treibt, geht langsam hinterher. Sie scheint in Gedanken versunken. Da plötzlich glänzt etwas auf dem Bürgersteig. Das Kind bückt sich und sieht zwei kleine glänzende Geldstücke. Es hebt sie auf und dreht sich zur Mutter um. „Guck mal, Geld!", sagt es ehrfürchtig. Die Mutter sagt: „Na, da hast du aber Glück. Vier Pfennige sind das. Glückspfennige!" Endlich hat sie wieder ihre vertraute fröhliche Stimme. „Ist das viel Geld?", fragt das Kind, „bin ich jetzt reich?" Noch nie hat es eigenes Geld in der Hand gehabt. „Kann ich mir davon ein Dreirad kaufen oder das Schaukelpferd mit echtem Fell aus deinem dicken Katalog?" Zweimal im Jahr kommt der Katalog ins Haus, aus dem die Mutter die neuen Hemden für den Vater bestellt und für sich selbst eine neue Kittelschürze. Im Winterkatalog sind immer besonders viele Spielsachen abgebildet, und das Schaukelpferd mit echtem Fell war schon immer der größte Wunsch des Kindes gewesen. „Wenn wir gleich zum Laden kommen, dann kannst du den Kaufmann fragen, was du dafür bekommst." Das Kind hält die Geldstücke ganz fest und geht mit vorsichtigen kleinen Schritten weiter. Nur nicht stolpern und das Geld wieder verlieren.

Es legt die vier Pfennige ehrfürchtig auf den Ladentisch. Ganz hoch muss es sich dafür recken. „Na, kleines Frollein, was hättest du denn

gerne dafür?", fragt der Kaufmann und lacht dröhnend, so laut, dass sich das Kind ganz klein macht und gar nichts zu sagen wagt. Die Mutter muss einspringen. Sie sagt: „Meine kleine Tochter möchte sich gerne dafür etwas kaufen."
„Na, dafür könnte ich dir vier Gummibärchen geben. Willst du sie in einer Tüte oder einfach so auf die Hand?" Wieder traut sich das Kind nicht zu antworten. Es weiß, wenn die Mutter das zuhause erzählt, wird der Vater wieder schimpfen und sagen: „Sei doch nicht so furchtbar schüchtern. Man kann dich ja nirgendwo mit hinnehmen, solch einen Angsthasen wie dich."

Das Kind fasst allen Mut zusammen und sagt: „In einer Tüte." Und dann fällt ihm zum Glück noch ein, was man jetzt auch noch sagen muss: „Bitte!" Der Kaufmann nimmt eine kleine Schaufel, schiebt sie in ein großes Glas und holt sie mit genau vier Gummibärchen wieder heraus, zwei rote, ein grünes und ein weißes. Die lässt er in eine kleine spitze Tüte rutschen, die ist weiß mit hellblauen Sternchen drauf, und reicht sie dem Kind. Das Kind drückt die Tüte an sich und wartet, dass die Mutter ihre Einkäufe erledigt. Auf dem Heimweg holt das Kind eines der beiden roten Gummibärchen aus der Tüte und steckt es sich in den Mund. Es schmeckt köstlich. Lange lutscht es darauf herum, und auch, als das Bärchen sich schon ganz aufgelöst hat, hat es immer noch diesen wunderbaren süßen Geschmack auf der Zunge.

Während die Mutter zu Hause die Einkäufe auspackt, holt das Kind die Gummibärchen aus der Tüte und fragt: „Welches soll ich als nächstes essen, Mami?" Aber die Mutter hat jetzt keine Zeit zu antworten. Sie läuft durch die Küche; plötzlich muss alles schnell gehen: Gemüse putzen, kochen, den Tisch decken, denn die Mittagspause des Vaters ist nur kurz, und wenn er Punkt halb eins von unten aus seinem Büro kommt, soll das Essen sofort auf dem Tisch stehen. „Lauf mir nicht ständig vor den Füßen rum! Siehst du nicht, dass ich zu tun habe?", schimpft sie. Das Kind, eben noch so glücklich über seinen ersten eigenen Einkauf, nimmt die Tüte und

geht nach nebenan ins Kinderzimmer. Es steckt das grüne in den Mund, aber es schmeckt nicht so gut wie das Erste.
Beim Mittagessen erzählt das Kind dem Vater von den gefundenen Pfennigen. Der sagt: „An deiner Stelle hätte ich das Geld gespart. Du weißt doch, auf meinem Schreibtisch steht deine Spardose, und da haben dir die Großeltern öfter schon mal was hineingesteckt. Da hättest du dir mit der Zeit ein ganz schönes Sümmchen zusammensparen können. Spare in der Zeit, so hast du in der Not. Was meinst du wohl, wie deine Mutter und ich über die Runden gekommen wären, wenn wir nicht das Sparen gelernt hätten!"
„Nun lass sie doch", sagt die Mutter, „es hat ihr so viel Spaß gemacht, sich selbst etwas zu kaufen." Da faucht der Vater: „Du sollst mir nicht immer widersprechen, wenn die Kinder dabei sind. Du untergräbst meine Autorität."
Das Kind versteht das nicht, aber es merkt, zum ersten Mal seit Tagen hat der Vater wieder ein Wort an die Mutter gerichtet, wenn auch kein freundliches. Abends im Bett sagt es zur großen Schwester: „Du Agnes, Papa hat vorhin was zu Mama gesagt." Die antwortet, und Traurigkeit schwingt in ihrer Stimme mit: „Immer wenn Mama und Papa streiten, redet Papa nicht mehr mit ihr. Und wenn wir uns mal streiten, dürfen wir auch nichts mehr sagen, nur noch den Mund halten." Das Kind sagt: „Ich will mich doch gar nicht mit dir streiten."

„Ich will das auch nicht", sagt die große Schwester, „aber weißt du noch, letzte Woche, als wir uns darum gestritten haben, wer mit der Puppenküche spielen darf, da hast du sogar nach mir gehauen, so wütend warst du. Und dann ist Papa reingekommen und hat geschrien und gesagt: Wenn hier einer schlägt, dann er, und dann hat er dir einen Klaps auf den Po gegeben, und sogar jetzt wollte er nichts mehr von dir hören, keinen Mucks. Und du wolltest weinen, weil das wehgetan hat, aber du hast dich unter die Bettdecke verkrochen, und hinterher war dein Kopfkissen ganz nass. Ich glaub, du hast doch geweint."

„Ja“, sagt das Kind, „aber nur ganz leise. Papa wollte ja nichts von mir hören. Und du durftest ganz allein mit der Puppenküche spielen.“
Die Stimme des kleinen Kindes zittert. „Komm in mein Bett“, sagt die große Schwester. Das Kind kuschelt sich ganz dicht an. Im Arm hält es Hasi, seinen Stoffhasen. Den hat es von Tante Henriette zum Geburtstag bekommen, als es drei Jahre alt wurde. Das Kind schläft ein, und heute hört es nicht, wie die Schranktür singt, während die Mutter die Bügelwäsche hineinlegt. Die Schranktür hat auch nur ganz leise und vorsichtig gesungen.

„Aus Ihren Erzählungen gewinne ich den Eindruck, dass Ihr Vater ein Pedant, vielleicht auch ein Zwangsneurotiker ist“, sagte Herr Bierbaum, „und ich frage mich die ganze Zeit schon, was Sie davon abgekriegt haben.“ Wieder einmal regte sich Widerstand in ihr. Wie kam er dazu, so ein hartes Urteil über ihren Vater zu fällen, ohne ihn zu kennen? „Wie kommen Sie darauf, dass an mir etwas Zwanghaftes ist?“, fragte sie zurück. „Na, wenn ich sehe, wie akkurat Sie Ihre Füße nebeneinander setzen, wie verkrampft Sie Ihre Hände halten, und wie penibel Ihr Terminkalender geführt ist, wie ordentlich Sie Ihr Taschentuch zusammenlegen, nachdem Sie mal wieder über Ihre Kindheit geweint haben – das alles lässt in mir den Eindruck entstehen, dass Sie mehr von Ihrem Vater übernommen haben, als Ihnen bewusst ist.“

Sie schwieg. Sie wollte doch ihren Vater hinter sich lassen, frei werden von ihrem Elternhaus – sollte ihr das denn nie gelingen? Sie gab sich einen Ruck, schlug die Beine übereinander, legte einen Arm locker über die Rückenlehne des kleinen Sessels im Sprechzimmer des Therapeuten und fragte: „Besser so?“
„Sie müssen nicht mir zuliebe entspannter werden“, sagte der Therapeut, „finden Sie heraus, was für Sie am besten ist. Sonst tauschen Sie ja nur eine Autorität gegen die andere aus.“

Es klingelt an der Wohnungstür. Davor steht die Nachbarin, Frau Grabowski, die mit ihrer Familie auch oben unterm Dach des Finanzamtes wohnt. Sie fragt: „Frau Menge, können Sie mir mal zwei Eier leihen?"
„Natürlich", sagt die Mutter und holt zwei Eier aus dem Schrank. Frau Grabowski schickt sich noch nicht an, wieder zu gehen. Es sieht so aus, als ob sie noch etwas sagen will. Die Mutter zögert etwas, denn eigentlich hat sie heute Putztag, aber dann sagt sie doch: „Wollen Sie sich nicht einen Moment setzen? Ich hab auch noch etwas Tee in der Kanne." Frau Grabowski setzt sich und sagt: „Wissen Sie, in meiner Heimat, da hatten wir jeden Tag frische Eier, richtig schöne große und so viele, dass ich jeden Tag Kuchen backen konnte."

Dann erzählt sie wieder einmal von dem großen Gut, das sie und ihr Mann vor der Flucht in Ostpreußen bewirtschaftet haben. Das Kind merkt, dass die Mutter das eigentlich nicht mehr hören mag; Frau Grabowski erzählt bei jeder Gelegenheit davon. Aber das Kind hört diese Geschichten immer wieder gern: von den großen Feldern, dem Braten, den es an jedem Sonntag gab, den Schinken und Mettwürsten, die in der Speisekammer hingen, dem vielen Schnee im Winter und den großen Schlitten, mit denen die Leute sonntags in die Kirche fuhren. Manchmal guckt die Mutter heimlich auf die Uhr. Eigentlich müsste sie jetzt mit dem Kartoffelschälen anfangen.

Schließlich gelingt es ihr, zu Wort zu kommen, und sie fragt: „Was gibt es denn bei Ihnen heute Mittag? Ich koche heute Rosenkohl mit Kartoffelbrei." Da schaut auch Frau Grabowski auf die Küchenuhr an der Wand, erschrickt und sagt: „Meine Güte, so spät schon. Da muss ich mich jetzt sputen. Danke für den Tee und die Eier. Die bekommen Sie morgen zurück." Jetzt muss die Mutter sich sehr beeilen mit dem Mittagessen, aber der Rosenkohl ist noch nicht ganz gar, als der Vater zum Essen kommt. Er will gerade anfangen zu schimpfen, da sagt die Mutter: „Frau Grabowski war hier und hatte mal wieder viel zu erzählen, von ihrer Heimat, du kennst das ja."

„Und hättest du sie nicht einfach wegschicken können?", grollt der Vater. „Nein, ich finde eine gute Beziehung zu den Nachbarn wichtig. Vielleicht sind wir ja mal darauf angewiesen, dass wir ihre Hilfe in Anspruch nehmen müssen. Und außerdem: Ich glaube, dass Reden das beste Mittel ist, um die Trauer um die verlorene Heimat zu verarbeiten. Wer weiß, wie wir wären, wenn wir so viel verloren hätten."

„Du bist einfach zu gutmütig", grummelt der Vater. Er zieht sich jetzt mit der Zeitung ins Wohnzimmer zurück, bis das Essen fertig ist.

Außer Familie Grabowski wohnen an dem langen Flur unterm Dach noch drei weitere Familien: Schultzes, Warneckes und Schimmelpfennigs. Frau Schimmelpfennig wohnt gegenüber mit ihren beiden Jungen. Ihr Mann ist vermisst, und sie muss den ganzen Tag im Finanzamt arbeiten, um sich und die Kinder durchzubringen. Die Jungen sind jeden Nachmittag allein in ihrer Wohnung und stellen da viel Unfug an. Manchmal drehen sie das Radio ganz laut, oder sie spielen Fußball in der Küche und schießen den Ball immer wieder gegen dic Wohnungstür, so dass es den ganzen Flur entlang donnert. Der Vater hat schon öfter versucht, mit Frau Schimmelpfennig darüber zu reden. Sie hat dann immer versprochen, das würde sich nicht wiederholen, aber es hat sich nichts geändert.

Der Vater sagt: „Die müsste ihre Kinder besser im Griff haben. Bei mir gäbe es so was nicht. Ich würde mit harter Hand durchgreifen." Wieder ist es die Mutter, die Frau Schimmelpfennig verteidigt. „Die arme Frau, so viele Stunden im Büro, und dann abends noch die Hausarbeit! Das ist doch klar, dass dabei vieles auf der Strecke bleibt. Und dann immer dieses Hoffen und Bangen, ob es irgendwann Nachricht von ihrem Mann gibt. Sie hat ja schon öfter beim Suchdienst nachgefragt. Immerhin sind die beiden Jungs doch sonst ganz gut erzogen. Mich grüßen sie immer ganz höflich, wenn wir uns begegnen."

„Man kann sagen, was man will – nicht alles unter Adolf war schlecht. Jungs wie denen würde der Arbeitsdienst richtig gut tun. Die kämen dann nicht mehr auf dumme Gedanken“, sagt der Vater. Die Mutter schüttelt den Kopf und sagt grimmig: „Arbeitsdienst – hör mir auf damit! Bei jedem Wetter auf dem Feld arbeiten, in einer Scheune schlafen, kein fließendes Wasser, jeden Morgen wieder in die durchgeschwitzten Klamotten, und das ohne Bezahlung und ohne ausreichendes Essen. Das hab ich alles erlebt. Das gönn ich niemandem.“

Das Kind und die große Schwester machen sich heimlich lustig über den Namen von Frau Schimmelpfennig, obwohl sie wissen, dass sich das nicht gehört. „Stell dir vor“, sagt die Schwester und kichert, „ein verschimmelter Pfennig. Ist der dann grau? Oder grün?“ Schimmel kennt das Kind, denn manchmal ist im Sommer das Brot im Brotkasten verschimmelt. Dann schneidet die Mutter die verschimmelten Stellen ab und kocht aus dem restlichen Brot eine Brotsuppe, mit Rosinen und Zimt darin. An solchen Tagen sagt der Vater: „Wenn ich geahnt hätte, was du heute kochst, dann hätte ich unten in der Kantine gegessen.“ Die Mutter antwortet dann immer: „Bedenke, was das Essen in der Kantine kostet. Von dem Geld kann ich eine ganze Mahlzeit für uns alle vier kochen. Und ich kann das alte Brot doch nicht wegwerfen. Essen wegwerfen, das ist Sünde.“ Dann sagt der Vater nichts mehr, aber das Kind sieht ihm an, dass es ihm nicht schmeckt. Dem Kind schmeckt die Brotsuppe auch nicht gut, aber es weiß, dass es keine andere Wahl hat.

Das Studium machte ihr Spaß. Mehr noch aber genoss sie es, fernab von der Aufsicht durch ihre Eltern leben zu können. Zwar hatte sie sich während der letzten drei Schuljahre eine gewisse Freiheit erkämpft, aber selbst einen so kurzen Satz morgens beim Frühstück „Na, war wohl wieder spät gestern Abend?“ empfand sie schon als Kritik.

Sogar der Abschied von ihren Schulkameradinnen fiel ihr leicht. Natürlich hatte es gute, enge Freundschaften zu einigen gegeben. Aber die Themen waren doch immer wieder die gleichen gewesen: Lehrer, Klassenarbeiten, Liebeskummer. Entsetzlich eng war es ihr irgendwann geworden; sie sehnte sich nach einer größeren Weite, nach mehr geistiger Anregung. Die Eltern hatten ihr nahe legen wollen, sich doch in Heimatnähe zu immatrikulieren, aber das hatte sie abgelehnt. Auch wenn damit die gelegentliche Bahnfahrt nach Hause teuer wurde, hatte sie sich für eine Uni weiter weg von zu Hause entschieden. Sie genoss es, durch die Straßen zu gehen und um sich herum vor allem Studenten zu sehen. In der Mensa zu essen und dabei das laute Stimmengewirr um sich herum zu hören – das versetzte sie in Hochstimmung. Nach Hause fuhr sie höchsten zweimal im Semester. Die Verbindung zu den Eltern hielt sie aufrecht durch einen Telefonanruf jeden Sonntagabend. Einmal meckerte der Vater: „Musst du immer ausgerechnet zur Tagesschauzeit anrufen?“ Im Hintergrund hörte sie die Mutter rufen: „Nun sei doch froh, dass sich deine Tochter mal meldet!“ Aber sie konnte seine Kritik akzeptieren und rief seitdem immer etwas früher an. Allerdings musste sie sich selbst immer wieder daran erinnern, im Laufe der Woche genügend Kleingeld für die Telefonzelle zu sammeln.

Jeden Samstag ist Badetag. Dann gehen in den Mietshäusern ringsherum nachmittags die Fenster auf, und die Mütter rufen: „Reinkommen, baden!“ Eben hatte das Kind noch so schön mit den anderen Kindern Verstecken gespielt, in den Büschen des großen Gartens hinter dem Amt des Vaters, und schon verschwindet eines nach dem andern, weil das große Wort „Baden“ von oben her kommt.

Schließlich ist das Kind alleine draußen und geht auch nach oben, die vielen Stufen bis zur Wohnung der Eltern. Da sitzt schon die große Schwester in der Wanne in dem Badezimmer, das sich alle

Familien hier oben teilen, und die Mutter sagt: „Wo bleibst du denn, das Wasser ist schon fast kalt.“ Aber dann gießt sie doch noch einen Kochtopf heißes Wasser vom Herd in die Wanne, ganz vorsichtig, und das Kind steigt zur großen Schwester hinein ins warme Wasser. Die spielt mit einer leeren Plastikflasche und gießt sich damit immer wieder Wasser über den Kopf. Dann kitzelt sie das Kind an den nackten Füßen. Das lacht, und dabei spritzt es mächtig. Der Vater kommt herein und sagt: „Hampelt hier nicht so rum. Eure Mutter muss das alles wieder aufwischen, und die hat weiß Gott genug zu tun.“ Die Schranktür singt kurz und hektisch, als die Mutter ein sauberes Handtuch herausholt.

Alle drei Wochen ist auch Haarewaschen dran. Das Kind merkt es daran, dass vorm Baden schon der Staubsauger hervorgeholt und der Aufsatz für den Haarfön dranmontiert wird. Der Vater tut das langsam und vorsichtig, denn der Staubsauger war teuer. Das Haarefönen hat er sich zur Aufgabe gemacht. Das Kind versucht zu verhandeln, so schmutzig wären die Haare doch gar nicht, aber es hilft nichts: Die Zöpfe werden aufgelöst und mit Haarwaschmittel durchgerubbelt. Der Schaum brennt in den Augen, das Kind weint. Die Prozedur dauert lange. „Stell dich nicht so an“, sagt der Vater. Die Mutter gießt immer wieder mit Schwung Wasser über den Kopf des Kindes, bis das Haarwaschmittel weggespült ist. Das Kind bekommt Wasser in den Mund, weil es so schreit, und verschluckt sich daran. Es hustet und würgt und hat ganz schreckliche Angst zu ersticken.
„Warum muss ich unbedingt Zöpfe haben“, jammert es, „andere Mädchen haben doch auch einen Bubikopf, schön kurz, mit Pony vorne.“ Der Vater sagt: „Das gibt es bei mir nicht. Komm mir niemals mit einem Pony nach Hause, da sieht man das Schönste vom Gesicht, die Stirn, gar nicht mehr.“ Die große Schwester trägt ihre Zöpfe mit Stolz. „Sooo lang sind meine Haare schon“, sagt sie, „fast bis an den Po.“ Sie lacht beim Haarewaschen. Und wenn sie lacht, bekommt sie immer so niedliche Grübchen an den Wangen. Darauf ist das Kind ganz neidisch.

Dann das Auskämmen nach dem Baden. Das Kind schluchzt. Es ziept so. „Stell dich nicht so an", sagt der Vater, „der Mensch kann ganz anderes aushalten. Im Krieg konnten wir uns manchmal wochenlang nicht die Haare waschen. Was glaubst du, wie das geklebt hat. Und manchmal hatten wir dann auch Läuse."
„Mach doch dem Kind keine Angst", sagt die Mutter. „Ist doch wahr", sagt der Vater, und Missmut schwingt in seiner Stimme mit. Er mag es nicht, wenn die Mutter ihm reinredet.

Dann geht das Fönen los. Das dauert lange, obwohl die Haare des Kindes ganz dünn sind. Die große Schwester hat schön dickes Haar. Sie kann auch schon ihre Zöpfe alleine flechten. Der Vater sieht das voller Zufriedenheit. Er sagt: „Man kann ja gegen den Bund Deutscher Mädels sagen, was man will, aber wenn die jungen Mädchen ihre Volkstänze vorgeführt haben und die langen Röcke und Zöpfe schwangen im Takt – das war schon ein schöner Anblick!" Die Mutter bekommt ganz schmale Lippen. Der Vater merkt das und schimpft. „Was ist denn nun schon wieder?"
„Ja, getanzt haben wir, erst zu den Klängen einer Ziehharmonika, damals an Führers Geburtstag, und dann tanzten wir zu den Kommandos der Oberschwester, im Lazarett, die Bettpfanne in der Hand, im Eilmarsch zu den Verwundeten, jeden Tag und jede Nacht!" Ihre Stimme ist voller Bitterkeit.

Der Vater verdreht die Augen. „Kannst du die alten Geschichten nicht mal ruhen lassen?"
„Nein, das kann ich nicht, und das will ich nicht. Ich hab den Geruch noch in der Nase, Blut, Eiter, Erbrochenes. Und das Stöhnen der Männer, die Schmerzensschreie." Die Stimme der Mutter wird immer lauter. Das Kind duckt sich unter dem heißen Luftstrom des Haarföns und versucht sich ganz klein zu machen. Immer wenn die Eltern laut werden, denkt es: Die sind böse auf mich. Was hab ich verkehrt gemacht? War ich etwa nicht brav?

Lange stand sie vor dem Schaufenster und sah auf die bunten Sommerkleider. Etwas über fünfzig Mark waren in ihrem Portemonnaie. Sie hatte Nachhilfeunterricht gegeben, einem kleinen verwöhnten Jungen, der zu faul war, seine Hausaufgaben alleine zu machen. Zweimal die Woche hatte sie ihn dabei kontrolliert, für vier Mark die Stunde. Das war zu wenig, völlig klar, andere Studenten bekamen mehr. Sie hatte einmal versucht, das anzusprechen, aber die Mutter des Jungen hatte gesagt. „Sie bekommen bei mir doch jedes Mal auch ein Stück Torte." Sie hätte lieber mehr Geld bekommen. Den Kuchen mochte sie nicht, Sahnetorte schon gar nicht. Sie machte sich nichts aus Süßem. Aber immerhin, jetzt hatte sie genügend Geld für ein Sommerkleid, in dem sie so leicht und anmutig daherschweben würde wie ihre Freundin Sonja.

Sie betrat das Geschäft. Eine Verkäuferin kam auf sie zu und fragte: „Na, kleines Fräulein, kann ich dir helfen?"
„Ich möchte ein Kleid in Größe 36." Die Verkäuferin nahm sie mit und führte ihr einige Kleider vor. Sie hätte gerne lieber selbst geschaut, aber sie traute sich nicht, das zu sagen. Sie dachte nur: „Wenn ich schon an meiner Größe nichts ändern kann, sollte ich mir vielleicht die Haare kurz schneiden lassen, damit mich die Leute nicht immer für eine kleine Schülerin halten." Immer wieder passierte ihr das – sie sah einfach zu jung aus. Selten wurde sie gesiezt, trotz ihrer zwanzig Jahre.

Ihr Blick fiel auf ein Preisschild: 79 Mark. „Vielleicht doch lieber ein Strandkleid", sagte sie und ärgerte sich darüber, dass sie dabei ein bisschen gestottert hatte. Warum sackte ihr das Herz nur immer so in die Hose, wenn jemand bestimmend auftrat! „Ach, du weißt wohl noch gar nicht, was du willst?", fragte die Verkäuferin spitz. „Dann lass ich dich alleine gucken, bis du dich entschieden hast."

Die Freude war ihr vergangen. Schließlich fiel ihr ein grellgelbes Frotteekleid in die Hände, für 49 Mark, ein Strandkleid, das könnte sie zu Hause bei den Eltern im Garten anziehen. Immer noch besser als gar nichts. Sonja, mit der sie sich eine kleine Wohnung teilte, sah sich das Kleid an und meinte dann: „Mach es mal zehn Zentimeter kürzer, dann hat es doch einen gewissen Schick. Du bist zwar klein, aber du hast hübsche Beine, die kannst du ruhig zeigen." Die Sache mit den hübschen Beinen mochte sie zwar nicht glauben, aber als sie sich dann mit dem gekürzten Kleid im Spiegel sah, fand sie es doch nicht so ganz übel.

Es ist heiß draußen, so heiß, dass das Kind die kurze Hose mit dem Latz vorne und den Trägern anziehen darf. Die Mutter hat ein geblümtes Sommerkleid an und sagt: „Heute feiern wir. Heute ist mein zweiter Geburtstag. Ich packe einen Korb mit Kaffee, Tassen und Kuchen, und dann gehen wir alle in den Garten und machen Picknick." Das Kind darf die Thermosflasche mit dem Kaffee tragen. Der Vater kommt heute früher von der Arbeit nach Hause, um dabei zu sein. Er stellt zwei Campingstühle zum Auseinanderklappen in den Garten hinter dem Finanzamt. Die hat er mal gekauft in der Hoffnung, dass die Familie einmal Zelten fahren würde. Das Kind und die große Schwester dürfen auf dem Rand der Sandkiste sitzen.

Das Kind sagt: „Wieso hast du zwei Geburtstage und ich nur einen? Das find ich ungerecht! Und warum hast du gestern nichts davon gesagt, dass du heute Geburtstag hast, dann hätte ich dir ein Bild gemalt oder was gebastelt." Der Vater sagt: „So ein richtiger Geburtstag ist das ja nicht."
„Doch", sagt die Mutter, „damals im August dreiundvierzig, da bin ich neu geboren worden. Da hat Gott mir ein zweites Leben geschenkt."
„Mama, erzähl mal", drängelt die große Schwester. Sie kennt die Geschichte zwar schon; sie hat sie schon mehrfach gehört, aber das Kind noch nicht.

Die Mutter fängt an zu erzählen, dass sie im August 1943 eine Freundin in Hamburg besucht hat, dass dann die Operation

Gomorrha begann, wie die Bomben fielen und sie alle in einen Luftschutzkeller mussten. Das Kind möchte so vieles fragen, was denn das für eine Operation war, ob sie denn krank war und ins Krankenhaus musste. Und was denn ein Luftschutzkeller ist – es kennt nur den Wäschekeller und den Kartoffelkeller, wo auch das Eingeweckte steht. Muss man sich denn vor der Luft schützen? Aber die Mutter redet jetzt immer schneller und aufgeregter. Sie hat rote Flecken im Gesicht und am Hals bekommen. „Und dann wurden wir verschüttet, und es hat zwei Tage gedauert, bis wir befreit wurden. Zwei Tage lang hatten wir Angst, dass man uns nicht mehr rechtzeitig findet – was haben wir gebetet! Zwei Tage lang im Dunkeln eingesperrt, nur Angst und nichts zu trinken und zu essen. Drumherum Staub und Lärm und Hitze und Geschrei, und vor allem diese Angst!" Jetzt steht ihr auch die Angst im Gesicht geschrieben.

Der Vater versucht sie zu beruhigen und sagt: „Ist ja jetzt gut, Greta, das ist doch vorbei." Aber die Mutter kommt nicht zur Ruhe. Ihre Hände zittern, und ihre Augen sind voller Tränen. Sie sieht aus, als ob sie immer noch da unten im Keller sitzt; voller Angst ist ihr Gesicht. Das Kind und die große Schwester wagen nichts zu sagen, so erschrocken sind sie über das, was die Mutter erzählt hat und vor allem darüber, wie sie jetzt aussieht. Der Vater sieht es und sagt: „Eure Mutter ist noch nicht ganz darüber hinweg; da müssen wir Geduld mit ihr haben. Aber deshalb feiern wir heute ihren zweiten Geburtstag. Wie einen Geburtstag, so hat sie es damals empfunden, als sie endlich aus dem Keller rauskam."
„Nimm mich doch mal in den Arm", sagt die Mutter zum Vater, aber der streichelt nur kurz ihre Hand. Da putzt sie sich die Nase und sagt: „Ich wollte mir diesen Tag heute eigentlich doch schön machen. Warum hab ich bloß wieder davon angefangen? Jetzt gibt's aber endlich Kaffee und Kuchen. Ach, nun hab ich doch den Saft für die Kinder vergessen. Könnte bitte mal jemand in den Keller laufen und eine Flasche von Omas selbstgemachtem Johannisbeersaft holen?"

„Ich nicht“, sagen beide Kinder. Jetzt in einen Keller gehen – das wäre unmöglich. Der Vater sagt: „Stellt euch nicht so an.“ Aber die Mutter sagt: „Lass sie doch.“ Er grummelt zwar erst etwas, er wäre schließlich kein Laufbursche, aber dann geht er doch, holt Saft, und es wird trotz allem noch ein schöner Nachmittag.

Am nächsten Tag ist es noch heißer geworden. Morgens stellt die Mutter die Zinkwanne, in der die Kinder immer gebadet wurden, als sie noch ganz klein waren, heraus in die Sonne, füllt mit der Gießkanne Wasser hinein, und am Nachmittag ist das Wasser so warm, dass das Kind stundenlang im Wasser sitzen und plantschen kann. Das macht Spaß. Die Mutter sitzt dabei und hat ihren Stopfkorb bei sich.

Aber plötzlich gibt es ein lautes Geräusch, ein Brummen, das immer näher kommt. Ein Flugzeug fliegt ganz niedrig über den Garten hinweg, so niedrig, dass man sehen kann, wie sich die Propeller drehen. Die Mutter wird ganz blass und hält sich die Ohren zu. Das Kind merkt: Die Mutter hat Angst, und das macht ihm auch Angst. Es möchte zu ihr laufen, aber es traut sich nicht. Nun ist der Nachmittag gar nicht mehr so schön wie vorher.

„Meine Güte, bist du lärmempfindlich“, sagte Ingo, ein Studienkollege, mit dem sie in der Pause zwischen zwei Vorlesungen draußen auf dem Rasen saß. Soeben waren drei Starfighter mit lautem Heulen über die Uni hinweg gefegt, und Elisabeth hatte sich lange die Ohren zugehalten. „Ach weißt du“, sagte sie, „meine Mutter hat uns früher öfter davon erzählt, dass sie gerade in Hamburg war, als die Stadt bombardiert wurde. Seitdem hat sie immer Panik bekommen, wenn Flugzeuge über unser Haus flogen, und ein bisschen davon ist wohl auch bei mir angekommen.“
Sie versuchte zu lächeln. „Und von dem, was deine Mutter erlebt hat, lässt du dich so beeinflussen?“, fragte Ingo, „wie verrückt ist das denn?“

„Ich bin nicht verrückt!“, stieß sie hervor, „ich hab einfach nur mitgelitten, wenn sie mal wieder solche Ängste ausgestanden hat. Haben dir deine Eltern denn nie vom Krieg erzählt?“
„Nö, für die war das vorbei. Die hatten anderes zu tun nach dem Krieg: Ärmel hochkrempeln und Anpacken – das war die Devise. Für Sentimentalitäten war da keine Zeit.“
„Angst hat doch nichts mit Sentimentalität zu tun, das ist doch was total Menschliches!“
„Mensch, du lebst jetzt. Wir leben im Frieden, lass uns das Leben genießen, in vollen Zügen“, rief Ingo und lachte. Elisabeth schüttelte den Kopf. „Nee, das ist mir zu oberflächlich“, sagte sie. „Und du bist manchmal echt zu ernsthaft!“, rief Ingo und sprang auf.

Die Eltern haben Karten fürs Theater. Manchmal, wenn am Monatsende noch Geld da ist, gönnen sie sich das. Die Mutter zieht ihr gutes Kleid an und trägt sogar Lippenstift auf. Der Vater hat die Schranktür zum Singen gebracht, als er sich, ausnahmsweise abends, ein frisches Oberhemd herausgeholt hat. Sie müssen früh weg, also müssen die Kinder heute einmal allein zu Abend essen. Zum Trost hat die Mutter ihnen einen Vanillepudding gekocht. Sie sagt: „Den Tisch müsst ihr ausnahmsweise mal nicht abdecken. Ihr könnt alles stehen lassen. Nach dem Essen geht ihr dann schön ins Bett, und Agnes darf Lieschen noch ein Bilderbuch vorlesen. Ich hab Frau Grabowski Bescheid gesagt, dass sie dann später mal nach euch guckt. Ich lass die Wohnungstür offen, damit sie reinkommt. Sie hat aber ja sowieso einen Schlüssel. Und wenn irgendwas ist, könnt ihr bei ihr klingeln. Aber was soll schon sein?“ „Los, beeil dich“, drängelt der Vater, „wir verpassen sonst den Bus.“

Nach dem Essen und dem Zähneputzen liest die große Schwester wie abgesprochen noch etwas vor: das Buch von der Hasenschule. Anschließend möchte sie schlafen. Aber das Kind sagt: „Mir ist so unheimlich. Sing mir noch ein Lied vor.“ Die Schwester singt: „Im Märzen der Bauer die Rösslein anspannt.“ Obwohl doch kein März ist. Und dann die Lieder, die sie aus dem Kindergottesdienst kennt: „Weil ich Jesu Schäflein bin“ und „Weißt du, wie viel Sternlein stehen“. Danach will sie endlich schlafen, aber das Kind will noch ein Lied hören und dann noch eins und noch eins. „Jetzt ist Schluss“, sagt die Schwester, und ihre Stimme klingt so streng wie die des Vaters. Sie dreht sich zur Wand um und schläft ganz schnell ein.

Das Kind kann nicht schlafen, obwohl es Hasi im Arm hat. Tausend Gedanken gehen ihm durch den Kopf. Plötzlich hört es, dass die Nachbarin vorsichtig die Wohnungstür öffnet und ganz leise auch ins Kinderzimmer guckt. Das Kind macht die Augen zu und tut so, als ob es schläft. Es hat keine Lust, mit Frau Grabowski zu reden und ihr zu erklären, warum es immer noch wach ist. Frau Grabowski geht ganz leise wieder aus der Wohnung, zieht die Tür hinter sich zu, und dann hört das Kind, wie sie einen Schlüssel ins Schloss steckt und umdreht. Jetzt sind sie eingeschlossen.

Da bekommt das Kind eine riesengroße Angst. Es läuft in die Küche und versucht, die Wohnungstür zu öffnen. Aber die ist ja zugesperrt. Lauter schreckliche Gedanken kommen dem Kind. Was ist, wenn es jetzt anfängt zu brennen und sie nicht aus der Wohnung heraus können? Oder wenn ein Erdbeben kommt und das Haus stürzt ein, dann sind sie ja verschüttet wie damals die Mutter! Oder wenn eine von ihnen krank wird, wie sollen sie nach nebenan gehen können und bei Frau Grabowski klingeln? Vor lauter Angst wird dem Kind richtig schlecht. Es läuft zum Spülbecken und übergibt sich. Eigentlich soll das jetzt drinbleiben und stinken, denkt es, damit Mama und Papa nachher merken, dass mir schlecht war. Aber es spült dann doch alles weg.

Die Angst ist immer noch da. Es geht zurück ins Kinderzimmer, um die Schwester zu wecken, aber die schläft tief und fest. Erst stupst es die Schwester nur ein bisschen am Arm, aber als die weiterschläft, zupft es sie ein wenig am Zopf. Auch das bringt nichts. Schließlich zieht es ganz kräftig an ihrem Zopf. Die Schwester wacht auf und

schreit: „Spinnst du, lass mich doch schlafen, du Ziege.“ Das Kind flüstert: „Ich hab solche Angst. Singst du mir noch was vor?“
„Nein, jetzt nicht mehr. Aber du kannst mit unter meine Decke kommen.“ Das tut das Kind, aber es ist trotzdem noch lange wach. Es hört sogar noch die Eltern nach Hause kommen. Die sitzen noch ein wenig in der Küche zusammen und reden, und da endlich kann das Kind einschlafen.

Zum ersten Mal musste Elisabeth eine Seminararbeit schreiben, über ein Thema aus dem Bereich: Die Entstehung der deutschen Strafprozessordnung. Maximal zwanzig Seiten, so war es den Seminarteilnehmern gesagt worden. Tagelang recherchierte sie in der Universitätsbibliothek. Immer mehr Sekundärliteratur holte sie sich dazu. Aber sie konnte sich nicht entscheiden, welche Aspekte für ihr Thema wichtig sein könnten und welche nicht. Sie fertigte sich Notizen an und stellte irgendwann fest, dass sie viel zu viele Stichworte hatte, auf jeden Fall deutlich mehr, als sie in einer Arbeit würde unterbringen können. Sie würde auswählen und ihre Einfälle reduzieren müssen, aber das fiel ihr schwer. Sie verlor kostbare Zeit mit ihren Überlegungen; der Abgabetermin rückte immer näher. Schließlich nahm sie sich eines Abends vor, eine Nachtschicht einzulegen und in der kommenden Nacht rigoros alles aus ihrem Konzept herauszuwerfen, das nicht unbedingt zum Thema gehörte. Gegen zwei Uhr in der Frühe guckte Sonja schlaftrunken in ihr Zimmer und fragte, ob sie nicht endlich Feierabend machen wolle. aber Elisabeth verneinte. Heute kam ihr die Selbstdisziplin zugute, die ihr Vater immer von ihr verlangt hatte.
Am nächsten Morgen fühlte sie sich innerlich ganz und gar leer, aber jetzt entsprach die Menge ihres Materials ungefähr dem Rahmen dessen, das ihr erlaubt war. Sie besuchte ihre für diesen Tag vorgesehenen Vorlesungen und Seminare und hielt sich mit viel Kaffee wach. Am Abend setzte sie sich wieder hin und schrieb die Arbeit anhand ihrer verbliebenen Notizen fast komplett nieder. Nach zwei weiteren Tagen war ihr Konzept fertig und bereit zum

Abtippen. Sie war dankbar, dass ihre Eltern ihr zum Abitur eine kleine Reiseschreibmaschine geschenkt hatten; andernfalls hätte sie sich eine Schreibmaschine leihen müssen. Allerdings fand sie das Abschreiben auf der Maschine alles andere als leicht. Zwar konnte sie im Zehnfingersystem schreiben, und dazu noch ziemlich schnell, und sie war damit ihren Kommilitonen deutlich überlegen, aber dadurch, dass sie so schnell schrieb, schlichen sich immer wieder Tippfehler ein, die sie dann mühsam mit Tipp-Ex korrigieren musste. Das hielt sie furchtbar lange auf und ließ das Papier zudem äußerst unschön erscheinen. Fast beneidete sie ihre Kommilitonen, die mühsam nach der „Adlermethode" schrieben, kreisen und dann niederstoßen, wie sie es nannten. Die waren damit zwar nicht so schnell im Schreiben wie sie, machten aber deutlich weniger Schreibfehler.

Es kostete sie ein ganzes Wochenende, die Arbeit möglichst formschön abzuschreiben, mit Literaturangaben zu versehen und sie dann zu heften. Am Montagmorgen, drei Stunden vor Abgabeschluss, konnte sie ihre Arbeit schließlich der Sekretärin des Professors übergeben. Dass sie ihre Arbeit nicht sehr schnell korrigiert und bewertet zurückbekommen würde, war ihr klar. Als sie dann nach mehreren Wochen zum Gespräch beim Professor gebeten wurde, war ihr etwas mulmig zumute. Was würde er wohl alles an ihrer Arbeit auszusetzen haben? „Fräulein Menge", begann er, „Sie haben in Ihrer Arbeit eine Fülle von Informationen zusammengetragen. Das ist löblich. Allerdings haben Sie dabei den roten Faden etwas aus den Augen verloren. Weniger wäre mehr gewesen, und vor allem hätte ich mir gewünscht, dass Sie die Fragestellung am Schluss noch einmal aufgreifen und bündeln. Aber alles in allem eine zufrieden stellende Leistung. Weiter so!" Und mit diesen Worten entließ er Elisabeth, die es kaum glauben konnte, dass sie es immerhin zu einer Drei gebracht hatte.

An diesem Abend besorgte sie ein großes Stück Käse, ein französisches Baguette und eine Flasche Rotwein und feierte mit Sonja ihre erste Seminararbeit. Die freute sich und sagte: „Wenn du jedes Mal solch ein Festessen veranstaltest, sobald du eine Arbeit vollendet hast, gehen wir herrlichen Zeiten entgegen." Sie selbst schrieb ihre Seminararbeiten mehr oder weniger zwischen Tür und Angel, ohne ein großes Aufheben davon zu machen, was Elisabeth mit Neid sah.

Heute ist ein Regentag, und das Kind kann nicht draußen spielen. Die Mutter ist im Keller in der Waschküche, denn heute ist außerdem Waschtag. Dann ist die Mutter immer besonders gehetzt und schlecht gelaunt, weil alles so anstrengend ist: Die Wäsche in der Küche auf dem Waschbrett rubbeln, die nasse Wäsche in den Keller tragen, im großen Bottich ausspülen, auswringen und dann aufhängen. Außerdem soll das Mittagessen trotz allem pünktlich auf dem Tisch stehen, wenn der Vater aus dem Amt nach Hause kommt.

Das Kind langweilt sich und wandert durch die Wohnung. Neben dem Kinderzimmer ist das Schlafzimmer der Eltern. Da darf es eigentlich nicht allein rein, aber heute guckt es doch mal hinein, denn die Mutter ist ja weg. Im Schlafzimmer stehen zwei Betten aus weißem Metall. Der Vater hat mal erzählt, dass das eigentlich Krankenhausbetten sind, die er billig kaufen konnte. Er hat versprochen, sie irgendwann einmal braun zu lackieren, denn die Mutter mag die weiße Farbe gar nicht. „Die sehen zu sehr nach Lazarett aus", hat sie mal gesagt, „da kommen bei mir zu viele schreckliche Erinnerungen hoch." Bisher hat er es aber immer noch nicht geschafft, die Betten neu zu lackieren.

Zwei Nachtschränkchen stehen da, zwei Stühle und ein viereckiger Korb für die schmutzige Wäsche. Der ist heute leer. Die Betten sind noch nicht gemacht – darüber wird sich nachher der Vater ärgern, denkt das Kind. Auf seinem Nachtschrank liegt eine Bibel. Die ist schon ganz zerfleddert vom vielen Lesen. Auf dem Nachtschrank der Mutter liegt ein blaues Büchlein mit Gedichten, denn die Mutter liebt Gedichte. Einmal hat sie den beiden Schwestern etwas daraus vorgelesen, aber das Kind hat nichts davon verstanden. Es hat nur begriffen: Wenn sich etwas reimt, dann ist es ein Gedicht.

Eine Nähmaschine steht auch da, aus braunem Holz. Darauf hat die Mutter schon öfter Kleider für die Mädchen genäht, meistens aus dem Stoff von alten abgelegten Kleidungsstücken. Für sich selbst hat die Mutter eine Bluse aus Fallschirmseide genäht und eine Buschjacke aus einem alten Bettlaken. „Warum heißt die Buschjacke?“, hatte das Kind gefragt. „Weil sie so viele große Taschen für alles Mögliche hat, dass man damit sogar im Busch überleben würde“, hatte der Vater geantwortet. Seitdem stellt sich das Kind jedes Mal, wenn es die Mutter in der Jacke sieht, vor, wie sie damit im Gebüsch unten im Garten sitzt. Aber was sie dann wohl in den Taschen hätte?

Das Kind geht zurück ins Kinderzimmer. Darin steht an einer Wand sein Gitterbett, aber die Gitter sind heruntergeklappt, denn es ist ja schon so groß, dass es alleine rein- und rausklettern kann. Mit vier Jahren braucht man keine Gitter mehr am Bett. Über dem Bett hängen bunte Holzfiguren: Schneewittchen, Frau Holle und der Gestiefelte Kater. Die hat der Vater für das Kind aufgehängt, als es drei Jahre alt wurde. Er denkt, das Kind könnte sich daran nicht mehr erinnern, aber es weiß noch ganz genau, was er damals gesagt hat: „Diese Figuren habe ich, als ich vierzehn Jahre alt war, für meine kleine Schwester aus Sperrholz ausgesägt und angemalt. Aber Hiltrud ist ja kurz darauf gestorben – es gab ja damals im Krieg keine Medikamente für sie. Heute hätte sie die Krankheit überleben können.“ Und dabei hatte er sich eine Träne aus dem Auge gewischt. Wegen dieser Träne kann sich das Kind noch so gut daran erinnern, denn sonst weint der Vater nie. Wenn das Kind sich nachts im Bett umdreht, klappern die Figuren ganz leicht an der Wand. Und wenn dann gleichzeitig die Schranktür singt, dann ist das wie eine kleine Orchestermusik für das Kind.

Unterm Fenster des Kinderzimmers steht ein hoher Holztisch. Daran macht die Schwester nachmittags ihre Schularbeiten. Der Tisch lässt sich ausziehen und ist dann viel größer. Sonntags, oder wenn Besuch da ist, deckt die Mutter hier den Tisch und nicht wie sonst in der Küche. Gegenüber vom Fenster, zwischen der Schlafzimmertür und der Küchentür, steht der große alte Wäscheschrank mit der singenden Schranktür. Nur das Kind weiß, dass die Schranktür viele verschiedene Lieder singen kann, manchmal lustige, manchmal traurige, auch mal verzweifelte oder ängstliche Lieder. Man muss ganz genau zuhören, dann kann man das erkennen. Und meistens singt die Schranktür ganz allein für das Kind.
Die große Schwester hat ein Klappbett; das wird am Tag hochgeklappt. Auf dem Brett darüber stehen ihre Bücher. Das Kind hat ein kleines Schubladenschränkchen für seine Bilderbücher und Spielsachen, aber die hat es heute alle schon angeguckt und nichts Spannendes dabei gefunden. Also geht es weiter in die Küche. Darin sind ein Spülstein, der kleine Esstisch mit vier Hockern darunter und ein Geschirrschrank. Der hat in der Mitte zwei große Schüsseln zum Geschirrspülen. Die sieht man aber erst, wenn man an einem Griff zieht, dann drehen sich die Schüsseln nach draußen. Das gefällt dem Kind, und es möchte am liebsten viele Male die Schublade mit den Schüsseln drehen, aber dann sagt die Mutter immer: „Wer hier rumsteht, muss auch mithelfen. Hier hast du ein Geschirrtuch, jetzt hilfst du Agnes beim Abtrocknen." Darauf hat das Kind meistens keine Lust, und deshalb geht es immer nach dem Essen lieber schnell aus der Küche.

Von der Küche kommt man ins Wohnzimmer, aber da darf das Kind eigentlich auch nicht allein rein, denn da steht der Schreibtisch des Vaters, und daran hat kein Kind etwas zu suchen. Aber heute ist ja ein Regentag, und das ist vielleicht eine Ausnahme. Das Kind öffnet die Tür und sieht als erstes den Nähkasten der Mutter. Es klappt ihn auf und findet die Schachtel mit den Knöpfen. Viele verschiedene Knöpfe sind darin, in allen Größen und Farben. Das Kind schüttet die Knöpfe auf den Teppich und fängt an, die Knöpfe zu sortieren. Alle roten auf eine Ecke des Teppichs, alle blauen auf eine andere Ecke und immer so weiter. Als alle Knöpfe sortiert sind, fängt es neu an: die großen auf die eine Seite, die kleinen auf die andere Seite und die ganz kleinen wieder woanders hin. Und dann legt es eine lange Reihe aus den Knöpfen, immer abwechselnd in den Farben.

Plötzlich steht die Mutter im Zimmer. Das Kind erschrickt, weil es ja nicht gefragt hatte, ob es an den Nähkasten gehen durfte, aber die Mutter hat wohl keine Zeit zum Schimpfen. Die Haare hängen ihr ins Gesicht, so schnell ist sie die Treppe herauf gelaufen und so anstrengend ist der Waschtag für sie. Sie sagt: „Ach, hier bist du. Ich hab dich schon im Kinderzimmer gesucht. Ich mach jetzt Essen. Es gibt Kartoffelsuppe.“ Das hat das Kind bereits gewusst, denn wenn Waschtag ist, kocht die Mutter die Suppe immer schon einen Tag vorher.

Als der Vater um Punkt halb eins zum Essen kommt, ist die Suppe gerade eben heiß geworden. „Meine Güte, Greta, wie siehst du wieder aus?“, schimpft er, „kannst du dir nicht wenigstens vor dem Essen mal die Haare kämmen?“ Da fährt die Mutter ihn an: „Es soll ja Männer geben, die ihren Frauen zumindest eine elektrische Wäscheschleuder kaufen. Hast du mal die nassen Bettlaken mit der Hand ausgewrungen? Weißt du überhaupt, wie anstrengend das ist? Und was die Bettwäsche wiegt, wenn sie nass ist? Und guck dir meine Hände an, wie kaputt die sind vom Waschen!“ Der Vater sagt: „Meine Mutter hatte doch auch immer ihren Waschtag, aber ich kann mich nicht daran erinnern, dass sie dann auch immer so schlecht gelaunt war wie du. Du stellst dich mal wieder an.“
„Kannst du endlich mal aufhören, mich ständig mit deiner Mutter zu vergleichen?“, schreit die Mutter, „das muss ja wohl eine Heilige sein.“
„Ist ja schon gut“, brummt der Vater und geht heute besonders schnell wieder nach unten in sein Büro. Sogar auf den Nachtisch

verzichtet er, und dabei gibt es doch heute Apfelmus, das die Mutter im letzten Herbst eingeweckt hatte.

Nach ihrem letzten Besuch zu Hause hatte sie ihr Fahrrad per Bahn mitgenommen. Jetzt nutzte sie ihre freien Stunden, um die Umgebung ihres Studienortes mit dem Rad zu erkunden. Sie hatte ja gar nicht gewusst, wie viele hübsche Dörfer es ringsum gab. Nicht alle waren leicht zu erreichen – manche Dörfer lagen auf Hügeln, und sie musste mächtig strampeln, um dorthin zu kommen.

Auf einer ihrer Radtouren entdeckte sie eine Kuhweide am Ende eines Feldweges weitab vom nächsten Dorf, wo offensichtlich schon längere Zeit niemand gewesen war. Zumindest gab es keine frischen Reifenspuren auf dem Feldweg. Dieses idyllische Fleckchen Erde könnte ihr Refugium sein, um ungestört lernen zu können, beschloss sie. Zwei Tage später kam sie wieder hierher, mit einer Wolldecke, einer Flasche Saft, einem Brötchen und drei Büchern, die sie schon längst einmal durchgearbeitet haben wollte, eines über Staatsbürgerkunde, die beiden anderen über Staatsrecht. Sie breitete ihre Decke inmitten des Löwenzahns aus, legte sich bäuchlings darauf, ohne sich durch die erstaunten Blicke einer Kuh stören zu lassen, und begann zu arbeiten. Auch das nächste Wochenende verbrachte sie weitgehend hier draußen.

Am Montagmorgen sagte ein Kommilitone zu ihr: „Na, du hast wohl am Wochenende einen Kurzurlaub auf Mallorca gemacht, so braungebrannt wie du bist?“
„Nö“, sagte sie lachend, „ich hab mit meinen Büchern in der Sonne gesessen, zwischen Kühen und Butterblumen, stundenlang, gerade mal fünf Kilometer von hier.“
„Und dann kannst du lernen, wenn die pralle Sonne dir auf den Kopf scheint?“

„Na klar, je heißer desto besser. Ich glaub, unter meinen Vorfahren war mal eine Schlange oder ein anderer Kaltblütler – ich brauche eine ziemlich hohe Außentemperatur, um in Gang zu kommen."

Auch für anderes war ihr das Fahrrad eine große Hilfe: um ihre schwere Büchertasche in die Uni zu schleppen, für größere Einkäufe, um nicht mehr wegen jeder Packung Milch oder Eier in den Supermarkt gehen zu müssen, und um abends spontan noch einmal Freunde zu besuchen, die am anderen Ende der Stadt in einer Wohngemeinschaft lebten. Wenn die dann gerade keine Zeit für sie hatten, hatte sie zumindest etwas Bewegung bekommen. Das Rad war zwar alles andere als schick; es hatte noch nicht einmal eine Gangschaltung. Aber sie hing daran, denn sie hatte es von den Eltern zur Konfirmation bekommen.

Sie wusste es noch wie heute: In der Woche vor der Konfirmation waren die Eltern mit ihr in die Stadt gefahren. Sie hatte gedacht, es ginge vielleicht um das Essen für die Feier oder um den Blumenschmuck für die Festtafel. Aber die Eltern waren ohne ein Wort mit ihr in einen Fahrradladen gegangen. Da hatte sie noch gemeint, der Vater bräuchte vielleicht nur eine neue Glühbirne für sein Rad. Aber er hatte sie im Laden nach vorne geschoben und zum Verkäufer gesagt – den er offensichtlich kannte, denn er kannte ja so viele Leute in der Stadt: „Es ist an der Zeit, dass unser Lieschen mal ein eigenes Fahrrad bekommt." Sie erinnerte sich noch sehr deutlich daran, dass es ihr in diesem Moment buchstäblich die Sprache verschlagen hatte und dass ihr die Tränen in die Augen geschossen waren, so überrascht und glücklich war sie. Es lief dann auf ein relativ preiswertes Rad hinaus, aber das war egal – sie war in dem Moment einfach nur dankbar und begeistert von der Vorstellung, nicht mehr auf dem klapperigen alten Rad der Schwester fahren zu müssen. In den Monaten nach der Konfirmation war sie jeden Nachmittag mit dem Rad auf Achse, zusammen mit einer Schulfreundin. Schließlich gab es keine Straße mehr in der Stadt, die sie nicht befahren hatte. Sie wusste jeden

Straßennamen, kannte jede Sackgasse, jedes Schlagloch und die Art des Pflasters auf jeder Straße.
Irgendwann stellte die Mutter fest, dass alle Röcke von Elisabeth zu weit geworden waren und ihr von den Hüften rutschten. „Das kommt wohl daher, dass du dich zur Zeit so viel bewegst", meinte sie, und Elisabeth widersprach nicht. Nur für sich dachte sie: Es hat auch damit zu tun, dass ich viel weniger esse, um endlich meinen Babyspeck loszuwerden, damit ich so schlank und schick werde wie die Mädchen in der Schlagerzeitschrift.

Das Fahrrad war für sie das schönste Konfirmationsgeschenk gewesen, neben einer kleinen goldenen Armbanduhr von den Großeltern. Ansonsten hatte sie an den Tag eher ungute Erinnerungen.

Wenn das Kind mit der Mutter den langen Flur entlang geht, treffen sie oft die anderen Hausfrauen. Die bringen auch gerade ihre Wäsche zum Aufhängen oder gehen zum Einkaufen. Meistens bleiben die Frauen dann noch eine Zeit lang stehen und reden miteinander. Das findet das Kind langweilig. Vor allem an Frau Schultze würde es am liebsten ganz schnell vorbei gehen. Die sieht immer so traurig aus. Die Mutter hat ihm auch einmal erklärt, warum das so ist: „Schultzes haben einen kleinen Sohn gehabt. Der ist ihnen auf der Flucht verloren gegangen, im Gewühl auf einem Bahnhof. Sie haben jahrelang nach ihm suchen lassen, aber er ist nicht gefunden worden. Jetzt denken sie, dass er tot ist."

Ein Kind, das verloren geht – das muss ganz schrecklich sein, denkt sich das Kind. Wenn mir so was passieren würde, dass ich irgendwo verloren gehe – was würde ich dann tun? Mich hinsetzen und heulen? Oder rumlaufen und nach den Eltern suchen? Oder Leute fragen, ob sie meine Eltern gesehen haben? Aber ich trau mich doch gar nicht, mit fremden Menschen zu reden! Immer wieder muss das Kind daran denken, vor allem nachts, wenn es nicht schlafen kann, aber dann kann es vor lauter Angst erst recht nicht einschlafen.

Eines Tages klingelt Frau Schultze Sturm an der Wohnungstür. „Stellen Sie sich vor", sagt sie ganz atemlos, „wir haben einen Brief vom Kindersuchdienst bekommen." Sie hält den Brief fest in den zitternden Händen. „Kommen Sie erst mal rein", sagt die Mutter, „und du, Lieschen, du gehst ins Kinderzimmer, das ist nichts für kleine Kinder." Das tut das Kind, aber es lässt die Tür etwas offen stehen, um zuhören zu können. „Ich dachte, den Kindersuchdienst gibt es gar nicht mehr", sagt die Mutter zu Frau Schultze. „Doch, aber die haben nicht mehr so viel zu tun wie in den ersten Jahren nach dem Krieg. Über das Schicksal der meisten Kinder weiß man ja mittlerweile Bescheid. Und jetzt haben sie uns geschrieben, dass sie ein Kind ausfindig gemacht haben, das vielleicht unser Gerald ist. Ich bin ganz durcheinander. Nach all den Jahren! Ich weiß doch gar nicht, ob ich ihn wiedererkennen würde."

„Nun mal ganz ruhig, Frau Schultze, setzen Sie sich mal hin. Wo soll er denn sein?"

„Wenn er es wirklich ist, dann hat ihn damals eine polnische Familie gefunden und aufgenommen. Nicht alle Pollacken waren ja Unmenschen. Er war uns ja damals von der Hand gerissen worden, als alle Leute gleichzeitig auf den Zug zustürmten, auf der Flucht vor dem Iwan. Da hat ja keiner auf den anderen Rücksicht genommen. Die Leute waren ja wie Vieh."

„Ja, auch unter den Deutschen waren Unmenschen", sagt die Mutter. Frau Schultze wird immer aufgeregter. „Ich wollte mich umdrehen nach ihm, aber die Leute haben mich einfach weiter geschoben, bis in den Waggon rein. Und dann fuhr der Zug plötzlich ab, und ganz viele Menschen standen noch draußen, und es war solch ein Geschrei, dass Gerald bestimmt nicht gehört hat, dass wir ihn gerufen haben. Und wir konnten ihn auch nicht hören. Meine Güte, er war doch erst acht. Was muss er für eine Angst gehabt haben! Und wenn ich diesen Brief richtig verstehe, dann hat er wohl tagelang noch da auf dem Bahnsteig gesessen und gedacht, wir holen ihn ab. Aber wir konnten ja nicht zurück! Und da müssen ihn wohl die Polen gefunden haben, die dann kamen, und eine polnische Familie hat ihn mitgenommen, aus Mitleid. Die sind da ja alle katholisch."

„Und warum haben die dann später nicht versucht, übers Rote Kreuz oder irgendeine andere Organisation den Jungen zu seiner richtigen Familie zurückbringen zu lassen? Und warum gerade jetzt?", fragt die Mutter. „Das weiß ich doch alles noch nicht", schluchzt Frau Schultze. Unter Weinen und Schluchzen erzählt sie: „Da muss wohl ein Deutscher, der auch aus der Gegend stammte, mal dahin gefahren sein, warum auch immer, und der hat festgestellt, dass es da im Dorf eine polnische Familie gibt, wo alle dunkelhaarig sind und nur ein Sohn blond ist. Da hat er einfach mal gefragt, und die haben dann erzählt, dass sie ihn auf einem Bahnhof gefunden haben. So steht das hier im Brief. Und dann hat er den Jungen auf Deutsch angesprochen, und der konnte noch ein paar deutsche Worte und hat gesagt, seine Eltern hätten immer Gerald zu ihm gesagt. Mehr konnte er nicht mehr auf Deutsch. Meine Güte, Frau Menge, was sollen wir jetzt denn bloß machen?"
„Oh Gott, das ist ja wirklich tragisch", sagt die Mutter, „soll man ihn da jetzt wegholen, wo er Sie doch gar nicht kennt und er wahrscheinlich auch nur noch polnisch spricht? Oder soll man die Sache jetzt auf sich beruhen lassen? Ich könnte das nicht entscheiden."
„Ich bin so durcheinander", schluchzt Frau Schultze, „jahrelang haben wir auf eine Nachricht von ihm gewartet, haben so gehofft auf ein Lebenszeichen von ihm und haben uns schließlich damit abgefunden, dass er wohl tot ist. Und jetzt das! Das wühlt jetzt alles wieder auf."
„Und wenn Sie erst mal versuchen, hinzufahren und sich den Jungen ansehen? Vielleicht ist es ja ein ganz anderer Gerald."
„Ich weiß gar nicht mehr, was ich mir wünschen soll. Und wenn es nun unser Gerald ist, dann ist es ja eigentlich doch nicht mehr unser Junge. Der ist ja dann mehr ein Pole und ein Kind von der anderen Familie und kann sich an uns gar nicht mehr erinnern."
Frau Schultze weint und weint, und die Mutter streichelt ihr immer wieder den Arm.

Beim Mittagessen sagt der Vater: „Herr Schultze war heute bei mir im Büro. Er hat angekündigt, dass er kurzfristig Urlaub nehmen

will, sobald er ein Visum für Polen hat. Er und seine Frau wollen nach Schlesien fahren. Sie haben Nachricht bekommen, dass es da einen Jungen gibt, der möglicherweise ihr Gerald ist." „Ja", sagt die Mutter, „Frau Schultze war vorhin hier und hat mir den Brief vom Suchdienst gezeigt. Das ist ja wirklich eine tragische Situation für die beiden. In deren Haut möchte ich nicht stecken!"
„Wenn es wirklich ihr Sohn ist", sagt der Vater, „dann frag ich mich, ob man dem Jungen einen Gefallen damit tut, wenn er wieder zu seinen Eltern kommt. Der hat sich doch wahrscheinlich längst dort eingelebt. Das ist jetzt seine Familie. Einmal ist er schon von seinen Eltern getrennt worden. Soll man ihm den Schock ein zweites Mal antun?"

Das Kind hört das alles mit Schrecken. Es versucht sich vorzustellen, was wohl in Gerald vorgegangen sein muss. Der war damals ungefähr so alt wie die große Schwester jetzt. Was würde Agnes machen, wenn sie allein auf einem Bahnhof sitzen müsste? Abends im Bett fragt es: „Du Agnes, wenn du auf einem Bahnhof verloren gehen würdest und Mama und Papa wären mit einem Zug weg, was würdest du dann machen?"
„Ich würde an den Bahngleisen entlanggehen, in die Richtung, in die der Zug gefahren ist, und irgendwann würde ich ja da ankommen, wo sie ausgestiegen sind. Und da würde ich sie wiederfinden."
Das findet das Kind eine gute Idee, aber es kann trotzdem mal wieder nicht einschlafen, weil es immer wieder einen Jungen allein auf einer Bahnhofsbank vor sich sieht.

Es dauert lange, bis Schultzes ein Visum bekommen. Dann fahren sie los, ohne zu wissen, wann sie wiederkommen werden, ob mit oder ohne ihren Sohn. Nach fünf Tagen ist das Ehepaar Schultze zurück. Herr Schultze klingelt abends an der Wohnungstür. Die Mutter sagt: „Kommen Sie doch rein und erzählen Sie, wie es Ihnen ergangen ist. Ist der Junge denn nun Ihr Gerald?"
„Nein, lassen Sie man gut sein, ich will gleich wieder rüber zu meiner Frau und ihr beim Kofferauspacken helfen. Es war nicht

unser Gerald. Der da hatte ganz andere Gesichtszüge, viel schmaler als unser Gerald. Und die Haarfarbe war auch eine andere. Wären wir doch bloß nicht hingefahren. Jetzt ist meine Frau ganz durcheinander. Sie weint nur noch und denkt immer, wenn die vom Kindersuchdienst immer noch arbeiten, dann finden sie ihn vielleicht doch noch. Aber ich weiß gar nicht, ob ich das überhaupt noch will. Gute Nacht. Herr Menge, wir sehen uns morgen im Amt."

Als er gegangen ist, sagt die Mutter: „Ich könnte mir vorstellen, dass es doch ihr Junge war. Natürlich hatte er als kleines Kind ein runderes Gesicht; das verändert sich doch bei jedem Kind mit den Jahren und wird schmaler. Und die Haarfarbe kann sich auch verändern."

„Mag sein", sagt der Vater, „aber die beiden haben wahrscheinlich nur das Bild von einem kleinen Jungen im Kopf und sind so auf dieses Bild festgelegt, dass sie ihn nach all den Jahren nicht erkannt hätten, selbst wenn er es tatsächlich gewesen ist. Und da sagt man immer, ein Mutterherz erkennt sein Kind immer und überall, aber das halte ich für Unfug."

„Oh Gott, bin ich dankbar", sagt die Mutter, „dass wir unsere beiden bei uns haben dürfen." Der Vater nickt: „Das ist wirklich ein Geschenk des Himmels." Das Kind denkt: Und warum seid ihr dann manchmal so gemein zu uns? Aber dann hat es ein schlechtes Gewissen, weil es so böse von den Eltern denkt. Dabei sollte es doch eigentlich dankbar sein, dass es noch nie verloren gegangen ist.

„Wie waren Sie eigentlich auf die Idee gekommen, ausgerechnet Jura zu studieren?", fragte der Therapeut. „Das mag jetzt vielleicht etwas kitschig klingen", antwortete sie, „aber ich hatte den Wunsch, Menschen zu helfen, vor allem denen, die vielleicht sonst keine Chance haben, zu ihrem Recht zu kommen."

„Also so ein bisschen in die Richtung, eine Weltverbesserin zu werden?"

„Ja, wenn Sie so wollen. Außerdem fand ich immer, dass da eine gewisse Logik drin steckt, in den Gesetzen und Verordnungen. Aber jetzt, nach vier Semestern, merke ich, dass vieles Auslegungssache ist, und doch nicht so klar und eindeutig, wie ich gedacht hatte." „Und – bleiben Sie trotzdem bei diesem Studium?", fragte der Therapeut nach. „Natürlich, denn ich hab auch gemerkt, dass man als Anwalt für Menschen kämpfen kann, vor allem für diejenigen, die in unserm Land unterprivilegiert sind."

Herr Bierbaum betrachtete seine Hände. Nach einer längeren Pause sagte er: „Wissen Sie, Fräulein Menge, das kommt mir alles ziemlich phrasenhaft vor. Sie sagen mir abgedroschene Sätze, die von jedem x-beliebigen Menschen kommen könnten. Aber Sie selbst kann ich dahinter nicht sehen. Sie als Frau und Mensch. Wer sind Sie selbst? Und was wollen Sie erreichen im Leben?" Sie schwieg. Auf dem Heimweg kämpfte sie mit den Tränen. Hatte nicht einer ihrer Deutschlehrer auf dem Gymnasium ähnlich kritische Sätze unter ihre Aufsätze geschrieben? „Ich vermisse Ihre eigene Meinung zum Thema." Das hatte einmal in Rot unter einem Aufsatz gestanden. Und ein andermal: „Das sind Stereotypen!"

Auch in einem Seminar im letzten Semester hatte der Professor zweimal bei ihr nachgefragt: „Elisabeth, sagen Sie doch mal klipp und klar, welches Ihr Standpunkt ist!" Andere Situationen fielen ihr ein, letztens auf einer Party bei einem Kommilitonen. Da ging es hoch her, als man auf die Frage kam, wie Tyrannenmord ethisch und juristisch einzuordnen sei. Sie hatte still dabei gesessen und gemerkt: Sie konnte sich zu keiner Meinung durchringen, während alle anderen lautstark ihre Standpunkte begründen konnten.

Woran lag es? Ihr Therapeut hätte jetzt vielleicht gesagt, es würde ihr an Selbstbewusstsein fehlen, und damit hätte er vermutlich Recht. Mit Schrecken erinnerte sie sich an die Beziehung zu ihrem ersten Freund an der Uni, einem Mathematikstudenten. Hals über Kopf war sie zu ihm gezogen, hatte ihr zwar winziges aber immerhin doch eigenes Zimmer im Studentenwohnheim für ihn aufgegeben. Der hatte sie ausgenutzt, finanziell, emotional, sexuell – in jeder Hinsicht, und sie hatte es nicht wahrhaben wollen. „Bezahl du doch mal eben, ich hab grad kein Geld dabei", das war einer seiner Lieblingssätze gewesen. „Du wirst doch einen armen alten Mann nicht unbefriedigt lassen wollen. Lernen kannst du auch morgen noch." Das gehörte auch zu seinen Standardsätzen. Einige Klausuren hatte sie dadurch versemmelt, und nachdem er auf ihre Kosten eine teure Stereoanlage auf Raten gekauft hatte, musste sie monatelang von Spiegelei auf Brot leben, weil ihr Konto in den Miesen war. Selbst das billige Mensaessen konnte sie sich zu der Zeit nicht mehr leisten.

Erst als er sie ein paar Mal geschlagen hatte, da hatte sie es endlich geschafft, sich von ihm zu trennen. Beim ersten Mal war sie vor Schrecken wie gelähmt gewesen. Beim zweiten Mal dachte sie noch, es wäre ein Ausrutscher von ihm gewesen und würde sich nicht wiederholen. Als er sie dann ein drittes Mal schlug, direkt ins Gesicht, da hatte sie auf der Stelle ihre Sachen genommen und war geflohen. Vor ihm, vor seiner Gewalttätigkeit, vor dieser Erniedrigung, vor ihrer eigenen Rolle in diesem fatalen Spiel, ihrer Naivität und Passivität, ihrer Unfähigkeit, sich zu wehren. Sie hatte sich schließlich befreien können von ihm, zumindest äußerlich, auch wenn er ihr noch wochenlang immer wieder nachgelaufen war. Aber in den Monaten danach hatte sie immer wieder Suizidgedanken verspürt, und das war auch einer der Gründe gewesen, die Therapie zu beginnen. Über keine Brücke hatte sie mehr gehen können, so stark war der Drang gewesen, über das Geländer zu springen. Das war ja nun zum Glück besser geworden, dank der Therapie. Aber bis sie so selbstbewusst auftreten konnte wie ihre Kommilitonen, das würde sicher noch ein langer Weg sein.

Die Schranktür singt, denn die Mutter holt für den Vater zwei saubere Oberhemden heraus. Er will verreisen, nach Bremen. Einmal im Jahr trifft er sich mit seinen Kriegskameraden. Die Treffen sind ihm

ganz wichtig. Das Kind merkt es daran, dass er schon Tage vorher von nichts anderem reden kann. „Ich bin gespannt, wie es Heinrich mittlerweile geht, ob er seine Lungenerkrankung jetzt überstanden hat. Und ob Ewald seine Kriegsversehrtenrente durchgekriegt hat.“ Richtig aufgekratzt ist der Vater, als er abreist. Er schwenkt fröhlich seine Reisetasche und ruft zum Abschied: „Macht's euch gemütlich ohne mich. Aber nicht zu sehr! Dass mir ja keine Klagen von den Nachbarn kommen!“
„Hast du auch die neue Fotographie von Agnes und Lieschen eingesteckt, zum Vorzeigen?“
„Hab ich“, ruft er und geht schnell den Flur entlang.

Das Kind klettert auf die Fensterbank im Kinderzimmer und sieht, wie der Vater unten das Haus verlässt und zur Bushaltestelle geht. Er dreht sich kurz um, entdeckt das Kind oben im dritten Stock und winkt hoch. Dann kommt auch bald der Bus, und der Vater ist verschwunden.

„So“, sagt die Mutter, „jetzt geht es los mit der Gemütlichkeit. Jetzt machen wir mal zwei Tage lang nur das, was wir wollen. Was wollen wir heute Mittag denn mal essen?“
„Milchreis mit Zucker und Zimt“, ruft die große Schwester.
„Nudelauflauf mit Schinken“, sagt das Kind. Dann fragt es: „Mama, und was willst du essen?“
„Am liebsten Eisbein mit Sauerkraut. Das konnte meine Großmutter früher so lecker kochen. Aber ich glaube nicht, dass euch das schmeckt. Also, ich schlage vor: Wir essen heute Milchreis und morgen Nudelauflauf. Und wir sind ganz faul und machen keine Betten und räumen erst morgen auf, kurz bevor Papa wiederkommt. Und wie wär's, wenn wir heute Nachmittag in die Stadt fahren und uns ein Eis gönnen? Wir könnten auch zu Oma und Opa gehen und gucken, ob Oma Kuchen gebacken hat.“ Die Mutter strahlt. Das Kind zupft die große Schwester am Arm und sagt leise: „Komisch, immer wenn Papa nicht da ist, ist Mama ganz anders als sonst.“

Die Mutter singt in der Küche, während sie den Milchreis kocht. Nach dem Essen macht sie sich schick. Sie färbt sich sogar ihre Lippen rot. Die Kinder dürfen ihre Sonntagskleider anziehen, obwohl doch heute erst Sonnabend ist. Sie fahren in die Stadt und besuchen als erstes Oma und Opa. Die freuen sich über den unverhofften Besuch. Der Opa fragt: „Wo habt ihr denn euer Familienoberhaupt gelassen?"

„Der ist nach Bremen gefahren, zu seinem Kameradentreffen", antwortet die Mutter, „ihr wisst ja, wie viel ihm das immer bedeutet. Dann schwärmen sie von den alten Zeiten, was sie alles gemeinsam erlebt haben. Mir ist das ja fremd. Als der Krieg vorbei war, wollte ich nur noch alles hinter mir lassen, den ganzen schrecklichen Albtraum."

„Aber du schreibst dich doch auch noch mit deiner Freundin Gudrun, die du damals im Arbeitsdienst kennen gelernt hast. Und getroffen habt ihr euch auch schon ein paar Mal."

„Das ist was anderes. Wir erzählen uns, was wir heute erleben, von unsern Kindern und so. Aber wir wühlen doch nicht ständig in der Vergangenheit rum. Und vor allem machen wir nicht so was Schönes aus unsern gemeinsamen Erlebnissen. Wie die ihre Kameradschaft glorifizieren, das ist ja nicht zum Aushalten."

„Jeder verarbeitet die schlimmen Jahre eben anders", sagt der Großvater, „unser Nachbar, der alte Herr Meyer, sagt immer: Als der Krieg vorbei war und ich nach Hause kam, wollte ich mich nur noch hinlegen und schlafen, nur noch schlafen, schlafen und alles vergessen."

„Wenn das so einfach wäre", seufzt die Großmutter, „aber jetzt kommt mal mit in die Küche. Vielleicht mögen die Mädchen ja einen heißen Kakao."

„Au ja", ruft das Kind, „aber nur aus deiner bunten alten Kakaokanne!"

„Geht mir damit aber schön vorsichtig um, die ist noch aus Schlesien, aus Bunzlau. Wenn die kaputt geht, gibt es keine neuen mehr davon. Bunzlau ist verloren, da kommen wir nicht mehr hin."

Später sagt die Mutter zur Großmutter: „Weißt du, was ich besonders schrecklich finde? Nächstes Jahr sind wir dran, das Kameradentreffen auszurichten. Ich sehe Martin schon vor mir, wie er wochenlang vorher das Programm entwirft und alte Fotographien zusammenstellt und seine Begrüßungsrede schreibt. Mir graut davor!"
„Ach Mädchen", sagt die Großmutter, „lass das alles mal in Ruhe auf dich zukommen. Vielleicht wird es ja gar nicht so schlimm, wie du befürchtest."

Am Sonntagabend kommt der Vater zurück. Er stellt die Reisetasche ab und fängt schon an zu erzählen. „Es ist unglaublich, was aus allen geworden ist, seit wir uns das letzte Mal gesehen haben. Der Fritze, weißt du noch, Greta, der kleine Blonde, der hat jetzt ein Moped. Damit ist er den ganzen Weg von Zeven hergekommen. Und der Heinrich, der sieht jetzt so gut und gesund aus. Der Willi, der hat ja noch studieren können nach dem Krieg, der ist jetzt Lehrer in Braunschweig. Ach, das hat doch mal wieder richtig gut getan, die alte Kameradschaft aufleben zu lassen. Was haben wir aber auch alles gemeinsam gemeistert. Wir haben wirklich zusammengehalten wie Pech und Schwefel. Da ist einer für den anderen eingestanden! Ich soll dich auch herzlich grüßen von allen. Sie freuen sich drauf, dich zu sehen, nächstes Mal, wenn sie hierher kommen." So gutgelaunt wie heute müsste er immer sein, denkt das Kind. „Das kleine Hotel, wo wir uns getroffen haben, das war allerdings nix. Eng und schmuddelig die Räume, und das Essen auch unter aller Kanone. Da müssen wir uns nächstes Jahr mehr Mühe geben mit der Auswahl. Gemütlich muss es sein und nicht so teuer. Ich werd mal nächste Woche in der Linde fragen, ob die die ganze Truppe für zwei Tage unterbringen können."
„Ist das nicht ein bisschen früh?", fragt die Mutter. „Das möchte ich lieber rechtzeitig unter Dach und Fach haben", sagt der Vater, „und das bin ich den Kameraden doch auch schuldig, wenn sie sich schon auf den Weg hierher machen, dass ich ihnen eine gute Unterkunft

besorge." Die Mutter seufzt und packt die Reisetasche des Vaters aus.

Später beim Abendessen stellt der Vater fest, dass die Mutter vergessen hat, Margarine zu kaufen und er seine Teewurst ohne Margarine aufs Brot streichen muss. Da ist es vorbei mit seiner guten Laune, und er fragt mit knurriger Stimme: „Was habt ihr denn bloß das ganze Wochenende gemacht? Es wäre doch wohl Zeit genug gewesen zum Einkaufen, oder etwa nicht?" Die Mutter antwortet nicht, aber sie zwinkert den Mädchen kurz zu. Das hat der Vater nicht gesehen, und das ist auch gut so.

„Ich kann es überhaupt nicht verstehen, warum mein Vater immer so auf den alten Kameradschaftsgeschichten rumgeritten ist, aber zu Hause der Familie gegenüber so unkameradschaftlich war", sagte Elisabeth zu Herrn Bierbaum. „Das müssen Sie mir näher erläutern", sagte der. „Einmal im Jahr traf sich mein Vater mit seinen alten Kriegskameraden. Das war für ihn das Höchste, der Höhepunkt des Jahres. Tagelang vorher und nachher schwärmte er davon, wie toll sie zusammengehalten haben, was sie alles Schreckliches überstanden haben, weil sie so aufeinander eingeschworen waren. Einmal kam er, das ist erst kurze Zeit her, von der Beerdigung eines dieser Freunde zurück, und da wurde wohl am Grab gespielt „Ich hatt' einen Kameraden", da hat mein Vater geheult wie ein Schlosshund. Ich kann ja verstehen, dass es Menschen zusammenschweißt, wenn sie gemeinsam dem Tod ins Auge gesehen haben. Aber es ist mir unbegreiflich, warum er zu Hause bei uns so ein Despot war. Da war überhaupt nichts von Kameradschaft, auch nicht meiner Mutter gegenüber."
„Und Sie sind enttäuscht, dass er so war?"
„Enttäuscht ist gar kein Ausdruck, stocksauer war ich oft auf ihn. Einmal war er dran, dieses Kameradentreffen auszurichten. Was hat er da für einen Wirbel gemacht! Nichts war ihm gut genug für seine alten Kumpel, aber wie er in der Zeit mit meiner Mutter

umgesprungen ist, vor lauter Nervosität, das war nicht schön. Und sie hat das stillschweigend hingenommen, das hat mich besonders gefuchst."

„Ich finde es vollkommen natürlich, dass Sie sich an dem Punkt mit Ihrer Mutter identifizieren. Ich hätte aber auch eine Erklärung dafür, warum Ihr Vater zwei so unterschiedliche Verhaltensweisen an den Tag gelegt hat. Möchten Sie sie hören, auch auf die Gefahr hin, dass sie für Sie nicht hilfreich ist?", fragte Herr Bierbaum.

„Wir können's ja mal probieren", meinte Elisabeth mit einem gezwungenen Lächeln.

„Für mich stellt es sich so dar", begann Herr Bierbaum zu erklären, „dass seine Kriegskameraden und Sie als Familie für ihn zwei vollkommen getrennte Bezugsgruppen waren. Mit seinen Kameraden hatte er Gefahren gemeistert, Ängste ausgestanden, wahrscheinlich auch Todesängste. Sie hatten gemeinsam Ohnmacht, Verzweiflung, Heimweh, körperlichen und seelischen Schmutz ertragen. Das schafft ganz besondere Beziehungen untereinander, eine Verbundenheit, die Außenstehende vermutlich gar nicht nachempfinden können. Sie als Familie dagegen waren die Bezugsgruppe für das Alltagsleben, für den ganz banalen Alltag. Der war zwar in Ihrer frühen Kindheit für Ihren Vater auch schwierig zu bewältigen gewesen, so wie ich das aus Ihren Erzählungen herausgehört habe. Aber die Bedrohungen waren überschaubarer, lästig, aber harmlos. Und so ein mühsamer Alltag hat ja auch etwas Zermürbendes. Da bleiben Rücksichtnahme, Zuwendung, Humor – all diese erfreulichen, positiven Dinge leicht auf der Strecke. Deswegen werden Sie und Ihre Schwester Ihrem Vater nicht weniger wichtig gewesen sein. Und Ihre Mutter auch nicht. Aber Sie drei gehörten völlig selbstverständlich zu seinem Leben dazu – um Sie musste er keine solche Angst haben, so wie er sicher oftmals im Krieg um das Leben seiner Kameraden gebangt hat. Und um sein eigenes."

„Trotzdem hätte ich mir als Kind gewünscht, dass er einfühlsamer und weniger herrisch gewesen wäre. Meine Mutter hat manchmal

gesagt ‚Martin, nimm mich doch mal in den Arm'. Aber das konnte er nicht, Körperkontakt und womöglich Streicheln oder in den Arm nehmen, das ging nicht für ihn."
„Das kann von seinen Kriegserfahrungen herrühren, muss es aber nicht. Sie müssen bedenken, Fräulein Menge, Ihr Vater stammt aus einer Generation, in der Männer hart wie Kruppstahl zu sein hatten – da war für Gefühle wenig Platz. Und wer sich zu seinen Emotionen bekannte, brauchte ein sehr starkes Selbstbewusstsein."
„Im Grunde ist das doch ein armes Leben, oder?"
„Ich würde vorschlagen, dass Sie nicht über Ihren Vater urteilen, sondern lieber schauen, wie Sie es handhaben wollen mit Ihren Gefühlen. Können Sie immer zu dem stehen, was Sie gerade emotional bewegt?" Elisabeth senkte den Kopf. Da hatte Herr Bierbaum einen wunden Punkt bei ihr getroffen. Früher hatte sie als extrem schüchtern gegolten; heute verbarg sie oft genug auch ihre innersten Gefühle, selbst vor ihren besten Freundinnen. Oft ertappte sie sich dabei, dass sie sich über ihre Gefühle gar nicht klar war und nur vom Verstand her Situationen analysieren konnte.

„Wo sind Sie jetzt?", fragte Herr Bierbaum. „Ich hänge an Ihrer letzten Frage."
„Und was fällt Ihnen dazu ein?"
„Ich glaube, ich lasse oft meinen Gefühlen wenig Raum. Der Verstand gewinnt bei mir meistens die Oberhand."
„Dann mache ich Ihnen einen Vorschlag: Sie gucken in der nächsten Zeit mal genauer als bisher hin, wie Sie das tun – die Gefühle beiseite schieben und den Verstand dominieren lassen. Wie Sie das tun, und in welchen Situationen es Ihnen passiert. Und legen Sie dabei bitte keinen kritischen Maßstab an sich an. Beobachten Sie sich einfach völlig wertfrei. Und beim nächsten Mal erzählen Sie mir davon."

Einmal im Monat geht es sonntags zu Besuch bei den Großeltern. Das Kind und die große Schwester haben die gleichen Kleidchen

an, kariert, beide genäht aus einem alten Anzug des Großvaters. Der Vater trägt heute zur Feier des Tages nicht seine graue Alltagskrawatte, sondern eine grüne, und die Mutter hat statt Kopftuch ein grünes Hütchen auf. Zuerst geht es mit dem Bus in die Innenstadt, das macht Spaß, und dann ein Stück zu Fuß. Das macht aber gar keinen Spaß. „Die Füße tun mir weh", sagt das Kind. „Stell dich nicht so an", sagt der Vater, „über dieses Kopfsteinpflaster sind schon die schwedischen Soldaten im Dreißigjährigen Krieg marschiert, und die haben viele Schlachten gewonnen."
„Ich will nichts schlachten", sagt das Kind. Es sieht das Schwein vor sich, das der Schlachter im Winter auf einer Leiter festgebunden und aufgeschnitten hatte. Dazu dieser schreckliche Geruch nach Blut und Fett. Alle Kinder der Nachbarschaft hatten zugesehen und das Kind auch, obwohl es so furchtbar gerochen hatte. Am nächsten Tag gab es dann Schlachtebrühe für alle Nachbarn, die war eklig, und das Kind hatte den Mund fest zugemacht. Da hatte der Vater geschrien und gesagt: „Stell dich nicht so an! Es wird gegessen, was auf den Tisch kommt. In Afrika haben die Kinder gar nichts zu essen, und im Krieg hatten wir oft genug auch Hunger, da wären wir froh gewesen über eine heiße Suppe."

Daran erinnert sich das Kind noch gut, aber jetzt lacht die große Schwester und sagt: „Das hat Papa doch nicht gemeint. Er meint doch nur: Diese Pflastersteine sind schon uralt." Das Kind sagt: „Aber Papa hat doch erzählt, von den Steuern werden neue Straßen gebaut." Die Mutter sagt: „Dieses Kopfsteinpflaster ist historisch, das darf man nicht einfach wegmachen. Das war schon hier, als ich Kind war. Ich sehe noch, wie die ersten Umzüge der NSDAP darüber weggingen. Schrecklich war das, dieser Fanatismus. Wir wollen hoffen, dass wir das nicht wieder erleben müssen."
„Ich bin ja im allgemeinen ein friedlicher Mensch", sagt der Vater, „aber wenn mir noch mal jemand mit einer braunen Gesinnung begegnet, den könnte ich gnadenlos zusammenschlagen."

Die Großmutter hat schon am Fenster gestanden. Sie nimmt das Kind in den Arm und flüstert ihm ins Ohr: „Ich hab deinen Lieblingskuchen gebacken – Marmorkuchen, den isst du doch so gern.“ Das Kind mag das, von der Oma in den Arm genommen werden. Das fühlt sich warm und kuschelig an. Wenn die Mutter das Kind in den Arm nehmen will, versucht es immer sich wegzudrehen. Da bekommt es keine Luft, so viel weiches Fleisch. Die Großmutter riecht gut, nach Kachelofen, Bratapfel und Kuchen. Der Großvater riecht auch so gut, nach Leder und Karamellbonbons.
Die Großeltern wohnen in einem ganz alten, schmalen Haus, vier Treppen hoch bis nach oben und auf jeder Etage nur zwei kleine Zimmer. Unten hat der Großvater seine Werkstatt. Er ist Schuster, und manchmal darf das Kind ihn da besuchen. Wenn die Mutter in der Stadt Einkäufe zu erledigen hat, bei denen sie das Kind nicht dabeihaben möchte, dann darf es zum Opa in die Werkstatt. Da steht ein kleiner Schemel, darauf darf sich das Kind setzen und dem Opa bei der Arbeit zusehen. Der sitzt auch auf einem Schemel, mit nur drei Beinen und hat eine große Lederschürze um. Ein Schuh wird umgedreht und auf ein Eisenstück gesetzt. Mit einem scharfen Messer wird die alte Sohle abgetrennt, und dann kommt eine neue drauf. Mit Leim, der riecht ganz stark, und dann wird die Sohle fest angedrückt. Das Kind stellt viele Fragen, wie das geht, und der Opa erklärt ihm alles. Er hat immer gute Laune.

Wenn Kundschaft kommt, muss das Kind ganz still sein. Dann darf es nicht dazwischenreden, das weiß es. Nur wenn eine Kundin sagt „Na, du bist aber groß geworden. Als ich dich das letzte Mal gesehen habe, da warst du noch sooo klein“, dann darf es sich bemerkbar machen. Hinterher gibt es zur Belohnung einen Karamellbonbon. Der klebt so schön an den Zähnen. Der Opa zwinkert dann mit den Augen, lacht und sagt: „Deinen Eltern erzählen wir aber nichts von dem Bonbon. Sonst heißt es wieder, das wäre nicht gut für die Zähne.“

Am heutigen Sonntag arbeitet der Großvater nicht; da geht er vormittags in die Kirche, und nachmittags sitzt er mit der Familie am Kaffeetisch. „Mein Herzchen, dein Kuchen ist wieder köstlich", sagt er und fasst die Oma, als sie gerade mit der Kaffeekanne neben ihm steht, um die Hüfte. Die lacht und streicht ihm über den Kopf. Die Mutter blickt zum Vater hinüber. Er sieht so aus, als wollte er etwas sagen, tut es dann aber doch nicht. Er guckt weg und trinkt seine Kaffeetasse leer. Später sagt er leise zu ihr: „Du weißt doch, dass mir dieses ganze Rumpoussieren nicht liegt. Wann begreifst du das endlich? Ich hab vor dir nie eine Freundin gehabt, von der Schulbank weg erst Soldat, dann Kriegsgefangener, wie hätte ich das denn wohl lernen sollen?" Die Mutter sagt: „Und dass ich dabei eingehe wie eine Primel, das ist dir egal?"

Das Kind weiß, was eine Primel ist, aber es weiß auch: die Primeln sind schon verblüht. Die blühen nur ganz früh im Frühjahr. Primula ist Latein und heißt „die erste". Das hat es von Tante Anneliese und Onkel Eduard gelernt, die haben einen Blumenladen. Auf dem Heimweg fragt es die große Schwester: „Möchte Mama, dass Papa ihr eine Primel schenkt?"
Die Schwester sagt: „Was du wieder alles hörst. Mama will doch nur, dass Papa sie manchmal in den Arm nimmt und sie streichelt, so wie Oma und Opa das tun."
„Und warum tut er das nicht?", fragt das Kind. „Du weißt doch", sagt die Schwester, „der Krieg hat ihn kaputtgemacht." Und dann fügt sie gedankenverloren an: „Ich frag mich, wie Mama und Papa wohl wären, wenn der blöde Krieg nicht gekommen wäre."
„So ein doofer, doofer Krieg", ruft das Kind, und dann müssen sie laufen, um den Bus nach Hause noch zu erreichen.

„Eine Flasche Baldriantropfen, bitte", sagte sie zum Apotheker. Der sah sie erstaunt an und sagte: „Das ist schon die dritte diesen Monat. Trinken Sie das Zeug pur?"

„Nein", sagte sie, „ich hab so viel an der Uni zu tun, da kann ich manchmal schlecht schlafen."
„Na, Sie Arme", sagte der Apotheker, „das weiß ich noch von meinem Studium her, dass man oft abends nicht zur Ruhe kommt. Zum Glück macht Baldrian ja nicht abhängig, und solange Sie damit auskommen, ist es ja wohl nicht so schlimm." Sie dachte: Doch, es ist schlimm, jede Nacht im Bett liegen, sich rumrollen, die Augen fallen einem zu, und man kann trotzdem nicht einschlafen. Der Körper wie unter Strom, und am nächsten Morgen fühlt man sich wie zerschlagen.
Einmal, da wohnte sie noch zu Hause, da hatte der Vater mitbekommen, dass sie in der Nacht gelesen hatte. Sie hörte noch seine Stimme, wie er sagte: „Nachts mit geschlossenen Augen daliegen gibt dem Körper fast so viel Ruhe, als wenn man schläft." Sicher hatte er das freundlich gemeint, aber sie konnte nun mal besser entspannen, wenn sie im Bett einen Krimi las, als wenn sie ins Grübeln kam über all das, was sie am Vortag nicht geschafft hatte und das am kommenden Tag erledigt werden musste.
Natürlich gab es Nächte, in denen sie schlafen konnte. Das waren die am Wochenende, wenn ihr Freund aus Hamburg kam und sie nachts seine Körperwärme spürte. Dann ließ es sich leicht einschlafen.

In den Sommerferien fährt die Familie zu den anderen Großeltern, den Eltern des Vaters. Die wohnen in Ostfriesland an der Nordsee. Sie fahren mit dem Zug und müssen zweimal umsteigen. Die Reise dauert fast den ganzen Tag, so kommt es dem Kind vor. Die Mutter hat belegte Brote und für jeden einen Apfel und ein hartgekochtes Ei eingepackt. Außerdem hat sie einen feuchten Waschlappen dabei, damit wischt sie dem Kind immer wieder die Hände ab. „Fass doch nicht immer alles an", sagt sie, „so schmutzig, wie das hier ist! Und Agnes, lass das Fenster zu; der ganze Dreck von der Lokomotive kommt doch rein." Der letzte Zug ist ein Bummelzug und hält in jedem Dorf. Dem Kind ist schon ganz schlecht vom vielen Bremsen und wieder Anfahren, und beinahe muss es sich übergeben. Aber auch dafür hat die Mutter notfalls eine Plastiktüte dabei.

Die Großmama und der Großpapa stehen auf dem Bahnsteig, um sie abzuholen. „Was, ihr habt extra eine Bahnsteigkarte gekauft, um uns vom Zug abzuholen? Das Geld hättet ihr doch sparen können; wir hätten uns auch an der Sperre treffen können", sagt der Vater. „Wir wollten euch doch beim Gepäcktragen helfen", sagt der Großpapa, „und außerdem konnte die Großmama es nicht erwarten, euch in die Arme zu nehmen."

Der Großpapa hat sich heute extra frei genommen. Er arbeitet im Fischereiamt. Früher, als das Kind noch ganz klein war, hat es gedacht, dass man dort lauter Fische sehen könnte, aber der Großpapa hat es einmal mitgenommen. Da hat es gesehen, dass es im Fischereiamt genauso aussieht wie im Finanzamt, wo der Vater arbeitet: lauter Büros mit Schreibtischen, Akten und Telefonen. Da war es erst etwas enttäuscht gewesen, aber dann hat der Großpapa es mitgenommen in den Hafen und ihm die Fischkutter mit den Netzen darauf gezeigt. Die Fischer waren gerade dabei gewesen, große Kisten mit Fischen an Land zu bringen. Die Fische waren alle schon tot; das fand das Kind schade, aber als es dann zum Abendbrot einen Hering gab, hatte es verstanden, wofür die vielen toten Fische gut waren.

Auch heute Abend gibt es als Begrüßungsessen wieder Fisch, für jeden einen Rollmops und eine Schillerlocke. Den Rollmops findet das Kind schrecklich sauer. Aber die Großmama hat auch eine Tüte voll frischer Krabben besorgt. „Dafür bin ich extra in den Hafen gegangen und hab die Krabben frisch vom Kutter geholt", sagt sie und legt jedem eine kleine Handvoll Krabben auf den Teller, „und jetzt zeig ich dir mal, Lieschen, wie man sie pult: Erst den Kopf abmachen, dann in der Mitte drehen und ziehen und schließlich vorsichtig den Schwanz abziehen, und schon kannst du die Krabbe essen. Mit deinen kleinen Fingern kannst du das sicher auch bald."

Das Krabbenpulen findet das Kind lustig, und es hat sein Häufchen Krabben schnell aufgegessen.

Nach dem Essen geht es ins Bett. Aber die Großeltern haben nur ein Gästezimmer mit zwei Betten darin. Darin schlafen die Eltern. Das Kind und die große Schwester bekommen Luftmatratzen auf den Boden des Esszimmers gelegt. Das ist gemütlich, und das Kind würde am liebsten zu Hause auch immer auf einer Luftmatratze schlafen. Leider müssen beide morgens genauso früh aufstehen wie die Großen, obwohl Ferien sind, damit im Esszimmer gefrühstückt werden kann.

In Ostfriesland weht immer ein starker Wind, und deshalb soll das Kind immer ein Kopftuch tragen, damit es keine Ohrenschmerzen bekommt. Das Kind hasst Kopftücher und schreit jedes Mal laut, wenn die Mutter ihm eins umbindet, aber es hilft nichts. Die Mutter sagt: „Wir haben diesmal einen ganz kalten Sommer, da muss man sich vorsehen. Und der Doktor hat gesagt, du wärst besonders empfindlich."

Großmama und Großpapa haben ein kleines Haus hinterm Deich, und vom Dachboden aus kann man das Meer sehen. Am liebsten wäre das Kind den ganzen Tag dort oben, denn da ist nicht nur die Aussicht schön, da stehen und liegen auch viele interessante Sachen herum, zum Beispiel ein altes Schaukelpferd. Das gehörte dem Vater, als er noch ein kleiner Junge war. Das Schaukelpferd ist ziemlich staubig, und eigentlich soll sich das Kind nicht darauf setzen, weil es auch schon etwas morsch ist, aber das Kind schaukelt trotzdem damit. Das sieht dann die Mutter, weil der Staub am Rock und an den Strümpfen hängen bleibt, und dann wird geschimpft. Auch der Vater hat einmal geschimpft und zur Großmama gesagt: „Ich versteh nicht, warum ihr dieses alte Ding bei eurem Einzug hier ins Haus nicht einfach weggeworfen habt. Da ist doch schon der Holzwurm drin!" Aber die Großmama hat gesagt: „Ich seh immer noch deine Schwester Hiltrud darauf reiten. Wenn ich das

Schaukelpferd wegwerfe, werfe ich meine tote Tochter aus dem Haus." Und dabei hat sie ganz traurig ausgesehen.

Großmama schimpft nie, aber sie hat auch nicht immer Zeit für das Kind, weil sie Musikstunden gibt. Im Wohnzimmer steht ein Klavier, und nachmittags kommen andere Kinder, denen sie Klavierunterricht gibt. In der Zeit darf niemand ins Wohnzimmer kommen. Der Vater sagt dann meisten: „Ich gehe raus an den Deich, diese Katzenmusik kann doch kein Mensch ertragen." Die Großmama antwortet dann immer: „Denk dran, so hast du auch mal angefangen mit dem Klavierspielen. Es ist noch kein Künstler vom Himmel gefallen."

Am nächsten Morgen fragt das Kind: „Großmama, kommen heute auch wieder deine Musikschüler?"
„Ja", sagt sie, „heute Nachmittag kommen zwei Mädchen, die sind ungefähr so alt wie du, Agnes, und die eine kommt mir richtig begabt vor. Wenn sie nur ein bisschen mehr üben würde! Heutzutage hat ja wohl niemand mehr Lust sich anzustrengen. Aber ohne Fleiß kein Preis. Erst die Übung macht den Meister."

Der Großpapa sagt: „Als ich eure Großmama geheiratet habe, damals im Ersten Weltkrieg, da war sie schon eine große Klavierkünstlerin. Ich glaube, ich habe mich als erstes in ihre musikalischen Hände verliebt, mit denen sie so wunderbar spielen kann." Die Großmama erzählt: „Ja, das Klavierspielen hat mir immer Freude gemacht. Damals war es ja für eine junge Frau aus gutem Hause höchst unschicklich, einen Beruf zu ergreifen. Aber Musikstunden geben, das war gesellschaftlich anerkannt. Und damit hab ich dann wieder angefangen, als der Großpapa nach dem Krieg zuerst keine Arbeit hatte."
„Keine Arbeit – naja, du bist gut", sagt der Großpapa, „ich hab im Moor gearbeitet, Torf gestochen und mir dabei den Rücken kaputt gemacht. Wenn das keine Arbeit war!"

„Ja, aber es war nicht die Arbeit, die du gelernt hattest, und Geld hast du dafür so gut wie keines gekriegt. Nur gut, dass wir das Klavier durch den Krieg hindurch haben retten können, damit hab ich uns dann über Wasser gehalten.“ Das Kind macht große Augen, weil es sich ausmalt, wie die Großmama den Großpapa mit den eigenen Armen hoch über das Nordseewasser gehalten hat. Es sagt: „Kannst du das bitte noch mal machen: den Großpapa übers Wasser halten? Zeigst du mir, wie du das machst?“ Alle lachen, aber niemand erklärt dem Kind, worüber sie lachen.

Nach dem Frühstück geht der Vater mit den Kindern an den Strand. Er zeigt ihnen, wie man flache Steinchen übers Wasser hüpfen lassen kann. Die große Schwester schafft das auch, aber dem Kind gelingt es nicht. Seine Steine plumpsen einfach so ins Wasser. „Du hältst den Stein nicht waagerecht genug“, sagt der Vater, aber jetzt hat das Kind keine Lust mehr auf Steinehüpfenlassen, sondern möchte lieber barfuß durchs Wasser laufen. Es zieht Schuhe und Strümpfe aus und läuft ins Wasser. Das ist schrecklich kalt, und plötzlich ist eine Welle da, die dem Kind bis an den Bauch schwappt. Es schreit auf, und der Vater schreit jetzt auch: „Kannst du nicht aufpassen? Jetzt müssen wir ganz schnell ins Haus, damit du dir was Trockenes anziehen kannst. Den ganzen schönen Spaziergang hast du uns verdorben.“ Das Kind weint. Warum muss der Vater immer gleich so laut werden, wenn er sich ärgert? Es hat dann richtig Angst vor ihm und möchte sich am liebsten irgendwo verstecken.

Die Mutter schimpft zum Glück gar nicht über die nassen Sachen. Sie hilft dem Kind beim Umziehen und sagt: „Am besten bleibst du jetzt im Haus. Papa hat heute sowieso keine gute Laune. Heute vor zwölf Jahren ist er gefangen genommen worden. An so einem Jahrestag plagen ihn immer schlimme Erinnerungen.“

„Sie haben mir viel aus Ihrer frühen Kindheit erzählt“, sagte Herr Bierbaum, „wie war es denn später, als Sie etwas älter wurden – wie

war da die Beziehung zu Ihren Eltern?" Elisabeth sagte: „Von meinem Vater hatte ich später den Eindruck, er war gar nicht mehr so an mir interessiert. Während meines ersten Schuljahres hat er noch jeden Nachmittag meine Hausaufgaben kontrolliert, aber als er dann merkte, dass ich keine Probleme in der Schule hatte, da hat er es bleiben gelassen. Er hatte ja dann auch mehrere ehrenamtliche Tätigkeiten: Theaterverein, Kirchenvorstand, Museumsverein. Meine Schwester hat er viel länger kontrolliert, die hatte aber auch immer ein Chaos in ihren Schulheften. Wenn ich mal erzählt habe, dass ich eine Eins oder eine Zwei in einer Arbeit hatte, dann hat er kurz gelächelt, aber nichts weiter dazu gesagt. Da war keine große Anerkennung. Meine Mutter, die hat sich immer sehr mit mir mitgefreut. Ich glaube, mein Vater hielt es einfach für selbstverständlich, dass ich gute Zensuren mitgebracht habe. Ein Schuljahr lang hatte ich Probleme in der Schule, das war schon auf dem Gymnasium. Damals war ich aber auch mächtig faul gewesen, und da hat er einmal gesagt, er hätte kein Problem damit, wenn seine Kinder nur mittlere Reife hätten, er wäre da nicht so ehrgeizig. Meine Mutter war diejenige, die sich dann mit mir hingesetzt hat und mit mir solange gepaukt hat, bis ich wieder den Anschluss hatte."

„Das klingt für mich ein bisschen widersprüchlich. Sie sagen, er hielt Ihre guten Zensuren für selbstverständlich, andererseits hätte er es auch akzeptiert, wenn Sie nicht das Abitur gemacht hätten." „Ja, stimmt, da ist ein Widerspruch drin. Ich glaube, ich bin damals einfach nicht schlau aus ihm geworden. Und dann bin ich innerlich auf Abstand gegangen und hab es mir abgewöhnt, an ihn Erwartungen zu haben. Obwohl, wenn ich ehrlich bin, ich hab wohl doch auch mehr oder weniger unbewusst immer ein Auge auf ihn gehabt und hab versucht, ihn durch nichts zu provozieren." „Sie meinen, Sie waren in so einer Art Habachtstellung ihm gegenüber?"
„Ja, so könnte man es sagen."
„Das stelle ich mir für ein Kind oder ein junges Mädchen sehr verunsichernd vor."

„Ja, unsicher war ich total damals. Zuerst war ich ja unglaublich schüchtern gewesen – das hat sich zum Glück irgendwann gelegt. Aber ich war unsicher und ängstlich, auch noch als junges Mädchen. Ich hab mich leicht beeinflussen lassen durch andere und tue es ja immer noch. Vielleicht hätte ich selbstbewusster werden können, wenn ich mehr Bestätigung von meinem Vater bekommen hätte."
„Das ist jetzt eine Spekulation", meinte Herr Bierbaum, „aber ich höre bei Ihnen raus, dass Sie sich mehr Anerkennung oder zumindest Wahrgenommenwerden von Ihrem Vater gewünscht hätten."
Elisabeth nickte.

Ihr Blick ging zum Fenster hinaus, zur großen Kastanie, die da draußen stand. „Wo sind Sie jetzt, Fräulein Menge?", fragte Herr Bierbaum. „Mir fiel gerade ein, wie das damals bei meiner Konfirmation war. Das sollte ja eigentlich ein richtig schönes Fest sein auf dem Weg zum Erwachsenwerden. Aber bis auf die Tatsache, dass meine Eltern mir damals ein eigenes Fahrrad geschenkt haben, hab ich fast nur schreckliche Erinnerungen daran."
„Mögen Sie davon erzählen?"
„Das fing schon damit an, dass ich mir im Vorfeld nichts selbst aussuchen durfte, nicht das Lokal, in dem gefeiert werden sollte und auch nicht das Menü. Das Lokal und das Essen, das war dann im Nachhinein ganz in Ordnung, aber ich hab mich einfach übergangen gefühlt. Den größten Krach hatten wir aber wegen meines Konfirmationskleides. Damals ging das ja mit den Miniröcken los, und jedes Mädchen in meinem Jahrgang kam natürlich kniefrei. Und ich musste ein Kleid tragen, das so schrecklich bieder war, dass ich mich darin richtig geschämt habe. Natürlich viel zu lang, bis weit unters Knie, dann auch noch in Schwarz, während alle anderen Mädchen in flotten kurzen weißen Kleidern daher kamen. Ich hab lautstark gestritten mit meinen Eltern, und mein Vater hat dann zurückgebrüllt: ‚Ich bin schließlich Kirchenvorsteher, ich kann es mir nicht erlauben, dass meine Tochter im Minirock vorm Altar

kniet.' Das fand ich echt Quatsch! Was hatte sein Posten mit mir zu tun?"
„Mit vierzehn möchte man natürlich so aussehen wie alle anderen, das ist nun mal so", sagte Herr Bierbaum.

Elisabeth hatte sich jetzt in Fahrt geredet. „Am Sonntag vor der Konfirmation war Prüfung in der Kirche, und dafür brauchte man ein Extrakleid. Aber meine Eltern sagten, das neue Kleid wäre teuer genug gewesen, für ein zweites wäre kein Geld da. Meine Mutter hat einen alten grauen Stoff hervorgeholt, das war ein aufgetrennter Anzug meines Großvaters gewesen, und damit ist sie mit mir zu einem uralten Schneider gegangen, damit der mir daraus etwas näht. Der hat dann ein ganz altmodisches Jackenkleid daraus gemacht, aber weil der Stoff nicht ganz ausreichte, hatte es nur dreiviertellange Ärmel, was damals absolut unmodern war. Also hab ich mich zwei Sonntage einfach nur geschämt und wäre am liebsten gar nicht in die Kirche oder unter Leute gegangen."

Elisabeth wurde immer lauter. „Sie sind wohl immer noch richtig ärgerlich auf Ihre Eltern?"
„Das kann man wohl sagen! Dass die mir das angetan haben!"
„Ja, Scham ist ein schreckliches Gefühl, vor allem für ein junges Mädchen."
„Später, als wir dann nur noch in Familie waren, im Lokal und abends dann bei uns zu Hause, da waren ja keine anderen Mädchen mehr, da hab ich es etwas besser ausgehalten in dem blöden Kleid. Irgendeine Tante sagte dann noch: ‚Oh, das ist aber ein praktisches Kleid – das kannst du bestimmt noch viele Male anziehen, ins Konzert oder ins Theater'. Zum einen wollte ich nicht praktisch aussehen, sondern hübsch, und zum anderen gab es später nur noch ein oder zwei Gelegenheiten für dieses Kleid, und dann war ich zum Glück rausgewachsen."

„Sie lassen keinen guten Faden an dem Kleid, im buchstäblichen Sinne, und wohl auch nicht an dem gesamten Tag."

„Es kommt noch schlimmer", sagte Elisabeth, „soll ich noch weiter von dem Tag erzählen?"
„Wenn es Ihnen gut tut, dann nur zu", sagte Herr Bierbaum. „Mein Vater hatte sich vorgenommen, beim Essen zwischen Suppe und Hauptgang eine Rede auf mich zu halten. Die hat er dann unter das Motto gestellt: Ein Esel läuft dem andern nach. Diesen Satz hat er mehrmals wiederholt. Er hat in dieser Rede erzählt, wie es damals bei seiner Konfirmation gewesen war. Zu der Zeit waren ja fast alle Jungs in der Hitlerjugend gewesen, und er zum Leidwesen seiner Mutter auch. Alle Jungs in seiner Gruppe hatten lauthals verkündet, dass sie sich in HJ-Uniform konfirmieren lassen wollten, und dann wollte er das natürlich auch, um nicht Außenseiter zu sein. Seine Eltern hatten noch versucht, ihn davon abzubringen, aber er hatte sich schließlich durchgesetzt und kam an dem Sonntagmorgen in HJ-Uniform in die Kirche. Und da stellte er fest, dass alle seine Kameraden gekniffen hatten und ganz brav im dunklen Anzug erschienen waren. Er war der Einzige in Uniform, alle Leute und vor allem der Pastor haben ihn angestarrt. Darunter hat er seitdem gelitten, dass er sich so sehr hatte beeinflussen lassen und dann von den anderen hängen gelassen worden war. Seiner Mutter war das alles schrecklich unangenehm, ihren Sohn als angeblichen HJ-Fanatiker in der Kirche zu sehen. Und das alles erzählte er mir bei meinem Konfirmationsessen unter dem Motto: Ein Esel läuft dem andern nach."

„Ich könnte mir vorstellen", sagte Herr Bierbaum, „dass Ihr Vater das gemeint hat als Ermutigung, Ihren eigenen Weg zu gehen und sich nicht von anderen beeinflussen zu lassen."
„Ja, so hat er das bestimmt gemeint, aber es passte zu dem Zeitpunkt überhaupt nicht zu mir – ich wollte doch so gerne wie die anderen sein – und außerdem hab ich mich gefragt, ob ich den Ausdruck Esel wortwörtlich auf mich beziehen sollte." Elisabeth schnaufte. Sie war richtiggehend erschöpft vom schnellen Erzählen und vor allem von der Wucht ihrer Erinnerungen.

„Vielleicht hatte Ihr Vater eine etwas ungeschickte Art, Ihnen Ermutigendes zu sagen? Und vielleicht wäre es Ihnen trotzdem möglich, dahinter seine guten Absichten zu entdecken?"

„Heute ja, aber damals fand ich es nur schrecklich. Das Schönste an dem Tag war, dass nach dem Kaffeetrinken meine Patentante mit mir einen langen Spaziergang gemacht hat, obwohl es geregnet hat, und die hat mich gefragt, wie es in der Schule ist, was ich für Freundinnen habe und so weiter. Sie hat sich echt für mich interessiert und hat mir auch richtig zugehört."

„Sie waren offensichtlich weitgehend enttäuscht von dem Tag", stellte Herr Bierbaum fest. „Ja, total", antwortete Elisabeth mit Entschiedenheit. Er sah sie lange an und sagte dann: „In dem Wort enttäuscht steckt etwas ganz Wichtiges drin, nämlich das Ende einer Täuschung, und das ist letztendlich doch etwas Gutes. Sie sahen sich damals getäuscht in Ihren Erwartungen, also waren doch offensichtlich die Erwartungen falsch gewesen. Hätten Sie Ihre Erwartungen niedriger ansetzen können, wären Sie nicht enttäuscht gewesen."

„Ja, aber ist es nicht berechtigt, dass man an die eigene Konfirmationsfeier Erwartungen und Hoffnungen hat?", fragte Elisabeth. „Natürlich ist es das. Darum geht's mir im Moment auch gar nicht. Mir geht es darum, dass Sie in Zukunft Enttäuschungen vermeiden können, indem Sie Ihre Erwartungen nicht zu hoch ansetzen, beziehungsweise schauen, welche Erwartungen und Hoffnungen realistisch sind."

„Sie meinen, eine Enttäuschung ist so etwas wie ein Signal, ein Hinweis auf unrealistische Erwartungen?"

„Ja, so in etwa denke ich das. Sie müssen das jetzt nicht übernehmen, Fräulein Menge, aber vielleicht denken Sie bis zu unserm nächsten Treffen mal darüber nach. Und vielleicht können Sie auch mal überlegen, wie es mit anderen Enttäuschungen in Ihrem Leben war, ob da auch Erwartungen und Realität nicht zueinander gepasst haben."

„Da haben Sie mir jetzt aber reichlich Gedankenfutter mit auf den Weg gegeben“, sagte Elisabeth nachdenklich. „Dafür bin ich berühmt und berüchtigt“, lachte Herr Bierbaum.

Das Kind sitzt im Kinderzimmer am Tisch und knetet. Das Knetgummi hat es von Tante Henriette zum Geburtstag bekommen. Das ist seine Patentante, und das Kind liebt sie. Sie lacht immer so fröhlich und trägt elegante Kleider, die hat sie von einer Freundin in New York in Amerika. Aus der Knete entstehen lauter kleine Tiere. Ein Zoo soll das werden, mit einem Löwen aus gelber Knete, einem Affen aus brauner und einem Krokodil aus grüner. Am schwierigsten ist der Affe, der kippt immer um. Die Finger sind schon ganz klebrig und riechen nach Knete.

Von ferne hört sie, dass die große Schwester von der Schule nach Hause kommt. Aber heute kommt sie nicht wie sonst als erstes ins Kinderzimmer, um ihren Ranzen in die Ecke zu werfen. Heute bleibt sie nebenan in der Küche, und das Kind hört die Mutter fragen: „Na, wie sieht dein Zeugnis aus?“
„Och naja“, sagt die Schwester. „Zeig mal her“, verlangt die Mutter, und dann hört das Kind einen empörten Aufschrei. „Das gibt's doch wohl nicht. Zwei Fünfen, und dann steht da noch: Die Versetzung von Agnes Menge ist gefährdet. Na, warte mal ab, wenn der Papa nachher nach Hause kommt. Das gibt ein Donnerwetter.“

Die Schwester ist ganz still geworden. Sie kommt ins Kinderzimmer und sagt: „Du, Lieschen, ich werd sitzen bleiben.“ Das Kind fragt: „Wo bleibst du sitzen, auf deinem Hocker in der Küche oder wo?“
„Bist du doof“, sagt die Schwester, „in der Schule natürlich. Ich komm nicht in die nächste Klasse.“
„Und – ist das schlimm?“, fragt das Kind. „Na klar, Papa wird dann wieder sagen, er wäre schließlich höherer Beamter, und seine Tochter darf nicht sitzen bleiben.“ Dann packt sie ihren Ranzen in

die hinterste Ecke des Kinderzimmers und sagt zufrieden: „Jetzt sind aber erst mal Herbstferien!"
Beim Mittagessen – der Vater ist nach oben gekommen, hat die Aktentasche, in der er morgens seine Frühstücksbrote mitnimmt, gerade abgelegt – zeigt ihm die Mutter sofort das Zeugnis der großen Schwester. Die hat sich gerade einige Kartoffeln auf den Teller gelegt, da poltert der Vater los: „Das ist ja unglaublich. Immer wieder hab ich dir gesagt, ich helfe dir, wenn du mit den Hausaufgaben nicht klarkommst. Zwei Fünfen und drei Vieren – ja, was hast du denn die ganze Zeit gemacht, wenn du behauptest hast, Hausaufgaben zu machen – in der Gegend rumgeguckt? Meine Tochter und sitzen bleiben – wie steh ich denn dann vor den Kollegen da? Das wird sich rumsprechen wie ein Lauffeuer, und alle werden insgeheim über mich lachen und sagen: Der hat ja seine eigene Tochter nicht im Griff, wie will er denn seine Abteilung im Griff haben."

Die Schwester sagt kein Wort, sondern fängt an zu essen, den Blick auf ihren Teller gerichtet. „Sieh mich an, wenn ich mit dir rede." Seine Stimme wird immer lauter. Die Mutter sagt: „Nun hör doch auf, sie ist doch noch so zart." Jetzt sagt die Schwester: „Alle meine Freundinnen haben auch ein paar Vieren im Zeugnis."
„Das interessiert mich nicht, was mit den anderen ist, hier geht es um dich und deine Zukunft!" Jetzt brüllt der Vater, und das Kind möchte am liebsten ins Kinderzimmer laufen. Aber aufstehen vom Tisch, bevor das Essen zu Ende ist, das ist nicht erlaubt, auch nicht, wenn man Angst hat.

Plötzlich hebt die Schwester den Kopf, strahlt, dass man ihre Grübchen sieht und sagt: „Dann geh ich nach den Herbstferien einfach eine Klasse zurück." Der Vater ist still. Die Mutter runzelt die Stirn und sagt: „Kind, du machst es dir ja einfach. Du nimmst das so auf die leichte Schulter." Der Vater isst schweigend, dann sagt er: „Das wäre eine Lösung. Dann kann ich den Kollegen sagen, wir hätten das selbst beschlossen, weil wir unsere Tochter noch für zu schwächlich gehalten haben, um in ihrer Klasse mitzuhalten. Ja, so machen wir das."

Abends beim Essen kommt die Rede noch einmal auf das Zeugnis der Schwester. Der Vater sagt: „Wir werden noch einmal Gnade vor Recht ergehen lassen. Du bekommst eine neue Chance. Aber bedenke in Zukunft: Ich hatte nie die Chance, so lange zur Schule zu gehen wie du. Notabitur mit siebzehn, dann der Krieg, und hinterher konnte ich nur eine Verwaltungslehre machen, obwohl ich so gerne studiert hätte." Und die Mutter sieht ganz traurig aus und sagt: „Ich wollte Medizin studieren, ich wollte Kinderärztin werden. Einen Studienplatz in Greifswald hatte ich schon, aber dann musste ich zum Arbeitsdienst, und dann sollte ich Krankenpflege lernen, wegen der vielen Verletzten in den Lazaretten."

Die Schwester schweigt. Die Sache scheint für sie erledigt. Abends im Bett sagt sie noch: „Ich weiß gar nicht, warum Mama und Papa so eine große Sache um die paar schlechten Zensuren machen. Wenn ich mal Kinder habe, dürfen die auch Sechsen mit nach Hause bringen." Gleich danach schläft sie ein, und das Kind liegt noch lange wach. Heute Nacht singt die Schranktür nicht. Dafür hört das Kind die Stimmen der Eltern, wie sie im Wohnzimmer lange miteinander reden.

Sonja bekam über's Wochenende Besuch von ihrem älteren Bruder Peter. „Nett habt ihr's hier", sagte er, als er Elisabeth begrüßte, die gerade dabei war, über der Badewanne ihre frisch gewaschene Wäsche aufzuhängen. „Man merkt, dass hier Frauen leben; in einer Männer-WG wäre es nicht so sauber und aufgeräumt. Ich weiß, wovon ich rede: Ich hab mir während meines Studiums eine Wohnung mit drei Freunden geteilt. Meine Güte – da sah es manchmal aus! Unsere Vermieterin war kurz davor, uns rauszuwerfen." Er grinste und zauberte aus seinem Rucksack eine Flasche Wein hervor. „Die gibt's heute Abend, wenn ihr mir hoffentlich ein gutes Essen serviert habt", meinte er. „Wir dachten an Spaghetti Bolognese", sagte Sonja. „Och nee", maulte Peter, „die koch ich mir selber doch dauernd."

„Mein Vater hätte jetzt gesagt: Es wird gegessen, was auf den Tisch kommt", sagte Elisabeth lachend. „Das hat meine Mutter früher auch immer gesagt. Ich sehe schon, du bist auch geschädigt von den mageren Zeiten der vierziger und fünfziger Jahre."

„Naja, in den vierziger Jahren war ich noch nicht auf der Welt, aber der Geist der Vierziger, der schwebte noch durch mein Elternhaus. Das heißt, es war nur eine kleine Wohnung, dafür war dieser Geist dann auch umso konzentrierter, wie ein dicker Nebel."

„Setz dich zu uns in die Küche; ich koch uns gerade einen Tee", sagte Sonja zu Elisabeth. „Gleich, ich versuche nur noch, aus dieser Jeans möglichst viel Wasser heraus zu wringen, damit sie schnell trocknet, und nicht wieder tagelang dafür braucht wie beim letzten Mal." Sie empfand das Waschen ihrer Kleidung mit der Hand als ausgesprochen lästig und zeitaufwendig.

Als sie schließlich in die Küche kam, rieb sie sich die klammen Finger. „Müssen so schöne Hände schnöde Hausfrauenarbeit leisten?", fragte Peter. „Alter Charmeur", sagte Sonja, „wovon sollen wir zwei arme Studentinnen uns denn eine Waschmaschine leisten können? Abgesehen davon, dass diese Altbauwohnung dafür gar keinen Anschluss hat, und den einbauen zu lassen, das käme erst recht teuer."

„Jetzt weiß ich erst, was meine Mutter geleistet hat, als sie jahrelang für die ganze Familie die komplette Wäsche mit der Hand gewaschen hat", sagte Elisabeth, „ich sehe sie noch vor mir: ein alter weißer Küchenstuhl, darauf stand die Zinkwanne, darin das Waschbrett, und dann wurde den ganzen Vormittag die Wäsche darauf gerubbelt und den ganzen Nachmittag gespült. Den Geruch von dieser Seifenlauge hab ich heute noch in der Nase."

„Und diese Waschbretter sind heutzutage heiß begehrt als Musikinstrumente", meinte Peter, „aber seitdem es nur noch

Waschmaschinen gibt, sind die Dinger meistens auf dem Sperrmüll gelandet."

„Ich weiß noch, wie das war, als meine Mutter ihre erste Waschmaschine bekam – da muss ich so ungefähr acht oder neun Jahre alt gewesen sein – da lief sie mit leuchtenden Augen immer wieder in den Keller und streichelte sie. Und dann sagte sie zu meiner Schwester und mir: ‚Von jetzt an dürft ihr jeden Tag einen frischen Schlüpfer und frische Strümpfe anziehen'. Meine Güte, war das toll – nicht mehr morgens wieder in die miefigen Klamotten von gestern steigen zu müssen."

„So hab ich meine Mutter auch noch vor Augen, mit dem Waschbrett und der Seifenlauge auf dem Herd. Aber wir waren zu der Zeit nur zu zweit. Meinen Vater hab ich gar nicht mehr kennen gelernt, der ist in russischer Gefangenschaft ums Leben gekommen."

Elisabeth sah verwirrt von ihm zu Sonja. Die lachte und sagte: „Peter ist doch mein Halbbruder, hab ich dir das nie erzählt? Meine Mutter hat später noch mal geheiratet, und das ist mein Vater."

„Ja, dein Vater, aber meiner ist es nie geworden", sagte Peter.

„Obwohl er das immer sein wollte, Peter. Er hat sich viel Mühe um dich gegeben."

„Ja, ich weiß. Aber er hat ganz zu Anfang den Fehler gemacht, von mir zu erwarten, dass ich Papa zu ihm sage, und Mama hat das auch verlangt. Aber für mich war Papa der Mann auf dem Foto an der Wand, den ich nie kennen gelernt habe, von dem Mama aber immer mit so viel Sehnsucht erzählt hatte und mir damit auch diese Sehnsucht eingepflanzt hatte. Zu Wilhelm, also meinem Stiefvater, konnte ich nicht Papa sagen. Ich hätte ihn als neues Familienmitglied durchaus akzeptieren können, wenn er sich nicht an die Stelle meines Vaters gesetzt hätte. Aber diese Chance hat er vertan, indem er einfach über meine Gefühle für meinen leiblichen Vater hinweg gegangen ist, und das habe ich ihm als Kind schon nicht verziehen. Seitdem habe ich einen Groll auf ihn, und wir haben uns auch immer wieder gefetzt."

„Ja, zum Leidwesen von Mama, die dann immer zwischen allen Stühlen saß und doch nur Frieden in der Familie wollte."
„Ja, und dann kamst du, Sonja, und warst das heißgeliebte Kind von Mama und Wilhelm, und ich war entthront und hatte damit einen weiteren Grund, auf Wilhelm zornig zu sein."

„Und wie stehst du heute zu Sonja?", fragte Elisabeth. „Sie war ja dann zum Glück eine süße kleine Schwester, mit der ich bei meinen Freunden richtig angeben konnte. Ich hab sie sogar mit Begeisterung in ihrer Karre ausgefahren. Nur manchmal etwas zu schnell, vor allem in den Kurven, und dann ist sie in hohem Bogen rausgeflogen, und ich hab von Wilhelm Senge gekriegt. Ein weiterer Grund für mich damals, ihn zu hassen."
„Ich glaube, so war das damals prinzipiell, dass man auf die Gefühle von Kindern nicht geachtet hat. Ich weiß noch, als mein Großvater starb, da hat keiner der Erwachsenen richtig mit meiner Schwester und mit geredet. Wir merkten nur, dass meine Eltern verheult rumliefen, was uns Angst gemacht hat, aber was da im Einzelnen war, hat uns niemand gesagt. Zur Beerdigung durften wir natürlich auch nicht mit, und wir hatten gar keine Gelegenheit, richtig zu trauern."
„Stimmt, wir wurden mit dem, was uns innerlich beschäftigte, ziemlich allein gelassen. Bei der Hochzeit unserer Mutter sollte ich glückstrahlend an ihrer Seite gehen, und alle Leute aus der Verwandtschaft haben immer gesagt: ‚Was hast du für ein Glück – du bekommst einen neuen Papa'. Aber ich wollte keinen neuen, ich wollte den alten Papa. Und vor lauter Wut hab ich die neuen Klamotten, die meine Mutter mir angezogen hatte, von oben bis unten dreckig gemacht."
„Davon gibt's auch noch ein Foto", sagte Sonja lachend, „alle picobello schick und sauber, nur du als Schmutzfink dazwischen."
„Jetzt mach du dich auch noch über mich lustig", sagte Peter schmollend, aber mit Lachfältchen um die Augen, „lass uns lieber das Thema wechseln. Wo steht euer Fernseher, damit ich mir nachher die Nachrichten ansehen kann?"

„Du bist lustig, Bruderherz, ein Fernseher gehört auch zu den Dingen, die sich unsereins nicht leisten kann."
„Was, ihr habt keine Glotze? Wie ertragt ihr das? Sogar in meiner WG damals hatten wir eine."
„Du kannst uns ja mal einen spendieren; du verdienst ja bald eine Menge Geld als Lehrer."
„Noch bin ich keiner, noch bin ich nur Referendar."
„Und du bist offensichtlich abhängig von deinem Fernseher. Nachrichten kann man auch im Radio hören." Peter seufzte theatralisch. „Immer diese Versuche deinerseits, mich zu erziehen!"

Elisabeth lachte. „Ich hab eine ältere Schwester, die versucht das auch andauernd", sagte sie, „meine Eltern waren übrigens kurz davor, in eine echte Abhängigkeit von ihrem ersten Fernseher zu geraten. Alle Nachbarn hatten längst einen, als sie sich schließlich auch einen leisten konnten. Die ersten Wochen haben sie sich alles angesehen, jede blödsinnige Vorabendserie, jede Musiksendung am Samstagabend, obwohl diese Musik gar nicht ihrem Geschmack entsprach. Das haben sie zum Glück auch bald gemerkt. Aber ich muss gestehen, ich war zu Beginn auch fasziniert vom Fernsehen. Zu der Zeit kam gerade die Kindersendung Sesamstraße ins Programm. Zu Beginn die amerikanische Originalversion, auf Englisch, und die fanden mein Vater und ich einfach witzig. Er mit seinen alten Englischkenntnissen aus dem Gefangenenlager und ich mit dem bisschen Englisch, das ich bis dahin in der Schule gelernt hatte. Aber wir hatten unsern Spaß dabei!" „Das war ja auch endlich mal eine pfiffige Kindersendung", sagte Peter, „bis dahin waren alle Filme für Kinder immer schrecklich moralinsauer und hatten einen hoch erhobenen Zeigefinger dabei. Sogar Fury und Lassie, oder Rintintin und Flipper – da ging es auch immer nur darum, dass man anständig leben soll, dass das Böse besiegt wird und das Gute siegt. Als ob es im echten Leben immer so wäre!"
„Bei uns in dieser Wohnung ist das so", sagte Sonja lachend, „hier wird der böse Hunger besiegt, und das gute Essen siegt. Ich fang jetzt mal mit den Spaghetti an."

Als Peter nach zwei Tagen wieder abgereist war, sagte Sonja zu Elisabeth: „Du, ich glaube, du hast ihm gefallen. Er hat dich so oft angeguckt. Da könnte mehr draus werden, wenn du das wolltest."
„Kann das gut gehen – zwei Menschen zusammen, die beide Probleme mit ihrem Vater haben?", fragte Elisabeth nachdenklich, „außerdem hab ich doch schon einen Freund."
„Den kann man ja auch mal wechseln", meinte Sonja versonnen.

Nach den Herbstferien soll das Kind in den Kindergarten gehen. Der ist ganz in der Nähe, nur eine Straße weiter. Das Kind fürchtet sich davor. So viele fremde Kinder, das macht ihm Angst. Die Mutter versucht, es zu überreden: „Da gibt es ganz viele schöne Spielsachen, viel mehr als ihr in eurem Kinderzimmer habt." Der Vater sagt: „Fürs soziale Lernen ist so ein Kindergarten Gold wert. Und soziale Kompetenz braucht der Mensch. Wenn es im Dritten Reich mehr davon gegeben hätte, dann hätte es den ganzen Krieg vielleicht nicht gegeben." Auch die große Schwester möchte es dem Kind leicht machen, dort hinzugehen. Sie selbst war begeistert gewesen von ihrer Kindergartenzeit. „Da findest du ganz viele Freundinnen", sagt sie.

Sie selbst hat wirklich viele Freundinnen; jeden Nachmittag verabredet sie sich mit ihnen und kommt immer mit leuchtenden Augen und roten Wangen, nur ganz knapp vorm Abendessen, nach Hause. Manchmal vergisst sie auch die Zeit, so viel hat sie sich mit ihren Freundinnen zu erzählen, und dann gibt es Ärger mit den Eltern. Oder sie hat ein Loch im Jackenärmel, vom Klettern auf den Apfelbaum im Garten, und die Mutter seufzt, weil die Jacke doch noch ein paar Jahre halten sollte, damit das Kind sie auch einmal tragen kann. Aber die Schwester macht sich nichts draus und erzählt freudestrahlend, was sie alles zusammen unternommen haben. Dabei sieht man wieder ihre niedlichen Grübchen, auf die das Kind so neidisch ist.

Am kommenden Montag ist es soweit – die Mutter bringt das Kind morgens zum Kindergarten. Sie werden von einer Frau in Empfang genommen, zu der die Mutter sagt: „Hier bringe ich Ihnen unser Lieschen." Das Kind denkt: „Ich heiße doch Elisabeth. Hier soll keiner Lieschen zu mir sagen dürfen." Die Frau sagt: „Ich bin Tante Else, und ich freu mich, dass du jetzt auch immer zu uns kommen willst."
„Wieso ist die denn meine Tante?", fragt das Kind leise die Mutter, „ist die denn eine Schwester von dir oder von Papa?" Zur Tante Else sagt sie: „Ich will aber gar nicht kommen."
„Ach, es wird dir schon bei uns gefallen. Du musst dich nur ein bisschen einleben."

Sie nimmt das Kind an die Hand, bringt es in einen Raum, der voll gestopft scheint mit anderen kleinen Kindern und ruft: „Hört mal alle her, dies hier ist Lieschen, die ist neu bei uns. Seid alle schön lieb zu ihr!"
„Ich heiße nicht Lieschen, ich heiße Elisabeth", flüstert das Kind. Schüchtern steht es da, wo Tante Else es losgelassen hat. Es sieht, dass es eine Puppenecke gibt, mit Puppenbett, einem hübschen bunten Kleiderschrank für Puppenkleider und einer Puppenwiege. Einige kleine Mädchen sitzen dort auf dem Fußboden und spielen. Sie gucken neugierig zum Kind herüber. Zwei Jungen streiten sich lautstark um ein Holzauto. Tante Else kommt und nimmt ihnen das Auto weg. „Wenn zwei sich streiten, bekommt es niemand", sagt sie und stellt das Auto hoch oben auf einen Schrank, wo kein Kind drankommt. „Jetzt seid ihr zwei beiden hübsch brav. Ihr wollt doch Freunde sein, oder?"

Nach einiger Zeit ruft sie: „So, jetzt gehen wir alle mal aufs Töpfchen. Fasst euch an, immer zu zweit nebeneinander!" Sie selbst nimmt das Kind an die Hand. Das sträubt sich und sagt: „Ich muss aber gar nicht."
„Hier gehen wir alle gemeinsam", sagt Tante Else und zieht sie mit sich. Es gibt ein Badezimmer mit einer langen Reihe von

klitzekleinen Toilettenbecken. Das sieht niedlich aus. Alle sitzen schließlich folgsam nebeneinander, das Kind widerstrebend auch, mit heruntergezogenem Schlüpfer. Das findet es peinlich, so vor den anderen Kindern. Anschließend heißt es: „So, und jetzt alle Händewaschen! Schön ordentlich mit Seife!"

Dann geht es in eine Küche, darin stehen kleine Tische und Stühlchen. Tante Else ruft: „Hinsetzen!" Und dann sagt sie mit feierlicher Stimme: „Hände falten, Köpfchen senken, an den lieben Heiland denken. Amen." Für jedes Kind gibt es ein Marmeladenbrot. Rote Marmelade, aber sie schmeckt längst nicht so gut wie die Erdbeermarmelade, die die Großmutter jedes Jahr kocht. Nach dem Frühstück ist wieder Händewaschen dran, und dann sollen sich alle Kinder auf eine Wolldecke in einer Zimmerecke setzen. Tante Else will vorlesen, Hänschen im Blaubeerwald. Das Kind kennt das Buch längst, denn die große Schwester hat es ihr schon oft vorgelesen. Jeden Satz könnte es auswendig aufsagen. Es langweilt sich und möchte am liebsten aufstehen und in der Puppenecke spielen, weil da gerade kein Kind drin ist. Aber das ist bestimmt jetzt nicht erlaubt.

Mittags kommt die Mutter, um das Kind abzuholen. „Da geh ich nie, nie wieder hin", sagt das Kind. Die Mutter lacht und sagt: „Da reden wir nachher mit Papa drüber." Beim Mittagessen kann das Kind es kaum erwarten, bis es vom Vater gefragt wird, wie es ihm denn im Kindergarten gefallen hat. „Ganz schrecklich war es", sprudelt es nur so aus dem Kind heraus, „da geh ich ganz bestimmt nicht wieder hin. Alles sollen alle Kinder immer gleichzeitig machen. Händewaschen, essen, sogar zum Klo gehen müssen alle zusammen, auch wenn man gar nicht muss. Das ist ja wie bei den Soldaten, wo der Hauptmann was sagt, und alle müssen das dann tun." Das Kind kennt sich selbst kaum wieder, so zornig ist es jetzt. Es ahnt, was jetzt kommen wird, wahrscheinlich wird der Vater sagen: „Natürlich gehst du da morgen wieder hin, wir – deine Mutter und ich – haben das so beschlossen."

Aber nichts passiert. Der Vater streichelt nur dem Kind die Hand und raunt der Mutter mit einem leisen Lachen zu: „Hat meine antimilitärische Erziehung also doch gefruchtet, wie man sieht.“ Das Kind ist verunsichert. Was bedeutet das jetzt: muss es morgen wieder in den Kindergarten oder nicht?

Abends im Bett erzählt es der großen Schwester ganz ausführlich, wie es im Kindergarten war. Die Schwester lacht immer wieder und sagt: „Lass doch Tante Else sagen, was sie will. Da musst du einfach nicht hinhören. Denk doch lieber an die tollen Spielsachen. So viele Puppen und Puppenkleider haben wir hier nicht. Und die anderen Kinder sind bestimmt richtig nett, wenn du sie erst mal kennen gelernt hast.“ Dann schläft sie ein, die langen Zöpfe baumeln aus dem Bett heraus, und das Kind rollt sich wieder einmal schlaflos im Bett herum. Es hört sogar noch, wie die Eltern spät in der Nacht leise durchs Kinderzimmer in ihr eigenes Schlafzimmer gehen, aber es traut sich nicht zu sagen, dass es noch wach ist.

Einmal, vor einigen Tagen, da hatte es mal leise „Mama!“ gesagt, als die Eltern abends ins Bett gehen wollten. Das hatten die Eltern gehört, und der Vater hatte mit ganz ungewohnt liebevoller Stimme gefragt: „Kind, kannst du nicht schlafen?“ Es hatte den Kopf geschüttelt, und der Vater hatte gefragt: „Warum denn nicht, Lieschen?“
„Ich weiß es doch nicht, Papa.“ Und dann hatte es ganz furchtbar schluchzen müssen. Dann hatte der Vater aus der Küche ein Stück Würfelzucker geholt, hatte aus einem Fläschchen einige ganz bittere, stark riechende Tropfen darauf geträufelt und gesagt: „Das ist Baldrian. Davon wirst du gut schlafen können.“ Er hatte den Arm um das Kind gelegt und ihm ganz vorsichtig den Zucker in den Mund geschoben. Und tatsächlich, gleich danach war das Kind eingeschlafen. Vielleicht kennt der Vater auch schlaflose Nächte?

In dieser Nacht liegt das Kind lange wach. Am nächsten Morgen wacht es nicht wie sonst von alleine auf. Die Mutter weckt es und

fragt als erstes: „Na, wie sieht es aus – hast du dir überlegt, ob du heute in den Kindergarten gehst?“
„Ja“, sagt das Kind. „Und wie hast du dich entschieden?“
„Nein!“, sagt das Kind und dreht sich zur Wand um. Die Mutter lacht und sagt: „Dann schlaf ruhig weiter.“ Von da an ist nie wieder die Rede vom Kindergarten, und das Kind ist unendlich dankbar dafür.

Endlich hatte sie einen besseren Job gefunden. Um den verwöhnten Jungen mit seiner geizigen Mutter sollte sich jemand anders kümmern. Sie ging jetzt zwei Nachmittage die Woche als Putzfrau in ein Haus oben am Waldrand, für zehn Mark die Stunde. Das war viel Geld für sie, aber die Erwartungen der Hausfrau waren auch entsprechend hoch. Immer wieder die Marmorbäder auf Hochglanz polieren, jede Woche einmal das große Panoramafenster im Wohnzimmer putzen, weil man durch das Fenster so eine wunderschöne Aussicht auf die Stadt hatte. Zu Anfang hatte ihr die Hausfrau gezeigt, wie sie das zu machen hatte, mit Zeitungspapier und aufgesprühtem Glasreiniger. Zeitungspapier gab es zum Glück genug, denn der Hausherr, den sie noch nie gesehen hatte, las täglich drei verschiedene Zeitungen. Zumindest den Wirtschaftsteil, der Sportteil lag immer unberührt in der Altpapierkiste in der Garage.

Der Job machte ihr Spaß; sie konnte sich ihre Zeit selbst einteilen. Und wenn sie flink genug war, schnupperte sie noch ein bisschen in den Büchern herum, die zuhauf im Wohnzimmer standen. Am Spätnachmittag kam ihre Chefin mit der kleinen Tochter nach Hause. Vier Jahre war sie alt, setzte sich sofort nach dem Heimkommen auf ihr rotes Rutscheauto, knabberte an einem Keks und hinterließ eine Spur von Krümeln und Streifen auf dem frischgewischten Boden. „Soll ich das eben noch mal wieder wegmachen?“, fragte Elisabeth einmal. „Nein“, hieß es da, „Kinder dürfen Dreck machen, das stört mich nicht.“ So gut hätten wir es als Kinder auch mal haben müssen, dachte sie, und laut sagte sie: „Danke für Ihr Verständnis.

Ich bin froh, wenn ich heute pünktlich wegkomme. Ich hab noch eine Verabredung mit meiner Lerngruppe."

Diese Lerngruppe war eine echte Hilfe für sie. Da fragten sie sich gegenseitig Paragraphen ab, übten zu debattieren und gaben sich gegenseitig das Gefühl, schon richtig tief im Wissensstoff drin zu sein. Das tat ihr gut. Vor allem lernte sie durch die Kommilitonen der Gruppe weitere Studenten kennen, und plötzlich war jedes Wochenende ausgefüllt mit Einladungen zu Partys, gemeinsamen Ausflügen und Kinobesuchen. Manchmal entschloss sich die Clique spontan, abends gemeinsam zu kochen, vorzugsweise Spaghetti – die waren günstig und ließen sich immer wieder neu variieren. Jeder hatte da seine Spezialrezeptur.

Nachdem sie drei Wochen lang den sonntäglichen Anruf bei den Eltern vergessen hatte, sagte der Vater am Telefon mit einem sarkastischen Unterton in der Stimme: „Bist du knapp bei Kasse, dass du noch nicht einmal mehr das Kleingeld für die Telefonzelle hast? Dann sag bitte Bescheid, damit wir dir mehr überweisen können."
„Nein, nein", sagte sie, „ich hab nur so viel um die Ohren gehabt." Und dann konnte ihr Vater es sich doch nicht verkneifen, mit leicht vorwurfsvollem Unterton zu sagen: „Deine Mutter und ich, wir würden es doch gerne gelegentlich wissen wollen, wie es unserer Jüngsten geht." Aber es gelang ihm nicht, ihr ein schlechtes Gewissen zu machen.

Irgendwann fiel ihr auf, dass ein blonder Theologiestudent immer öfter an ihrer Seite war. Er fragte sie nach ihren Interessen, machte ihr Komplimente wegen ihrer langen glänzenden Haare, die ihr weit über den Rücken hinab hingen, hielt ihr die Türen auf, und vor allem das verunsicherte sie. Einmal lud er sie zu sich in „seine Bude" ein, wie er sagte. Die Bude entpuppte sich als die ganze obere Etage einer alten Villa. Sein Vater war Geschichtsprofessor, die Mutter Gymnasiallehrerin. „Da kann ich ja mit meinem Elternhaus überhaupt nicht mithalten. Hier passe ich nicht her", dachte sie sich. Sie trank einen Tee mit ihm, einen köstlichen Darjeeling, und brach dann bald auf. Er brachte sie mit sichtlichem Bedauern zur Haustür und sah ihr noch eine Zeitlang mit traurigem Blick hinterher. Von da an ließ er sich in der Clique lange nicht mehr blicken. Er tauchte Wochen später erst wieder auf, an der Hand eine quirlige dunkelgelockte Theologiestudentin. Viele Jahre später, nach einer missglückten Ehe, musste sie plötzlich wieder an ihn denken und bedauerte ihre damalige Reserviertheit ihm gegenüber zutiefst. Vielleicht hätten sie doch zusammengepasst...

„Ich brauch keinen Kindergarten", sagt das Kind zur großen Schwester, „ich hab auch so genug Freunde." Da ist zum Beispiel Wolfgang. Der wohnt im Nachbarhaus, und sein Vater ist Feuerwehrmann. Manchmal holt Wolfgangs Vater eine Mappe hervor, darin sind ganz viele Zeitungsartikel eingeklebt, mit Fotos, auf denen er selbst zu sehen ist, in seiner Feuerwehruniform vor einem Feuerwehrauto. Wolfgang ist stolz auf seinen Vater. „Wenn der nicht wäre, dann wären schon ganz viele Häuser abgebrannt und die Leute säßen auf der Straße", sagt er. Das Kind malt sich aus, wie das wohl aussieht – Menschen, die auf der Straße sitzen, wo doch eigentlich die Autos und Fahrräder fahren dürfen. Das muss doch gefährlich sein!

Es erzählt zu Hause davon. Der Vater sagt: „Auf der Straße sitzen – das bedeutet, kein Zuhause mehr zu haben. Kein Dach überm Kopf, keine Möbel mehr, nichts Eigenes mehr. Wie die Flüchtlinge damals nach dem Krieg." Was Flüchtlinge sind, das weiß das Kind. Es gibt einige in der Nachbarschaft und in der Verwandtschaft. Die beiden Schwestern der Großmutter sind Flüchtlinge. Sie wurden von fremden Soldaten aus ihrer Heimat vertrieben, so hat es der Vater einmal erklärt. Nur mit einem kleinen Koffer waren sie hier in der Stadt angekommen. Und dann waren sie alle bei den Großeltern im Haus untergekommen, die Schwestern, ihre Kinder und später auch noch der Ehemann der einen. Der andere war gefallen, hieß es. Das ist auch wieder so ein Satz, den das Kind nicht versteht. Wenn man hinfällt, dann steht man doch wieder auf. Vielleicht weint man ein bisschen, weil man sich das Knie blutig geschlagen hat, aber man kann doch trotzdem weiterlaufen, bis nach Hause.

Einmal hat der Vater zu den Großeltern gesagt: „Ihr habt ein Gummihaus. Je mehr Leute nach dem Krieg bei euch aufgetaucht sind, desto mehr hat es sich ausgedehnt. Für jeden habt ihr Platz gehabt."
„Ja", sagt die Mutter, „die ganze große Verwandtschaft haben wir damals aufgenommen, und dann haben wir zu viert in der klitzekleinen Mansarde geschlafen. Im Winter am liebsten alle in einem Bett, weil es da oben keinen Ofen gab." Sie lacht dabei; das war wohl nicht schlimm für sie gewesen. Das Wort „Gummihaus" gefällt den Großeltern. Beim nächsten Familienfest macht es die Runde und löst viel Gelächter aus.

Das Kind hat noch mehr Freunde. Volker gefällt ihm besonders gut. Der hat so schöne rote Haare. Aber oft, wenn das Kind dort klingelt und fragt: „Kann Volker rauskommen zum Spielen?", heißt es: „Nein, der liegt im Bett, er ist krank." Volker ist oft krank. Heute Morgen wieder, obwohl sich das Kind so darauf gefreut hatte, mit ihm zu spielen. Enttäuscht geht es nach Hause, die vielen Treppen hinauf, und erzählt, dass Volker heute krank ist und letzte Woche auch krank war. Die Mutter sagt: „Kein Wunder, bei den feuchten Räumen, in denen die da wohnen. Und wenn der Junge doch mal was Anständiges zu essen bekäme. So blass, wie der immer ist. Aber der Vater scheint ja alles zu vertrinken. Jeden Donnerstag, wenn Lohntütentag ist, kommt er betrunken nach Hause, und seine Frau hat kein Haushaltsgeld mehr."

Dann schlägt sie vor: „Wie wär's, wenn du mal Angelika fragst, ob sie mit dir spielen will?" Das Kind geht wieder die Treppen hinunter. Angelika wohnt auch ganz in der Nähe, so nahe, dass das Kind alleine hingehen darf. Heute sagt Angelikas Mutter: „Komm rein,

Lieschen. Angelika freut sich bestimmt, wenn du mit ihr spielst. Sie soll aber heute nicht nach draußen. Sie hat einen neuen Rock und eine frische Bluse an, die soll sie sich nicht schmutzig machen. Wir müssen nämlich nachher zum Doktor zum Impfen." Angelika sitzt am Küchentisch und spielt mit Ankleidepuppen aus Papier. Das macht dem Kind auch Spaß. Lange sitzen sie still beieinander und ziehen den Puppen mit kleinen Papierstreifen neue Kleider an, so schicke Kleider, wie sie selbst wohl niemals haben werden. Ein kariertes Kostüm, eine Reithose mit passender Bluse, ein Tennisdress, ein geblümtes spitzenbesetztes Nachthemd.
Irgendwann sagt Angelika: „Du, ich hab Angst vorm Impfen. Tut das weh?" Das Kind ist fast ein Jahr älter und war schon öfter zum Impfen. Da hatte es vorher auch Angst gehabt, aber die große Schwester hatte ihm genau erklärt, wie das vor sich geht, und dass es nur ein ganz kleiner kurzer Pieks ist, oben in den Arm. Dann hatte das Kind überhaupt keine Angst mehr gehabt. Der Doktor war auch ganz vorsichtig gewesen. Erst hatte er dem Kind mit einer gelben Farbe eine Sonne auf den Oberarm gemalt und dann mit einer langen dünnen Nadel mitten in die Sonne gepiekst. Das hatte nur ein ganz klcin wenig wehgetan. Hinterher gab es vom Doktor zur Belohnung ein kleines Plastikauto. Das war aber aus ziemlich dünnem Plastik. Nach einigen Tagen war es schon kaputt gewesen.

Das alles erzählt das Kind seiner Freundin Angelika, genauso liebevoll, wie die große Schwester mit ihm selbst gesprochen hatte, und Angelika hat plötzlich gar keine Angst mehr. Darüber ist ihre Mutter froh, und sie bietet den beiden Mädchen Himbeersaft an. Sie gießt etwas von einer dicken roten Flüssigkeit in zwei Gläser, gerade so viel, dass der Boden bedeckt ist. Dann gießt sie kaltes Wasser aus der Leitung dazu und stellt den Mädchen die Gläser auf den Tisch. Der Himbeersaft schmeckt kühl und sehr süß.

So etwas kennt das Kind noch nicht. Zuhause gibt es morgens Milch zu trinken und abends Pfefferminztee. Den bereitet immer der Vater zu, mit frischer Minze aus dem Garten der Großeltern. Manchmal gibt er auch noch einen Löffel Traubenzucker dazu. Dann schmeckt der Tee schön süß. Wenn sich das Kind beschwert, dass der Tee so heiß ist und es doch schon so großen Durst hat, dann gießt der Vater den Tee vorsichtig immer wieder zwischen zwei Tassen hin und her, bis er abgekühlt ist. Das Kind nimmt sich vor, nachher die Mutter zu fragen, ob sie nicht auch mal diesen guten Himbeersaft kaufen könnte.

Von dem Geld, das sie jetzt jede Woche verdiente, konnte sie einiges sparen. Wäre es nicht an der Zeit, jetzt endlich den Führerschein zu machen? Alle ihres Alters, die sie kannte, hatten den längst, nur für sie war während ihrer Schulzeit das Geld nicht dagewesen. Sie meldete sich bei einer Fahrschule an, die den verheißungsvollen Namen „Sorglos fahren mit Fahrschule Sommer" trug. Die theoretischen Lernbögen schienen ihr ein Witz zu sein. Die las sie sich abends durch und hatte das meiste gleich im Kopf. Vorfahrtsregeln – die waren doch so logisch, die erklärten sich von selbst. Aber warum sie lernen sollte, wie lang ein LKW sein durfte, obwohl sie doch keinen LKW-Führerschein machen wollte, das leuchtete ihr nicht ein, und sie beschloss, das Risiko einzugehen und sich solche albernen Zahlen nicht zu merken.

Dann kam die erste Fahrstunde: ein Fiasko. Der Fahrlehrer, ein älterer Mann, der mehr nach jahrelangem Autofahren statt nach regelmäßigem Sport aussah, stellte sich als ihr Fahrlehrer vor. Und dann knurrte er etwas kurz angebunden: „Einsteigen, Sitz und Spiegel anpassen, und dann los!"
„Wie meinen Sie – los?", fragte sie. „Naja, Schlüssel umdrehen und starten." Sie starrte ihn fassungslos an. „Menschenskind, Kupplung treten, Gang rein, Gas geben und los."
„Aber – was ist denn die Kupplung?", stotterte sie. „Ja, meine Güte, haben Sie denn noch nie ein Auto von innen gesehen?" Die Tränen schossen ihr in die Augen, und sie war kurz davor auszusteigen, so abgekanzelt fühlte sie sich.

Nein, sie hatte Autos von innen nur als Beifahrerin gesehen. Das Auto ihres Vaters war sein Heiligtum; er hatte ja auch lange darauf gespart. Nicht einmal seine Frau hatte den Führerschein machen dürfen, dann hätte sie vielleicht ja auch darauf bestanden, sein Auto zu fahren. „Deine Beine sind zu kurz – du kommst doch gar nicht an die Pedale ran." So hatte der Vater das begründet, und die Mutter hatte das stillschweigend hingenommen.

Jetzt schien der Fahrlehrer endlich zu merken, dass sie wirklich keine Ahnung hatte und erklärte ihr etwas geduldiger die ersten Schritte. Sie fuhr los, würgte den Wagen mehrfach ab, sah aus den Augenwinkeln, wie er immer öfter die Augenbrauen hochzog, aber zum Glück nichts dazu sagte. Nach einer halben Stunde war sie schweißgebadet und zitterte am ganzen Körper. Beim nächsten Halt weigerte sie sich weiterzufahren. Der Fahrlehrer übernahm es, sie nach Hause zu fahren. Er frotzelte: „Mensch, Mädchen, nun sei doch nicht so empfindlich. Dafür bist du doch hier, um das Fahren zu lernen. Ich hab schon ganz andere durch die Fahrprüfung gekriegt, und bei dir wird mir das auch gelingen."

Am Abend erzählte sie Sonja von ihrem ersten Fahrerlebnis. „Das Fahren an sich ist schon schlimm genug, aber wenn dann noch jemand so mit mir rummeckert, und mir noch nicht einmal in Ruhe erklärt, wie's geht – das kann ich überhaupt nicht ertragen." Sonja sagte lachend: „Willst du dir nicht endlich mal ein dickeres Fell zulegen? Und wenn es dir nicht passt, wie jemand mit dir redet, warum sagst du es dann nicht einfach? Ich an deiner Stelle hätte dem Mann gesagt: Hören Sie, ich bin hier die Schülerin und Sie der Lehrer; es ist also Ihre Aufgabe, mir das Fahren ruhig und deutlich zu erklären. Und dann hätte ich noch gegrinst und drangehängt: Oder muss man als Fahrlehrer keine Pädagogik lernen?" Elisabeth seufzte: „Warum sind alle anderen immer viel schlagfertiger als ich?"
Vor der nächsten Fahrstunde hatte sie entsetzliche Angst. Es klappte dann wieder Erwarten doch ganz gut, und sie absolvierte die

erforderlichen Fahrstunden in Rekordzeit. Vielleicht hatte der Fahrlehrer sie auch nur schnell loswerden wollen und sie deshalb möglichst bald zur Führerscheinprüfung angemeldet.

Am Morgen davor besann sie sich auf ihr altes Hausmittel Baldrian, nahm vor der Prüfung fünf Tropfen davon und fuhr ruhig und gelassen alle Fahrmanöver, die von ihr erwartet wurden. Selbst das Rückwärtseinparken, das ihr sonst so viele Probleme bereitet hatte, klappte heute gut. Die schriftliche Prüfung war sowieso kein Problem für sie. Leider kam die Frage nach der erlaubten Länge von LKWs vor, auf die sie keine Antwort wusste, sonst hätte sie ihren Fragebogen fehlerfrei abgeben können. Restlos erschöpft von der nervlichen Anspannung, aber glückselig zeigte sie nachmittags an der Uni ihren frischen Führerschein herum. „Hast du etwa daran gezweifelt, dass du die Prüfung bestehst?", fragte einer der Kommilitonen. „So gescheit, wie du bist!" Natürlich hatte sie daran gezweifelt. Wieder einmal merkte sie, dass andere von ihr ein ganz anderes Bild hatten als sie von sich selbst.

Mitten in der Nacht singt die Schranktür kurz und fröhlich. Das Kind wacht auf und setzt sich hin. Die Mutter steht am Schrank und holt Bettwäsche heraus. Sie sieht das Kind, kommt zu ihm und flüstert: „Du, eben ist Onkel Winfried überraschend zu Besuch gekommen. Er bleibt zwei Tage. Ist das nicht schön? Ich mach ihm ein Bett auf dem Sofa im Wohnzimmer." Das Kind legt sich wieder hin und lächelt. Es mag Onkel Winfried.

Er ist ein alter Jugendfreund der Mutter, fast so etwas wie ein Bruder, und deshalb darf das Kind Onkel zu ihm sagen. Die beiden haben sich schon als Kinder gekannt, weil ihre Eltern Nachbarn waren. Er hat den ganzen Krieg als Soldat mitgemacht und ist mehrmals verwundet worden. Auch sein linkes Auge ist weg. Darüber trägt er eine schwarze Augenklappe. Früher hat das Kind Angst vor ihm gehabt, wegen dieser Augenklappe – das sah so unheimlich aus. Jetzt mag das Kind ihn gerne, denn er redet mit ihm wie mit einer Erwachsenen. Er hat keine eigenen Kinder und weiß darum nicht, dass die meisten Leute mit Kindern anders reden. Er spricht zu ihm wie zu einer Großen und vor allem: er sagt Elisabeth zu ihm, so, wie sie wirklich heißt.

Am nächsten Morgen ist er schon wach, als das Kind aufsteht. Auch die Bettdecke und das Laken hat er schon ordentlich zusammengefaltet. Die Mutter sagt zu ihm: „Das musst du doch nicht tun. Du bist doch hier zu Besuch."
„Das hab ich so gelernt beim Militär, mein Bett selbst machen, und dabei bleibt es für mich", sagt er lachend. Überhaupt ist die Stimmung heute besonders gut. Der Vater ist schon beim Frühstück ganz redselig und nicht so verschlossen wie sonst. Bevor er sich verabschiedet, um zur Arbeit zu gehen, sagt er: „Ich freu mich auf einen langen gemütlichen Abend mit dir heute. Mutter, besorg eine Flasche Wein."

Onkel Winfried geht ganz anders um mit der Mutter, als es der Vater tut, viel lustiger und freundlicher. Er geht mit zum Einkaufen und trägt ihr den Korb, obwohl der gar nicht schwer ist. Er besteht darauf, den Wein selbst zu bezahlen. „Ich hab doch sonst kein Gastgeschenk für euch", sagt er, „und dass ich so plötzlich bei euch reinschneien durfte, weil ich beim Umsteigen gestern Abend meinen Zug verpasst habe, und dann noch auf weitere Tage eingeladen werde, dafür habe ich mich noch gar nicht richtig bei dir bedankt. Du hast schließlich die Hauptarbeit mit mir." Das Kind sieht sich den Mantel von Onkel Winfried genauer an. Vielleicht sind da noch ein paar Spuren von Schnee? Obwohl – es ist doch erst September, da kann doch eigentlich noch kein Schnee fallen.

Es fragt: „Ist der Schnee, der letzte Nacht reingeschneit ist, schon wieder geschmolzen?" Die Mutter lacht, aber Onkel Winfried lacht nicht. Er beugt sich hinunter, bis er dem Kind richtig ins Gesicht sehen kann und sagt dann: „Weißt du, Elisabeth, das ist so eine

Redensart, mit der man sagen will: Ich bin so unerwartet gekommen, wie manchmal auch das Wetter umschlägt und ganz unerwartet Schnee vom Himmel fällt."
„Ach so", sagt das Kind, „da bin ich aber froh, dass du keinen Schnee mitgebracht hast. Ich mag den Winter nämlich nicht. Ich mag es lieber, wenn es warm ist und die Sonne ganz doll scheint." „Dann bist du also ein Sonnenkind", sagt Onkel Winfried, „ich hoffe, du hast auch ein sonniges Gemüt, mit vielen hellen fröhlichen Gedanken?"
Ein sonniges Gemüt – darüber muss das Kind nachdenken.

Am Abend möchte der Vater am liebsten schon während des Essens mit Onkel Winfried über alte Zeiten reden und Erinnerungen austauschen. Er ist kaum zu bremsen. „Wie hast du es bloß geschafft, aus Russland wieder rauszukommen?", fragt er, „so viele von meinen alten Freunden und Schulkameraden sind nicht aus Russland zurückgekommen."
„Glück", antwortet Onkel Winfried, „reines Glück. Es gab viele Tage und Wochen, da hab ich nicht geglaubt, die alte Heimat wieder zu sehen. Aber irgendjemand hat wohl immer von oben seine Hand über mich gehalten."

Das Kind malt sich eine große Hand aus, die so groß ist, dass Onkel Winfried Platz darunter hat. So ein ähnliches Bild hat es in seiner Kinderbibel. Aber da ist es ein kleines Kind, über dem diese große Hand schwebt. Jetzt sagt die Mutter: „Wartet doch bitte mit euren alten Geschichten bis nach dem Essen. Die Kinder müssen doch nicht alles mithören."
„Aber ja", sagt der Vater, „sie sollen ruhig mitkriegen, wie schrecklich der Krieg war, damit ihre Generation es besser macht und später die richtigen Politiker wählt."

Später sitzen die Eltern mit Onkel Winfried im Wohnzimmer und reden die halbe Nacht lang. Das Kind hört ihre Stimmen, kann aber kein Wort verstehen. Am übernächsten Tag reist Onkel Winfried wieder ab. Als er das nächste Mal zu Besuch kommt, einige Monate später, trägt er keine Augenklappe mehr, sondern hat zwei ganz normale Augen. Das Kind fragt: „Ist dir ein neues Auge gewachsen?" „Nein", sagt Onkel Winfried, „ich hab jetzt ein Glasauge. Willst du es mal sehen?" Er greift ins Gesicht, um das Glasauge herauszunehmen, aber da schreit die Mutter entsetzt auf: „Nein, bloß nicht, das muss doch schrecklich aussehen!" Er lacht, beugt sich zum Kind herunter und sagt: „Du hättest das nicht schrecklich gefunden, nicht wahr? Du hast doch ein sonniges Gemüt – dich kann nichts erschüttern."

Schon lange hatte sie überlegt, die Therapie abzubrechen. Nach jeder Sitzung war sie deprimiert, manchmal traurig, mutlos oder sogar verzweifelt nach Hause gegangen. Diesmal wollte sie mit Herrn Bierbaum darüber sprechen, ob weitere Therapiestunden für sie sinnvoll seien. Sie nahm all ihren Mut zusammen und sprach ihre Bedenken an. Der Therapeut sagte: „Fräulein Menge, ich kann Sie natürlich nicht zwingen, weiter zu mir zu kommen. Aber falls Sie die Therapie jetzt beenden, habe ich eine Bitte an Sie: Behalten Sie Ihre depressiven Tendenzen im Auge."
Sie war ganz erschrocken: Sie und Depressionen? Schreckensbilder stiegen vor ihr auf, von Leuten, die hochdosierte Antidepressiva nehmen mussten und dadurch völlig antriebslos und aufgeschwemmt geworden waren. Von anderen, die sich in tiefster Verzweiflung das Leben genommen hatten. Der Therapeut sah ihr Erschrecken und sagte: „Jeder Mensch hat ja mehr als nur eine Seite in sich, und Sie haben doch auch noch ganz andere Seiten." Sie sagte: „In meiner Kindheit hat mal jemand von mir gesagt, ich hätte ein sonniges Gemüt."
„Und können Sie Sich vorstellen, wie dieser Jemand dazu gekommen ist, das von Ihnen zu sagen?" Sie musste etwas überlegen. „Vielleicht, weil ich als Kind so wissbegierig war, den Dingen immer ganz genau auf den Grund gehen wollte und viel nachgefragt habe."

„Das sagt etwas aus über Ihren Intellekt, aber nicht über Ihre emotionale Verfassung."
„Ich war als Kind oft traurig. Es hing meistens so eine düstere Stimmung über unserer Familie, und ich weiß noch, ich konnte in vielen Nächten nicht schlafen und hab im Bett gelegen und geweint."
„Das haben Sie nachts getan, wenn es keiner mitgekriegt hat. Aber Sie müssen ja tagsüber etwas ganz anderes ausgestrahlt haben, sonst hätte ja niemand von Ihnen gesagt, Sie hätten ein sonniges Gemüt." Dazu fiel ihr im Moment nichts ein, und sie sagte ihren Standardsatz, den sie in solchen Situationen schon oft verwendet hatte: „Darüber muss ich später in Ruhe nachdenken."
„Dann lassen Sie uns jetzt doch mal darüber nachdenken, was das Leben für Sie schön macht, worüber Sie sich freuen können und worauf Sie sich in naher Zukunft freuen." Plötzlich sprudelte es nur so aus ihr heraus: „Radfahren ist super – den Fahrtwind spüren, die Muskelkraft in den Beinen, die Landschaft vorbeifliegen sehen. Hier kann man ja leider nicht so viel aus der Stadt rausfahren, mit all den Hügeln drum herum. Und meine Kakteenzucht macht mir Spaß. Genau gucken, wie viel Wasser jeder einzelne braucht, und wie viel Sonne. Wenn ich mal einen davon zum Blühen kriege, dann kann ich mich tagelang daran freuen. Und worauf ich mich riesig freue: In den Semesterferien fliege ich mit meinem Freund nach Spanien. Sonne satt, Strand, Schwimmen, gut essen, lange schlafen, drei Wochen lang!"
„Na, da schau her, so elementare Dinge wie Radfahren, Faulenzen und Essen, fernab jeder intellektuellen Herausforderung – dass Sie sich daran erfreuen können, das lässt Sie in einem ganz anderen Licht erscheinen."
Herr Bierbaum schmunzelte. „Aber dass Sie sich ausgerechnet so stachelige Gesellen wie Kakteen als Kumpel suchen, das sollte einem zu denken geben. Und ich denke dabei: Sie lassen die Kakteen stellvertretend für Sie die Stacheln ausfahren, damit Sie immer lieb und freundlich sein können. Übernehmen Sie doch ruhig ein paar Stacheln von Ihren Freunden im Blumentopf. Manchmal kann

widerborstig sein auch ganz schön Spaß machen." Er lachte. „Und heute haben Sie mir ganz vorsichtig einen kleinen Stachel gezeigt, indem Sie mir angedroht haben, nicht mehr kommen zu wollen." Er lachte immer mehr, aber sie hatte dabei nicht den Eindruck, dass er sich über sie lustig machen wollte. Im Gegenteil, es kam ihr wie ein kumpelhaftes, verschwörerisches Lachen vor, bei dem sie sich gut angenommen fühlte. Zum ersten Mal endete für sie die Stunde bei ihm mit Heiterkeit und Vorfreude auf das nächste Mal.

Sonntags ist am Nachmittag ein Familienspaziergang dran. Der Vater sagt: „Ich sitze dermaßen viel am Schreibtisch, einmal die Woche muss ich mich bewegen. Und es ist auch wichtig, als Familie etwas gemeinsam zu unternehmen." Das Kind war gerade so schön in sein Spiel mit der Puppenstube vertieft gewesen, aber damit muss es jetzt aufhören. „Hör auf, rumzumaulen", sagt die Mutter, „du hast doch gehört, was Papa gesagt hat."

Das Kind mag jetzt nicht nach draußen, und um den Eltern zu zeigen, wie wenig Lust es hat, geht es ganz besonders langsam hinter den Eltern her und hebt kaum die Füße hoch. „Hör auf zu schlurfen!", sagt die Mutter, „du machst dir die Schuhe kaputt, und du weißt, wir haben nicht das Geld, dir dauernd neue Schuhe zu kaufen."
„Stell dich nicht so an. Wegen der paar Meter machst du so ein Theater", sagt der Vater, „im Krieg sind wir ganz andere Strecken gelaufen, und wir hatten sogar noch unser schweres Gepäck dabei."
Dem Kind ist das egal; es ist jetzt einfach nur trotzig. Da dreht sich die große Schwester, die schon vorausgelaufen war, zu ihm um und sagt mit verschwörerischer Stimme: „Guck mal, was ich mitgenommen habe." Sie zieht aus der Manteltasche einen kleinen Ball hervor, wirft ihn ein Stück nach vorne auf den Weg und ruft: „Wer ihn zuerst kriegt!" Jetzt laufen die beiden Schwestern los. Das Kind erreicht den Ball als erstes, stößt ihn mit den Füßen ein Stück weiter, und wieder laufen beide hinterher. Plötzlich ist der Spaziergang doch gar nicht mehr so langweilig.

Zuerst laufen sie noch durch Häuserreihen, dann kommen die Nissenhütten, die ehemaligen Auffanglager für die Flüchtlinge, aus Wellblech, und schließlich fangen die Schrebergärten an. Die Mutter hat ein Einkaufsnetz am Arm hängen. „Man kann ja nie wissen, vielleicht findet man ja irgendwo ein bisschen Fallobst", hatte sie beim Weggehen gesagt. Und tatsächlich, von einem über den Zaun hängenden Ast sind drei Äpfel heruntergefallen und liegen am Wegrand. Die Mutter strahlt: „Auch wenn die schon ein paar Stellen haben, die schneid ich raus und mach uns Apfelmus daraus. Dann gibt es morgen Pfannkuchen dazu."

„Gut, dass du so gut wirtschaften kannst", sagt der Vater, „sonst wüsste ich gar nicht, wie wir mit meinem kleinen Gehalt hinkommen sollten."

„Ich kann mir ja eine Arbeit suchen", sagt die Mutter, aber da bekommt die Stimme des Vaters wieder einen ungeduldigen Klang. „Das haben wir doch schon oft genug durchdiskutiert. Ich will nicht, dass meine Frau arbeiten geht. Das kann ich mir in meiner Position nicht erlauben."

„Also ist es dir lieber, dass deine Kinder nur die abgetragenen Kleider der Kusinen haben und nie etwas neues? Und ich hätte ja gerne auch mal wieder was Schickes zum Anziehen. Im Krieg mussten wir alles fürs Winterhilfswerk weggeben, danach gab's nichts zu kaufen, und jetzt haben wir für mich kein Geld. Ich lauf immer wie die letzte Bauersfrau rum, mit alten abgetragenen Sachen, tausendmal geflickt. Nicht so wie meine Schwester Henriette." Das Kind ahnt schon, was jetzt kommen wird. Jetzt wird der Vater wieder sagen, Henriette hätte ja das Glück, dass ihre Freundin nach Amerika geheiratet hat und Henriette ihre abgelegten Kleider schickt. „Dann hättest du eben auch reich heiraten müssen."

Das sagt er dann immer, und dann macht die Mutter jedes Mal ein verkniffenes Gesicht. Die große Schwester sagt: „Jetzt fangen die beiden wieder an zu streiten. Komm, wir laufen ihnen weg, bis zur großen Wiese. Mal gucken, ob sie uns da finden." Natürlich finden die Eltern sie dort. Die beiden haben mittlerweile nach vierblättrigen Kleeblättern gesucht, aber heute keines gefunden.

Auf dem Heimweg fragt der Vater: „Habt ihr nicht Lust, im nächsten Sommer mal richtig Urlaub zu machen, mal so richtig verreisen? Ich hab mich mal im Reisebüro umgehört. In der Lüneburger Heide ist es gar nicht so teuer, da könnten wir uns ein paar Tage in einer Pension einquartieren."
„Und wie kommen wir dahin?", fragt die Mutter. „Ich frag den Großvater, ob er uns für die Zeit sein Auto leiht", antwortet der Vater.

Abends im Bett erzählt die große Schwester: „Über die Lüneburger Heide hab ich was in der Schule gelernt. Da wächst die Erika, und da gibt es Heidschnucken, das sind Schafe mit schwarzem Fell und krummen Hörnern."
„Da kann Erika wachsen?", fragt das Kind und denkt dabei an eine Klassenkameradin der Schwester. „Wachse ich dann da auch besonders gut? Der Doktor sagt doch immer, ich bin zu klein für mein Alter." Die Schwester lacht: „Ach Lieschen, bist du dumm. Die Erika ist eine Pflanze. Die blüht rosa und hat ganz harte Stängel. Die kann man nicht so einfach pflücken wie Gänseblümchen. Und außerdem steht sie unter Naturschutz."
„Schade, dass da nur Pflanzen wachsen. Ich möchte auch so gerne wachsen."
„Für mich hast du genau die richtige Größe", sagt die Schwester. „Wenn du zu groß wirst, kannst du ja gar nicht mehr in mein Bett kommen und kuscheln."
„Darf ich jetzt kommen?", fragt das Kind. „Nein, heute nicht. Ich schreib morgen ein Diktat, da muss ich ausgeschlafen sein." Und schon schläft sie ein, aber das Kind liegt noch eine Zeit lang wach und malt sich die Lüneburger Heide aus.

„Kommst du mit zur Demo?", fragte Ingo. „Ach, eigentlich müsste ich einiges lernen", antwortete Elisabeth. „Findest du das nicht wichtig, dass wir auf die Straße gehen und gegen die

Notstandsgesetze protestieren? Stell dir vor, was passiert, wenn die wirklich irgendwann umgesetzt werden.“
Sie ließ sich doch überreden. Hinterher bereute sie ihren Entschluss. Dieser Lärm, das Gepfeife, die lautstarken Parolen, die Polizisten mit ihren drohenden Gesichtern, die Aggressivität, die in der Luft lag, das alles machte ihr Angst. Sie versuchte, sich in der Mitte der Reihen protestierender Studenten zu halten, nicht am Rande, da, wo die Polizei war, und sah immer wieder um sich herum, ob es notfalls einen Fluchtweg gäbe, wenn irgendwo die Gewalt zu eskalieren drohte.

Abends fiel sie erschöpft ins Bett. Sie zitterte, ihr Kopf dröhnte, sie hörte noch immer hasserfüllte Stimmen. Hass und Gewalt – damit konnte sie überhaupt nicht zurecht kommen. Wie sollte das nur werden, wenn sie später einmal beruflich damit zu tun haben würde? Als Juristin würde ihr das nicht erspart bleiben. Hatte sie sich etwa für das falsche Studienfach entschieden?

Am nächsten Sonntag regnet es, kein Wetter für Spaziergänge. Die Mutter hat einen Kuchen gebacken, und die Eltern sitzen lange beim Kaffeetrinken. Der Vater ruft: „Kommt, Mädels, wir spielen ‚Mensch, ärgere Dich nicht'.“ Die große Schwester bringt das Spiel aus dem Kinderzimmer mit und baut es auf. Der Vater sagt: „Spielen ist wichtig für Kinder. Man muss lernen, sich an Regeln zu halten, und Verlieren können muss man auch lernen.“ Er achtet genau auf die Regeln, die auch für das kleine Kind gelten. Bevorzugt wird hier niemand. Und beim Rauswerfen wird es genauso wenig verschont wie alle anderen. Trotzdem macht es dem Kind Spaß und den Eltern offensichtlich auch.
Mit seinen Freundinnen spielt das Kind nicht so gerne „Mensch, ärgere Dich nicht“. Wolfgang hat schon mal das ganze Spielbrett umgekippt, weil er so wütend war, dass er schon wieder rausgeworfen worden war. Und Angelika hatte einmal den Würfel nicht wieder hergeben wollen. Sie wollte so lange würfeln dürfen, bis sie

eine Sechs bekommen würde. Darüber war das Kind ärgerlich, und seitdem holt sie das Spiel nicht mehr hervor, wenn andere Kinder da sind.

Nach einiger Zeit sagt der Vater: „Jetzt hat jeder mindestens einmal gewonnen. Jetzt spielen wir noch Fang-den-Hut." Das spielt das Kind noch lieber. Es ist so lustig, das eigene Hütchen über das eines anderen rutschen zu lassen. Aber mit seinen Freunden spielt es dieses Spiel erst recht nicht mehr. Volker hatte einmal mehrere Hütchen zertreten, weil er verloren hatte, und die Mutter hatte lange in den Spielgeschäften gesucht, bis sie Ersatzhütchen gefunden hatte.

Die erste Runde gewinnt das Kind. Es strahlt und fragt: „Warum spielen wir nicht jeden Tag zusammen?" Der Vater sagt: „Kind, sei vernünftig. Du weißt doch, ich muss arbeiten, deine Mutter hat den Haushalt, deine Schwester muss für die Schule lernen, und wenn ich abends nach Hause komme, dann habe ich oft noch Schreibarbeiten zu erledigen." Das Kind nickt und sagt: „Aber schön wär's doch!" Es weiß, dass der Vater oft abends noch lange an seinem Schreibtisch sitzt. Der ist groß, aus ganz dunklem Holz und steht an der Fensterseite des Wohnzimmers.

Einmal hatte das Kind darauf klettern und von dort aus dem Fenster sehen dürfen. Das war im Sommer gewesen, als unten auf der Straße der Schützenumzug vorbeizog. Das Kind kann sich noch gut daran erinnern. Die Musik schallte bis nach oben zur Wohnung. Alle Männer hatten so schöne Uniformen an, und die Musikinstrumente blitzten in der Sonne. Aber der Vater hatte mit finsterem Gesicht dagestanden und gesagt: „Diese paramilitärischen Organisationen halte ich für gefährlich. Wer weiß, wie viel braunes Gedankengut in diesen Köpfen schlummert. Und Aufmärsche mit Musik haben wir doch im Dritten Reich genug gesehen."
Die Mutter hatte eine Zeitlang geschwiegen und dann gesagt: „Aber meinst du nicht, dass es besser ist, wenn die Leute ihren Spaß am

Schießen und Marschieren in geordneten Bahnen ausleben, noch dazu ohne Hitlers verrückte Ideen als Legitimation?“ Der Vater hatte gestaunt: „Solch tiefsinnige Gedanken bin ich ja von dir gar nicht gewohnt. Wo hast du dir denn die angelesen?“ Da war die Mutter weggegangen und hatte nur noch kurz gesagt: „Angelesen? Ha! Du weißt so manches nicht von mir.“ Das Kind musste immer wieder die blitzenden Instrumente anschauen. „Aber die Musik ist doch schön!“, hatte es laut gesagt.

Am kommenden Wochenende fuhr sie nach Hamburg, um Michael, ihren Freund, zu besuchen. Er studierte dort an der Uni ebenfalls Jura. Sie hatten sich im vergangenen Sommer auf einer Nordseeinsel kennen gelernt, in einem Feriencamp eines Naturschutzbundes. Ihr Vater hatte ihr schon vor geraumer Zeit vorgeschlagen, mal ein Sozialpraktikum zu machen. „Es muss ja nicht gleich so lange sein, wie damals beim Reichsarbeitsdienst, aber gut ist es doch für euch junge Leute – das schärft euren sozialen Blick.“ So hatte er gesagt und dabei gehofft, dass sie dieses Praktikum in der Sozialstation seiner Kirchengemeinde absolvieren würde. Aber sie wollte heraus aus der Enge ihres Heimatortes, in der sie den meisten nur bekannt war als Tochter von Martin Menge. Sie wollte an die frische Luft, neue frische Eindrücke gewinnen und neue Menschen kennen lernen. So war sie bei diesem Naturschutzbund auf einer wunderschönen Nordseeinsel gelandet und war Michael begegnet.

Sie hatten sich auf Anhieb verstanden, hatten nebeneinander bäuchlings in den Dünen gelegen, ein Fernglas vor den Augen, und hatten Seevögel beobachtet. Sie erzählte ihm von ihrer Zeit als Klassensprecherin während der letzten Jahre auf dem Gymnasium, und er erzählte von seinem Zivildienst in einem Altersheim. Es gefiel ihr, dass er den Wehrdienst verweigert hatte. Niemals hätte sie einen Freund haben mögen, der zur Bundeswehr gegangen wäre.

Die Unterkunft während des Feriencamps war ein bisschen primitiv gewesen, eine alte Baracke, und so waren sie dazu übergegangen, sich nachts mit ihren Schlafsäcken in die Dünen zu legen. Der Sand hatte noch die Wärme der Sonne gespeichert. Unter dem klaren Sternenhimmel hatten sie über Gott und die Welt geredet und waren sich dabei immer näher gekommen, auch sexuell. Er war zärtlich, ohne zu fordern und ließ ihr so viel Zeit, wie sie brauchte, um die negativen Erfahrungen, die sie mit ihrem ersten Freund gemacht hatte, hinter sich lassen zu können und sich ihm zu öffnen. Am Ende der sechs Wochen trennten sie sich nur schweren Herzens. Aber es war ihnen gelungen, ihre Freundschaft trotz der räumlichen Entfernung aufrechtzuerhalten.

Diesmal nahm sie sich auf der Bahnfahrt vor, mit ihm über das zu sprechen, was in ihrer letzten Therapiestunde Thema gewesen war. Schon während der S-Bahnfahrt vom Bahnhof zu seiner Wohnung sprach sie ihn darauf an: „Sag mal, Michael, hast du auch den Eindruck, dass ich depressive Tendenzen habe?“
„Wie kommst du denn darauf?“, fragte er überrascht. „Herr Bierbaum, mein Therapeut, hat das gesagt und gemeint, ich müsste da vorsichtig sein. Das klang wie eine sehr ernst gemeinte Warnung.“
„Also, wenn ich so sehe, wie fröhlich du immer aus dem Zug springst, wenn ich dich am Bahnhof abhole, und wie du beim Kartoffelschälen vor dich hin singst, und wie herzhaft du lachen kannst, wenn dir jemand einen Witz erzählt, dann kommt mir das alles andere als depressiv vor.“
„Naja“, wandte sie ein, „mit dir zusammen bin ich ja auch immer guter Laune, aber wenn ich allein bin, dann kommen mir manchmal schon sehr trübe Gedanken. Und am schlimmsten ist es nachts, wenn ich nicht schlafen kann. Dann erscheint mir die Welt nur noch grau in grau.“
„Stimmt“, sagte Michael, „jetzt, wo du's sagst: manchmal bist du wirklich sehr in dich gekehrt, und dein Gesicht sieht dann so aus, als ob du sagen wolltest: sprich mich jetzt bloß nicht an!“

„Kannst du mich in solchen Momenten überhaupt ertragen?"
„Na hör mal, du brauchst mir doch nicht ständig ein Sonntagsgesicht zu zeigen. Ich nehme dich auch mit schlechter Laune und trübsinnigen Gedanken. Die Hauptsache, du sagst mir dann, welche Laus dir über die Leber gelaufen ist."
„Weißt du, bei meinen Eltern habe ich das nicht gelernt, konfliktträchtige Dinge auszusprechen. Wenn meine Eltern sich gestritten hatten, dann hat mein Vater tagelang nicht mit meiner Mutter gesprochen. Das muss ganz furchtbar für sie gewesen sein. Und Dinge, die einen geärgert haben, durfte man bei meinem Vater sowieso nicht aussprechen."
„Na, dann wird's Zeit, dass du das alles mal lernst. Wir fangen gleich mit der ersten Lektion an: Ich hab vergessen, fürs Wochenende einzukaufen, und jetzt haben die Geschäfte schon zu. Wir haben also heute Abend nichts Vernünftiges zu essen. Du darfst mich jetzt anraunzen, ausschimpfen, mir eine Tasse an den Kopf werfen – wie du möchtest. Wenn du nur die Güte hättest, mir das vorher mitzuteilen, damit ich in Deckung gehen kann."

Michael lachte, und sie stimmte in sein Lachen mit ein. „Welch ein Glück", sagte sie, „dass du eine steinreiche Freundin hast. Ich hab vierzig Mark bei mir. Die hauen wir jetzt auf den Kopf. Ich lad dich zum Griechen ein." Wenn doch das Leben immer so unkompliziert wäre wie in solchen Stunden, dachte sie.

Am nächsten Tag wanderten sie um die Alster. Wieder einmal kamen sie auf die Frage, ob einer von ihnen den Studienort wechseln sollte, damit sie zusammenziehen konnten. Aber keiner von beiden konnte sich zu diesem Zeitpunkt vorstellen, den bisherigen Freundeskreis aufzugeben und umzuziehen. Elisabeth sagte: „Ich wundere mich über mich selbst. Noch vor kurzer Zeit hätte ich alles drangegeben, Tag und Nacht mit dir zusammen zu sein. So richtig symbiotisch. Jetzt merke ich: man kann sich auch lieben, ohne ständig zusammen sein zu müssen. Ich bin wahnsinnig gern mit dir zusammen, aber meine Unabhängigkeit ist mir auch wichtig geworden. Wenn ich bei dir in Hamburg bin, freue ich mich, und wenn ich wieder in Marburg bin, freue ich mich auf unser nächstes Treffen."

„Das war doch schon lange mein Reden", sagte Michael, „wir wären doch schön dumm, wenn wir das jetzt schon aufgeben würden. Wir werden noch früh genug in einer beruflichen Situation landen, die uns wenige Freiheiten lässt, wo wir eingebunden sein werden in tausend Verpflichtungen und Bindungen. Dann ist es doch immer noch früh genug, über unsere persönliche Bindung nachzudenken und sie zu verändern, wenn uns das dann richtig erscheint."

„Ich kann mir das mit dem Beruf noch gar nicht vorstellen. Ich hab auch ziemliche Angst davor. Vielleicht sollte ich ein Doktorandenstipendium beantragen und erst noch ein paar Jahre lang promovieren."

„Spinnst du, du wirst eine begabte Anwältin werden. Die Leute werden dich auf den Knien anflehen, sie vor Gericht zu vertreten. Stell doch dein Licht nicht so unter den Scheffel. An deinem Selbstvertrauen müssen wir noch ein bisschen arbeiten." Da hatte er Recht, das merkte Elisabeth immer wieder. Aber woher sollte jemand, der zu Hause nur als Lieschen bekannt war, ein starkes Selbstvertrauen beziehen?

Auf der Heimfahrt am Montagmorgen kam ihr das Gespräch während des Alsterspaziergangs noch einmal in den Sinn. Im Grunde hätte ich mich doch gefreut, wenn Michael mich gedrängt hätte, zu ihm nach Hamburg zu ziehen, dachte sie, ein bisschen enttäuscht bin ich schon, dass er mein dummes Gerede über meine Unabhängigkeit einfach so hingenommen hat. Hab ich das vielleicht nur gesagt, um ihm zu gefallen, ohne dass ich selbst wirklich dahinter stehe? Hab ich nur ihm zuliebe mal wieder meine eigenen Wünsche hintenan gestellt?

Früh am Morgen singt die Schranktür, zu einer ganz ungewohnten Zeit. Der Vater holt sich ein sauberes Oberhemd aus dem Schrank.

Normalerweise legt ihm die Mutter abends schon alles zum Anziehen für den nächsten Tag hin, aber sie ist nicht da. Gestern früh kam ein Telegramm, dass ihre Schwägerin, die Frau von Onkel Hans in Bremen, plötzlich ins Krankenhaus musste, und ob die Mutter nicht kommen könne, um sich um die Familie zu kümmern. Hals über Kopf hat sie Tasche und Koffer gepackt, ist mit dem Bus zum Bahnhof gefahren und dann mit dem Zug nach Bremen. Sie hatte gerade noch Zeit, auch für das Kind ein paar Sachen einzupacken, denn der Vater soll es heute zu den Großeltern bringen. Die große Schwester wird mittags nach der Schule auch dort hinkommen. Der Vater weckt die Kinder und sagt: „Frühstücken muss heute schnell gehen. Lieschen, wir müssen in einer halben Stunde zum Bus." Das Kind ist aufgeregt – mit dem Vater alleine in die Stadt fahren, das hat es noch nie gegeben.

Die Oma weiß schon Bescheid. Sie hat im ehemaligen Kinderzimmer der Mutter das Bett hergerichtet. Oben unterm Dach ganz allein – das Kind weiß nicht, ob es sich darauf freuen soll, oder ob es ihm unheimlich ist. Es hätte lieber die große Schwester dabei, aber die ist ja schon alt genug, um abends, wenn der Vater Feierabend hat, mit dem Bus nach Hause zu fahren und ihm mit dem Abendessen zu helfen.

Das Kind stellt seine Tasche in die kleine Mansarde und besucht den Großvater in seiner Werkstatt. Der besohlt gerade einen großen Stiefel. „Opa, warst du auch im Krieg?", fragt das Kind. „Ja, aber nur zu Anfang", antwortet der Großvater, „dann wurde ich verwundet und musste nicht mehr los. Das war mein Glück." Wieder so ein merkwürdiger Satz von einem Erwachsenen. Wie kann es ein Glück sein, verwundet zu werden? Wunden tun weh, manchmal noch lange Zeit. „Zeigst du mir mal deine Wunde, Opa?"
Der Opa krempelt sein linkes Hosenbein hoch. Da ist am Unterschenkel eine lange Narbe zu sehen. „Hier hat mich eine Kugel erwischt. Und dann hat es sich entzündet, und ich hab lange auf Leben und Tod gelegen. Um ein Haar hätte man mir das Bein

abnehmen müssen. Als ich dann aus dem Lazarett entlassen wurde, war ich lange Zeit zu schwach, um laufen zu können, tja, und so bin ich dann schwerkrank nach Hause gekommen, aber ich musste nicht mehr an die Front. Die Oma hat ganz schön was mit mir durchgemacht damals."

Das Kind überlegt: Wie kann man jemandem ein Bein abnehmen? Die Mutter bittet manchmal darum, dass man ihr eine Arbeit abnimmt. Oder ihr beim Essen die Schüssel abnimmt. Aber ein Bein?
„Tut das denn weh, da an deinem Bein?", fragt es. Der Opa lacht.
„Manchmal schon. Aber weißt du, diese Narbe kann mir sogar sagen, wenn sich das Wetter ändert. Ist das nicht phantastisch?"
„Wie kann denn eine Narbe reden, Opa?"
„Dann puckert und pocht es darin, und dann weiß ich, wir bekommen anderes Wetter."
Puckern und Pochen – das kommt dem Kind bekannt vor. Die große Schwester hat ein Spiel, das heißt Poch, und sie spielt es oft mit ihren Freundinnen. Ein rundes dickes Holzbrett ist das, mit lauter Vertiefungen darin, und dahinein kommen rohe Erbsen als Spielgeld. „Sagst du mir, wenn es mal wieder gepocht hat, damit ich auch weiß, ob sich das Wetter ändert, Opa? Dann weiß ich abends schon, welchen Pullover ich am nächsten Tag anziehen muss, den dicken oder den dünnen."
„Natürlich, mein Kind, das mach ich. Ich bin ja auch so froh und dankbar, dass ich nur diese eine Narbe aus dem Krieg mitgebracht habe. Und die Oma ist froh, dass sie ihren Mann behalten hat. Du weißt ja, nicht jeder hatte dieses Glück."

Tante Gerlinde hat keinen Mann mehr. Sie wohnt nur ein paar Straßen weiter, auch in so einem alten Haus wie die Großeltern. An der Wand im Wohnzimmer hängen viele Fotos mit lauter Männergesichtern drauf. Das ist ihr gefallener Mann. So hat die Mutter es dem Kind einmal erklärt. Auf den meisten Fotos hat der Mann eine Uniform an und schaut ganz ernst in die Kamera. Wenn man eine Uniform trägt, darf man wohl nicht lachen. Zu

Weihnachten, wenn alle fröhlich bei Omas guter Weihnachtsgans um den Tisch herum sitzen, dann hat Tante Gerlinde oftmals feuchte Augen und tupft sich mit ihrem Taschentuch ständig die Augen ab. „Wenn doch jetzt mein Fritz dabei sein könnte“, sagt sie dann manchmal. Tante Gerlinde hat zwei Söhne, Eberhard und Reinhard. Die sind aber schon älter als das Kind und seine Schwester. Sie machen schon eine Lehre.

Am Abend darf das Kind länger aufbleiben als sonst. Der Großvater spielt mit ihm Domino und stellt sich dabei so dumm an, dass das Kind dauernd gewinnt. Das Kind hat den Eindruck, dass er das mit Absicht tut. Die Großmutter sitzt dabei und strickt Socken. „Wir sorgen beide für die Füße anderer Leute“, sagt sie lachend, „der Opa mit Leder und ich mit Wolle.“ Schließlich wird das Kind dann aber doch ins Bett geschickt. Es trödelt ein bisschen beim Zähneputzen, aber es hilft nichts: es muss am Ende doch nach oben in die einsame Mansarde. Die Oma singt ihm noch ein Lied vor: Der Mond ist aufgegangen. Das Kind kennt dieses Lied, aber es tut so, als ob es das noch nie gehört hat, damit die Oma nicht aufhört zu singen. Schließlich sagt die Oma aber doch: „Gute Nacht, schlaf schön!“ Sie gibt dem Kind einen dicken Kuss auf die Wange, und dann geht sie die Treppe hinunter.

Das Kind ist allein und horcht auf die Geräusche des Hauses. Überall knackt es. Auch die alte Treppe knarzt, als ob jemand über die ausgetretenen Stufen läuft. Unheimlich ist es, und das Kind fürchtet sich. Aber dann kommt ihm die Melodie von dem Lied wieder in den Sinn, das die Oma eben gesungen hat, und es beginnt, selbst zu singen. Alle Strophen, bis hin zur letzten, in der es dann heißt: „Und lass uns ruhig schlafen, und unsern kranken Nachbarn auch.“ Das Kind ist stolz, dass es alle Strophen auswendig kann, und plötzlich ist es eingeschlafen. Am nächsten Morgen wacht es erst auf, als die Kirchturmuhr acht Mal schlägt.

„Komm doch mal wieder ein Wochenende nach Hause", sagte die Mutter am Telefon. „Übernächstes Wochenende gehen wir zum Handwerkerball. Einer von Opas ehemaligen Lehrlingen hat uns Karten besorgt. Wenn du willst, besorg ich dir auch eine." Sie zögerte. Tanzen war nicht ihr Ding, und wahrscheinlich würden bei so einem Ball nur ältere Leute sein. Andererseits: die letzten Wochen waren hart gewesen; zwei Seminararbeiten hatte sie abliefern müssen, und etwas Abwechslung würde ihr vielleicht gut tun.

„Kommt Agnes auch?", fragte sie. „Nein, du weißt doch, sie kriegt so schlecht frei in der Klinik", antwortete die Mutter. „Aber ich hab nichts anzuziehen", sagte sie, „in meiner alten Cordhose und mit Schlabberbluse kann ich da ja wohl schlecht auftauchen." Sie hatte tatsächlich kaum etwas in ihrem Kleiderschrank, drei Hosen und einige wenige Pullover. „Du, dann gehen wir vorher noch zusammen los und kaufen dir was Schickes", schlug die Mutter vor. Einkaufen mit Muttern, na, das kann ja was werden, dachte sie. Schicke Klamotten sind ja nicht gerade ihre Spezialität. Sie zögerte, aber dann sagte sie zu.

Am Samstagvormittag ging sie mit der Mutter von einem Geschäft zum anderen. In ihrer Größe etwas Elegantes zu finden, stellte sich als schwierig heraus. Eine Verkäuferin meinte: „In Größe 36 gibt es keine langen Ballkleider. Da sollten Sie mal bei den Konfirmationskleidern in der Kinderabteilung gucken." Elisabeth war kurz davor aufzugeben. Aber die Mutter lebte bei diesem Einkaufsbummel förmlich auf. „Ist das nicht süß?", fragte sie immer wieder bei jedem neuen Kleid, das ihr in die Hände fiel. „Probier's doch mal an!" Elisabeth hatte sich vorgenommen, diesen Tag in Gelassenheit zu ertragen – immerhin würden die Eltern alles bezahlen – aber es fiel ihr schwer, diesen Vorsatz durchzuhalten.

Schließlich fanden sie ein kurzes hellrotes Trägerkleid, schmal geschnitten und kniefrei, mit einem ziemlich tiefen Ausschnitt. „Vielleicht sollten Sie sich ein Seidentuch oder eine Stola dazu um

die Schultern legen", meinte die Verkäuferin, „dann sieht es seriöser aus."
„Ach was, kein Tuch", sagte die Mutter, „ich leih dir eine meiner Goldketten, die mit dem kleinen Rubinanhänger, die mir dein Vater zur Silberhochzeit geschenkt hat, damit wirst du richtig gut aussehen."

Zum Glück sah der Vater sie erst am Abend im diesem Kleid, als sie an der Garderobe ihre Mäntel abgaben. Seinen missbilligenden Blick ignorierte sie. In Gedanken hörte sie ihn schon sagen: „So läuft meine Tochter nicht herum – ich hab schließlich einen Ruf zu verlieren." Jetzt hatte er keine Möglichkeit mehr zu protestieren. Er bemerkte auch nicht, dass sie sich geschminkt hatte – Wimperntusche, Lidschatten, Rouge, Lippenstift – das volle Programm. Sie hatte sich vorgenommen, diesem Abend ganz locker entgegenzusehen und komme, was da wolle, das Beste draus zu machen. Hinter ihren Eltern betrat sie den Saal. Aus den Augenwinkeln sah sie, dass ihr einige Männerblicke folgten. Ihr erster Impuls war es, sich noch kleiner zu machen, als sie ohnehin schon war. Aber dann dachte sie: Nein, heute will ich mal nicht die Rolle der kleinen grauen Maus spielen.

Immer wieder kamen ihr unbekannte Männer, Bekannte oder Kollegen ihres Vaters, an ihren Tisch und fragten, wer denn diese entzückende junge Dame sei. Zuerst sagte der Vater noch etwas irritiert: „Das ist unsere Jüngste." Aber schließlich ging er dazu über, mit stolzgeschwellter Brust zu sagen: „Das ist meine Tochter; sie ist eine angehende Juristin." Den ganzen langen Abend wurde sie zum Tanz aufgefordert. Einmal raunte die Mutter ihr zu: „Weißt du eigentlich, dass du eben mit dem Bürgermeister getanzt hast?" Nein, das wusste sie nicht. Innerlich lachte sie und dachte: Muss man als Frau nur ein bisschen mehr Haut zeigen, um Aufsehen zu erregen? Ist es so leicht, Männer um den Finger zu wickeln? Warum setze ich das nicht gezielter ein?

Später, auf dem Heimweg im Taxi, fragte sie sich: Hatte ihre Mutter das auch früher einmal gekonnt – Männer beeindrucken? Auf den Fotos im Familienalbum, die sie als junge Frau zeigten, sah sie doch eigentlich ganz gut aus. Warum ließ sie sich vom Vater so eng an die Leine legen?

Erschöpft, aber zufrieden mit sich und der Welt schlief sie spornstreichs ein und wachte erst am nächsten Tag um die Mittagszeit wieder auf, als es im Haus schon nach Mittagessen roch. Die Mutter schwärmte während des Essens noch lange vom vergangenen Abend, während der Vater nur kurz anmerkte: „Ich hab ja gar nicht geahnt, was in meiner Tochter alles drinsteckt." Sie hätte ihn gerne gefragt, was er damit im Einzelnen meinte, aber sie beließ es dabei, in der Hoffnung, dass ihr Vater das als Kompliment gemeint hatte.

Eines Abends kommt der Vater nach Hause und hat zwei Flöten bei sich, Blockflöten aus dunklem Holz. Er sagt: „Lieschen, du hast doch die Musik beim Schützenumzug so gerne gehört. Jetzt werdet ihr beide lernen, wie man selbst Musik macht, richtige Musik. Einmal die Woche werde ich euch Unterricht geben, und jeden Tag übt ihr selber eine Zeit lang, Lieschen, du eine Viertelstunde, und du, Agnes, eine halbe Stunde. Und wenn ihr eure Sache gut macht, dürft ihr später ein größeres Instrument lernen, Geige oder Klavier zum Beispiel."

Zu Anfang ist es lustig, Töne aus der Flöte herauszupusten. Aber nach einigen Tagen verliert das Kind die Lust daran, weil es merkt, es ist noch weit davon entfernt, ein richtiges Lied zustande zu bringen. Jeden Abend fragt der Vater: „Wie sieht es aus – habt ihr heute schon Flöte geübt?" Meistens müssen beide dann zugeben, dass sie es mal wieder vergessen haben. Die Schwester holt es dann schnell nach, und es gelingt ihr auch immer besser. Sie kann auch schon Noten lesen und spielt Lieder, die das Kind mitsingen kann, zum

Beispiel „Es tanzt ein Bi-Ba-Butzemann in unserm Haus herum". Die Mutter merkt, wie lästig es dem Kind ist zu üben. Sie fragt den Vater: „Meinst du nicht, wir sollten bei ihr mit dem Flötenunterricht noch etwas warten? Vielleicht bis sie zur Schule geht? Sie soll doch nicht jetzt schon die Lust an der Musik verlieren."
„Na gut", sagt er, „aber dann ganz bestimmt."

Manchmal spielt die große Schwester mit dem Kind Schule. Sie erklärt ihm die Buchstaben, rechnet mit ihm und zeigt ihm, wie es seinen Namen schreiben kann. Das ist schwer. Die drei ersten Buchstaben von Elisabeth gehen ihm noch leicht von der Hand, aber ein sauberes S zu schreiben, damit hat es seine Mühe. Heimlich, wenn die Schwester vormittags in der richtigen Schule ist, übt es lange, und eines Tages legt es der Schwester einen Zettel aufs Kopfkissen, darauf steht in sauberen, geraden Druckbuchstaben ELISABETH MENGE. Die Schwester freut sich riesig und spielt jetzt besonders oft Schule mit der kleinen Schwester. Sie holt die alte Fibel hervor, mit der sie selbst im ersten Schuljahr Lesen gelernt hat, und gemeinsam lesen sie einige kurze Sätze.

Später liest das Kind voller Stolz den Eltern die gleichen Sätze vor. Der Vater sagt: „Na, ich glaube, die hast du nur auswendig gelernt. Kein Kind kann in deinem Alter schon lesen."
„Doch, ich schon", sagt das Kind, aber der Vater scheint ihm nicht zu glauben. Also übt es heimlich weiter, mit jedem Schriftstück, das ihm in die Hände fällt: das Etikett auf dem Honigglas, die Überschriften in der Zeitung, die Spielanleitung vom „Mensch, ärgere Dich nicht". Dass es längst nicht alle Sätze und Worte versteht, macht ihm nichts aus. Nur die Schwester weiß, wie viel es schon lesen kann, aber die verrät es nicht.

„Was haben sich Ihre Eltern wohl bei der Namensgebung von Ihnen und Ihrer Schwester gedacht?", fragte Herr Bierbaum. „Ach, du lieber Himmel", antwortete sie, „darüber hab ich mir

noch nie Gedanken gemacht. Agnes – naja, vielleicht so wie bei einer Hundezucht, wo der erste Wurf mit dem Buchstaben A beginnt", sagte sie und kicherte. „Solch einen Heiterkeitsausbruch kenne ich von Ihnen ja gar nicht", sagte Herr Bierbaum und schmunzelte. „Aber mal im Ernst: Eltern verbinden doch oftmals bestimmte Vorstellungen oder Wünsche mit den Vornamen Ihrer Kinder. Könnten Sie sich etwas in dieser Art bei Ihren Eltern vorstellen? Warum sollte die zweite Tochter Ihrer Eltern ausgerechnet Elisabeth heißen?"

„Eine Vermutung habe ich: Mein Vater war als Kind mit seinen Eltern mal in Eisenach auf der Wartburg. Er hat später manchmal erzählt, wie sehr ihn das alles beeindruckt hatte, die Heilige Elisabeth, Martin Luther, überhaupt alle Geschichten und Legenden, die sich um die Wartburg ranken."
„Also hatte Ihr Vater besonders gute Erinnerungen an die Wartburg und wollte Ihnen mit diesem Namen etwas Gutes tun? Oder hatte er vielleicht auch ein wenig die Hoffnung, dass Sie sich zu einem ähnlichen Menschen entwickeln mögen wie die Heilige Elisabeth, genauso mildtätig, krisenfest und willensstark?"
„Ja, das könnte ich mir vorstellen. Er hat mal beklagt, wie wenig er als Jugendlicher den Parolen des Hitlerregimes entgegensetzen konnte. Und wie sehr es ihn belastet hat, im Krieg Waffen tragen zu müssen. Er hat nie gesagt, dass er auch mal Menschen erschossen hätte, aber dazu sind ja Waffen während eines Krieges im Grunde da. Was er uns als Kinder immer wieder eingeschärft hat, war Respekt vor dem Leben. Niemals aus purem Übermut eine Ameise zertreten. Oder eine Spinne zerquetschen. Zu dem Thema hat er dann oft Albert Schweitzer zitiert."

„Na, sehen Sie", sagte Herr Bierbaum, „es fällt Ihnen ja doch eine Menge zu Ihrem Namen ein und zu den Hoffnungen, die Ihr Vater an Sie und Ihr Leben geknüpft hat."
„Ach du lieber Himmel", stöhnte sie, „noch ein Erwartungsdruck mehr. Er hat mir zeitlebens seine Erwartungen aufgedrückt, und

ich hab mir das selbst so zu Eigen gemacht, dass ich an mich oft unerfüllbare Ansprüche stelle. Nie bin ich zufrieden mit dem, was ich erreicht habe. Immer muss es noch eine Ecke besser werden."
„Warum drehen Sie die Hoffnungen Ihres Vaters denn so um, dass daraus ein Erwartungsdruck wird? Sehen Sie ihn doch mal eher so wie die gute Fee im Märchen, die als Patin dem Kind etwas Gutes in die Wiege legt, weil sie sich so über das Kind freut."
„Ja, Sie haben ja Recht, mein Vater hat es oftmals sicher sehr gut gemeint mit meiner Schwester und mit mir, aber er hat das nicht immer so gut vermitteln können."
„Vielleicht stand er sich selbst dabei im Wege. Aber das soll uns hier nicht interessieren. Mir wäre es lieber, Sie schauen mal, wo und wie Sie sich selbst im Wege stehen. Vielleicht ist das Leben ja viel einfacher, als Sie es sich machen?"

Ja, auch Herr Bierbaum meinte es sicher gut mit ihr. Aber es gab Zeiten, da regte sich Widerspruch in ihr gegen seine Vorschläge. Entweder erschienen sie ihr zu schwer und damit zu mühsam in der Umsetzung. Oder sie spürte auch darin gleich wieder einen väterlichen Erwartungsdruck, auf den sie entweder mit Trotz oder mit übergroßer Anpassung meinte reagieren zu müssen. Was müsste das Leben schön sein, wenn man sich davon befreien könnte, dachte sie.

Alle halbe Jahr geht die Mutter mit ihren beiden Töchtern zum Zahnarzt. Die große Schwester trägt eine Zahnspange, denn ihre Zähne stehen zu weit auseinander. Sie hasst die Zahnspange und weigert sich, sie tagsüber zu tragen. Der Vater schimpft und sagt: „Stell dich nicht so an!" Aber die Schwester nimmt die Spange in der Schule heimlich heraus. Der Zahnarzt lässt sich schließlich darauf ein, dass sie sie nur nachts tragen muss. Das Kind weigert sich wie immer, zum Zahnarzt mitzukommen. Es hat schreckliche Angst vor dem lauten Bohrer. Die Mutter überredet es, indem sie ihm verspricht, es dürfe sich hinterher im Spielzeuggeschäft eine Kleinigkeit aussuchen.

Das Kind hat immer wieder Löcher in den Zähnen; auch diesmal entdeckt der Zahnarzt zwei neue. „Na, mal wieder viele Bonbons gelutscht?", fragt er. Das Kind kann nicht antworten, denn es hat ja den Mund offen, dafür sagt die Mutter: „Bei uns gibt es keine Bonbons, aber vielleicht hat sie als Baby nicht genug Gesundes bekommen. Sie wissen ja, das Geld war immer etwas knapp bei uns."
„Na, dann wollen wir mal schauen, was wir da machen können", sagt der Zahnarzt. Er bohrt und füllt die Löcher aus, aber so schlimm, wie das Kind es sich vorgestellt hatte, ist es heute nicht.
„Siehst du", sagt die Schwester, „du hast dir das ganz schrecklich ausgemalt, aber so furchtbar ist das doch gar nicht."
„Aber ins Spielzeuggeschäft gehen wir doch trotzdem?", fragt das Kind. „Natürlich", sagt die Mutter, „ich hab's ja versprochen." Das Spielwarengeschäft ist voll; bis sie bedient werden, hat das Kind viel Zeit herumzuschauen. Hinter einer Glasscheibe stehen kleine Spielzeugautos, Volkswagen-Käfer, Kipplaster, Polizeiautos, Feuerwehrautos. „Davon möchte ich eins", sagt das Kind und zeigt auf die Autos. „Was, du willst mit Autos spielen?", fragt die Mutter erstaunt, „du bist doch ein Mädchen."
„Ich will aber trotzdem ein Auto haben", sagt das Kind. Die Mutter will ihm ein Spielkartenquartett kaufen oder ein Jojo oder ein neues Springseil, aber das Kind besteht auf einem Auto.

Eine Verkäuferin öffnet die Glasvitrine, und das Kind darf ein paar Autos in die Hand nehmen. Schließlich entscheidet es sich für einen kleinen blauen PKW. Zuhause baut es auf dem Fußboden aus Bauklötzen Straßen und eine Garage. Stundenlang kann es sich so beschäftigen, mit dem Auto die Straßen entlangfahren, vorwärts und rückwärts einparken. In den nächsten Wochen muss es noch mehrmals zum Zahnarzt, denn die neuen Plomben sollen abgeschliffen und poliert werden. Jedes Mal darf es sich ein weiteres Auto aussuchen, und es ist glücklich über jedes neue Auto. Es bewahrt sie in einer alten Zigarrenschachtel aus Holz tief unten in der Schublade seiner kleinen Kommode auf, damit nur ja kein anderer damit spielt. Die Angst vorm Zahnarzt wird immer kleiner, denn das Kind hat etwas entdeckt, das gegen die Angst hilft. Wenn es beim Zahnarzt auf dem Behandlungsstuhl sitzt und den Mund lange offen halten muss, dann singt es in Gedanken alle Lieder vor sich hin, die es auswendig kennt. Und das sind zum Glück viele.

Die erste Woche des gemeinsamen Spanienurlaubs mit Michael wurde ein Fiasko. Elisabeth hatte sich gegen den Rat von Sonja entschlossen, einige Vorlesungsmitschriften mitzunehmen, um zu lernen. Jeden Morgen stand sie um sieben Uhr auf, setzte sich ans Fenster und arbeitete, während Michael ausschlief. Abends war sie dann spätesten um elf todmüde und wollte schlafen; dagegen hatte Michael um die Zeit Lust, noch mal ein bisschen zu bummeln und irgendwo ein Glas Wein zu trinken. Auch um Geld stritten sie sich mehrfach. Elisabeth, die ja von ihren Eltern von Anfang an zur Sparsamkeit angehalten worden war, hätte am liebsten die ganze Zeit von Brot vom Bäcker und Käse aus dem Supermarkt gelebt. Michael war der Auffassung, im Urlaub solle man nicht so geizig sein, sondern sich ruhig mal etwas Gutes gönnen, auf jeden Fall aber ein tägliches Essen im Restaurant. Sie hätten sich schon in einer besonders günstigen Pension einquartiert, damit wäre genug gespart. Ein weiterer Streitpunkt war die Ordnung in ihrem Zimmer. Michael war es egal, ob seine Sachen im Zimmer oder im Bad verstreut herumlagen; sie war genervt von dem, was sie als Chaos bezeichnete.

Nach einigem Hin und Her fanden sie dann Kompromisse, mit denen beide zufrieden waren, und so wurden die drei Wochen letztendlich doch eine schöne Zeit. Vor allem die Wärme und die Sonne taten Elisabeth gut – sie fühlte sich körperlich so leicht wie schon lange nicht mehr. In der zweiten Woche überwand sie sich, das Lernen bleiben zu lassen und fühlte sich dadurch wunderbar entlastet. Ohnehin hatte sie manchmal den Eindruck, dass sie schon sehr weit vorgedrungen war im verlangten Lernstoff. Und vielleicht stimmte es ja doch, was ihre Kommilitonen ihr immer wieder versicherten: „Du schaffst das Examen mit links."

Zuhause brauchte sie einige Tage, bis sie wieder ihren Rhythmus zwischen Lernen und Entspannen gefunden hatte, aber auch das störte sie diesmal nicht. Ihr war bewusst geworden, dass sie sich mit zu viel Selbstdisziplin nur immer mehr verkrampfte, und dann ging gar nichts mehr in ihren Kopf hinein.

Am Sonntag macht die Familie einen Ausflug zu Tante Traude und Onkel Johann. Das ist ein Cousin der Mutter, und er wohnt mit Tante Traude und seinen fünf Kindern in Ebenrode, einem ganz kleinen Dorf, so klein, dass nur morgens und abends ein Bus dorthin fährt. Das Kind muss früh aufstehen, damit sie alle den Bus nach Ebenrode rechtzeitig bekommen. Siegfried ist der älteste Sohn von Onkel Johann, er ist schon zwölf Jahre alt, und er holt sie am Bus ab. Obwohl es schon etwas herbstlich ist, läuft er barfuß. Er sagt. „Die Schuhe muss ich schonen für die Schule." Aber es macht ihm nichts aus, barfuß zu gehen – er scheint daran gewöhnt.

Onkel Johann hat ein ganz kleines altes Haus. Ein Stall steht daneben, der ist für die Ziegen, und ein kleines Haus mit einem Herz in der Tür. So etwas kennt das Kind noch nicht. In der Küche ist kein Wasserhahn wie zu Hause. Tante Traude holt das Wasser aus einer Pumpe im Garten. Siegfried fragt die beiden Schwestern: „Kommt ihr mit und helft mir, Futter für die Tiere zu sammeln?" Er nimmt sie mit auf einen Feldweg und zeigt ihnen, wie man Löwenzahn und Klee ausrupfen kann für die Kaninchen und wilde Kamille für die Ziegen. Er hat einen großen Korb dabei und sagt: „Wenn der nicht voll ist, darf ich mich zu Hause gar nicht erst blicken lassen, sagt mein Vater." Aber zu dritt wird er schnell voll, denn das Kind möchte bald die Kaninchen sehen. Die leben in mehreren Ställen hinterm Haus. „Fast vierzig Stück sind es“, sagt Siegfried, „und das hier ist mein eigenes. Das darf nicht geschlachtet werden.“ Er holt ein großes schwarzes Kaninchen aus einem Stall und will es dem Kind in den Arm geben. Aber das erschrickt und sagt: „Ich streichle es lieber nur.“

Die große Schwester fragt: „Und die andern sollen wirklich alle geschlachtet werden?“
„Natürlich“, sagt Siegfried, „sonst hätten wir ja nie Fleisch auf dem Teller. Für heute Mittag hat meine Mutter extra eins geschlachtet, weil wir heute so viele sind. Sie macht Braten daraus, das ist lecker.“
„Und wer schlachtet die Kaninchen?“, fragt die Schwester weiter.
„Das macht mein Vater, aber ich hab schon oft zugesehen, und bald kann ich es auch“, sagt Siegfried stolz. „Die armen Kaninchen“, sagt das Kind. Siegfried sagt: „Meine Mutter meint immer: Mitleid mit den Tieren können wir uns nicht leisten, das können nur die Reichen.“
„Seid ihr denn nicht reich?“, fragt das Kind, „ihr habt doch ein eigenes Haus und einen großen Garten und so viele Tiere. Wir haben nur eine Wohnung mit drei kleinen Zimmern und gar kein Tier.“

Siegfried lacht: „Ja, aber wir sind auch fünf Kinder, und jeder von uns braucht was zum Anziehen und Schulbücher. Naja, die beiden Kleinen noch nicht, aber die kosten auch Geld. Und mein Papa verdient nicht so viel im Sägewerk.“ Die große Schwester schaut herum und fragt: „Zeigst du uns mal deine Schule?“
„Na klar, aber da müsst ihr eine Stunde lang laufen. Könnt ihr Stadtkinder das denn überhaupt? Wir haben nämlich hier im Dorf keine Schule, die ist im Dorf da hinten, und das ist weit weg. Aber ich kann euch was anderes zeigen, eine Höhle im Wald, wo wir immer spielen.“

Der Wald ist nicht so weit weg. Siegfried holt seine Geschwister, und alle sieben Kinder laufen in den Wald. Zwischen lauter Büschen haben sich die Kinder von Onkel Johann aus alten Brettern eine

Höhle gebaut. Friederike, das ist Siegfrieds Schwester, die so alt ist wie Agnes, sagt: „Hier verstecken wir uns manchmal, wenn wir keine Lust mehr haben, zu Hause zu helfen. Und dann gehen wir erst nach Hause, wenn's dunkel wird."
„Ja", sagt Siegfried, „und dann nimmt Papa seinen Gürtel und verhaut uns. Dann müssen wir ihm am nächsten Tag besonders viel helfen. Ich muss immer Schmiere stehen, wenn er im Winter Holz sammelt. Das ist nämlich verboten!"

„Aber wieso tut er das dann, wenn das doch verboten ist?", fragt das Kind. „Mit irgendwas müssen wir doch unsern Ofen heizen. Hättest du Lust, den ganzen Winter im Kalten zu hocken? Mutter sagt, Moral können sich nur die Reichen leisten. Klauen deine Eltern denn nie was?" Das Kind ist ganz erschrocken bei der Vorstellung, die Eltern könnten etwas stehlen. Die große Schwester sagt: „Wenn ich bei uns in der Küche ein Stück Zucker klaue und das kommt raus, dann krieg ich was auf die Finger. Und ihr sollt eurem Vater sogar helfen beim Klauen. Verrückt!"

Dem Kind kommt heute vieles verrückt vor. Beim Mittagessen sitzen alle ganz eng um den großen Tisch herum. Es ist laut und gemütlich. Die Stühle reichen nicht für alle; jeweils zwei Kinder müssen sich einen teilen. Die Teller passen gar nicht zueinander; jeder sieht anders aus. Als Tante Traude dem Kind ein Stückchen Braten auf den Teller legen will, schüttelt es den Kopf und sagt leise: „Ich hab keinen Hunger."
„Aber du musst doch etwas essen; du willst doch nicht so klein und dünn bleiben."
„Ich möchte nur eine Kartoffel essen", sagt das Kind, denn es muss immer an die niedlichen Kaninchen draußen im Stall denken. So ein süßes Tier war der Braten wahrscheinlich auch mal.

Die Kinder bekommen zum Essen ein Glas Milch. Das Kind trinkt einen Schluck und hätte ihn am liebsten wieder ausgespuckt. Die andern Kinder sehen das und kichern. Es stupst die Schwester an, die neben ihm sitzt, und sagt: „Die ist ja so bitter. Die mag ich nicht.“ Ganz leise sagt es das, aber Tante Traude hat es trotzdem gehört. Sie lacht und sagt: „Ja, Lieschen, das ist Ziegenmilch. So was Gutes kennst du sicher nicht. Trink ruhig, die ist gesund. Und wenn sie dir schmeckt, darfst du auch noch unsern selbst gemachten Ziegenkäse probieren.“ Aber darauf hat das Kind keine Lust.

Es fragt Friederike nach dem Essen: „Darf ich mal euer Kinderzimmer sehen?“ Friederike nimmt sie mit in ein kleines Zimmer hinter der Küche. Da stehen drei Betten drin und ein Kleiderschrank, sonst nichts. „Aber ihr seid doch fünf Kinder – wo sind denn die anderen Betten?“

„Wir zwei großen Mädchen schlafen in einem Bett, und die beiden Kleinen schlafen in einem Bett. Nur Siegfried, der hat ein eigenes, weil er schon so groß ist.“ Das Kind staunt. „Und eure Sachen passen alle in den einen Schrank?“

„Na klar, soviel haben wir doch nicht. Ich hab einen Rock für die Schule und einen für zu Hause. Das reicht doch, oder?“ Das Kind hat auch nicht so viele Sachen zum Anziehen, aber das kommt ihm doch ziemlich wenig vor.

Die Mutter hat von zu Hause einen großen Napfkuchen mitgebracht. Den gibt es am Nachmittag. Der Vater hat dem Cousin der Mutter eine Schachtel Zigaretten und eine Flasche Wein mitgebracht. Onkel Johann gibt Tante Traude einen Klaps auf den Po und sagt: „Na Mädel, damit machen wir uns nachher einen vergnügten Abend.“ Die Mutter wird plötzlich ganz rot und sagt: „Aber doch nicht vor den Kindern!“

„Warum denn nicht?“, meint Onkel Johann und lacht. „Die Kinder kriegen hier draußen auf dem Lande doch sowieso alles mit. Die glauben nie im Leben, dass der Klapperstorch die jungen Karnickel bringt.“ Das Kind versteht das alles nicht, aber das ist ja öfter so bei den Erwachsenen.

Auf der Heimfahrt im Bus sagt der Vater: „Meine Güte, wie die leben, alle so zusammen wie die Karnickel im Stall. In so einer Hütte!“ Die Mutter sagt: „Aber sie kommen mir alle doch ganz glücklich vor.“
„Möchtest du etwa dein Wasser im Garten aus der Pumpe holen? Und die friert womöglich im Winter ein. Und bei jedem Wetter raus zum Plumpsklo – nein danke!“
„Und trotzdem“, sagt die Mutter, „trotzdem scheinen alle ganz fröhlich zu sein. Soviel gelacht wie heute haben wir schon lange nicht mehr.“
„Immer musst du das letzte Wort behalten“, grummelt er. Aber er ist heute auch vergnügter als sonst und legt auf der Rückenlehne des Sitzes den Arm um die Mutter.

„Sie tragen eine so starke Brille – seit wann haben Sie die?“, fragte Herr Bierbaum beim nächsten Mal. „Seit ich sieben bin“, antwortete sie, „meine Eltern hatten damals gemerkt, dass ich die Augen immer so zusammengekniffen habe, wenn ich aus dem Fenster geguckt habe. Dann sind sie mit mir zum Augenarzt gegangen, und der meinte, ich wäre wohl schon längere Zeit ziemlich kurzsichtig. Ja, und dann ist es im Laufe der Jahre immer noch schlechter geworden mit meinen Augen.“
„Es gibt eine Theorie, dass Kinder, die ihre Sehfähigkeit verändern, irgendetwas nicht mehr sehen wollen, vielleicht weil es sie überfordert oder sie es nicht mehr ertragen können. Könnten Sie sich vorstellen, dass bei Ihnen auch so etwas in der Richtung vorlag, als sich Ihre Augen veränderten?“
„Sie meinen, damals gab es etwas, dessen Anblick ich nicht mehr ausgehalten habe? Dann hätte ich eigentlich einen Hörfehler kriegen müssen und nicht einen Sehfehler.“
„Wie meinen Sie das?“, fragte Herr Bierbaum, und sein Blick lag hellwach auf ihrem Gesicht. „Naja, ich konnte es einfach nicht mehr hören, das Gejammer meiner Eltern, dass Hitler ihnen die Jugend gestohlen hatte und all das. Meine Mutter, die nie darüber

weggekommen ist, dass sie nicht studieren konnte, obwohl sie doch schon einen Studienplatz gehabt hatte. Mein Vater, der nach der Gefangenschaft gleich Frau und Kind hatte und die Familie dann ernähren musste und also auch nicht studieren konnte. Und was sie alles hatten aushalten müssen, im Dritten Reich und später, materiell und innerlich. Dann immer dieser moralisch erhobene Zeigefinger, wie dankbar wir doch sein müssten, dass wir im Frieden aufwachsen dürften. Immer, in jedem Satz, kam offen oder unausgesprochen der Krieg drin vor. Was konnten wir Kinder denn dafür? Warum mussten wir das abkriegen? Ich konnt's nicht mehr hören – es hat mir meine ganze Kindheit vergiftet." Elisabeth wurde immer lauter, ihre Stimme immer heftiger. Und dann brach es aus ihr hervor, mit einer Wucht, die sie von sich nicht kannte, Tränenbäche, ein Schluchzen, das sie durchschüttelte, minutenlang.

Da tat Herr Bierbaum etwas, das er bisher noch nie getan hatte: Er kam zu ihr, nahm sie in den Arm, wiegte sie, ertrug ihre Tränen und ihre laufende Nase, bis ihre Tränen allmählich abebbten. „Geht's jetzt wieder?", fragte er leise. Sie nickte und putzte sich ausgiebig die Nase. „Das war wohl mal dran, dass ich mir all das von der Seele geheult habe", sagte sie mit einem kleinen schiefen Lächeln. „Ja, das war wohl mal dran, dass Sie Ihre ganze Traurigkeit und Wut rausgelassen haben. Und bei alledem konnten Sie damals vielleicht nicht sehen, dass Ihre Eltern es im Grunde gut gemeint hatten mit Ihnen?"
„Nein, das konnte ich nicht sehen, weil alles immer so wehgetan hatte."

„Und wie würden Sie jetzt Ihre Kindheit sehen? Ihren Vater, Ihre Mutter – in welchem Licht erscheinen Sie Ihnen jetzt?"
„Sie konnten wohl nicht aus ihrer Haut raus. Vielleicht waren Sie wohl auch unglücklich dabei und konnten doch nichts ändern. Vielleicht brauchte es eben so viele Jahre, bis sie sich von ihren Kriegserfahrungen lösen konnten."

„Fräulein Menge, es gibt da so ein Wort, das ein bisschen aus der Mode gekommen ist, das Wort Barmherzigkeit. Vielleicht könnten Sie mit Ihren Eltern ein wenig barmherziger sein? Und sich selbst fragen, wie Sie sich wohl entwickelt und verhalten hätten, wenn Sie die gleichen Erfahrungen wie Ihre Eltern hätten machen müssen? Was Sie als Gift in Ihrer Kindheit betrachten, soll doch nicht die Macht haben, bis in Ihre Gegenwart hinein zu wirken. Es soll sich doch nicht auf Dauer zwischen Sie und Ihre Eltern stellen."
„Barmherzigkeit, ja, das Wort hat mein Vater auch oft benutzt. Aber wohl mehr im christlichen Sinne. Und in meinen Augen hat er oftmals christlichen Glauben und Moral verwechselt und den Glauben zum Handlanger seiner Moral gemacht."

„Ich hab's zwar nicht so mit dem christlichen Glauben", sagte Herr Bierbaum und grinste, „aber ich kann nachvollziehen, dass man, wenn man während seiner Jugend so wenige verlässliche Werte hatte, an die man sich halten konnte, dass man sich dann besonders stark nach moralischen Werten sehnt."
„Ich dachte, Sie sind auf meiner Seite", sagte Elisabeth und lachte, „und jetzt verteidigen Sie ausgerechnet meine Eltern!"
„Um Parteinahme geht's mir nicht. Ich will Ihnen nur zu einem anderen Blickwinkel verhelfen, damit es Ihnen gelingt, Ihre Eltern mal mit anderen Augen zu sehen. Und damit auch Ihre eigene Vergangenheit."
„Ist doch klar; das verstehe ich ja. Aber um das zu verarbeiten, was mir heute klar geworden ist, werde ich wohl noch ziemlich viel Zeit brauchen."
„Dafür haben Sie hoffentlich noch ein ganzes Leben lang Zeit", meinte Herr Bierbaum lachend.

Körperlich erschöpft aber seelisch merkwürdig erfrischt verließ sie die Praxis. Abends hatte sie Sehnsucht danach, die Stimme ihrer Mutter zu hören. Sie ging zur Telefonzelle, um zu Hause anzurufen, aber niemand nahm ab. Sie versuchte, ihre Enttäuschung zu ignorieren und stürzte sich stattdessen in die Vorbereitungen für das morgige Seminar.

Der Vater ist in den Kirchenvorstand berufen worden. Er versucht, seinen Stolz darüber nicht ganz so sehr nach außen zu kehren. „Wahrscheinlich wollten sie nur einen Finanzexperten im Kirchenvorstand haben; um mich ging es dabei im Grunde gar nicht", sagt er. Er nimmt seine Aufgabe sehr ernst, studiert abends viele Stunden Sitzungsprotokolle und holt sich aus dem Kirchenbüro alte Akten, um wirklich gut informiert zu sein.

Zu seinen neuen Aufgaben gehört es auch, einmal im Monat im Gottesdienst die Kollekte einzusammeln. Auch an den anderen Sonntagen geht er noch öfter als bisher in die Kirche, und es ist für ihn selbstverständlich, dass die Familie mitgeht. Das Kind und die große Schwester haben nicht immer Lust dazu, aber das zählt nicht. „Jesus hat wahrscheinlich auch keine Lust gehabt, sich ans Kreuz nageln zu lassen. Manche Opfer muss man nun mal auf sich nehmen."
„Das kannst du doch gar nicht vergleichen", sagt die Mutter, und tatsächlich gelingt es ihr, den Vater davon abzubringen, dass sie jeden Sonntag mitgehen müssen. „Einmal im Monat, das genügt", beschließt die Mutter, „und wenn die Kinder wollen, können sie ja an den anderen Sonntagen in den Kindergottesdienst gehen."

Da geht das Kind gerne hin. Am Ende gibt es da immer ein Bildchen zu der Geschichte, die vorher erzählt worden ist. Dazu hat es ein Heft, in das die Bilder eingeklebt werden. Wer irgendwann sein Heft voll hat, bekommt ein Büchlein mit Kindergebeten. Die Geschichten werden von Frau Hinrichsen erzählt. Das ist die Frau vom Pastor. Sie hat einen Dutt im Nacken, aus dem sich immer so niedliche kleine Locken hervorkringeln. Da muss das Kind immer hingucken. Sie bringt auch immer ihre eigenen vier Kinder mit, die

Zwillinge Miriam und Rebecca und die beiden Jungen Jonas und David. David geht in die Klasse der großen Schwester.

Der Vater möchte gerne, dass sich seine Kinder mit ihnen verabreden, aber die Kinder von Hinrichsens haben keine Zeit zum Spielen. Einmal fragt er Pastor Hinrichsen nach dem Gottesdienst, ob seine Kinder nicht mal zu ihnen kommen könnten. Aber Herr Hinrichsen sagt: „Sie haben Geigen- und Klavierunterricht, dafür müssen sie viel üben."
„Schade", sagt der Vater, „meine Mädchen hätten von Ihren Kindern sicher viel lernen können. So vorbildlich, wie sich Ihre Kinder immer benehmen."
„Benehmen wir uns denn schlecht?", fragt das Kind später auf dem Heimweg. „Das nicht gerade", sagt der Vater, „aber lernen kann man ja nie genug. Und ein bisschen mehr Kontakt zu den besseren Kreisen hätte uns auch gut getan." Seine Stimme klingt bedrückt.

Das Kind hört, wie er zur Mutter sagt: „Das mit dem Musikunterricht klang aber sehr nach einer faulen Ausrede. Wahrscheinlich sind wir dem Pastor nicht fein genug. Er war ja auch Major bei der Wehrmacht und ich nur Unteroffizier."
„Meinst du im Ernst, dass das für ihn immer noch eine Rolle spielt?", fragt die Mutter. „Ganz bestimmt, so was bleibt doch an einem Menschen kleben, dieses Standesbewusstsein. Und ganz schön mutig von ihm, seinen Kindern jüdische Namen zu geben. Vor ein paar Jahren hätte so was böse enden können."
„Musst du denn immer alles kommentieren und deinen Senf dazu geben", faucht die Mutter plötzlich, „das sind keine jüdischen Namen, das sind biblische Namen. Wir haben unsere Kinder doch auch nach christlichen Heiligen benannt und würden es nicht wollen, dass andere sich darüber das Maul zerreißen."
„Ist ja gut, ist ja gut", versucht der Vater, sie zu beschwichtigen, aber sie ist jetzt wirklich ärgerlich. „Ich finde die Namen schön, die die Kinder von Hinrichsen haben. Wir waren ja bloß zu feige damals, um unsern Kindern auch Namen aus der Bibel zu geben.

Du hast immer gesagt: unsere Kinder sollen mit ihren Namen kein Aufsehen erregen. Wer weiß es denn – vielleicht kommt irgendwann wieder eine Zeit, wo man sich nicht mehr als Christ zu erkennen geben kann. Das hast du gesagt damals. Sollen sie sich dann etwa umbenennen?" Der Vater ist ganz still geworden. Zu Hause geht er ins Wohnzimmer und kommt lange nicht wieder hervor.

Abends im Bett sagt die große Schwester: „Sei bloß froh, dass wir da nicht hin müssen zum Spielen. David hat in der Schule erzählt, dass sie zu Hause immer beten müssen, vor jedem Essen und morgens und abends auch."
„Ist Beten denn schlimm?", fragt das Kind. Es betet auch jeden Abend vorm Einschlafen. „Lieber Gott, mach mich fromm, dass ich in den Himmel komm." Das hat die Mutter ihm schon ganz früh beigebracht. Und sonntags vorm Mittagessen betet der Vater: „Komm, Herr Jesus, sei unser Gast, und segne, was du uns bescheret hast."
„Nein, schlimm ist das nicht", antwortet die große Schwester, „aber David sagt, wenn er nach der Schule ganz doll Hunger hat, dann hat er keine Lust aufs Beten. Und wenn dann sein Vater anfängt zu beten, dann kann er gar nicht zuhören und hat ganz böse Gedanken im Kopf, und hinterher hat er ein schlechtes Gewissen."

In der Kirche sind vorne neben dem Altar drei Extrabänke. Die sind für die Kirchenvorsteher und ihre Familien. Da muss das Kind mit seinen Eltern sitzen, wenn sie zum Gottesdienst gehen. Alle Leute können sie da vorne sitzen sehen, und deshalb muss das Kind die ganze Zeit stillsitzen. Es darf auch nicht reden und lachen. Die Mutter hat einmal gesagt: „Schrecklich, so auf dem Präsentierteller zu sitzen." Aber der Vater hat gesagt: „Das bin ich meiner Stellung schuldig. Es darf doch ruhig jeder sehen, dass wir anständige Leute sind, die sich zu benehmen wissen." Das Kind findet es langweilig, in die Kirche zu gehen. Es versteht nichts von dem, was gesagt wird. Manchmal versucht es sich die Zeit zu vertreiben, indem es sich die bunten Kirchenfenster anguckt und sich überlegt, was da

wohl abgebildet sein könnte. Nur hinterher, da ist es wieder lustig. Da darf es dem Vater beim Kollektengeldzählen helfen. Immer zehn Münzen von einer Sorte auf einen Haufen. Das macht Spaß, und bis zehn zählen, das ist ja gar nicht schwer.
Wenn die ganze Familie in der Kirche war, gibt es ein besonders gutes Sonntagsessen. Am Abend vorher hat die Mutter Gulasch angebraten. In der ganzen Wohnung riecht es dann schon so lekker. Sonntags früh kocht sie Reis, aber nur ganz kurz, und dann stellt sie den Kochtopf, so wie er ist, in ihr Bett und deckt das Federbett darüber. „Das ist meine Kochkiste", sagt sie und lacht. Mittags, wenn alle nach Hause kommen, ist der Reis fertig und hat ganz von alleine gekocht. Darüber wundert sich das Kind jedes Mal wieder. Zum Nachtisch gibt es sonntags auch immer etwas Besonderes: Quarkspeise oder Pflaumenkompott aus dem Garten der Großmutter.

Als Elisabeth in Hamburg aus dem Zug stieg, sagte Michael: „Du, wir sind heute Abend zum Grillen bei einem Kumpel in Heimfeld eingeladen. Wir sollen einen Salat mitbringen. Hilfst du mir, einen Kartoffelsalat zu machen?"
„Na klar, das ist doch keine große Sache", antwortete sie.

Am Abend saßen mehrere Studenten in einem verwilderten Garten um einen alten rostigen Grill herum. Einige Zweiliterflaschen Wein standen auf dem Boden und wurden allmählich leer. Zu später Stunde sagte Elisabeth: „Soll ich euch mal erzählen, wie das war, als ich das erste Mal bei einer Grillfete war?"
„Los, erzähl, wenn's was Witziges ist!", rief jemand aus der Runde.
„Nee, witzig nicht, aber merkwürdig."
„Na gut, dann erzähl trotzdem."

„Also, das war so: Das Grillen kam ja erst so allmählich in Mode, und ich ging damals noch zur Schule. Da waren wir bei einem Kollegen meines Vaters zum Grillen eingeladen, und der Mann

wollte uns wohl was Gutes tun, jedenfalls legte er einen Haufen Fleisch auf den Grill. Das roch richtig gut. Und plötzlich sprang mein Vater auf und wurde ganz hektisch. Er zerrte meine Mutter vom Stuhl hoch und sagte, wir müssten jetzt sofort weg. Die versuchte noch, ihn aufzuhalten, aber er hatte richtig Panik im Gesicht und hat nur gedrängelt, dass wir los müssten. Die Frau von dem Kollegen fragte immer: ‚Ist Ihnen nicht gut, was ist denn los?' Aber er sagte immer nur: ‚Nein, nein, ich muss weg.' Er hat mit Mühe noch das Auto nach Hause fahren können, und zu Hause klappte er dann regelrecht zusammen und sagte immer wieder: ‚Dieser Geruch, dieser Gestank nach verbranntem Fleisch – da kommt alles wieder hoch, die Brandbomben, die verletzten Kameraden, das Geschrei, wie mein Freund Ernst dann neben mir gestorben ist, und ich konnte ihm nicht helfen'. Mein Vater war völlig durcheinander an dem Abend. Eine richtige Panikattacke hatte er. Meine Mutter war kurz davor, den Arzt zu holen."

„Tja", meinte einer aus der Runde, „wer weiß, wie viele schreckliche Geschichten in den Köpfen unserer Eltern schlummern. Und vielleicht reicht schon ein ganz kleiner Auslöser, und all die Erinnerungen kommen wieder hoch." Die unbeschwerte Stimmung war verflogen. Einige saßen nachdenklich da, andere erzählten sich leise von ähnlichen Erfahrungen mit ihren Eltern. Die Party war bald darauf zu Ende.

Auf dem Heimweg sagte Michael zornig zu Elisabeth: „Das ist dir aber gut gelungen, die Stimmung kaputt zu machen. Musste das denn sein? Hättest du diese Geschichte nicht für dich behalten können?" Er war richtiggehend sauer auf sie und sprach bis zum nächsten Morgen kein Wort mehr mit ihr. Sie lag schlaflos neben ihm in seinem schmalen Bett und unterdrückte ihre Tränen.

Die Schranktür singt laut und lustig. Die Mutter holt ein Tischtuch hervor, ein richtiges aus Stoff, und deckt damit den Küchentisch.

Die alte Plastikdecke für den Alltag faltet sie zusammen und legt sie weg, denn heute ist ein Feiertag: das Kind hat Geburtstag. Es ist fünf Jahre alt geworden. Morgens hat es Geschenke bekommen, von den Eltern für die Puppenstube ein kleines Badezimmer in hellgrüner Farbe und von der großen Schwester ein Quartettspiel mit lauter Märchenfiguren auf den Karten. Das Kind durfte sich für den Nachmittag seine Freundinnen und Freunde einladen, so viele, wie es alt geworden ist.

Die Mutter hat Kuchen gebacken, einen Napfkuchen, und einen Schokoladenpudding gekocht. Den hat sie in eine Schüssel gefüllt, die sie nur zu ganz besonderen Gelegenheiten aus dem Schrank holt, weil da schon in ihrer eigenen Kindheit der Pudding drin war. Als der Pudding fest geworden war, hat sie die Schüssel umgedreht, und der Pudding ist herausgeflutscht. Plötzlich lag auf dem Teller ein brauner Schokoladenpuddinghase, wie ein echtes Häschen, mit Ohren und Schwänzchen. Die Mutter sagt: „Ich habe eine einzige Mandel in den Pudding getan. Wer die bekommt, hat den ganzen Tag Glück." Alle Kinder hoffen, dass sie die Mandel in ihrem Schälchen finden, und das Kind auch, aber es ist Volker, der die Mandel in seiner Portion hat. Er lutscht sie ab und zeigt sie herum. Dann steckt er sie in seine Hosentasche und sagt: „Die zeig ich zu Hause meinen Eltern."

Nach dem Essen macht die Mutter Spiele mit den Kindern: Topfschlagen, Blindekuh und „Hänschen, sag mal Piep". Dann schickt sie die Kinder ins Kinderzimmer, damit sie die Küche aufräumen kann. Sie sollen sich jetzt alleine beschäftigen, mit den Spielsachen, die im Kinderzimmer sind. Zuerst spielen sie mit den Bauklötzen, aber das wird bald langweilig. Wolfgang macht die Schubladen der kleinen Kommode auf und findet schließlich auch die Zigarrenschachtel mit den Autos darin. „Was ist da drin?", fragt er. „Damit dürft ihr nicht spielen!", sagt das Kind. Aber Wolfgang öffnet die Schachtel, und alle kleinen Autos fallen heraus. Die Jungen greifen danach, und das Kind schreit ganz laut: „Nein, nein,

damit nicht!“ Die Mutter hört das Geschrei, kommt aus der Küche von nebenan und fragt, was denn los sei. Wolfgang sagt: „Die lässt uns nicht mit den Autos spielen.“
„Wo gibt's denn so was“, sagt die Mutter, „natürlich dürft ihr damit spielen. Lieschen, du musst deine Spielsachen doch mit den andern Kindern teilen.“ Das Kind sitzt in einer Ecke und weint. „So eine beleidigte Leberwurst“, sagt Eva.

Am Abend, als alle Kinder weg sind, will das Kind die Autos wieder in die Schachtel legen. Dabei stellt es fest, dass drei Autos kaputt sind: die Räder sind zerbrochen, und bei einem Auto ist das Dach abgebrochen. Es läuft mit den Autos zur Mutter und schreit: „Siehst du, deshalb wollte ich nicht, dass die Jungs mit meinen Autos spielen. Jetzt sind sie kaputt.“ Das Kind schluchzt. Es ist so enttäuscht, dass die Mutter ihm nicht geholfen hat, die Autos zu beschützen. Der Vater kommt dazu und sagt: „Nun stell dich nicht so an. Das sind doch bloß Gegenstände. Und wärst du im Kindergarten, dann hättest du das Teilen längst gelernt. Jetzt mach nicht so ein Theater!“ Die Mutter nimmt das Kind kurz in den Arm und sagt: „Wenn wir das nächste Mal in der Stadt sind, kaufen wir dir ein neues.“ Aber als sie das nächste Mal zum Einkaufen in der Stadt sind, hat die Mutter das vergessen.

In der Universitätsbibliothek fand Elisabeth ein Buch mit dem Titel „Rechtsprechung im Dritten Reich“. Sie las sich fest daran. Vor allem das Kapitel, in dem es um Gerichtsurteile gegen Juden ging, faszinierte sie. Wie konnte es in einem kultivierten Land wie Deutschland ein so offensichtlich doppeltes Rechtsempfinden geben? Sie merkte, dass sie über die Geschichte des Judentums im Dritten Reich viel zu wenig wusste, außer dem bisschen, was sie im Geschichtsunterricht auf dem Gymnasium gelernt hatte. Da war es aber vor allem um Jahreszahlen gegangen, wann die Reichskristallnacht war, wann die Deportationen begannen, seit wann das Tragen des Judensternes vorgeschrieben war.

Aber dieses Buch beschrieb einzelne Präzedenzfälle mit Juden, die vor deutschen Gerichten verhandelt worden waren. Plötzlich tauchten Schicksale und Menschen vor ihr auf, die unrechtmäßig um Hab und Gut und schließlich um ihr Leben gebracht wurden, und das alles unter den Augen deutscher Richter, die genau wie sie einmal Jura studiert hatten, um der Gerechtigkeit Genüge zu tun. Sie war fassungslos, nicht nur über das, was sie da gerade gelesen hatte, sondern vor allem auch über ihre eigene Unkenntnis und Naivität.

Als sie in den Weihnachtsferien zu Hause bei den Eltern war, fasste sie sich ein Herz und fragte: „Ihr habt mir ja immer wieder viel über den Krieg und die Nazizeit erzählt, aber Juden kamen darin nicht vor. Gab's denn bei uns in der Stadt keine Juden? Hattet ihr keine jüdischen Mitschüler? Was ist denn aus denen geworden?"

Die Eltern sahen sich an. Die Mutter sagte: „Natürlich gab es Juden hier. In meiner Schulklasse waren auch einige Mädchen aus jüdischen Familien. Die kamen eines schönen Tages nicht mehr zum Unterricht, und zu Anfang haben wir uns natürlich gefragt, was denn aus ihnen geworden war. Die Lehrer sagten, sie wären weggezogen, und damit hab ich mich als Kind zufrieden gegeben. Und später, da hatten wir alle so viel mit uns selbst zu tun, da hat man doch an so was nicht mehr gedacht."
Der Vater sah nachdenklich aus dem Fenster. Dann sagte er: „Ich hab einmal, da war meine Kompanie gerade auf dem Weg nach Osten, einen Zug gesehen, einen Güterzug, da kam lautes Geschrei raus. Der hielt irgendwo auf freiem Feld, und wir marschierten dran vorbei. Ein Kamerad flüstere mir zu: ‚Das sind bestimmt Juden. Die werden alle in die neuen deutschen Ostgebiete gebracht und dürfen da mithelfen, ein neues Deutschland zu bauen.' Ich hab das damals so geglaubt. Ich war ein junger Kerl und wollte nur, dass der Krieg bald vorbei ist und wir wieder nach Hause könnten. Niemals hätte ich gedacht, dass die alle ins KZ gebracht würden. KZ – das Wort kannten wir Jungs doch noch gar nicht. Wir haben doch alle erst viel später begriffen, was da Schreckliches passiert ist."

Die Mutter fing wieder an zu erzählen: „Meine Mutter hatte damals eine Nachbarin, und die hatte einen Cousin, der war Pastor in der Nähe von Celle. Die sagte mal, der Cousin hätte was von einem Arbeitslager für Juden erzählt. Und dass die da nichts zu essen gehabt hätten. Der hat dann mal mit einem von der Partei drüber gesprochen, aber der hat ihm eingeschärft, wenn ihm sein Leben und das seiner Familie lieb und wert sei, solle er der Sache nicht mehr nachgehen. Also hat es wohl doch Leute gegeben, die eine Ahnung hatten von den KZ. Aber denen waren ja auch die Hände gebunden."

„Würdest du dir groß Gedanken machen, wenn dir jemand erzählt, deine Nachbarn wären weggezogen?", fragte der Vater, „das nimmst du doch so hin, und irgendwann hast du die Leute vergessen."
„Ja, wahrscheinlich", sagte Elisabeth, „aber trotzdem ist es doch unglaublich, wie viele Menschen einfach so weggebracht wurden, und niemand hat dagegen protestiert."
„Das hätte uns doch selbst in Gefahr gebracht! Und außerdem: es gab ja einige, die protestiert haben, die Geschwister Scholl zum Beispiel. Aber was ist aus denen geworden – verurteilt wurden sie und hingerichtet. Ihr jungen Leute, ihr wollt uns Älteren immer unterstellen, wir wären feige gewesen, aber sei du mal mutig, wenn es um dein Leben geht! Ein christlicher Märtyrer wie im alten Rom, das wollte doch keiner werden!" Der Vater hatte sich in Fahrt geredet.

„Mir fällt gerade noch was ein", sagte die Mutter, „einmal wurde bei uns durch die Straße ein Mann geführt, der hatte ein Schild umgehängt, auf dem stand: Ich bin ein Judenschwein. Ich krieg das nicht mehr so ganz zusammen. Ich glaube, der hatte einem jüdischen Geschäftsmann am Morgen nach der Reichskristallnacht geholfen, seinen Laden aufzuräumen."

Elisabeth sah betroffen vor sich hin. Schließlich fragte sie: „Und warum habt ihr mir das alles nicht viel früher erzählt? Ich hatte ja keine Ahnung!“
„Du hast dich einmal bei uns beschwert, dass wir dir in deiner Kindheit so viel vom Krieg erzählt hätten, und da hab ich den Eindruck bekommen, dass dich das alles sowieso nicht interessiert“, sagte der Vater.

Abends im Bett dachte sie: Er hat ja Recht, ich hab mich darüber beschwert. Vielleicht bin ich ja tatsächlich selber schuld, dass sie mir das nicht erzählt haben. Und trotzdem – manches darf man doch nicht verschweigen!

Die Eltern haben für abends Gäste eingeladen, zwei Kollegen des Vaters und ihre Frauen. Das Abendessen fällt deshalb heute kürzer aus, weil die Mutter im Wohnzimmer den Tisch decken will, mit einer weißen Tischdecke aus dem Schrank mit der singenden Tür, mit den guten Weingläsern und kleinen Tellern fürs Gebäck. Sie hat Salzstangen gekauft und einen Käseigel vorbereitet. „Wenn was davon übrig bleibt, könnt ihr es morgen zum Frühstück haben“, sagt sie zu den Kindern. Die dürfen noch so lange aufbleiben, bis die Gäste da sind. Im Nachthemd dürfen sie kurz ins Wohnzimmer kommen und den Besuchern Guten Abend sagen. „Aber nicht den Knicks vergessen“, hatte der Vater ihnen vorher eingeschärft. So was Blödes, hatte das Kind gedacht, unter meinem langen Nachthemd sieht man den Knicks doch sowieso nicht. Sie macht auch nur einen ganz kleinen Knicks, so überflüssig findet sie ihn, und guckt aus den Augenwinkeln, ob der Vater das gesehen hat. Eine der Damen hat eine Tafel Schokolade mitgebracht. Sie sagt: „Die ist für euch beide. Die teilt ihr euch schön, nicht wahr?“ Die beiden bedanken sich und gehen ins Kinderzimmer. Die Mutter ruft ihnen noch hinterher: „Aber heute wird nichts mehr davon gegessen. Ihr habt ja schon Zähne geputzt.“

Am nächsten Morgen sind noch ein paar Salzstangen übrig, vom Käse leider nichts mehr. Die große Schwester sagt: „Lass uns die Schokolade doch gleich teilen, dann kann ich meine Hälfte in die Schule mitnehmen und in der Pause essen.“ Sie brechen die Schokoladentafel in der Mitte durch, und die Schwester legt ihre Hälfte mit zu ihrem Schulbrot. Als sie mittags nach Hause kommt, ist ihre Hälfte aufgegessen, aber das Kind hat von seiner Hälfte nur ein Stückchen gegessen, damit es noch lange etwas davon hat. Die Schwester fragt: „Gibst du mir ein bisschen von dir ab?“ Das Kind weigert sich, aber die Schwester bettelt immer wieder, und das Kind kann nicht Nein sagen. „Aber nur ein ganz kleines Stück“, sagt es. Die Schwester isst das Stück gleich auf.

Später am Tag kommt sie wieder und möchte noch mehr haben. Das Kind hat wieder nur ganz, ganz wenig von seiner Schokolade abgebrochen und ganz langsam im Mund zergehen lassen. Sie soll doch noch die ganze Woche reichen, für jeden Tag ein Stück. Aber die Schwester kommt immer wieder und bettelt, und nach zwei Tagen ist alles aufgegessen. „Nie wieder gebe ich dir was ab“, schimpft das Kind, aber die Schwester lacht und sagt: „Das hältst du ja doch nicht durch.“ Und sie hat Recht damit: das Kind kann einfach nicht Nein sagen.

„Wissen Sie, was ich meinen Eltern wirklich übel genommen habe?“, fragte sie bei der nächsten Therapie. „Nein, erzählen Sie“, sagte Herr Bierbaum. Da erzählte Elisabeth ihm die Geschichte von ihrem fünften Geburtstag und den kaputten Autos. „Sie müssen doch gewusst haben, dass die Autos mein größter Schatz waren. Warum haben sie mir nicht geholfen, den zu verteidigen?“
„Vielleicht wollten Ihre Eltern Ihnen beibringen, für sich selbst zu kämpfen?“
„Kann man das denn schon von einer Fünfjährigen erwarten? Braucht sie nicht eher den Schutz der Eltern? Ich hab mich jedenfalls

damals total alleingelassen gefühlt. Ich war enttäuscht und zornig und verzweifelt, alles zusammen."
„Das kann ich gut verstehen, Fräulein Menge. Natürlich hätten Sie sich da die Unterstützung Ihrer Eltern gewünscht. Aber hinter denen hatte auch niemand gestanden, als sie so viel verloren hatten. Das soll jetzt das Verhalten ihrer Eltern nicht entschuldigen; es könnte nur eine Erklärung dafür sein, dass sie manchmal so hart Ihnen gegenüber waren."
„Wie auch immer – für mich war es schrecklich damals, und mein Vertrauen in meine Eltern hat an dem Tag einen ziemlichen Schaden genommen. Ich bin von da an mit vielen Dingen nicht mehr zu ihnen gegangen, weil ich dachte, die helfen mir sowieso nicht." „Und wie ist es heute – können Sie heute mit wichtigen Fragen zu Ihren Eltern kommen?"
„Ja, das könnte ich sicher. Die hätten bestimmt ein offenes Ohr für mich. Aber ich würde es nicht tun; ich hätte nicht das Vertrauen, dass sie hinter mir stehen."
„Na, da würde ich an Ihrer Stelle aber in nächster Zeit mal genauer hinschauen. Probieren Sie's doch mal aus, mit Ihren Eltern offen zu reden, über das, was Sie beschäftigt oder belastet." Elisabeth blieb skeptisch. Zu groß empfand sie die Distanz zwischen sich und ihren Eltern.

Als das Kind wie fast jeden Morgen ans Fenster geht, sieht es, dass es über Nacht geschneit hat. Riesige Berge von Schnee liegen auf der Straße und dem Bürgersteig. Die große Schwester jubelt: „Endlich! Nachher hol ich den Schlitten aus dem Keller." Die Mutter will das Kind wie immer mit zum Einkaufen nehmen, aber es will lieber allein zu Hause bleiben. So viel Schnee ist ihm unheimlich. Das kann ja nur kalt und nass sein!

Am Nachmittag holt die Schwester tatsächlich den Schlitten hervor. Sie überredet das Kind, mit nach draußen zu gehen. Die Mutter zieht dem Kind den dicken Wintermantel über, und sie holt aus dem

Schrank mit der singenden Tür eine Mütze, Schal und einen Muff aus Pelz. Das alles zieht sie ebenfalls dem Kind über. Die Mütze ist so groß, dass man vom Gesicht des Kindes kaum noch etwas sehen kann. Die Mutter lacht darüber und sagt: „Die hab ich schon als Kind getragen. Und steck deine Hände in den Muff, dann bleiben sie schön warm."
Hinterm Finanzamt ist ein kleiner Hügel, und da sind schon den ganzen Tag Kinder dabei zu rodeln. Die Freundinnen der großen Schwester sind auch schon alle draußen. Die Schwester tobt und lacht, wirft sich in den Schnee, macht mit ihren Freundinnen eine Schneeballschlacht und ist ganz selig. Das Kind steht dabei und friert. „Können wir nicht endlich wieder hochgehen?", fragt es. Die Schwester lacht. „Du hast doch so warme Sachen an. Mama hat dir sogar ihren Kaninchenmuff gegeben, da kannst du doch nicht wirklich frieren." Das Kind erschrickt und sagt: „Was, ist das aus echtem Kaninchen gemacht? So wie die bei Onkel Johann?" Voller Entsetzen zieht es die Hände aus dem Muff und reißt sich die Mütze vom Kopf. „Dann will ich das nicht tragen!", schreit es. Jetzt friert es erst recht.

In dem Moment kommt der Vater mit dem Fotoapparat aus dem Haus. Er will seine Töchter mit dem vielen Schnee fotografieren. Die Schwester strahlt in die Kamera. Ihre Wangen leuchten. Das Kind steht da, frierend, mit missmutigem Gesicht und hängenden Schultern, und so wird es fotografiert. Später wird das Foto immer wieder hervorgeholt und unter Lachen erzählt, was für ein „Frostköddel" das Kind damals war.

Zu ihrer Überraschung entdeckte sie, dass im Vorlesungsverzeichnis einige Veranstaltungen zum Thema „Justiz im Dritten Reich" standen. Bisher hatte sie nie darauf geachtet, hatte wohl darüber hinweg gelesen, aber jetzt stachen ihr diese Titel förmlich ins Auge. Sie nahm sich vor, sich im kommenden Semester für ein entsprechendes Seminar anzumelden.

Die Großmutter hat eine Freundin, Frau von Breme, die wohnt in einem ganz vornehmen Haus. Ihr Mann hatte früher ein großes Bekleidungsgeschäft, aber er lebt nicht mehr, und das Geschäft ist verkauft. Frau von Bremes Kinder wohnen weit weg; nur der jüngste Sohn ist noch da, Hubert, und der ist mongoloid. So hat es der Vater dem Kind gesagt. „Aber zum Glück hat Frau von Breme ja Geld, und dadurch konnte sie ihn auf ein teures Internat für Behinderte schicken, und jetzt kann er sogar lesen und schreiben. Aber ansonsten ist er wie ein Kind, obwohl er schon vierzig Jahre alt ist. Dass er überhaupt noch lebt, ist ein Wunder. Das hat er wohl seiner Mutter zu verdanken. Normalerweise sterben solche Menschen schon als Jugendliche." So hat der Vater es dem Kind erklärt, und es hat aufmerksam zugehört, denn es mag Hubert.

Kurz vor Weihnachten geht die Großmutter Frau von Breme besuchen, um selbstgebackene Kekse vorbeizubringen, und sie nimmt das Kind mit. Hubert öffnet die Tür und begrüßt das Kind so, wie er es immer tut: „Na, meine Kleine." Und dabei hebt er die Stimme ein wenig an, als ob das eine Frage wäre: „Na, meine Kleine?" Das Kind weiß, dass man mit ihm wie mit einem Erwachsenen reden soll, obwohl er ein bisschen wie ein Kind ist. Darum sagt es höflich und mit einem Knicks: „Guten Tag, Herr von Breme." Da lacht er und sagt: „Du darfst Hubert zu mir sagen. Du darfst das!" Und dann fragt er: „Möchtest du mal meine Hühner sehen?" Hinten im Garten steht ein Hühnerstall, den hat er selbst gebaut. Darin hält er Hühner, die ganz klein sind. „Das sind alles meine Hühner", sagt er stolz, „und jedes hat einen Namen. Bei mir werden sie auch nicht geschlachtet." Er guckt ein paar Male herum, greift dann in ein Nest und holt ein Ei hervor. „Das schenk ich dir, weil du so lieb bist", sagt er und lacht wieder. Das Kind nimmt das Ei in die Hand. Es ist ganz klein, viel kleiner als sonst Eier sind. „Warum ist das so klein?", fragt es. „Weil das alles Zwerghühner sind, und die legen Zwergeier." Das Kind wickelt das Ei ganz vorsichtig und ehrfürchtig in sein Taschentuch und steckt es dann in die Manteltasche.

Zu Hause legt es das Ei auf den Küchentisch und erzählt: „Ich hab heute bei Hubert Zwerghühner gesehen. Die sind ganz klein, und die Eier auch. Solche Hühner hat bestimmt schon Schneewittchen bei den sieben Zwergen gehabt." Die Eltern lachen. Die Mutter sagt: „Geh ruhig öfter mal zu Hubert. Du kannst ihn auch ohne die Großmutter besuchen. Ich glaub, der freut sich." Das würde das Kind gerne tun, aber es lässt es dann doch bleiben, denn ein bisschen unheimlich ist ihm Hubert doch.

Die Autorität des Richteramtes – darum ging es am letzten Dienstag in einem Seminar. Der Professor schlug vor, dass man sich doch erst einmal darüber verständigen solle, was denn überhaupt Autorität sei. Die Studenten sollten dabei ruhig auch mal in ihre eigene Biographie schauen. Elisabeth zögerte erst, ob sie so eine persönliche Erfahrung hier preisgeben dürfe, aber dann entschloss sie sich doch, es auszusprechen: „Mein Vater hat uns Kinder immer wieder ermutigt, Autoritäten zu hinterfragen. Wer im Dritten Reich als Autorität galt, hatte sich für ihn durch das Unrechtmäßige seines Verhaltens selbst entmachtet."
„Und doch hatten diese Autoritäten damals unglaublich viel Macht", sagte jemand, „egal, ob sie als solche anerkannt wurden oder nicht." Ein anderer fragte: „Was ist denn mit der Autorität eines Richters, der zwar einen Angeklagten verurteilen kann, meinetwegen auch zu einer Haftstrafe, aber der lacht sich ins Fäustchen und lebt nach seiner Entlassung fröhlich weiter als Krimineller. Ist dann nicht die Autorität des Richters ad absurdum geführt? Der hat zwar Macht, aber keine anerkannte Autorität."
„Was sind denn für Sie Autoritäten?", bohrte der Professor, „für Sie ganz persönlich?" Elisabeth sagte: „Mein Vater war für mich eine Autorität, weil er Macht über mich hatte. Aber wenn er die ausgespielt hat, habe ich ihn gehasst. Und das verrückte damals in meiner Kindheit war: Wir sollten lernen, Autoritäten zu hinterfragen, aber keinesfalls seine eigene."

„Muss denn Autorität automatisch an Macht gekoppelt sein?“, fragte ein Student, „geht es dabei nicht auch um Vorbilder? Ich hatte einen Lehrer, der war für mich ein Vorbild und hatte damit eine ganz natürliche Autorität. Der hätte alles von mir verlangen können, und ich hätte das nicht als Machtausübung empfunden.“

„Ich finde, wir dürfen autoritär und Autorität nicht in einen Topf werfen“, wandte jemand anders ein, „Helmut Schmidt zum Beispiel, der ist für mich eine Autorität, einfach durch seine Ausstrahlung.“

Elisabeths Gedanken schweiften ab. Hatte ihr Vater eine besondere Ausstrahlung? Für seine Kollegen vielleicht, da war er anerkannt als korrekter, freundlicher Vorgesetzter. Und für ihre Mutter bestimmt auch, sonst hätte sie ihn ja vermutlich nicht geheiratet. Obwohl, dachte sie plötzlich mit einem inneren Schmunzeln, bei der Männerknappheit damals nach dem Krieg, da hatte sie wohl nicht so sehr viel Auswahl. Ihr Vater – der hatte autoritär und Autorität verwechselt, da war sich Elisabeth ganz sicher.

Die Diskussion war mittlerweile weiter gegangen, und sie hörte, wie jetzt jemand sagte: „Ich hab mal bei einer Gerichtsverhandlung zugehört, in der der Richter immer wieder versucht hat, durch lautstarkes ‚Ruhe, bitte!‘ seine Autorität zu wahren.“
„Das war dann die Autorität seines Amtes, aber ob er selbst als Person damit eine Autorität darstellte, das ist noch eine ganz andere Frage“, warf jemand ein.

Elisabeth merkte, dass sie im Moment nicht mehr gut folgen konnte. Zu sehr hing sie ihren eigenen Gedanken und Erinnerungen nach. Erst als es um die Hausaufgaben für das nächste Mal ging, stellte sich ihre Konzentration wieder ein. Einen Artikel von etwa sechzig Seiten lesen, das würde ihr keine Probleme machen.

Die Adventszeit ist voller Überraschungen. Das fängt schon am ersten Advent an. Da steht im Wohnzimmer plötzlich ein roter Holzständer, und daran hängt ein Adventskranz mit roten Kerzen drauf. Er duftet nach Wald und Natur. Nachmittags beim Kaffeetrinken wird die erste Kerze angezündet, aber nicht sehr lange, denn die Kerzen sollen ja noch bis Weihnachten halten. Die Eltern sind auch bei Kerzen sparsam. Die Mutter holt Liederhefte hervor, und alle singen: „Macht hoch die Tür" und „Es kommt ein Schiff geladen". Das Kind bekommt kein Liederheft in die Hände, aber das braucht es auch nicht, denn es kann die Lieder noch auswendig vom letzten Jahr. Die Eltern wundern sich darüber, und das Kind hofft, dass es gelobt wird, weil es so schön und noch dazu auswendig mitsingt. Aber das passiert nicht.

Am ersten Dezember hängt am Fenster des Kinderzimmers für jedes Kind ein Adventskalender. Es ist jedes Jahr der Gleiche, aber das macht nichts – das Kind freut sich trotzdem immer wieder darauf. Hinter den Türchen von seinem Adventskalender sieht man den Nikolaus, wie er Leuten Geschenke bringt: der Gemüsefrau, dem Fahrradhändler, dem kleinen kranken Jungen und dem Bäcker. Zu allen Leuten in der Stadt, die auf dem Adventskalender abgebildet sind, geht der Nikolaus, und ganz zum Schluss kommt er in der Kirche an. Da findet er dann das Christkind in der Krippe. Aber das Türchen wird erst Heiligabend geöffnet.

Einige Tage später, am fünften Dezember, sagt der Vater: „Heute werden alle Stiefel geputzt, denn morgen ist Nikolaustag." Das Kind kann sich noch gut daran erinnern, wie das im letzten Jahr war. Abends stellt jeder einen sauber geputzten Stiefel ans Fenster, in der Nacht kommt dann der Nikolaus und legt für jeden etwas hinein. Das Kind und die große Schwester können abends vor Aufregung nicht einschlafen. „Du Agnes", sagt das Kind, „wie kann der Nikolaus eigentlich bis hier oben ans Fenster kommen? Hat er Flügel wie die Engel?" Der Vater kommt noch einmal ins Kinderzimmer, weil er die beiden reden hört, und sagt: „Wenn ihr nicht schlaft, kann der Nikolaus nicht kommen. Der will nämlich nicht gesehen werden. Wie er aussieht, das ist sein Geheimnis, und das darf niemand wissen.“

Am nächsten Morgen liegt tatsächlich für jeden etwas im Stiefel, für das Kind ein Pixibuch, für die große Schwester Zopfspangen, für die Mutter ein Stück duftende Seife und für alle ein paar Nüsse und eine Mandarine. Der Vater hat nur eine Apfelsine im Schuh. Als sich das Kind darüber wundert, kichert die Schwester, aber sie verrät nicht, was daran so lustig ist. Mittags zum Nachtisch darf jeder seine Mandarine essen. Die sind ganz süß und voller Kerne. Die große Schwester sagt: „Ich hebe meine Kerne auf, und im Frühjahr säe ich die aus in den Garten, dann haben wir bald lauter Mandarinenbäume.“ Der Vater sagt: „Na, du Neunmalkluge, wenn hierzulande Mandarinenbäume wachsen würden, dann stünden längst welche in jedem Garten. Solch ein Klima wie hier mit Schnee und Frost – das verträgt keine Zitrusfrucht.“
„Das weiß ich doch, aber trotzdem ist es schade!“, sagt die Schwester. „Aber ich könnte euch heute Abend Apfelsinchen machen“, schlägt der Vater vor. „Au ja!“, ruft die Schwester. Sie kennt das schon, nur das Kind noch nicht.
Am Abend schält der Vater seine Apfelsine hauchdünn, so dünn, dass das Weiße noch dran bleibt. Die Schale legt er in eine Glaskanne mit Wasser und streut ein weißes Pulver darauf und ein bisschen Zucker. Er rührt alles durch, und nach einiger Zeit ist daraus ein wunderbar süßsaures Getränk entstanden, für jeden ein halbes Glas voll. „Siehst du, so wird Apfelsinchen gemacht“, sagt der Vater zum Kind und lacht. Es scheint, als ob die Adventszeit auch ihn verwandelt hätte; er ist viel fröhlicher als sonst.

Am Sonntag danach, dem zweiten Advent, schlägt der Vater vor: „Agnes, wie wäre es, wenn wir zusammen auf dem Flur draußen für alle Familien hier oben Adventslieder singen, und du spielst Flöte dazu?“ Die Schwester ist begeistert, holt ihre Flöte, der Vater trägt die Noten und den Notenständer, und schon geht es los. Nach und nach gehen die Türen der anderen Wohnungen auf, und die Nachbarn kommen hervor. Einige singen mit, andere lauschen nur. Frau Schimmelpfennig hat Tränen in den Augen und sagt: „So war das bei uns zu Hause früher auch, als wir noch alle am Leben waren."

Frau Warnecke läuft in ihre Wohnung und kommt mit einem Teller voller selbstgebackener Plätzchen zurück. Jeder darf sich eines nehmen und essen, nur die Schwester nicht. Die darf ihr Plätzchen erst später essen, weil die Krümel sonst die Flöte verstopfen würden. Die Mutter sagt: „Diese Woche werden wir auch Kekse backen." Und schon tauschen sich die Frauen über Backrezepte aus. Herr Schultze sagt: „Wir sollten eigentlich viel öfter mal alle was zusammen machen." Die Männer verabreden sich, in der nächsten Zeit regelmäßig zusammen Skat zu spielen.

Später sagt die Mutter: „Das war eine richtig gute Idee heute, mit der Adventsmusik. Aber eure Skatrunde, da glaub ich ja noch nicht dran. Ihr Männer seht euch jeden Tag im Amt – meinst du, ihr habt dann noch Lust, euch auch noch abends zu sehen?" „Wart's mal ab", sagt der Vater, „gerade wenn man dienstlich zusammenarbeitet, muss man doch auch mal was Privates miteinander unternehmen." Aber die Mutter behält recht mit ihren Bedenken. Nach zwei Skatabenden ist die Sache schon wieder vorbei. Vielleicht hat das aber auch mit Weihnachten zu tun, denn bei den Vorbereitungen müssen auch die Männer mithelfen: einen Weihnachtsbaum aussuchen, Christbaumschmuck aus dem Keller holen, die schweren Einkaufstaschen tragen helfen und einfach da sein.

Wie angekündigt geht in den nächsten Tagen die Weihnachtsbäckerei los. Vormittags hat die Mutter schon den Teig geknetet, und am Nachmittag wird er auf dem Küchentisch ausgerollt. „Diese Ausstechförmchen hab ich schon als Kind benutzt", sagt die Mutter. Das Kind nimmt am liebsten den Stern und die Schwester das Herz. „Am liebsten würde ich den Teig jetzt schon aufessen", sagt das Kind. Immer wieder, wenn die Mutter am Backofen steht, schiebt es sich ein Stückchen Teig in den Mund. Die Mutter sieht es aber doch und sagt: „Hör auf, den rohen Teig zu essen; das gibt Bauchschmerzen."

Als der Vater abends nach Hause kommt, riecht die ganze Wohnung nach Keksen. „Hier klebt ja alles, hier kann man sich ja gar nicht hinsetzen", schimpft er. Er mag es nicht, wenn es unordentlich aussieht und das Essen später auf dem Tisch steht als sonst. Die Mutter hält ihm zur Besänftigung die Dose mit den fertigen Plätzchen hin. „Aber nur eins", sagt sie, „die Kinder durften auch nur eins essen. Die sind schließlich für Weihnachten."

In den nächsten Tagen klingelt immer wieder der Paketbote. Das Kind würde gerne sehen, was er bringt, aber die Mutter versteckt die Päckchen ganz schnell unter ihrem Bett. In das Schlafzimmer der Eltern darf das Kind nur gehen, wenn die Mutter das erlaubt, das weiß es. Zu gerne würde es schon mal die Päckchen in die Hand nehmen und sie schütteln. Vielleicht könnte man ja raten, was drin ist. Auch der Briefträger hat viel mehr zu tragen als sonst. Die Mutter schreibt auch viele Weihnachtskarten. Jeden Nachmittag sitzt sie am Küchentisch und schreibt. Da darf das Kind dann nicht dazwischenreden. Überhaupt soll es sich in dieser Zeit viel besser benehmen als sonst, denn sonst gibt es keine Geschenke. Aber das ist schwer, denn eigentlich benimmt es sich doch immer gut, findet das Kind. Und es versteht nicht, warum der Vater so oft mit ihm schimpft und ihm manchmal sogar einen Klaps auf den Po gibt. Das ist dann immer das Allerschlimmste, nicht nur, weil es weh tut, sondern vor allem, weil es sich dann so schrecklich klein und einsam fühlt.

In den Weihnachtsferien fuhr Elisabeth nach Hause. Wie immer stand auf dem Tisch im Wohnzimmer der Adventskranz mit den roten Kerzen. „Mit der Weihnachtsbäckerei hab ich extra auf dich gewartet", sagte die Mutter, „vielleicht schafft Agnes es morgen auch zu kommen, dann können wir alle zusammen backen." Und tatsächlich, am nächsten Tag stand Agnes freudestrahlend vor der Tür. Ihr kleines Auto, eine orangefarbene Ente, parkte vor der Garage des Vaters. „Ich hab drei Tage frei kriegen können", sagte sie, „aber über die Feiertage muss ich wieder in Kiel sein. Ich habe angeboten, dass diejenigen, die kleine Kinder haben, über Weihnachten frei bekommen und ich dafür einspringe." Sie studierte Medizin, und nebenbei arbeitete sie als Pflegehelferin in einer gynäkologischen Klinik. Dort war sie so anerkannt, dass ihr schon angeboten worden war, den praktischen Teil ihrer medizinischen Ausbildung in dieser Klinik zu absolvieren. Sie hatte nicht nur eine ruhige Hand bei praktischen Tätigkeiten, sondern vor allem ein großes Einfühlungsvermögen für krebskranke Frauen.

„Mutter, diesmal backen Lieschen und ich allein, dich werfen wir aus der Küche raus", sagte Agnes am nächsten Morgen. Die Mutter sträubte sich: „Wisst ihr denn überhaupt die Rezepte?", fragte sie. Sie wollte doch das Zusammensein mit ihren Töchtern genießen.

„Meine Güte, Mutter, wir sind erwachsene Frauen, wir haben selbst schon mal gebacken. Und lesen können wir notfalls auch – du hast doch ein Backbuch, oder?"

„Guck mal, Agnes, die alten Förmchen zum Ausstechen", rief Elisabeth, „dass es die noch gibt! Die sind ja schon ganz rostig."

„Ja, du glaubst doch wohl nicht, dass in diesem Hause irgendetwas weggeworfen wird, solange es noch halbwegs funktionsfähig ist? Weißt du noch: die Brotsuppe, die Mutter früher immer aus altem Brot gekocht hat? Mann, war die eklig!" Die Mädchen lachten und schwelgten in Erinnerungen. Ein Blech mit Keksen vergaßen sie fast im Ofen, so dass der Geruch nach Verbranntem durchs ganze Haus zog. Jetzt hielt es die Mutter nicht mehr aus – sie bestand doch darauf, Zutritt zu ihrer Küche zu haben. Als sie die reichlich dunkel geratenen Kekse sah, sagte sie: „Ach, da machen wir einfach besonders viel Zuckerguss drauf, dann kann man die noch ganz gut essen."

„Nix da", sagte Agnes, „die kriegen die Vögel draußen. So arm seid ihr zwei, du und Vater, nicht mehr, dass jeder Krümel aufgegessen werden muss, egal wie er aussieht. Keine Widerrede!"

Elisabeth bewunderte ihre Schwester für den forschen Ton im Umgang mit den Eltern. Sie traute sich noch viel zu selten, den Eltern mal Kontra zu geben. Agnes tat es einfach und hatte dabei einen so lockeren, humorvollen Tonfall, dass die Eltern ihr nichts übel nahmen. Das möchte ich auch mal können, seufzte sie innerlich.

Abends sagte die Mutter: „Seid so gut, fahrt morgen mal zu Frau von Breme und bringt ihr eine Kostprobe von eurem Gebäck. Das hat meine Mutter schon immer so gemacht – ihr zu den Feiertagen Kekse vorbeibringen."
„Was – lebt sie etwa immer noch?", fragte Elisabeth. „Und wie, die ist zäh. Die ist nicht klein zukriegen", sagte der Vater, „sie ist jetzt weit über neunzig, aber sie kann nicht von der Welt, solange Hubert noch da ist. Den will sie nicht allein lassen."

Als Elisabeth und Agnes am nächsten Morgen bei Frau von Breme klingelten, öffnete Hubert ihnen die Tür. Er strahlte, als er Elisabeth sah und sagte wie früher: „Na, meine Kleine!" Frau von Breme kam langsam an einem Stock zur Tür und bat die beiden herein, aber sie wollten nur die Kekse abgeben und dann noch gemeinsam Weihnachtseinkäufe erledigen. Im Auto sagte Agnes: „Unglaublich die beiden. Hubert muss doch schon bald an die fünfzig sein."
„Bestimmt schon darüber", meinte Elisabeth, „und er sagt immer noch meine Kleine zu mir. Obwohl ich doch mindestens zwei Köpfe größer bin als er. Ich find ihn richtig süß, aber mit ihm zusammenleben, wie seine Mutter das macht – ich weiß nicht, ob ich das könnte."
„Was willst du denn machen, wenn du ein behindertes Kind bekommst?", fragte Agnes, „es als lebensunwertes Leben bezeichnen und abschieben?"

„Nein, das geht natürlich auch nicht. Aber vielleicht in ein Heim geben?“
„Da hätte Hubert bestimmt nicht so viel Eigenständigkeit lernen können und so viel Zuwendung bekommen wie von seiner Mutter“, meinte Agnes, und Elisabeth nickte.

Als Agnes nach drei Tagen wieder abfuhr, sagte sie: „Mensch Lieschen, das hat richtig gut getan, mal wieder mit dir zu quatschen und zu lachen. Das sollten wir öfter tun.“
„Und ob“, antwortete Elisabeth, „in den nächsten Semesterferien rücke ich dir in deiner Kieler Bude auf die Pelle. Ich putz dir tagsüber die Wohnung, du kochst jeden Abend für mich, und dann wird gequatscht bis in die Nacht. Okay?“
„Einverstanden!“, rief Agnes, drückte alle zum Abschied und fuhr dann mit ihrer knatternden Ente davon. „Wer hätte gedacht, dass mal so eine patente Frau aus unserer faulen Agnes wird“, meinte der Vater. „Und ich, bin ich in deinen Augen keine patente Frau?“, fragte Elisabeth spitz. „Du bist noch ein Küken, gerade eben erst geschlüpft. Wachs du mal erst noch ein bisschen“, sagte der Vater, und sie dachte: Warum kann er niemals klar sagen, wie er das meint? War das jetzt Ironie, oder sollte das eine Kritik sein? Und warum sagt er niemals etwas Ermutigendes zu mir oder ein einziges Wort der Anerkennung? Merkt er denn gar nicht, wie weh er mir damit tut?

Am Adventskalender sind schon fast alle Türchen offen. Das Kind wird immer aufgeregter. Es hat längst alle Weihnachtsgeschenke fertig: Papiersterne für Tante Henriette und für die Großeltern, ein großes Bild vom Finanzamt für den Vater und eines, das den Blick aus dem Küchenfenster zeigt, für die Mutter. Die große Schwester bekommt ein Körbchen aus Knetgummi, dahinein kann sie abends ihre Zopfspangen legen.
Einmal ist noch Baden dran und leider auch Haarewaschen. Das Kind versucht, dabei nicht zu weinen oder zu quengeln. Ein letztes

Mal vor Weihnachten geht die Mutter mit dem Kind einkaufen, und diesmal kauft sie besonders viel ein für die Feiertage, ausnahmsweise ein Stück gute Butter statt Margarine und ein Stück vom guten Schnittkäse. Zum Schluss geht es zum Schlachter, um Würstchen fürs Heiligabendessen zu kaufen. Der Schlachter fragt das Kind: „Na, kleines Frollein, magst du auch eine Scheibe Wurst?" Es nickt und bekommt eine ganze Scheibe Mortadella einfach so auf die Hand. Da macht es brav einen Knicks und sagt: „Danke!"
„Sie haben Ihre Tochter aber gut erzogen, Frau Menge", sagt der Kaufmann, „frohes Fest Ihnen und Ihrer Familie!"
„Ihnen auch gesegnete Feiertage", antwortet die Mutter.

Alle Leute, denen sie heute begegnen, sagen das gleiche: „Frohes Fest" oder „Frohe Weihnachten", und alle sehen auch ganz froh aus. Sogar die Frau in der Drogerie, die sonst immer so unfreundlich ist, obwohl es so schön in ihrem Laden duftet. Da kauft die Mutter schnell noch ein Paket Stärke, um die Hemden des Vaters zu stärken, und vorsichtshalber noch ein Päckchen Christbaumkerzen, obwohl sie in der letzten Woche schon eins gekauft hatte. „Aber man kann ja nie wissen", sagt die Mutter, „vielleicht wollen wir den Baum ja auch nach den Feiertagen noch mal brennen lassen."
„Nein, Mama", ruft das Kind erschrocken, „der Baum soll doch nicht brennen, dann fängt doch das ganze Haus an zu brennen. Zünd doch lieber nur die Kerzen an!" Da lacht die Mutter und sagt: „Das hast du dir aber gut gemerkt vom letzten Jahr. Natürlich soll nicht der ganze Baum brennen. Da passen wir schon auf, und du bist doch auch ganz, ganz vorsichtig und gehst nicht zu dicht an den Baum heran, nicht wahr?" Das verspricht das Kind. Toben im Wohnzimmer, wenn darin der Weihnachtsbaum steht – das ist verboten.

Am 24. Dezember geht es ganz geheimnisvoll zu. Die Kinder müssen im Bett bleiben, bis sie geholt werden. Als die große Schwester jammert, dass sie doch Hunger hätten, bringt die Mutter ihnen eine Packung Butterkekse. „Aber nicht damit das Bett vollkrümeln!", sagt sie. Der Vater steckt seinen Kopf um die Ecke und sagt lachend: „Wer nie sein Brot im Bette aß, weiß nicht wie Krümel pieken. Altes deutsches Sprichwort!“ Aus der Küche kommen geheimnisvolle Geräusche. Die Kinder hören, dass der Vater in den Hausflur verschwindet. Nach einiger Zeit geht die Wohnungstür wieder auf, der Vater kommt herein und scheint etwas Schweres zu tragen. Das bringt er ins Wohnzimmer, schließt die Tür hinter sich, und dann hört man nur noch ein Knistern. Die Schranktür singt laut und fröhlich, als die Mutter eine grüne Decke herausholt und auch ins Wohnzimmer bringt. „Ich glaub, jetzt schmücken sie den Weihnachtsbaum“, flüstert die große Schwester. Schließlich dürfen die beiden zum Frühstück kommen. Vor der Wohnzimmertür steht ein Stuhl, zum Zeichen dafür, dass da jetzt niemand mehr hineingehen darf, nur der Vater.

Das Frühstück fällt ganz kurz aus, auch das Mittagessen. Da gibt es nur ein Käsebrot für die Kinder, während die Mutter den Kartoffelsalat für abends vorbereitet. Das Kind möchte gerne dabei helfen, aber die Mutter scheucht es weg, weil es heute schnell gehen soll. Danach ziehen sich alle ihre Sonntagssachen an und gehen zum Bus, denn heute wollen sie mit den Großeltern gemeinsam in die große Kirche in der Stadt gehen. Das Kind kann im Bus kaum still sitzen vor lauter Aufregung. Die Großeltern warten schon an der Kirchentür auf sie. Die Oma hat heute ihren eleganten, warmen Pelzkragen an den Mantel geknöpft.
In der Kirche stehen zwei riesengroße Weihnachtsbäume, die bis an die Decke reichen. Lauter dicke weiße Kerzen stecken auf den Zweigen, und sonst hängen nur Strohsterne daran. Die Kirche ist heute voller Menschen, die ganz laut mitsingen. Das Kind findet die Musik von der Orgel besonders schön – die klingt so feierlich. Und auch die Lieder gefallen ihm gut. Die meisten kann es mitsingen. Die Mutter hat ihr Gesangbuch mitgenommen, aber sie kann auch fast alle Lieder auswendig. Nur die Predigt von Pastor Hinrichsen mag das Kind nicht; die ist so lang, und es versteht nicht, was er da sagt. „Kann er nicht endlich aufhören zu reden? Und warum

guckt er so ernst, wo doch jetzt Weihnachten ist?", flüstert es der Schwester zu, aber da bekommt es einen heftigen Knuff auf den Oberarm vom Vater und hält wieder den Mund. Nun vertreibt es sich die Zeit, indem es den Strohsternen zusieht, wie sie ganz zart hin und her schaukeln. Aber eigentlich wäre es jetzt lieber zu Hause, um endlich die Geschenke auspacken zu können. Nach einer Ewigkeit ist es vorbei, und die Großeltern drücken die Kinder und sagen: „Gesegnete Weihnachten! Und bis morgen."

Der Bus fährt pünktlich und ist fast leer. „Der arme Busfahrer, der heute Abend Dienst hat", sagt die Mutter. „Die haben bestimmt einen Junggesellen ohne eigene Familie dafür eingesetzt", antwortet der Vater. „Trotzdem, wer will denn heute draußen sein?"
„Ach, Greta, du hast ein viel zu weiches Herz. Der Mann kann doch froh sein, dass er überhaupt Arbeit hat." Das Kind versucht herauszufinden, wie der Busfahrer aussieht, ob er froh oder traurig ist, aber sie sitzen im Busanhänger, und von da aus kann man nicht bis zum Fahrer sehen.

Zu Hause kommt die nächste Geduldsprobe auf das Kind zu, denn vor der Bescherung gibt es erst das Abendessen. Zum Glück nur Kartoffelsalat und Würstchen, wie jedes Jahr, das geht schnell. Die Mutter möchte nach dem Essen erst noch die Teller spülen, aber da sagt sogar der Vater nein. Er geht ins Wohnzimmer, und man hört nur leise geheimnisvolle Geräusche von drinnen. Die Kinder stehen vor der Tür und halten sich an den Händen, weil es so aufregend ist. Plötzlich klingelt ein Glöckchen, und die Tür öffnet sich. Da leuchtet ihnen der Weihnachtsbaum entgegen, lauter Kerzen und funkelnde Stanniolsterne. „Jetzt wird erst mal gesungen", sagt die Mutter und stimmt schon an: „Ihr Kinderlein, kommet, oh kommet doch all." Die Kinder haben gar keine Lust zum Singen – in der Kirche wurde doch schon genug gesungen. Vor allem haben sie jetzt ihre Geschenke entdeckt. Aber die Mutter setzt ihren Wunsch durch, und der Vater liest noch einmal die Weihnachtsgeschichte aus der Bibel, obwohl die doch auch schon in der Kirche dran war. Er lässt sich Zeit dabei und liest besonders langsam und feierlich.

Endlich dürfen die Mädchen zu ihren Geschenken. Das Kind bekommt eine neue Puppe, eine Babypuppe, der man mit einem Fläschchen etwas zu trinken geben kann und die dann tatsächlich ihre Windel nass macht. Für die große Schwester liegt ein Webrahmen unterm Weihnachtsbaum. Sie packt ihn gleich aus und beginnt mit der Wolle, die dabei ist, ein Stück zu weben. Wie das geht, hat sie in der Schule gelernt. Die Eltern haben nicht so große Geschenke bekommen, aber sie sitzen Hand in Hand auf dem Sofa und sehen ihren Kindern zu. Ab und zu gucken sie sich an und strahlen. Jeder hat auch einen bunten Teller bekommen, mit einer Apfelsine, einem Apfel, etwas Marzipan und einigen selbstgebakkenen Keksen darauf. Die Schwester fängt gleich an zu naschen, aber das Kind sagt: „Das heb ich mir auf für die nächsten Tage." Das Kind wünscht sich, dass dieser Heiligabend nie zu Ende geht, aber schließlich muss es doch ins Bett.
Am nächsten Morgen wollen die Eltern ausschlafen, das haben sie schon abends angekündigt. Die Mädchen schleichen sich ganz früh im Nachthemd ins Wohnzimmer. Da ist es noch kalt, aber es duftet so schön nach Tannenbaum, Kerzen und Gebäck. Das Kind zieht immer wieder die neue Puppe an und aus, und die große Schwester webt mit ihrem Webrahmen.

Nach dem Frühstück fahren alle zu den Großeltern. Auch da steht ein Christbaum in der guten Stube, und es gibt noch einmal eine Bescherung. Aber das Allerschönste ist die große Weihnachtskrippe, die der Großvater aufgebaut hat. Eigentlich ist es wie eine große Landschaft, die sich an einer ganzen Seite der Stube entlang zieht. Seit Tagen hat der Großvater schon daran gebaut – aus Moos, kleinen Zweigen und Tannenzapfen hat er eine ganze Landschaft gebastelt. Sogar ein kleiner See ist dabei, aus einem Spiegel, mit einem Schwan darauf. Zwischen zwei Hügeln steht der Stall mit der Krippe darin, und in der Krippe liegt eine klitzekleine Puppe. Davor

knien Maria und Josef, auch zwei ganz kleine Figuren. Das Kind kann sich gar nicht satt sehen; immer wieder entdeckt es Neues. Hinter einem Hügel stehen einige Häuschen. Das soll die Stadt Bethlehem sein. Am Rande sieht man drei Kamele und Figuren mit Kronen auf dem Kopf. Das sind die Heiligen Drei Könige auf ihrem Weg nach Bethlehem. Das Kind weiß: Die kommen erst in zwei Wochen am Stall an. Jeden Tag wird der Großvater sie ein Stück näher rücken, so wie er kurz vor Weihnachten auch Maria und Josef mit ihrem Esel jeden Tag ein wenig näher nach Bethlehem kommen ließ. Das hat das Kind am letzten Adventssonntag gesehen. Da war der Stall natürlich noch leer, aber der Schwan schwamm schon seine Runden auf dem Spiegelteich. Über der ganzen Landschaft hängt ein Stanniolstern an einem Kabel, und darin ist eine richtige kleine Glühbirne, die sich anknipsen lässt. Dann leuchtet der Stern, als wäre er echt.
Das Kind bekommt ein neues Bilderbuch von den Großeltern, ein Buch über die Heinzelmännchen von Köln, aber das kann es sich ja später zu Hause ansehen – jetzt ist die große Krippe ein viel schöneres Bilderbuch.

Zum Mittagessen kommen alle Verwandten, die in der Stadt leben, und das sind sehr viele. Es wird eng am Tisch, aber trotzdem sind alle fröhlich. Die Großmutter trägt eine gebratene Gans auf den Tisch, mit Rotkohl und Kartoffelklößen. Der Großvater gibt dem Vater eine Flasche Wein in die Hand und sagt: „Sei so nett, mach die doch bitte mal auf. Heute wollen wir uns was Gutes gönnen." Die Mutter fragt: „Sagt mal, wo habt ihr bloß diese gute Gans aufgetrieben? So ein großes Tier habe ich ja seit Ewigkeiten nicht mehr gesehen." Die Großmutter lacht, aber sie will ihr Geheimnis nicht verraten.

Nachmittags gibt es Stollen, den hat sie auch selbst gebacken, und als die Familie abends mit dem Bus wieder nach Hause fährt, sind alle sehr satt und glücklich.

„Könntest du bitte, bevor du wieder nach Marburg fährst, dein altes Kinderzimmer mal aufräumen?", sagte der Vater, „wir wollen ein Gästezimmer daraus machen." Also kramte Elisabeth nach den Feiertagen in ihrem Bücherregal und im Schrank herum. Sie fand ihre alten Kinderbücher, die sie geliebt hatte und die sie so viele Male gelesen hatte, dass sie sie irgendwann auswendig hersagen konnte. „Wie war's zu Köln doch einst vordem – mit Heinzelmännchen so bequem", zitierte sie laut, als sie das Bilderbuch aufschlug. Der Vater guckte um die Ecke und sagte. „Du sollst dich hier nicht festlesen – ausräumen heißt die Devise! Hier hast du einen großen Pappkarton, darin kannst du deine Bücher in den Keller tragen. Und deine alten Klamotten im Kleiderschrank, die können doch wohl zum Roten Kreuz, oder?"
„Lass mich erst mal in Ruhe gucken, vielleicht passt mir ja noch einiges." Sie ließ sich Zeit beim Aufräumen. Ein paar Hosen und Pullover passten tatsächlich noch; sie war immer noch so schlank wie zu Schulzeiten. Diese Sachen würde sie mit nach Marburg nehmen. Jeans waren ja immer noch nicht aus der Mode.

Es erfüllte sie mit Wehmut, ihre Kindheit und Jugend auf diese Weise abzuschließen. Ihr Spielzeug und ihre alten Schulbücher in den Keller zu verbannen, das war wie ein offizieller Abschluss einer Lebensetappe. Damit wurde sie endgültig zur Erwachsenen, obwohl sie sich dieser Rolle doch noch gar nicht gewachsen fühlte. Und wenn ihr Kinderzimmer jetzt zum Gästezimmer wurde, dann war sie ja in Zukunft nur noch Besucherin in ihrem eigenen Elternhaus. Eigentlich war es dann gar nicht mehr ihr Zimmer. Auch diese Vorstellung gefiel ihr ganz und gar nicht. Als Kind wollte sie möglichst schnell erwachsen werden, um von zu Hause weggehen zu können, und jetzt klammerte sie sich an ihr Elternhaus – das passte doch gar nicht zusammen? Immer diese Widersprüche in ihr!

Sie nutzte die Weihnachtsferien auch, um sich mit alten Schulkameradinnen zu treffen, aber der Abstand zwischen ihnen allen war inzwischen sehr gewachsen. Was sie überhaupt nicht verstand, war die Tatsache, dass einige ihrer Schulfreundinnen jetzt fürs Lehramt studierten. Früher hatten sie sich gemeinsam über ihre Lehrer lustig gemacht und über sie gestöhnt, und jetzt wollten sie sich selbst in die Rolle einer Lehrerin begeben, in der man sich eigentlich nur unbeliebt machen konnte. Sie fragte nach, aber als Antwort hörte sie, es wäre doch schön, jungen Menschen etwas beizubringen. Na, wir haben's für unsere Lehrer aber nicht schön gemacht, dachte Elisabeth, die hatten es wahrlich nicht leicht mit uns. Und überhaupt: Schule – was für ein enger, verklemmter Ort! Das wäre für sie selbst überhaupt keine berufliche Perspektive. Sie war erleichtert, als sie wieder in Marburg war und mit einigen Kommilitonen zusammen Silvester feierte, mit billiger Erdbeerbowle aus der Flasche und Unmengen von Kartoffelchips. Höchst ungesund, aber lecker!

„Wie oft habe ich dir schon gesagt, du sollst die Zahnpastatube von hinten her aufrollen", fährt der Vater frühmorgens das Kind an, „nicht einfach so in der Mitte draufdrücken!" Das Kind zuckt zusammen; es war gerade in Gedanken vertieft gewesen. „Der Tag fängt ja schon gut an", schimpft der Vater. Er ist heute besonders schlecht gelaunt. Das Kind überlegt, ob er vielleicht schlecht geschlafen hat. Es hatte in der Nacht gehört, wie er durchs Kinderzimmer ins Wohnzimmer gegangen ist, aber nicht wieder zurückgekehrt ist. „Was ist denn heute los mit dir, Martin?", fragt die Mutter besorgt, aber er brummelt nur vor sich hin. Sie fragt weiter: „Hast du letzte Nacht wieder Gesichter gesehen?" Er nickt. Obwohl sie sehr leise gesprochen hat, hat das Kind das doch gehört.

Später, als der Vater zur Arbeit weggegangen ist, fragt es: „Was für Gesichter hat Papa denn gesehen? War denn außer uns noch jemand in der Wohnung?" Die große Schwester, die heute erst zur zweiten Stunde in die Schule muss, fragt auch: „Träumt Papa von Gesichtern?"

„Kinder, dafür seid ihr zu klein, das versteht ihr noch nicht!", sagt die Mutter in einem Tonfall, der zeigt, dass man jetzt besser nicht weiter fragen sollte. Aber die Schwester lässt nicht locker. „Ich bin schon groß, mir kannst du es doch sagen." Da fängt die Mutter an, es ihr zu erklären, was es mit den Gesichtern auf sich hat: „Weißt du, Papa war doch im Krieg, als Soldat. Und Soldaten müssen doch andere erschießen, das ist schließlich ihre Pflicht. Und Papa sieht manchmal nachts die Gesichter von Leuten, die erschossen worden waren. Das ist dann immer ganz schrecklich für ihn, weil die Gesichter ihn so entsetzt ansehen, und er macht sich dann Vorwürfe, dass er das nicht verhindern konnte. Aber es war ja seine Pflicht, als Soldat in den Krieg zu ziehen; er konnte nicht anders. Einmal hat er auch einen Orden gekriegt, weil er so tapfer war." Die große Schwester ist ganz still geworden. Sie nimmt ihren Ranzen und geht.

Das Kind geht ins Kinderzimmer und überlegt: Tote Menschen, die ihrem Papa nachts ihr Gesicht zeigen, da muss ihr Papa dann doch immer ganz furchtbare Angst bekommen. Und dann ist es doch auch klar, dass er am nächsten Morgen schlecht gelaunt ist. Vielleicht kann es dem Papa ein bisschen helfen, indem es in Zukunft ganz bestimmt immer die Zahnpastatube richtig aufrollt, so, wie er das will.

„Reden Sie doch bitte ein bisschen lauter!" Schon mehrfach hatte der Professor im Seminar das zu Elisabeth gesagt. Sie war froh, wenn sie überhaupt einen Satz herausbekam, aber dann noch laut sprechen – das ging gar nicht. Sie wusste ohnehin nie, ob ihre Beiträge klug genug waren, um in diesem Rahmen ausgesprochen zu werden. Jemand aus ihrer Arbeitsgruppe hatte auch schon einmal gesagt: „Mensch, was hast du für ein piepsiges Stimmchen. Pack doch mal mehr Power in deine Stimmbänder!"
Mit Schaudern erinnerte sie sich an einen Deutschlehrer, der im Gymnasium einmal zu ihr gesagt hatte: „Sprich lauter, wir sind nicht miteinander verheiratet!" Damals war sie dreizehn gewesen,

also in einem Alter, in dem man viel zu verschämt ist, um mit solchen Äußerungen umgehen zu können. Wenn ich Zeit und Geld habe, mache ich mal bei einer Stimmbildung mit, beschloss sie.

Manchmal darf das Kind den Vater in seinem Büro besuchen. Da stehen ein großer Schreibtisch drin und ein Schrank mit vielen Aktenordnern. Auf dem Schreibtisch sieht es immer ordentlich aus, da liegt immer nur eine Akte. Nicht so wie bei der großen Schwester: wenn die ihre Hausaufgaben macht, liegen immer die Hefte und lauter Zettel durcheinander. Der Vater hat seine eigene Ordnung, und die Putzfrau, die abends im Amt saubermacht, weiß das. Einmal hat sie die Schreibtischlampe aus Versehen nach rechts statt nach links gestellt, nachdem sie Staub geputzt hatte. Da war der Vater ganz ärgerlich geworden. „Das Licht muss von links kommen“, hatte er ihr gesagt, „wenn es von rechts kommt, wirft meine Hand beim Schreiben doch Schatten – wie soll ich da meine eigenen Buchstaben erkennen. Bitte denken Sie in Zukunft daran!“ Rechts auf dem Schreibtisch steht ein Foto der Familie vom ersten Advent. Da sitzt das Kind mit der großen Schwester zwischen den Eltern auf dem Sofa. Vor ihnen steht der Adventskranz. Alle schauen ganz andächtig in die Kerzen. Der Vater hat das Foto mit Selbstauslöser aufgenommen, und er musste dreimal probieren, bis es geklappt hatte. Jedes Mädchen hat einen grauen Trägerrock an, den die Oma aus einem alten Kleid genäht hatte. Jedes Jahr nimmt der Vater ein neues Bild auf, immer mit der Familie auf dem Sofa und dem Adventskranz auf dem Tisch. Daran kann man dann immer sehen, wie sehr die Mädchen gewachsen sind.

Nach den Weihnachtstagen wechselt er dann das Foto auf seinem Schreibtisch aus. Das alte Bild wandert ins Familienalbum, und das neue hat er während der Arbeit vor Augen. „Damit ich weiß, für wen ich mich hier abplage und die Brötchen verdiene“, sagt er immer. „Aber du bringst doch abends gar keine Brötchen mit – die Einkäufe macht doch immer nur Mama“, hatte das Kind einmal geantwortet,

„und außerdem: du hast es doch gar nicht so schwer wie Mama. Du sitzt den ganzen Tag nur still an deinem Schreibtisch, und Mama muss immerzu laufen, die Treppen runter zum Einkaufen, dann mit der schweren Tasche wieder rauf, dann wieder runter mit dem Wäschekorb, dann wieder runter zur Mülltonne.“
„Sei nicht so vorlaut“, hatte der Vater da gesagt, „du hast ja keine Ahnung, wie viel Verantwortung ich hier trage und wie sehr die auf meinen Schultern lastet. Und über viele Stunden hochkonzentriert zu sein, damit einem ja kein Fehler unterläuft – das ist auch eine mühselige Arbeit.“

Rechts auf dem Schreibtisch des Vaters steht ein großes schwarzes Telefon. So etwas hat auf dem Flur nur er, denn er ist der Abteilungsleiter. Manchmal klingelt es ganz laut, dann schrickt das Kind zusammen. Der Vater wird dann plötzlich noch ernster als sonst. Er zieht seinen Schlips gerade, greift zum Hörer und spricht dann sehr laut hinein. Es muss immer etwas sehr Wichtiges sein, denn das Kind darf dann keinen Mucks von sich geben, auch hinterher nicht, wenn sich der Vater etwas aufschreibt.

Unterm Schreibtisch steht die Aktentasche des Vaters. Darin trägt er seine Thermosflasche mit Tee und sein Butterbrot für die Frühstückspause ins Büro. Abends bringt er sich in der Tasche auch immer etwas Arbeit mit nach oben, aber das mag die Mutter nicht. Die will, dass er abends wirklich Feierabend macht und nicht hinter einem Aktendeckel verschwindet.

Wenn der Vater gute Laune hat, darf das Kind auch seine Kollegen in ihren Büros besuchen. „Aber nur ganz kurz – halte sie nicht von der Arbeit ab. Und vorher anklopfen, hörst du?“, sagt der Vater jedes Mal, aber das weiß das Kind längst. Nebenan ist das Büro von Fräulein Adam, sie ist immer besonders freundlich zum Kind und fragt: „Willst du mal in meine Handtasche gucken, Lieschen? Vielleicht ist da was Gutes drin?“ Und tatsächlich hat sie immer eine Rolle Pfefferminzbonbons dabei, und von der darf sich das

Kind einen Bonbon nehmen. Die sind ganz scharf, aber das Kind mag sie trotzdem.

Das Schönste im Büro von Fräulein Adam ist die Schreibmaschine. Wenn Fräulein Adam darauf schreibt, dann tanzen ihre Finger über die Tasten, und das ergibt so ein lustiges Geklapper. Das Kind könnte stundenlang dabei zusehen.

Fräulein Adam hat auf ihrem Schreibtisch auch ein Foto stehen. Darauf sind zwei alte Leute zu sehen. Frau Adam hat dem Kind einmal erklärt: „Das sind meine Eltern. Die leben in der Ostzone." Später beim Essen hat das Kind gefragt: „Was ist denn Ostzone?" Der Vater war in Eile und hatte nur kurz geantwortet: „Dafür bist du noch zu klein. Nach dem Krieg haben sich die Siegermächte das besiegte Deutschland geteilt, und das Stück im Osten hat der Russe bekommen. Das ist jetzt die Ostzone. Da kommt keiner rein und keiner raus."
„Was – ein einziger Mann hat ein ganzes Stück Land? Und das muss ja dann ein Gefängnis sein, wenn keiner rein oder raus kann." Die Mutter hat gelacht und gesagt: „Mit dem Gefängnis hast du beinahe Recht. Da dürfen nur die ganz alten Leute raus. Aber der Russe, damit meint man das ganze russische Volk, und mit denen haben wir gar keine guten Erfahrungen gemacht." Und leise hatte sie zum Vater gesagt: „Was hab ich für ein Glück gehabt, dass ich damals nicht den russischen Soldaten in die Hände gefallen bin. Was manche Frauen damals so erzählt haben... Sogar vor kleinen Mädchen sind sie nicht zurückgeschreckt." Das Kind wollte fragen, was die Russen denn mit kleinen Mädchen gemacht haben, aber die Eltern haben ganz schnell von etwas anderem geredet. Hinterher hat es sich ganz viele schreckliche Dinge ausgemalt, die den kleinen Mädchen damals passiert sein konnten, an den Ohren gezogen wie in der ersten Schulklasse der Schwester, verhauen, oder einen Finger abgeschnitten wie im Märchen. Lauter schreckliche Vorstellungen waren das, und abends konnte das Kind wieder lange nicht einschlafen.

Dann ist da auch noch das Büro von Herrn Klinge. Der sagt immer, wenn das Kind um die Ecke guckt: „Na, kleines Frollein, mal wieder auf Achse? Ist wohl bei Muttern zu langweilig geworden?“ Wenn gerade keine anderen Leute da sind, darf sich das Kind an seinen kleinen runden Besuchertisch setzen, bekommt ein altes Blatt Papier, das hinten noch frei ist, und einen Bleistift von Herrn Klinge und darf malen. Aber wenn dann fremde Leute kommen, muss es ganz schnell weg. „Das macht keinen guten Eindruck, wenn hier kleine Kinder sitzen. Das sieht ja aus, als ob wir hier ein Kinderheim wären“, hat Herr Klinge einmal erklärt und dabei gelacht. Überhaupt ist er immer so fröhlich. Für ihn scheint die Arbeit am Schreibtisch gar nicht mühsam zu sein. Einmal hat er dem Kind gezeigt, wie es Spielgeld basteln kann. Er hat aus seinem Portemonnaie einen Groschen genommen, hat einen kleinen weißen Zettel darauf gelegt und mit dem Bleistift darüber schraffiert. Da konnte man den Groschen ganz genau auf dem Papier erkennen. „Das nimmst du jetzt mit nach oben und schneidest den Papiergroschen aus. Und wenn dir das Spaß macht, kannst du dir auf die Weise ganz viel Papiergeld machen“, hat er dazu gesagt, „dann bist du irgendwann steinreich.“
„Aber wie können denn aus Papier Steine werden?“, hat das Kind gefragt. „Ach nee, du hast ja Recht, kleines Frollein – papierreich!“ Und dann hat er ganz besonders laut gelacht.

„Wann stellst du uns denn endlich mal deinen Michael vor?“, fragte die Mutter bei einem ihrer sonntäglichen Telefongespräche. Der Vater rief aus dem Hintergrund: „Wir wollen den jungen Mann doch auch mal begutachten dürfen!“ Sie wusste genau, weshalb sie Michael bisher nicht mit nach Hause gebracht hatte. Zu groß war ihre Sorge, dass aus dem Begutachten dann ein Aushorchen und Beurteilen seitens ihres Vaters wurde. Außerdem befürchtete sie, dass Michael ihr Elternhaus spießig und weltfremd vorkommen würde. Schließlich stammte er aus der Weltstadt Berlin. Aber es ließ

sich offensichtlich nicht länger aufschieben – mal musste es wohl sein. Also fuhren sie an ihrem nächsten gemeinsamen Wochenende zu ihren Eltern.

Sie war ein bisschen aufgeregt, als sich die Haustür öffnete und ihre Mutter sie hereinließ. „Das ist Michael", sagte sie und zog ihn an der Hand mit sich. „Wie schön, Sie endlich kennen zu lernen!", rief ihre Mutter. Der Vater saß im Wohnzimmer und las Zeitung, aber die legte er gleich weg, stand auf und sagte: „Na, das wurde aber auch mal Zeit; unser Lieschen hat ja bisher ein großes Geheimnis um Sie gemacht." Er gab Michael die Hand, bot ihm einen Platz an und bemühte sich um unverfänglichen Smalltalk. Die Mutter hat ihn wohl im Vorfeld gebeten, nicht gleich tausend Fragen an Michael zu richten, dachte Elisabeth. Sie merkte, wie misstrauisch und verspannt sie war. Irgendwann konnte es sich der Vater aber dann doch nicht mehr verkneifen zu fragen: „Und Ihr Vater – was macht der beruflich?"
„Meine Eltern haben ein Reisebüro in Berlin", erzählte Michael, „mein Vater ist viel auf Reisen und bewertet Hotels für eine deutsche Reiseagentur, und meine Mutter leitet unser Reisebüro. Sie haben auch drei Angestellte, so dass sie manchmal meinen Vater begleiten kann."
„Das klingt ja spannend", sagte die Mutter und strahlte, „und wir sind mal gerade bis in den Bayerischen Wald gekommen."
„Da war's auch schön", betonte der Vater.

Elisabeth hatte den Eindruck, dass es ihm fast ein bisschen peinlich war, nicht so viel in der Welt herumgekommen zu sein, denn er wechselte schell das Thema: „Dass Sie auch Jura studieren wie unser Lieschen, haben wir ja schon von ihr gehört. Aber wie gedenken Sie denn später mal Ihre Brötchen zu verdienen?"
„Vater, du fragst ja in einer Tour, als ob es sich bei Michael um deinen zukünftigen Schwiegersohn handelt", unterbrach sie ihn, „ich weiß doch heute auch noch nicht, ob ich als Anwältin arbeiten will

oder lieber an ein Gericht gehe.“ Michael lachte und sagte: „Ich halte es so wie Ihre Tochter – ich lasse es mal auf mich zukommen.“

Zum Glück meinte die Mutter in dem Moment, es sei jetzt Zeit zum Kaffeetrinken. „Ich hab einen Käsekuchen gebacken, nach Omas Rezept. Den magst du doch so gern, Lieschen.“ Sie war sichtlich guter Laune, plauderte, erzählte von Familienneuigkeiten, von Klatsch und Tratsch in der Nachbarschaft. Der Vater hielt sich zunächst noch zurück, aber dann verfiel er doch wieder ins Fragen: „Sagen Sie mal, Michael – ich darf doch Michael sagen? – wenn Ihre Eltern ein Reisebüro haben, dann haben sie Ihnen und Lieschen doch sicher günstig zu Ihrer gemeinsamen Spanienreise verholfen?“ Wieder lachte Michael freundlich und sagte: „Meine Eltern haben mir schon sehr früh nahe gelegt, auf eigenen Füßen zu stehen, auch was das Buchen von Reisen angeht. Die Spanienreise haben Elisabeth und ich gemeinsam in Hamburg in einem Reisebüro gebucht.“
„Ach, Sie sagen Elisabeth zu unserm Lieschen?“, fragte die Mutter, „das ist für uns ganz ungewohnt. Für uns war sie immer das Lieschen, weil sie immer so besonders klein und zart war als Kind.“
„Ja“, fuhr Elisabeth dazwischen, „und im Grunde war ich auch immer euer kleines dummes Lieschen. Wahrscheinlich bin ich das sogar immer noch!“
Die Mutter war ganz betroffen. „Wir haben uns doch gar nichts dabei gedacht. Du warst bei deiner Geburt so klein und süß, eben einfach ein winziges Lieschen, und dabei ist es dann geblieben.“
„Nun stell dich nicht so an“, sagte der Vater, „du erwartest doch wohl nicht von deinen Eltern, dass wir uns auf unsere alten Tage noch mal umstellen und dich Elisabeth nennen, nur weil es der jungen Dame nicht passt.“
„Nein, das erwarte ich nicht, aber trotzdem habe ich oft genug den Eindruck, dass ihr mich immer noch nicht für voll nehmt.“
„Vielleicht bist du an dem Punkt aber auch besonders empfindlich?“, wandte Michael vorsichtig ein. „Wenn ich das geahnt hätte, dass du dich mit meinen Eltern gegen mich verbündest, dann hätte

ich mir das dreimal überlegt, ob ich dich mit hernehme", sagte Elisabeth lachend, obwohl ihr innerlich nicht so ganz zum Lachen zumute war.

Nach dem Kaffeetrinken kam die Frage auf, wo und wie die beiden nachts schlafen sollten. Für Elisabeth war es ursprünglich klar gewesen, dass sie beide in ihrem alten Kinderzimmer nächtigen würden, auch wenn das jetzt offiziell Gästezimmer hieß. Aber der Vater meinte: „Ich hab es ja nicht so gerne, wenn in meinem Haus unverheiratete Leute in einem Zimmer schlafen." Die Mutter sagte amüsiert: „Martin, da muss ich aber lachen! Jetzt erinnere dich doch mal daran, wie das bei uns war, als wir jung waren. Da haben wir auch manchmal zusammen in einem Bett gelegen. Hast du das etwa vergessen?" Der Vater druckste peinlich berührt herum: „Naja, das war aber nicht über Nacht."
„Nein, das waren ja auch andere Zeiten damals, da wäre das nicht gegangen. Aber trotzdem ist bei einem deiner Besuche in meinem Jungmädchenzimmer unsere Agnes entstanden, und wir mussten dann zu meinen Eltern gehen und beichten, dass ich schwanger war. Weißt du das etwa alles nicht mehr?"

Immer noch lachend stand sie auf, holte aus dem Keller die alte Luftmatratze, die schon früher immer als Besucherbett genutzt wurde und drückte sie Elisabeth in die Hand. „Macht es euch schön gemütlich, ihr zwei. Und ob ihr die Luftmatratze wirklich benutzt oder lieber in einem Bett schlafen wollt, auch wenn das eng wird, das kontrolliere ich morgen nicht." Sie fand die ganze Geschichte offensichtlich höchst witzig. Der Vater grummelte noch vor sich hin: „Man ist wohl noch nicht einmal Herr in seinem eigenen Hause. Aber macht doch, was ihr wollt."

Abends vorm Einschlafen sagte Michael: „Ich weiß gar nicht, was du hast – deine Eltern sind doch schwer in Ordnung. Und deine Mutter, so klein und rundlich und mit den Locken, die sieht doch richtig niedlich aus."

„Ja, aber mein Vater, wie der dich ausgequetscht hat, das war doch mehr als peinlich!“
„So hab ich das nicht empfunden. Der wollte nur sicherstellen, dass dein Freund nicht irgend so ein hergelaufener fauler Hansel ist. Daraus spricht doch echte Besorgnis um seine Tochter.“
„Na, wenn du das so siehst... Aber jetzt lass uns schlafen. Ich will dir morgen ein bisschen von der Stadt zeigen.“

Bei strahlendem Sonnenschein spazierten sie am Tag darauf durch die Stadt. Elisabeth zeigte Michael die große Stadtkirche, in der sie getauft und konfirmiert worden war. Zum Glück war sie gerade geöffnet, so dass sie sie auch von innen besichtigen konnten. „Wenn ich mal heirate, dann möchte ich hier getraut werden“, sagte sie, „aber von einem Pastor, der nicht so langweilige Predigten hält wie damals in meiner Kindheit.“
„Wenn ich aber auf einer Berliner Kirche bestehe, was machst du dann?“, fragte Michael. „Wer sagt denn, dass ich dich heiraten will – vielleicht läuft mir demnächst mein Traumprinz über den Weg“, meinte Elisabeth lachend. „Bist du gemein, erst schleppst du mich zu deinen Eltern und führst mich in die Stadt deiner Kindheit, und dann willst du mich gleich wieder loswerden!“ Michael tat empört. Elisabeth zog ihn mit zur Bank, auf der sie als Tochter des Kirchenvorstehers Menge lange Gottesdienste hindurch verbracht und die bunten Glasfenster gegenüber betrachtet hatte. „Guck mal“, sagte sie, „dieses Fenster hat mir immer am besten gefallen. Da ist der heilige Martin drauf, wie er seinen Mantel mit dem Bettler teilt. Ich hab mir immer vorgestellt, dass meine Großeltern durch diese Darstellung darauf gekommen sind, ihren Sohn, also meinen Vater, Martin zu nennen. Aber das kann ja nicht sein; er ist ja ganz woanders aufgewachsen. Und dann hab ich mir überlegt, mit wem mein Vater wohl seinen Mantel teilen würde, und wie das gehen kann – wer bekommt den rechten Ärmel oder wer den linken? Und als ich größer war, hat mal ein Lehrer in der Schule gesagt, teilen und mitteilen wäre miteinander verwandt, und dann hab ich mich gefragt, was mein Vater wohl mit uns Kindern geteilt

hat, beziehungsweise was er uns mitgeteilt hat. Und da kommen dann einige sehr unschöne Gedanken zusammen." „Wenn du jetzt wieder trübsinnig wirst, lass uns lieber schnell rausgehen", meinte Michael, „du tust dir meines Erachtens keinen großen Gefallen damit, wenn du alte Geschichten immer wieder aufwärmst."
„Du hast ja Recht", seufzte Elisabeth und zog ihn nach draußen. Sie wanderten durch die alten Gassen, die jetzt teilweise zur Fußgängerzone geworden waren. Michael fielen die hübschen alten Fachwerkhäuser auf, und er blieb andauernd stehen, weil er wieder etwas Besonderes entdeckt hatte, eine alte bemalte Holztür, einen kleinen hübschen Erker oder eine krumme Eingangstreppe. Dadurch fielen sie der ehemaligen Nachbarin Frau Grabowski in die Hände, die gerade vom Markt kam. Sie war mittlerweile sichtlich gealtert, aber immer noch sehr redselig. „Ja, ist es denn die Möglichkeit? Das ist ja das Lieschen!", rief sie begeistert aus, „als ich dich das letzte Mal gesehen habe, warst du noch sooo klein, und jetzt bist du schon eine junge Dame! Wie die Zeit vergeht! Weißt du noch, damals, als wir noch Tür an Tür gewohnt haben? Und das ist wohl dein Freund?"

Auch wenn Frau Grabowski immer etwas schwatzhaft war, mochte Elisabeth sie dennoch. Sie war immer herzlich zu ihr gewesen, hatte auch mal auf sie aufgepasst, wenn die Mutter weg musste, und so fiel es Elisabeth nicht schwer, auf alle ihre Fragen geduldig einzugehen.

Später saßen beide zusammen in einer Eisdiele und gönnten sich einen Früchtebecher. Elisabeth sagte: „Mein Vater würde es sicher gerne sehen, wenn ich später zurückkäme und hier in der Stadt arbeiten würde. Aber solange es noch Leute hier gibt, die bei meinem Anblick sagen: Als ich dich das letzte Mal gesehen habe, warst du noch sooo klein, solange komme ich bestimmt nicht zurück!" Michael wollte sie in den Arm nehmen und ihr einen Kuss geben, aber Elisabeth wehrte lachend ab: „Und solange es noch Leute in dieser Stadt gibt, die mich erkennen und mich in Verbindung mit meinem Vater bringen, sollten wir das lieber bleiben lassen. Sonst behauptet er später, es würde auf ihn zurückfallen, dass er eine Tochter hätte, die sich in der Öffentlichkeit nicht zu benehmen wüsste."

„Na, dann erst recht", sagte Michael, „das wäre ja dann seine Chance, an sich zu arbeiten und etwas lockerer zu werden. Das solltest du übrigens auch tun – so verkrampft wie hier hab ich dich ja noch nie erlebt." Er lachte und drückte ihr einen Kuss auf die Wange. „Darf ich denn wenigstens in deiner Heimatstadt eine Pfeife rauchen?", fragte er. „Das fällt, glaub ich, nicht unter die Rubrik ‚Ungehöriges Benehmen'", antwortete sie. Sie mochte es, wenn er sich seine Pfeife ansteckte. Es sah so gemütlich aus und hatte auf sie eine beruhigende Wirkung. Einige ihrer Kommilitonen rauchten Zigaretten, aber das hatte für sie immer etwas Hektisches. Außerdem hatte sie bei verschiedenen Partys festgestellt, dass zigarettenrauchende Männer beim Küssen nicht gut schmeckten.

Zu Hause fragte die Mutter: „Wen habt ihr denn alles in der Stadt getroffen? Wissen Sie, Michael, durch diese Kleinstadt kann man nämlich nicht gehen, ohne dauernd Bekannte zu treffen. Und jeder will Neuigkeiten hören oder selbst etwas von sich erzählen, und dann kann es Stunden dauern, bis man alle Besorgungen erledigt hat." Elisabeth erzählte von ihrem Zusammentreffen mit Frau Grabowski. „Ach, die alte Grabowski", sagte ihr Vater, „die hat's nicht leicht gehabt in letzter Zeit. Erst ist vor zwei Jahren ihr Mann gestorben, an Lungenkrebs, er hat ja auch geraucht wie ein Schlot. Und kurz danach hat sich ihr Sohn das Leben genommen – keiner weiß, wieso. An den kannst du dich sicher nicht mehr erinnern, der war schon aus dem Hause, als wir damals zusammen überm Amt gewohnt haben."

„Na, ich kann mir schon denken, weshalb er sich umgebracht hat", sagte die Mutter, „die beiden Grabowskis sind ja nie über den Verlust ihrer alten Heimat hinweg gekommen. Immer haben sie davon geredet, dass ja irgendwann die alten Ostgebiete wieder

deutsch werden würden. Die haben sich innerlich hier gar nicht richtig einleben können."
„Und dabei haben sie durch den Lastenausgleich so viel Geld bekommen, dass sie sich ein hübsches kleines Eigenheim bauen konnten. Nicht so eine popelige Hütte wie wir, richtig nobel, mit zwei Badezimmern und allem drum und dran", sagte der Vater. „Aber deshalb muss sich doch der Sohn nicht umbringen", meinte Elisabeth. „Er hat ein paar Mal eine Freundin mit nach Hause gebracht, aber die konnten seine Eltern nie akzeptieren – das waren ja Hiesige", erklärte der Vater, „der Junge lebte zwischen zwei Welten und nirgendwo war er richtig zu Hause. Und dann immer diese ewige Schwärmerei, dass drüben im Osten alles viel besser gewesen wäre..., der hatte doch gar keine Chance, sich hier ein Leben aufzubauen, das seinen Eltern gefallen hätte." Elisabeth erinnerte sich dunkel an einen jungen Mann, der gelegentlich bei Grabowskis aufgetaucht war. Er war sehr verschlossen gewesen und hatte für das kleine Mädchen kein Auge gehabt. Zu ihm hatte sie keinen Kontakt bekommen, aber es tat ihr Leid um seine Mutter.

Am Abend sagte der Vater: „Junger Mann, jetzt kommt eine große Bewährungsprobe für Sie: Spielen Sie Rommé? Wenn ja, dürfen Sie jederzeit wiederkommen, wenn nicht, bleibt Ihnen nichts anderes übrig, als das jetzt zu lernen. Das ist nämlich unser Leib- und Magenspiel bei jedem Familientreffen." Man sah ihm an, dass es ihm damit nicht ganz ernst war. „Nein, bisher hab ich das Spiel noch nicht gespielt", antwortete Michael, „aber wenn Sie sich die Mühe machen wollen, es mir beizubringen, würde ich es gerne lernen." Der Vater schmunzelte, und dann erklärte er Michael ausführlich alle Regeln des Spiels. So wurde der letzte gemeinsame Abend mit den Eltern richtig fröhlich, und Elisabeth konnte endlich mal wieder entspannt mit ihren Eltern zusammensitzen.
Auf der Rückfahrt nach Hamburg fragte Michael: „Was hast du bloß für ein Problem mit deinen Eltern? Du tust manchmal so, als ob sie dir immer nur Böses wollten. Eltern sind nun mal so, wie sie sind – das muss doch für dich kein Drama sein. Sie haben ihr

Leben, und du hast deins, und das ist hoffentlich noch lange mit meinem Leben verbunden."

„Das ist doch wohl kein Heiratsantrag?", fragte Elisabeth, „soweit bin ich nämlich noch nicht. Und du solltest dir gut überlegen, ob du es mit einer solch neurotischen Schreckschraube wie mir auf Dauer aushältst."

„Nö, ein Heiratsantrag sollte das nicht sein – keine Sorge. Ich wollte damit nur sagen, dass du kleine Schreckschraube gerade sehr gut in mein Leben passt. Und wenn du mich mal nervst, steck ich dich in meine Jackentasche. Da passt du gut rein, so winzig wie du bist."

Obwohl noch gar nicht Zeit fürs Mittagessen ist, kommt der Vater aus seinem Büro hochgelaufen, so schnell, wie das Kind das noch nie gesehen hat. Er reißt die Tür auf und schreit: „Greta, wo bist du? Die Schule hat bei mir angerufen. Agnes ist im Krankenhaus. Sie hatte einen Unfall in der Turnhalle. Verdacht auf Gehirnerschütterung. Pack ganz schnell eine Tasche für sie, ich lauf wieder runter und bestell eine Taxe für uns."

„O Gott", sagt die Mutter und wird ganz blass. Dann rennt sie ins Elternschlafzimmer, holt unterm Bett die alte Reisetasche hervor und reißt den Schrank im Kinderzimmer auf. Die Schranktür singt dabei ganz schrill und ängstlich. Die Mutter packt zwei Handtücher, zwei Waschlappen, zwei Nachthemden für die Schwester und ein bisschen Unterwäsche ein. Darauf legt sie die Pantoffeln der Schwester.

Gerade kommt der Vater wieder zurück und sagt: „Die Taxe ist in einer Viertelstunde hier. Was machen wir mit Lieschen solange?"

„Ich frag Frau Grabowski", sagt die Mutter. Sie nimmt das Kind an die Hand, geht mit ihm auf den langen Flur und klingelt bei Frau Grabowski. „Hoffentlich ist sie zu Hause", murmelt sie. Frau Grabowski macht ihre Tür auf und fragt: „Was ist denn los, Frau Menge, Sie sehen ganz durcheinander aus."

„Wir müssen ins Krankenhaus. Unsere Agnes ist dort. Vielleicht Gehirnerschütterung. Kann Lieschen vielleicht mal zwei Stunden bei Ihnen bleiben?“
„Na gewiss doch. Komm rein, Lieschen. Du kannst mir helfen mit den Pellkartoffeln.“

In der Küche von Frau Grabowski ist es gemütlich. Da steht sogar ein Sofa, auf dem macht Herr Grabowski sonntags immer seinen Mittagsschlaf. Jetzt ist er weg, denn er arbeitet in der Poststelle des Finanzamtes. Oben auf dem Küchenschrank steht ein großes Radio. Das spielt den ganzen Tag. Bei Lieschen wird das Radio im Wohnzimmer immer nur abends zu den Nachrichten angestellt, oder im Winter, wenn ein besonders schönes Weihnachtskonzert gespielt wird. Der Vater hatte auch schon öfter gesagt: „Immer dieses Schlagergedudel nebenan; das hält doch kein Mensch aus.“ Lieschen gefällt das – immer so schöne Musik!

Jetzt sagt Frau Grabowski: „Gleich sind die Pellkartoffeln fertig. Daraus mach ich einen Kartoffelsalat, und du kannst mir beim Pellen und Schneiden helfen. Hier hast du ein Brett, darauf legst du die Kartoffeln, aber pass gut auf, dass du dich nicht verbrennst – die sind noch heiß. Und hier hast du ein altes Küchenmesser. Das ist nicht mehr so scharf; daran kannst du dich nicht schneiden.“ Das Kind pellt seine Kartoffeln ganz langsam und vorsichtig. Es versucht auch, die Scheiben alle ganz gleich dünn zu schneiden, aber so schön wie bei Frau Grabowski sehen sie nicht aus. „Das macht nichts“, sagt die, „hinterher im Salat merkt das keiner.“

Während sie Eier und Öl verrührt, erzählt sie von ihrer alten Heimat. Manches davon kennt das Kind schon, aber es hört immer wieder gerne zu. „Kartoffeln hatten wir, so große. Die haben geschmeckt! Und Eier jede Menge. Jeden Tag frisch aus dem Hühnerstall. Und was muss ich hier für ein Ei bezahlen! Da kann man sich ja höchstens am Sonntag mal ein Frühstücksei gönnen. Pferde hatten wir auch. Unser Junge konnte reiten – wie ’ne eins, sag ich dir. Hier mussten wir lange sparen, bis wir ihm wenigstens ein altes Fahrrad kaufen konnten, damit er seine Lehre in der Tischlerei anfangen konnte. Aber irgendwann kommen wir wieder zurück in unsere Heimat; der Adenauer wird das ganz gewiss machen. Nichts gegen das Moor und die Wiesen hier, aber die weiten Felder, Getreide soweit das Auge reicht, das ist doch was anderes. Und erst die langen schönen Winter, meterhoch Schnee. Nicht nur so ein paar Schneeflocken wie hier. Dann haben wir zwei Pferde vor den großen Schlitten gespannt und sind losgefahren, zu den Nachbarn oder ins nächste Dorf." Das Kind hat aufgehört, Kartoffeln zu schneiden, so schön kann Frau Grabowski erzählen. Nur die Sache mit dem vielen Schnee, die gefällt ihm nicht. Es ist nun mal kein Winterkind; es mag lieber den Sommer und die Sonne.

Als der Kartoffelsalat fertig ist, darf das Kind probieren, aber nur ein bisschen, denn eigentlich soll er noch ein paar Stunden durchziehen, bis Herr Grabowski nach Hause kommt. Das Kind bekommt ein Leberwurstbrot und darf dann beim Abwasch helfen. Alles, was nicht zerbrechlich ist, darf es abtrocknen: Besteck, die alte Blechschüssel, in der die Kartoffelschalen waren, und den Kochtopf, in dem die Pellkartoffeln gekocht hatten. „Der sieht ja komisch aus", sagt das Kind. „Da hast du Recht", meint Frau Grabowski, „das war ja auch mal ein Wehrmachtshelm. Als wir nach der Flucht arm wie die Kirchenmäuse hier ankamen, hatten wir doch nichts. Da mussten wir doch nehmen, was wir kriegen konnten."

Als die Eltern nach Hause kommen, liegt das Kind auf dem Küchensofa und schläft, obwohl doch das Radio läuft. So aufregend war dieser Tag gewesen. Es wacht erst auf, als die Mutter Frau Grabowski von Agnes erzählt: „Sie ist im Turnunterricht vom Barren gefallen und hat sich eine Platzwunde am Kopf eingefangen. Die musste vernäht werden. Aber sonst geht's ihr ganz gut. Der Arzt will sie aber noch zwei Tage zur Beobachtung dabehalten. Für den Fall, dass es eine Gehirnerschütterung ist. Ich bin ja so erleichtert, dass nichts Schlimmeres passiert ist.“ Sie wischt sich ein paar Tränen aus den Augen. „Ja, ja“, sagt Frau Grabowski, „Kinder können einem gewiss Sorgen machen. Und wenn sie groß sind, hört das Sorgen trotzdem nicht auf. Unser Junge hat so schlechte Noten in der Berufsschule. Ich weiß gar nicht, was ich mit ihm machen soll.“ Die Mutter hat gerade keine Ruhe, darauf einzugehen, zu sehr ist sie mit ihrer eigenen Sorge um Agnes beschäftigt. Sie bedankt sich überschwänglich bei Frau Grabowski, nimmt das Kind an die Hand und geht mit ihm nach nebenan.

Drei Tage später ist die große Schwester wieder zu Hause, aber in die Schule gehen darf sie erst in der kommenden Woche wieder, und toben darf sie im Moment auch nicht. Sie erzählt dem Kind vom Krankenhaus: „Du, Lieschen, das war sooo langweilig. Den ganzen Tag musste ich im Bett liegen. Noch nicht mal zum Klo gehen durfte ich.“
„Und wenn du mal musstest?“, fragt das Kind erschrocken. „Dann kam eine Krankenschwester und brachte mir so eine komische Schüssel, die hat sie mir unter den Po geschoben. Die war aus Blech und ganz kalt.“ Die Schwester schüttelt sich bei der Erinnerung, und das Kind hofft, dass es niemals ins Krankenhaus muss.

„Erzählen Sie mir von der Kindheit Ihrer Eltern“, sagte Herr Bierbaum. „Wieso, ich denke, hier geht es um mich?“, fragte Elisabeth. „Ja, gerade deswegen. Sie wissen doch: Manche Phänomene werden von Generation zu Generation weitergegeben. Das steht doch schon in der Bibel: Gott wird die Sünden der Väter heimsuchen bis ins dritte und vierte Glied.“ Er lachte. „Mir geht es jetzt natürlich nicht um die Verfehlungen früherer Generationen. Ich finde es einfach mal hilfreich für Sie zu gucken, wie Ihre Eltern aufgewachsen sind, was sie für eine Kindheit hatten und was sie geprägt hat.“
„Tja“, sagte Elisabeth, „wo soll ich anfangen?“
„Fangen Sie doch mal mit Ihrer Mutter an.“

„Also, die stammt aus einer ganz einfachen Handwerkerfamilie. Mein Großvater war Schuster, und woran ich mich bei ihm am stärksten erinnere, ist seine große Herzlichkeit und Fröhlichkeit. Er konnte so wunderbar lachen. Auch meine Oma hatte eine ganz große Wärme. Leider sind beide gestorben, als ich neun beziehungsweise zehn war, er an irgendeiner Herzsache und sie an Krebs. Ich hätte gerne mehr von ihnen gehabt. Meine Mutter hat zwei Schwestern und einen Bruder. Sie ist die zweitälteste. Das Haus meiner Großeltern hab ich als ausgesprochen alt und eng in Erinnerung, aber nach dem Krieg wurden dort alle aus der weiten Verwandtschaft, die von irgendwoher geflüchtet waren, aufgenommen. Meine Großeltern hatten so eine ganz natürliche, bodenständige Frömmigkeit, und es war einfach selbstverständlich, dass die Flüchtlinge der Familie da auch einen Platz hatten. Es muss irre eng gewesen sein, und die alle satt zu kriegen, war wohl für meine Oma alles andere als einfach. Materielles hat ihnen nie viel bedeutet, aber der Zusammenhalt in der Familie, der war ihnen wichtig. Ich erinnere mich an total gemütliche Sonntagnachmittage bei ihnen im Haus mit stundenlangem Kaffeetrinken und Klönen. Ach ja, und sie haben ganz bescheiden gelebt und gespart ohne Ende, damit ihre Kinder alle eine gute Ausbildung bekommen konnten. Die waren alle auf dem Gymnasium und sollten dann auch studieren, aber dann kam ja der Krieg."

„Nicht viel Geld, aber dennoch Geborgenheit – würden Sie sagen, dass in solch einer Atmosphäre Ihre Mutter aufgewachsen ist? Und dass es ihr gelungen ist, diese Geborgenheit auch in Ihre Kindheit hineinzubringen?"
„Ja, das könnte sein", sagte Elisabeth zögernd, „aber ich glaube, bei meinen Großeltern gab es nie einen Leidensdruck wegen des fehlenden Geldes, während in meiner Familie oft darüber gejammert wurde und es uns Kindern immer wieder ins Gedächtnis gerufen wurde, dass kein Geld da war, mit der unausgesprochenen Aufforderung darin, bloß keine eigenen Ansprüche zu stellen. Also etwas überspitzt gesagt: Armut als Erziehungswaffe, während

bei meinen Großeltern die Geldfrage keine Rolle spielte, weil die Herzlichkeit so stark war und alles andere überdeckte."
„Das sind harte Worte: Armut als Erziehungswaffe."
„Ja, so hab ich das aber oft empfunden."
„Wie gehen Sie selbst denn mit Geld um? Und mit Herzlichkeit? Wenn ich Sie so ansehe, scheint es Ihnen ja nicht unbedingt wichtig zu sein, immer topmodisch und kostspielig angezogen zu sein. Bei Ihnen sehe ich eher ein praktisches Outfit. Wie ist es mit der Herzlichkeit und Wärme Ihrer Großeltern, die vielleicht über Ihre Mutter zu Ihnen gekommen ist?" Elisabeth wurde nachdenklich. „Ich kann da schlecht über mich selbst urteilen, aber ich glaube, die hab ich auch. Es scheint Menschen zu geben, die sich in meiner Nähe wohl fühlen", sagte sie mit leiser Stimme und wurde rot dabei. „Na, wenn das so ist, dann können Sie ruhig mit mehr Selbstbewusstsein davon sprechen."

Sie schwieg. Herr Bierbaum sagte: „Mein Vorschlag wäre, dass Sie mal genauer hingucken, was Sie von diesen Großeltern sonst noch an Gutem mitbekommen haben, vielleicht mit Hilfe Ihrer Mutter. Aber erzählen Sie jetzt doch mal von den anderen Großeltern, den Eltern Ihres Vaters."
„Da ging es ganz anders zu. Das fing schon mit der Anrede an. Die waren nicht Oma und Opa oder Großmutter und Großvater; die wurden Großmama und Großpapa genannt. Mit ganz besonderer Betonung. Er war Beamter, erst in verschiedenen Wasserschutzbehörden und nach dem Krieg in einem Fischereiamt in Ostfriesland. Als mein Vater klein war, ist die Familie viel umgezogen, weil mein Großvater immer mal wieder versetzt wurde. Jedes Mal wurde er auch befördert, und dadurch stand die Familie finanziell ganz gut da. Bloß nach dem Krieg, da war er lange arbeitslos, weil er als Beamter im Deutschen Reich natürlich auch der Partei beigetreten war, und es dauerte dann lange, bis er entnazifiziert wurde. So hab ich das jedenfalls von den Erzählungen meiner Eltern her verstanden. Meine Großmutter hielt damals sich und ihren Mann mit Musikunterricht über Wasser. Sie ist sehr musikalisch

und spielt auch heute noch Klavier und Geige. Manchmal kam sie mir etwas weltfremd vor, wenn sie so in ihrer Musik schwebte. Sie hatte Stil; wenn es Fisch gab, was natürlich da an der Küste öfter passierte, dann holte sie ihr silbernes Fischbesteck hervor. Wie die beiden als Ehepaar miteinander zurechtgekommen sind, war mir immer schleierhaft. Er hatte etwas von einer peniblen kleinen Beamtenseele, pingelig, knauserig, ziemlich verkrampft. Vielleicht hat sie die Musik gebraucht, um dahinter Schutz zu finden, wenn er ihr mal wieder auf den Geist ging mit seiner übermäßigen Ordnungsliebe und Pünktlichkeit. Trotzdem waren die beiden auch meistens ganz fröhlich und freuten sich immer auf uns Kinder. Wir waren oft in den Ferien dort, und ich erinnere mich vor allem an lange Spaziergänge auf dem Deich. Meine Schwester war dann immer das Kind meines Großvaters – er hat ihr zum Beispiel Schwimmen beigebracht – während meine Großmutter sich mehr mit mir beschäftigt hat. Sie hat manchmal stundenlang mit mir vorm Radio gesessen, wenn ein besonderes Konzert gesendet wurde, und dann hatte sie die Partitur zu dem Werk auf ihren Knien und hat mir gezeigt, wie man die liest. Sie hätte es wohl auch gerne gesehen, wenn eine ihrer Enkelinnen Musik studiert hätte, aber dazu hat unsere Begabung nicht gereicht.“

„Hatte Ihr Vater auch Geschwister?“, fragte Herr Bierbaum. „Ja, eine sehr viel jüngere Schwester. Die starb aber während des Krieges als junges Mädchen an Hirnhautentzündung. Das muss ein echtes Trauma für die Familie gewesen sein. Es wird zwar bis heute so gut wie gar nicht davon gesprochen, aber wenn dann doch mal die Rede darauf kam, dann wurde es immer total still im Zimmer, und jeder ging raus oder wechselte abrupt das Thema. Gefühle wurden bei den Großeltern weniger gezeigt; es ging alles eher gedämpft zu, nicht so emotional wie bei den Eltern meiner Mutter. Übrigens lebt meine Großmama noch, und wenn ich sie in Ostfriesland besuche, dann erzählt sie mir ganz viel aus ihrer Jugend, zum Beispiel, dass sie von ihren Eltern in völliger Freiheit aufgezogen wurde. Sie durfte damals, was ja zu der Zeit eher selten

war, Tennisspielen und Radfahren. Einmal hat sie zu mir gesagt: Kind, sei dankbar, dass du Hosen tragen darfst. Damit geht doch das Radfahren bestimmt viel leichter; ich hätte damals für mein Leben gerne Hosen angezogen."

„Ein fast noch preußischer Beamter und eine Künstlerin – das klingt nach einer spannenden Mischung", sagte Herr Bierbaum, „wie hat sich das wohl zusammengefügt?"
„Ich vermute, meine Großmutter hat sich ihm meistens untergeordnet."
„Trotzdem hat sie aber wohl doch ihre Freiräume gefunden, oder? Wäre das nicht auch eine Perspektive für Sie: die Realitäten akzeptieren, auch wenn Begrenzungen dazu gehören, und dennoch Freiräume finden und nutzen?"
„Meinen Sie mit Begrenzungen etwa meine Kindheit, die auf mich so negativ und freudlos wirkt?"
„Ja, auch die, aber sicher noch mehr."

Lange war es still im Raum. Dann sagte Herr Bierbaum: „Ich gebe Ihnen zwei Hausaufgaben mit. Zum einen: Schauen Sie doch mal, was Sie Gutes von Ihren Großeltern bekommen haben. Und zum anderen: Fragen Sie sich, welches Ihre Freiräume sind, allen Begrenzungen zum Trotz."

Die Mutter kommt am Morgen ins Kinderzimmer, um die große Schwester zu wecken. Das Kind wacht auch auf und merkt: alles fühlt sich heute ganz anders an als sonst. Es setzt sich auf und sagt: „Meine Augen tun mir so weh." Die Mutter kommt an sein Bett und befühlt seine Stirn. „Du hast ja Fieber", sagt sie, „leg dich wieder hin und schlaf noch ein bisschen, nachher komme ich zu dir und messe Fieber." Das Kind würde gerne wieder einschlafen, es ist wirklich noch sehr müde, aber jetzt tut ihm der ganze Kopf weh.
Als der Vater und die große Schwester weg sind, kommt die Mutter mit dem Fieberthermometer. „Neununddreißig", sagt sie. „Ist das

viel?", fragt das Kind. „Es reicht, um heute im Bett zu bleiben. Was möchtest du denn jetzt frühstücken? Wünsch dir etwas." Aber das Kind hat heute keinen Hunger. Die Mutter kocht einen Kamillentee und bringt dem Kind ein Marmeladenbrot ans Bett. Aber das Kind mag nicht essen. Der Hals tut ihm auch so weh. Die Mutter drängt: „Wenigstens trinken musst du etwas." Das Kind schafft mit Mühe ein paar Schlucke Tee. Dann schläft es wieder ein. Als es nach einiger Zeit wieder aufwacht, wundert es sich, dass die Mutter noch nichts von Waschen und Zähneputzen gesagt hat. Muss man das nicht, wenn man krank ist?

Die Tür zur Küche steht offen; das Kind hört, wie die Mutter in der Küche hantiert. Ab und zu guckt sie um die Ecke und fragt: „Möchtest du etwas haben, zu Essen oder zum Spielen?" Aber das Kind schüttelt immer nur den Kopf. Der Hals tut ihm jetzt so weh, dass es gar nicht reden mag. Und im Kopf brummt es so komisch. Die Mutter misst wieder Fieber und schüttelt danach auch den Kopf.

Als der Vater mittags zum Essen kommt, schickt sie ihn als erstes ins Kinderzimmer. Er setzt sich zum Kind auf die Bettkante und sagt: „Na, bist du wirklich krank, oder hattest du heute nur keine Lust aufzustehen? So ein bisschen Fieber – da stell dich mal nicht so an." Die Mutter kommt auch rein und sagt zu ihm: „Du musst nachher unbedingt beim Doktor anrufen. Lieschen gefällt mir gar nicht. So hohes Fieber hatte sie noch nie." Das Kind bekommt Angst. Es sagt mit heiserer Stimme: „Mama, warum gefall ich dir nicht mehr? Hab ich was Verkehrtes gemacht? Was soll ich denn machen, damit du mich wieder magst?" Und dann fühlt es sich so elend, dass es anfangen muss zu weinen. Die Mutter ist ganz erschrocken: „Kind, wie kannst du so etwas nur denken. Natürlich hab ich dich ganz doll lieb. Aber dein Fieber – das gefällt mir nicht. Und deshalb soll der Doktor kommen und sagen, woher das Fieber kommt und dir eine Medizin dagegen geben." Der Vater schüttelt den Kopf und sagt: „Wir hatten im Krieg alle öfter mal Fieber, und da war kein Doktor, der uns untersucht hat. Da mussten wir alleine durch. Und das ging auch! Wir haben sogar einmal in der Kompanie die Ruhr gehabt." Aber er ruft von seinem Diensttelefon dann doch den Doktor an.

Der kommt am Abend, schaut dem Kind in den Hals und sagt: „Na, da haben wir aber eine saftige Mandelentzündung. Herr Menge, so leid es mir tut – Sie müssen heute Abend noch in die Stadt fahren und aus der Apotheke ein fiebersenkendes Mittel holen. Und etwas zum Abschwellen der Mandeln. Die Apotheke am Markt hat Nachtdienst, da bekommen Sie heute noch etwas. Und du, Lieschen, du bleibst am besten diese Woche im Bett und lässt dich von deiner Mutter verwöhnen. Ich komm in einigen Tagen wieder, und dann sehen wir weiter." Der Vater brummt, aber er nimmt gleich den nächsten Bus und ist zwei Stunden später wieder zurück. Die Mutter macht solange kalte Wadenwickel für das Kind. Das fragt sich die ganze Zeit, was für ein Saft wohl in seinen Mandeln stecken könnte, was denn der Doktor mit der saftigen Mandelentzündung gemeint hat. Aber es traut sich nicht zu fragen, denn meistens lachen die Großen, wenn es eine Frage stellt.

Zuerst ist krank sein ja noch ganz lustig, weil alle so besorgt sind und das Kind verwöhnen wollen. Die Mutter lässt sogar am Abend ihre Bügelwäsche stehen, setzt sich zum Kind ans Bett und liest aus dem dicken Märchenbuch vor. Die Schwester erlaubt dem Kind, mit ihrer Puppe zu spielen, und morgens legt sie dem Kind das Küchentablett auf die Bettdecke und sagt: „Das ist jetzt dein Betttisch. Darauf kannst du ‚Mensch, ärgere Dich nicht' spielen, ganz alleine, und dann gewinnst du immer."

Nach zwei Tagen geht es dem Kind etwas besser, und jetzt wird ihm langweilig im Bett. Da trägt der Vater, bevor er ins Amt geht, den großen Radioapparat aus dem Wohnzimmer ins Kinderzimmer und setzt ihn auf einen Stuhl ans Bett. Das Kind ist ganz überrascht, denn das Radio ist kostbar – das darf nur der Vater bedienen. Er sagt: „Ich stell dir den Norddeutschen Rundfunk an, da gibt es morgens immer Schulfunk. Aber nichts dran verdrehen, hörst du? Hier an diesem Knopf kannst du das Radio abstellen, wenn du keine Lust mehr hast.“ Das Kind ist selig. Erst ist nur Musik im Radio, aber dann fängt der Schulfunk an. Vieles versteht das Kind nicht, aber das macht ihm nichts aus. Englisch- und Französischunterricht ist auch dabei – das klingt lustig. Am spannendsten ist die letzte Viertelstunde vom Schulfunk: Neues aus Waldhagen. Da lernt das Kind etwas über das Leben auf dem Dorf kennen, und es muss dabei immer an Siegfried und seine Geschwister denken.

Am Abend will der Vater wie immer die Nachrichten hören. Aber er trägt das Radio nicht wieder ins Wohnzimmer zurück, sondern setzt sich ins Kinderzimmer und hört die Nachrichten dort. „Aber nicht dazwischen reden!“, schärft er dem Kind ein. Das verspricht, den Mund zu halten und freut sich, dass der Vater endlich einmal so lange an seinem Bett bleibt und dass es das Radio noch ein paar Tage behalten darf.

Nach einer Woche darf das Kind wieder aufstehen und sich anziehen. „Oh Gott, was bist du dünn geworden“, sagt die Mutter, „der Rock rutscht dir ja bis zu den Knien runter.“
„Das gibt sich schon wieder“, sagt der Vater, aber leider hat er nicht Recht. Das Kind bleibt blass und dünn. Zu dünn, wie der Arzt bei der nächsten Untersuchung sagt. Er schlägt vor, das Kind zu verschicken, am besten an die Nordsee. Er sagt: „Da gibt's ein wunderschönes Kinderheim vom Roten Kreuz bei St. Peter-Ording, mitten in den Dünen. Achtzig Kinder, die fröhlich miteinander spielen, wäre das nicht was für dich, Lieschen?“ Das Kind bekommt einen riesigen Schrecken. Obwohl es sonst so schüchtern ist, sagt es jetzt laut und deutlich: „Nein, da will ich nicht hin!“ „Aber da könntest du dich richtig gut erholen. Überleg dir das mal.“ Aber das Kind muss sich das nicht überlegen. Es weiß genau: Da will es ganz bestimmt nicht hin. Sein Spielkamerad Volker war im vergangenen Sommer verschickt worden und hatte hinterher ganz schreckliche Sachen erzählt: zwanzig Kinder in einem Schlafsaal, jeden Mittag gab es Milchsuppe oder Milchreis, immer so was Süßes, Pampiges,

und man durfte nicht aufstehen und spielen gehen, bevor der Teller leer war. Volkers Eltern durften ihm nur einmal die Woche schreiben oder ein Päckchen schicken, und das wurde dann auch noch von den Krankenschwestern kontrolliert.

Das Kind fängt an zu weinen. „Mama, schick mich da nicht hin, bitte!“ Die Mutter sieht, wie viel Angst das Kind hat und sagt zum Doktor: „Meine Schwiegereltern wohnen auch an der See, in Ostfriesland, da kann sich Lieschen doch auch erholen. Die Seeluft dort macht auch Appetit.“
„Wie Sie meinen“, sagt der Doktor, „aber irgendetwas muss passieren, sonst bleibt Ihre Tochter in ihrer Entwicklung zu weit zurück.“

Zuhause sprechen die Eltern über den Vorschlag des Arztes. Sie haben zwar die Wohnzimmertür hinter sich zugemacht, aber das Kind lauscht an der Tür. Ausnahmsweise, denn eigentlich ist das verboten. Es hört, wie der Vater sagt: „Ich rufe morgen mal meinen Vater an. Vielleicht kann Lieschen ja in den Osterferien für zwei oder drei Wochen zu meinen Eltern. Dann hat Mutter nicht so viele Musikstunden und kann sich ein bisschen um sie kümmern. Oder noch besser: du fährst mit beiden Kindern hin, bleibst auch ein paar Tage und kommst dann wieder zurück. Wenn die Kinder zusammen sind, machen sie für Mutter nicht so viel Arbeit, und die Zugfahrt zurück nach Hause schaffen die beiden mittlerweile schon allein. Agnes muss dann mal ein bisschen vernünftiger sein und auf Lieschen aufpassen.“

Das Kind läuft zur großen Schwester und sagt: „Du, Agnes, vielleicht dürfen wir bald zu Großmama und Großpapa fahren. Und stell dir vor, wir dürfen allein mit dem Zug fahren. Und du sollst dann auf mich aufpassen.“ Das Kind denkt, die Schwester würde sich darüber freuen, aber sie mault und sagt: „Immer muss ich auf dich aufpassen. Das ist doof!“
„Ich bin dann auch ganz lieb“, verspricht das Kind. Und an diesem Tag gelingt ihm das auch.

Jede Woche gab es eine Demonstration in der Stadt. Die Studenten hatten zunehmend ein politisches Bewusstsein entwickelt. Elisabeth wurde immer wieder aufgefordert, sich daran zu beteiligen, aber sie hatte nach wie vor Schwierigkeiten, sich zu eigenen Meinungen durchzuringen. Und nur aus einer allgemeinen Protesthaltung heraus an einem Demonstrationszug teilzunehmen, widerstrebte ihrer Ehrlichkeit und Aufrichtigkeit. Außerdem war es ihr wichtig, während der Woche möglichst viel zu arbeiten, um die Wochenenden, die sie mit Michael verbringen konnte, frei zu haben, ohne ein schlechtes Gewissen haben zu müssen. Allerdings erweckte diese Arbeitshaltung bei manchen den Eindruck, eine Streberin zu sein. Die Begeisterung, die sie im ersten Semester für diese Stadt und die Kommilitonen hier empfunden hatte, ließ allmählich nach. Vielleicht lag es auch an ihr selbst, dass ihre alte Schüchternheit wieder hochkam und sie sich innerlich nicht auf freundschaftliche Beziehungen einlassen konnte. Sie besprach diese Frage mit Herrn Bierbaum, aber der sah kein Problem darin. Im Gegenteil: er war der Auffassung, dass es ja gerade die Chance ihrer jetzigen Lebensphase sei, sich noch nicht festlegen zu müssen.

Das Kind und die große Schwester langweilen sich. Die Mutter schlägt vor: „Schiebt doch den Esstisch in eurem Zimmer ganz dicht ans Fenster und setzt euch drauf. Dann könnt ihr nach draußen auf die Straße sehen."
„Aber wir dürfen doch nicht auf dem Tisch sitzen, hat Papa gesagt", meint das Kind. „Ach", sagt die Mutter, „heute machen wir mal eine Ausnahme. Ihr müsst es ja Papa nicht erzählen. Wir machen ein Geheimnis daraus." Sie lacht und hilft sogar dabei, den Tisch zu verrücken. Das Kind und die Schwester setzen sich im Schneidersitz darauf.

Unten auf der Straße fährt ab und zu ein Auto vorbei. Die Schwester kann sie unterscheiden. „Das ist ein Käfer", erklärt sie, „eigentlich heißt der Volkswagen, aber weil er so einen runden Buckel hat wie ein Marienkäfer, deshalb sagen die Leute Käfer dazu. Und das ist ein Opel. Der ist teuer. Und das schwarze Auto da, das ist ein Mercedes. Papa sagt, nur Ärzte und Taxen haben einen Mercedes." Sie sehen Hausfrauen mit Kopftuch und Einkaufsnetz, manche mit kleinen Kindern an der Hand. Manchmal fahren Männer in Rollstühlen vorbei, die im Krieg ein Bein oder beide verloren haben. Am Rollstuhl haben sie lange Griffe, die sie vor- und zurückbewegen, um voranzukommen. Der Briefträger fährt mit seinem gelben Fahrrad von Haus zu Haus. Der Kohlenlaster hält vorm Haus gegenüber und kippt über ein Holzbrett mit viel Lärm Kohlen in den Keller. Auch der Bierkutscher mit seinen beiden alten Pferden hält in der Nachbarschaft vor der Kneipe „Zum Piet" und lädt einige Bierfässer ab. Eines davon rollt ihm vom Wagen und fällt mit einem lauten Rums auf die Straße. Ein Mann auf einem Fahrrad kann gerade noch rechtzeitig ausweichen. Die Mädchen lachen, weil es so witzig aussieht. Die Schwester sagt: „Jetzt gibt es wieder neues Bier bei Piet, und am Donnerstag, am Lohntütentag, gehen alle Männer dahin und kommen betrunken wieder raus." Das Kind staunt, wie klug die große Schwester schon ist.

An der Straßenecke ist eine Bushaltestelle. Einmal in der Stunde kommt der Bus aus der Stadt angefahren. Er ist hellgrün und hat einen Anhänger dran. Viele Leute steigen ein, und die beiden Schwestern malen sich aus, wohin die Leute wohl fahren: zum Einkaufen, zum Arzt, zur Apotheke, zur Laufmaschenreparatur, zur Schneiderin, zum Geburtstagsbesuch bei der Freundin. „Busfahren macht Spaß, besonders im Anhänger", sagt die Schwester. „Mir nicht", sagt das Kind, „die Sitze stinken immer so, und davon wird mir schlecht. Warum haben wir keinen Käfer?"
„Zu teuer", sagt die Schwester und seufzt, „du weißt doch, wir haben kein Geld."

Nach einiger Zeit wird es ihnen langweilig, aus dem Fenster zu sehen, und sie bauen auf dem Esstisch aus Büchern und Schachteln eine Murmelbahn. Aber dann streiten sie sich, wer die erste Murmel

rollen lassen darf. Die große Schwester sagt: „Ich bin die Älteste, ich fang an."
„Immer du", mault das Kind, „du darfst sowieso immer viel mehr als ich, weil du älter bist."
„Und du wirst immer vorgezogen, weil alle finden, dass du so niedlich bist. Das ist so gemein!" Sie streiten sich immer lauter. Plötzlich nimmt das Kind seinen Puppenbesen, hebt ihn hoch, hält ihn sich an die Wange und schreit: „Ich erschieß dich mit meinem Gewehr. Peng!" Da kommt die Mutter aus der Küche gelaufen und schreit noch viel lauter: „Seid ihr denn verrückt geworden? Hier wird nicht geschossen! Haben wir euch denn nicht genug erzählt, wie schrecklich das ist, wenn Menschen erschossen werden?" Sie schickt die große Schwester ins Wohnzimmer, und das Kind soll alleine das Kinderzimmer aufräumen. Sie ist jetzt richtig ärgerlich und erzählt später dem Vater davon. Auch er fängt an zu schimpfen. Das Kind sagt: „Aber Wolfgang nimmt auch immer einen Stock und macht peng, peng damit."
„Wenn ich dich auch nur einmal dabei erwische, dass du so etwas tust, dann hau ich dich windelweich. Da kenn ich keine Gnade. Ich habe so viele Menschen gesehen, die im Krieg erschossen worden sind – so etwas spielt man nicht! Das ist bitterer Ernst." Das Kind sieht ihm an, dass es ihm wirklich ernst ist damit, aber es findet, dass er sich unnötig aufregt. Es war doch nur ein Puppenbesen und kein Gewehr.

„Gehst du in Marburg eigentlich auch manchmal in die Kirche?", fragte die Mutter am Telefon. „Ach, weißt du", sagte Elisabeth gedehnt, „ich bin ja samstags oft eingeladen, dann wird es abends spät, und ich will am nächsten Tag lieber ausschlafen. Ich muss ja schon während der Woche oft so früh raus." Der Vater hatte mal wieder mitgehört, weil das Telefon laut gestellt war. Er rief dazwischen: „Na, so früh kann es gar nicht sein, die meisten Vorlesungen gehen doch erst um neun los. Und zumindest einmal die Woche Kirchenluft schnuppern hat noch niemandem geschadet. Sollte

unsere ganze christliche Erziehung für die Katz gewesen sein?" Elisabeth dachte: Wenn seine christliche Erziehung in erster Linie dazu da war, dass wir jeden Sonntag in der Kirche sitzen, dann kann sie mir gestohlen bleiben.

„Zu Pfingsten wird die neue Glocke geweiht", erzählt der Vater eines Morgens begeistert, nachdem am Abend zuvor wieder eine Sitzung des Kirchenvorstandes war, „das wird ein ganz großes Fest werden, mit Festumzug und Festwagen – darauf soll die neue Glocke stehen, mit Pferden vorweg, Girlanden drumherum, mit Posaunenzug und Kirchenchor und allem, was Rang und Namen hat. Sogar der Landesbischof wird kommen." Er strahlt und spricht während des gesamten Frühstücks immer wieder von der Glockenweihe. Der Kirchenvorstand hat ihn gebeten, den Vorsitz im Festausschuss zu übernehmen, aber was das alles bedeutet, versteht das Kind nicht. Es traut sich nicht zu fragen, nur die große Schwester sagt: „Papa, sag doch endlich, was das ist – eine Glockenweihe." Der Vater verspricht, abends nach der Arbeit mehr zu erzählen, aber jetzt muss er schleunigst ins Büro.

Beim Abendessen erklärt er den Kindern: „Im Krieg wurden doch aus vielen Kirchen die Glocken geholt und eingeschmolzen, weil man das Metall für den Krieg brauchte. Das war eine Schande damals, denn die Glocken waren ja zum Teil schon viele hundert Jahre alt. Aber die Nazis hatten ja vor nichts Respekt. Und auch unsere Kirche musste zwei große Glocken abgeben. Dadurch klang das Geläut die letzten Jahre immer etwas dünn. Aber ihr habt ja vielleicht mitgekriegt, dass immer wieder für neue Glocken gesammelt wurde. Die Menschen lassen sich ihre alten religiösen Schätze eben nicht für immer wegnehmen, schon gar nicht von Leuten, deren angeblich Tausendjähriges Reich gerade mal zwölf Jahre gedauert hat."
Das Kind versteht das nicht, aber es mag nicht fragen, weil der Vater ja nicht gerne unterbrochen wird. Er ist auch gerade in so guter

Stimmung, die will das Kind nicht zerstören. Mit lauter Stimme erzählt er weiter: „Ja, und im vergangenen Jahr hatten wir endlich genug Geld zusammen, um eine neue Glocke in Auftrag zu geben. Einige aus dem Kirchenvorstand waren auch dabei, als in der Glockengießerei in Württemberg die Arbeit an der Glocke begonnen wurde. Ich hätte das ja auch zu gerne miterlebt. Zu Pfingsten wird sie gebracht, und das wollen wir in der Stadt mit einem ganz besonders großen Fest feiern."

Der Vater strahlt. In den Wochen danach hat er viele zusätzliche Treffen mit dem Kirchenvorstand und mit Pastor Hinrichsen, manchmal sogar am Tage, und dann nimmt er sich extra Urlaub dafür. Das findet die Mutter gar nicht gut – sie meint, Urlaubstage sollten doch für die Familie da sein, und es müsste doch möglich sein, dass er sich auch so mal eben ein paar Stunden frei nehmen könnte. Aber der Vater sagt: „Krumme Sachen gibt's bei mir nicht. Es muss alles korrekt sein. Was sollen sonst die Kollegen von mir denken?"

Endlich ist der große Tag da, der Pfingstsonntag, an dem die neue Glocke von einem geschmückten Pferdewagen feierlich am alten Stadttor abgeholt werden und in die Kirche gebracht werden soll. Da soll dann auch ein besonderer Festgottesdienst sein. Natürlich will die ganze Familie dabei sein, aber am Abend davor hat das Kind wieder Fieber, und so müssen die Mutter und das Kind zu Hause bleiben. Die Mutter seufzt: „Immer bin ich diejenige, die verzichten muss." Da fährt der Vater sie an: „Ja, ich kann doch nun wirklich nicht fehlen dabei; ich hab schließlich das meiste organisiert." Die Mutter murmelt ganz leise, aber das Kind hört es trotzdem: „Und das nennt sich nun Pfingsten. Statt Heiligem Geist eine Abfuhr vom eigenen Ehemann!" Da macht sich das Kind schreckliche Vorwürfe, dass es mal wieder schuld ist an der schlechten Laune des Vaters, an der Traurigkeit der Mutter und überhaupt an so vielem. Es dreht sich in seinem Bett zur Wand und weint still in sich hinein.

Am Abend erzählt die Schwester dem Kind von diesem großen Tag: „Tausende von Leuten waren da, die standen alle am Straßenrand mit Blumen in der Hand. Und der Posaunenchor hat gespielt, und alle haben mitgesungen.“ Schon fängt sie selbst an zu singen: „Geh aus mein Herz und suche Freud' in dieser lieben Sommerzeit. Und die Kirche war so voll wie sonst nur zu Weihnachten. Und Pastor Hinrichsen hat stundenlang gepredigt. Ich konnte gar nicht mehr stillsitzen, weil ich so großen Durst hatte, und da hat Papa mich in den Arm gekniffen. Der Bürgermeister hat auch eine Rede gehalten, und Papa auch, und da haben die Leute alle genickt und ihm hinterher alle die Hand geschüttelt. Sei bloß froh, Lieschen, dass du nicht mit warst. Das war dann nur noch langweilig.“ Aber das Kind wäre gerne dabei gewesen.

Zwei Tage nach Pfingsten ist in der Zeitung ein langer Artikel über die Glockenweihe mit vielen Fotos dabei; die guckt sich das Kind immer wieder an und versucht, unter den vielen Menschen auf den Bildern die Schwester und den Vater zu entdecken. Aber sie sind nicht zu sehen. Und das Fieber ist inzwischen auch wieder weg.

Agnes rief an und sagte: „Du, die Kollegin, mit der ich mir die Wohnung teile, zieht weg. Sie macht ein Auslandspraktikum in Spanien. Hast du nicht Lust, nach Kiel zu kommen und hier weiter zu studieren? Du könntest bei mir wohnen, vielleicht nicht ganz so günstig wie du bisher gewohnt hast, aber wir könnten jeden Abend Blödsinn miteinander machen. Hattest du nicht im Dezember gesagt, du würdest putzen und ich jeden Tag für dich kochen? Überleg's dir doch mal. Ich würde mich riesig freuen, wenn du kämst!“
Elisabeth überlegte hin und her. Mal die Uni zu wechseln, könnte ganz interessant werden, neue Professoren, neue Kommilitonen, eine neue Umgebung. Außerdem wäre sie ein bisschen näher an Hamburg und an Michael, das hätte auch Vorteile. Andererseits: sie müsste ihre Kontakte hier aufgeben und, nicht zu vergessen:

den lukrativen Job, den sie jetzt hatte, den wäre sie los, und auf das Geld war sie angewiesen.

Sie besprach sich mit Sonja und rief Michael an, um auch ihn nach seiner Meinung zu fragen. Aber immer wieder hörte sie nur: „Das musst du wissen. Das musst du alleine entscheiden." Nur: sie konnte sich nicht entscheiden. Vor vielen Jahren, da war sie noch Schülerin gewesen, da hatte der Vater ihr einmal geraten: „Wenn du dich nicht entscheiden kannst, dann nimmst du ein großes Blatt Papier, teilst es in zwei Hälften und schreibst auf die eine Seite die Vorteile und Gewinne, und auf die andere Seite schreibst du die Nachteile beziehungsweise Verluste." Sie versuchte auch diese Methode, aber die Listen der beiden Seiten waren gleich lang, und sie kam wieder zu keiner Entscheidung.

Sie beklagte sich bei Sonja: „Diese Entscheidungsunfähigkeit, die hab ich, solange ich mich erinnern kann. Und das verrückte ist: mein Vater hat uns Kinder immer gedrängt, eine eigene Meinung zu haben und sie auch zu vertreten. Aber ich kann mich an viele Situationen erinnern, als wir noch ganz klein waren, da hat er uns seine Meinung aufgedrückt, und wehe, wir hatten eine andere. Wie soll man denn bei einer so widersprüchlichen Erziehung zu einem klaren Standpunkt kommen?"
„Jetzt bist du aber kein kleines Kind mehr", sagte Sonja, „jetzt kannst du für dich selbst entscheiden, und dein Vater wird dir bestimmt nicht reinreden. Vielleicht freut der sich, wenn seine beiden Töchter zusammen wohnen, aber ehrlich gesagt: Ich fänd's schade, wenn du weggehst. Aber lass dich davon nicht beeinflussen."
„Natürlich beeinflusst mich auch deine Meinung – das ist ja gerade mein Problem, dass ich nach allem greife, was mir jetzt zu mehr Klarheit verhelfen könnte. Aber was mich echt traurig macht, das ist die Erkenntnis, wie viel Einfluss meine frühe Kindheit immer noch auf mich hat. Warum gelingt es mir immer noch nicht, mich davon frei zu machen?"

„Kann man sich denn überhaupt befreien von seiner Kindheit?“, fragte Sonja zurück, „gehört denn nicht jedes Stück unserer Biographie ein für alle Mal zu uns? Die Frage ist doch nur, was man daraus macht. Und du hattest nun mal einen sehr dominanten Vater, als du klein warst, und das hat dich natürlich geprägt. Aber das muss dich heute doch nicht zu einem willenlosen Duckmäuser machen; es könnte dir ja auch ein Ansporn sein, dich erst recht zu behaupten als die, die du selbst bist.“
„Jetzt redest du wie Herr Bierbaum“, sagte Elisabeth, „vielleicht solltest du auch Psychotherapeutin werden – du hast so einen guten klaren Blick und kannst dann auch noch glasklar formulieren.“
„Jetzt weichst du vom Thema ab, aber das ist okay“, sagte Sonja lachend.

Endlich sind die Osterferien da. Der Vater bringt die Kinder und die Mutter zum Bahnhof. Er kauft für sie Rückfahrkarten und für sich eine Bahnsteigkarte. Ohne die dürfte er die Familie nicht bis an den Zug bringen. Er trägt der Mutter den Koffer bis ins Abteil und hebt ihn ins Gepäcknetz. „Wie soll ich den denn wieder runterkriegen?“, fragt sie, „der ist doch so schwer.“
„Ach, irgendjemand wird dir schon helfen“, sagt der Vater. Die Mädchen haben beide einen Rucksack auf dem Rücken. Das Kind hat sich Hasi, sein Lieblingskuscheltier, eingepackt, eine Puppe und zwei Quartettspiele, damit es auf der langen Fahrt nicht so langweilig wird.

Die Mutter sagt: „Martin, jetzt musst du raus aus dem Zug, sonst fährt er ab und du bist noch drin.“ Er legt den Mädchen kurz die Hand auf die Schulter, drückt die Mutter einen Moment an sich und steigt dann aus. Die Eisenbahn fährt langsam an, und die Mutter schiebt das Fenster nach unten. Das Kind möchte dem Vater zuwinken, aber da kommt eine dicke Dampfwolke von der Lokomotive ins Abteil geweht, und man kann gar nichts mehr sehen. Die Mutter schiebt schnell das Fenster wieder nach oben. „Mama, was hast du

zu Essen in deiner Tasche?“, fragt Agnes. „Was, wir sind doch gerade eben erst losgefahren, und du hast jetzt schon Hunger?“
„Nö, ich bin nur neugierig.“ Die Mutter zeigt den Kindern, was sie eingepackt hat, aber etwas davon essen dürfen sie erst mittags. Es gibt hartgekochte Eier, eine Menge Klappstullen mit Leberwurst und Streichkäse drauf und eine Tüte Butterkekse.

Die Reise dauert lange, und das Umsteigen ist mühsam mit dem schweren Koffer. Dem Kind wird wie immer auf Reisen schlecht, und es muss sich übergeben. Appetit hat es gar keinen, und so sind am Ende des Tages noch ganz viele Brote übrig. Die packt die Mutter aus, legt sie auf einen Teller und stellt ihn auf den Abendbrotstisch. „Oh, wunderbar – Hasenbrote“, sagt Großmama und lacht. „Was sind denn Hasenbrote?“, fragt das Kind. „Das sind Brote, die tagsüber nicht gegessen wurden.“
„Und warum heißen sie Hasenbrote?“ Der Großvater sagt: „Weil sie abends so trocken sind, dass man sie nur mit langen Zähnen essen kann. Wie die Hasen.“ Und er greift sich eines, beißt herzhaft hinein und sagt: „Mmh, grobe Leberwurst, lecker!“ Das Kind mag gar nichts essen und geht lieber früh schlafen, wie immer auf der Luftmatratze im Esszimmer.

Die Großeltern haben einen großen Garten mit einem Stück Rasen dabei. Jeden Tag ist das Kind draußen und spielt: Picknick für die Puppe auf dem Rasen, Krocket mit der Schwester, vierblättrige Kleeblätter suchen, Seilspringen, Ballproben an der Hauswand. Das Schönste ist die Schaukel, die vorm Haus steht. Das Kind schaukelt stundenlang und träumt, es säße in einem Flugzeug und kann die Welt von oben sehen. Manchmal liegt es mit der Schwester im Gras und schaut den Wolken hinterher. „Guck mal, Lieschen, die Wolke da sieht aus wie ein Auto“, sagt Agnes. „Und die, Agnes, guck bloß mal, die sieht aus wie ein Elefant.“
„Und jetzt kriegt der Elefant einen ganz langen Hals. Und jetzt, guck mal, jetzt sieht er aus wie eine Giraffe.“

Nach drei Tagen sagt die Mutter: „Ich glaube, ihr braucht mich hier gar nicht. Ich kann wohl schon wieder fahren.“ Aber sie bleibt dann doch noch ein paar Tage länger, denn die Ruhe tut ihr auch gut.

Bei der Großmama gibt es immer so wunderbare Sachen zu essen: Matjes mit Quark und Pellkartoffeln, frischen grünen Salat aus dem Garten mit Zitronensaft und Sahne darüber, Hühnerfrikassee mit Reis. Nachmittags bekommen die Großen Kaffee und die Kinder heißen Kakao. Dazu gibt es für alle Rosinenbrot mit guter Butter drauf. Das ist so lecker, dass das Kind immer wieder fragt: „Darf ich noch eine Scheibe?“ Die Großmama lacht und sagt: „Du futterst mir ja noch die Haare vom Kopf. Aber iss nur, Kind, ich freu mich, wenn's dir schmeckt.“
„Aber dann hast du ja bald eine Glatze, wenn ich so viel esse“, sagt das Kind entsetzt. „Dann besorg ich mir eben eine Perücke“, sagt die Großmutter fröhlich, „iss ruhig weiter.“ Und das tut das Kind dann auch mit großem Appetit.

Die Mutter fährt nach einer Woche wieder ab, und nach zwei Wochen sollen das Kind und die große Schwester alleine mit der Eisenbahn nach Hause fahren. Je näher der Tag rückt, desto mehr Angst bekommt das Kind davor. Wenn die Schwester beim Umsteigen nicht den richtigen Zug findet, und sie landen in einer ganz falschen Stadt – was dann? Und wenn ihm wieder schlecht wird und es sich übergeben muss? In der Nacht vor der Abreise kann es kaum schlafen.

Die Großmama bringt die Kinder zur Bahn. Sie steigt selbst mit ein, um für sie einen Platz zu finden, in Fahrtrichtung, damit dem Kind nicht so schnell übel wird. Sie sucht auch den Schaffner, um ihn zu bitten, sich um die Kinder zu kümmern und ihnen beim Umsteigen zu helfen. Es dauert eine Zeit lang, bis sie ihn gefunden hat, und plötzlich setzt sich der Zug schon in Bewegung. Jetzt ist sie ganz erschrocken. Der Schaffner sagt: „Ja, gute Frau, jetzt müssen Sie bis zum nächsten Halt mitfahren. Das dauert eine halbe Stunde.“

„Und wie komm ich dann wieder zurück?"
„Da müssen Sie auf den nächsten Zug in Gegenrichtung warten, der geht in zwei Stunden. Und eine Fahrkarte müssen Sie dann natürlich auch kaufen. Diesmal lass ich sie ausnahmsweise noch umsonst mitfahren." Die Großmama ist erst ein bisschen nervös, aber dann beruhigt sie sich wieder, und das Kind ist froh, dass sie noch ein bisschen zusammen sein können. Nach einer halben Stunde steigt sie aus und winkt vom Bahnsteig aus noch ganz lange den Kindern hinterher. Sie läuft sogar noch ein Stück mit dem fahrenden Zug mit.

Der Schaffner vergisst, dass er den Mädchen beim Umsteigen helfen sollte. Aber die restliche Reise verläuft trotzdem gut, und die große Schwester wird von den Eltern gelobt, wie gut sie das gemacht hat. Und das Kind ist erleichtert, dass unterwegs nichts Schlimmes passiert ist. Die Eltern holen die Kinder vom Bahnhof ab, und der Vater sagt als erstes: „Junge, Junge, seht ihr beiden aber gut aus – braungebrannt und kugelrund! Als ob ihr einen Ball verschluckt hättet." Das Kind guckt auf seinen Bauch und sagt: „Stimmt gar nicht! Wir haben alle Bälle dort gelassen."

Abends fragt es die Eltern: „Habt ihr euch nicht gelangweilt ohne uns?"
„Nicht die Bohne", sagt der Vater, „wir waren im Konzert, im Theater, lauter Unternehmungen, für die wir sonst keine Zeit haben, weil ihr ja da seid. Und du glaubst nicht, wie ausgehungert wir immer noch sind nach guter Musik."
„Gab's denn früher keine Musik?", fragt das Kind. „Nach dem Krieg hat Papa bei den englischen Soldaten Musik gemacht, mit seiner Klarinette", erzählt die Mutter. Und der Vater ergänzt: „Ja, damals hab ich mit einigen Kameraden im Casino bei den Engländern gespielt, Tanzmusik und Unterhaltungsmusik. Einer von uns spielte die große Pauke, und darin haben wir dann abends immer ein paar Lebensmittel rausgeschmuggelt: Corned Beef,

Haferflocken, Milchpulver. Damit hab ich dann deine schwangere Mutter versorgt."

„Aber richtig gute Musik, die gab's damals kaum", sagt die Mutter, „manchmal ein bisschen Hausmusik bei Bekannten, Mozartsonaten oder Bachkantaten. Da durfte man eigentlich spätabends nicht mehr hin, wegen der Sperrstunde. Aber wir haben es trotzdem gemacht, damit man in all dem Ungewissen damals auch einmal etwas Schönes hatte. Und man musste irgendetwas mitbringen, ein paar Kohlen zum Beispiel, damit es halbwegs warm war und die Musiker nicht so steife Finger bekamen." Für richtig gute Musik muss man wohl Opfer bringen, denkt sich das Kind. Aber lieber wäre ihm, die Engländer wären noch da, und der Vater könnte bei ihnen die große Pauke spielen.

„Also Agnes, ich hab's mir überlegt", sagte Elisabeth, „ich komme im nächsten Semester nach Kiel. Aber bedenke: ich werde eine höchst unbequeme Mitbewohnerin sein."

„Das ist mir doch klar, kleine Schwester, wir werden vermutlich wieder furchtbar darum streiten, wer beim Halmaspielen beginnen darf."

„Ach du doofe Ziege! Nein, ich habe die schreckliche Angewohnheit, nachts um zehn Hunger zu kriegen, und dann geh ich in die Küche und brate mir drei Spiegeleier. Und am Wochenende kommt manchmal Michael, dann sind wir zu dritt in deiner kleinen Wohnung."

„Oh, wunderbar, dann lade ich mir auch einen netten Kollegen ein, und dann spielen wir Doppelkopf zusammen."

Agnes lachte herzhaft. Elisabeth konnte durchs Telefon fast ihre Grübchen sehen. „Und wer sagt es den Eltern?", fragte sie. „Tja, das überlasse ich dir. Schließlich bist du ja diejenige, die dann ihren monatlichen Wechsel auf ein anderes Konto überwiesen haben möchte."

„Ach, apropos Geld. Agnes, du weißt ja, ich hab mir jeden Monat einen Haufen Geld dazu verdient. Meinst du, du könntest mir in Kiel auch so einen tollen Job beschaffen?"

„Was kannst du denn, außer kluge Reden zu schwingen?"
„Naja, ich kann putzen und könnte Zeitungen austragen und Nachhilfeunterricht geben."
„Vielleicht könnte ich dich bei mir im Krankenhaus unterbringen als Sitzwache nachts auf der Intensivstation."
„Was, das würdest du mir zutrauen?"
„Dafür werden immer Studenten gesucht. Die können nämlich gut stillsitzen. Du könntest sogar ein Buch mitbringen. Die Hauptsache, du hast die Patienten dabei im Blick."
„Ja, aber muss ich da nicht zumindest einige medizinische Vorkenntnisse haben? Ich wüsste doch gar nicht, worauf ich achten müsste", sagte Elisabeth, und ihre Stimme klang ein wenig panisch.
„Das kriegst du dann schon gezeigt. Mach dich doch deswegen nicht schon jetzt verrückt. Sieh zu, dass du das Semester noch gut rumkriegst, und dann besorgen wir uns einen kleinen Lieferwagen, um den Umzug zu machen. Vielleicht ist ja dein Michael so nett, ein bisschen mit anzupacken."

Am nächsten Sonntag rief Elisabeth bei den Eltern an, um ihnen von ihrem Entschluss zu berichten. „Von euren Plänen wussten wir ja gar nichts", sagte der Vater etwas pikiert. Sie hatte sofort ein schlechtes Gewissen. Hätte sie das mit den Eltern gemeinsam entscheiden müssen? Nein, sie war seit einem Jahr volljährig und musste sich endlich von elterlicher Bevormundung freimachen. „Das ist ja wunderbar", rief die Mutter durchs Telefon, „meine beiden Mädchen wieder zusammen – das wird sicher ganz schön für euch beide werden."
„Ja, und es spart einen Haufen Telefonkosten", knurrte der Vater im Hintergrund. „Brauchst du einen Extrazuschuss für den Umzug?", fragte die Mutter, „vielleicht neue Möbel?"
„Nix da", rief der Vater dazwischen, „wir haben im Keller noch einiges stehen, den alten Esstisch zum Beispiel, mit vier Stühlen dazu."
„Habt ihr eigentlich auch noch den alten Kleiderschrank, der früher bei uns im Kinderzimmer stand?"

„Du meinst das braune Ungetüm, das immer so quietscht beim Öffnen?“
„Ja, genau den meine ich. Den hätte ich gerne in meinem neuen Zimmer in Kiel.“
„Na klar kannst du den haben“, sagte der Vater. Sie hörte, wie die Mutter rief: „Nein, das geht nicht. Da sind doch unsere Wintermäntel drin und meine alten Hüte. Und außerdem: wie willst du den nach Kiel bekommen?“
„Das kriegen Agnes und ich schon hin. Die Hauptsache, du bringst deine Sachen woanders unter.“

Tante Hedwig kommt zu Besuch. Sie wohnt in der Ostzone und darf ein Mal im Jahr in den Westen reisen, weil sie schon alt ist. So hat es der Vater erklärt. Tante Hedwig ist die Patentante der Mutter und war früher Lehrerin. Die Mutter hat sich vorgenommen, Tante Hedwig zu verwöhnen, weil es in der Ostzone nicht viel Gutes zu kaufen gibt. Das Kind kann sich noch gut an Tante Hedwig erinnern, denn sie war im letzten Jahr auch schon einmal zu Besuch. Damals musste die große Schwester ihr Bett räumen und auf dem Wohnzimmersofa schlafen, aber Tante Hedwig hat in ihrem letzten Brief geschrieben, dass sie doch nicht so viele Umstände machen möchte. Agnes solle ruhig weiter in ihrem Bett schlafen, sie würde selbst aufs Sofa gehen. „Von wegen: nicht so viele Umstände! Deine Tante Hedwig ist ganz schön anspruchsvoll“, sagt der Vater, „sie scheint zu glauben, dass wir hier im Westen alle auf Rosen gebettet sind. Greta, geh bloß nicht so auf ihre Sonderwünsche ein. Jeden Tag gute Butter essen – das ist nicht drin. Sie ist hier als Gast, und da hat sie keine großen Ansprüche zu stellen!“
„Ist ja schon gut, Martin“, sagt die Mutter, „aber vergiss nicht, es ist nicht ihre Schuld, dass sie nach dem Krieg im Osten gelandet ist und dass sie keine eigene Familie hat. Ein wenig gemütliches Familienleben können wir ihr doch bieten, oder?“
„Ja, aber die Gemütlichkeit darf nicht so viel kosten!“ Natürlich kauft die Mutter dann doch Butter statt Margarine und ein bisschen

mehr Aufschnitt als sonst. Nachmittags singt die Schranktür sehr aufgeregt und nervös, als die Mutter frische Bettwäsche herausholt und das Sofa als Bett herrichtet.

Tante Hedwig kommt am Abend mit der Taxe vom Bahnhof. Sie nimmt die Mutter in den Arm und sagt: „Was war das für eine Fahrt – zehn Stunden lang im Zug! Und der Interzonenzug war voll bis obenhin. Ich bin völlig gerädert." Der Vater trägt ihr den Koffer in die Wohnung und sagt: „Der ist ja ganz leicht. Ist da überhaupt nichts drin?"
„Nein, Martin, ich hab nicht viel mitgebracht. Ich hab mir gedacht, ich kann mir ja hier alles viel besser kaufen als drüben bei uns. An einem der nächsten Tage gehen wir beide mal einkaufen, Greta, nicht wahr?" Der Vater zieht ein Gesicht, als ob er etwas sagen will, aber er lässt es dann doch bleiben.

Die Mutter ist ganz aufgeregt; sie läuft immer hin und her, um für Tante Hedwig alles besonders schön zu machen. „Möchtest du dich erst ein bisschen hinlegen, oder willst du gleich mit uns essen?", fragt sie, „möchtest du einen Tee? Ich hab dir eine dicke Decke aufs Sofa gelegt, aber wenn du möchtest, hole ich eine dünnere und beziehe sie dir."
„Lieber hätte ich etwas Kaltes zu Trinken", antwortet Tante Hedwig, „einen Saft vielleicht oder ein Sprudelwasser."
„Das haben wir leider beides nicht", sagt die Mutter, „aber morgen besorgen wir dir Sprudelwasser."
„Unser Leitungswasser ist ausgesprochen gut und gesund", sagt der Vater, „wir trinken das immer." Seine Stimme klingt ein bisschen unfreundlich, und die Mutter wirft ihm einen scharfen Blick zu. Da nimmt er sich die Zeitung und setzt sich in seinen Sessel.
Jetzt erst begrüßt Tante Hedwig das Kind und die große Schwester. „Was seid ihr beiden groß geworden", sagt sie, „als ich euch das letzte Mal gesehen habe, wart ihr noch sooo klein. Ich hab euch auch etwas mitgebracht. Bei uns im Osten gibt es ja nicht viel, aber

ich hab eine Tafel Schokolade für euch aufgetrieben. Lasst sie euch schmecken."

Später probieren das Kind und die Schwester von der Schokolade, aber sie schmeckt ihnen gar nicht gut, überhaupt nicht süß und ein bisschen wie Pappe. Sogar die Schwester, die doch sonst so gerne Schokolade isst, lässt ihre Hälfte liegen.

Drei Wochen lang bleibt Tante Hedwig. Eines Abends sagt das Kind ganz leise zur Schwester: „Du Agnes, wäre das nicht schön, wenn Tante Hedwig bald wieder wegfährt? Immer müssen wir still sein, Papa hat auch nur noch schlechte Laune und geht abends immer weg zum Kartenspielen."
„Ja", flüstert die Schwester, „und Mama ist dauernd nervös und tut nur noch das, was Tante Hedwig will."
„Gestern Nacht haben sie wieder gestritten, als sie schon im Bett waren. Ich hab gehört, wie Mama gesagt hat: Nun stell dich nicht so an, Martin, erstens ist sie meine Patentante, und zweitens kommt sie doch nur einmal im Jahr – wo soll sie denn sonst hin?" „Trotzdem, Lieschen, ich finde, sie passt nicht zu uns", sagt die große Schwester.

Als Tante Hedwig wieder abreist, trägt der Vater ihr den Koffer in die Taxe. Er sagt: „Na, da hast du aber kräftig zugeschlagen. Hast du alle Geschäfte leergekauft?"
„Es muss ja nun auch wieder ein Jahr lang halten. Und du weißt ja, dass es bei uns vieles gar nicht gibt. Kaffee, Rosinen, Waschpulver, Pralinen, Perlonstrümpfe, gute Seife." Als die Taxe abgefahren ist, sagt der Vater zur Mutter: „Wer hat denn alle diese Einkäufe bezahlt? Doch wohl nicht du, oder?" Die Mutter antwortet: „Du weißt doch, dass Tante Hedwig nur eine ganz klitzekleine Rente bekommt. Ich hab ihr einen Zuschuss gegeben." Der Vater knurrt: „Nur einen Zuschuss? Das kann ich mir ja überhaupt nicht vorstellen." Die Mutter faucht ihn an: „Als wir nach dem Krieg am Hungertuch genagt haben und deine erste Tochter geboren war, da waren wir froh und dankbar für die Care-Pakete aus Amerika. Wir

haben damals Hilfe von anderen bekommen, und das verpflichtet uns jetzt, denen zu helfen, die sich vom Krieg noch nicht so gut erholt haben wie wir." Dann dreht sie sich um und geht weg. Das Kind sagt zur großen Schwester: „Du Agnes, wäre Papa auch so komisch, wenn es seine Patentante wäre?"

„Nun lass doch mal fünfe grade sein", sagte Elisabeths Kommilitone Ingo morgens nach der Vorlesung, „es ist heute so ein Superwetter, da könnten wir doch mal mit der ganzen Clique zum Schwimmen an die Lahn fahren."
„Ach nee, fahrt ihr mal ohne mich", antwortete sie, „ich hab mir in der Unibibliothek einige Bücher bestellt, die ich gerne bald durcharbeiten möchte."
„Wie du meinst", sagte Ingo, „aber schade ist es doch, dass du nicht mitkommen willst. Wenn du dabei bist, geht es immer besonders fröhlich zu. Du bist eben nicht so zickig und anspruchsvoll wie andere Mädchen. Und wie du letztens Manfred aufgebaut hast, als er seinen großen Liebeskummer hatte – das war wirklich super! Du solltest Pastorin werden, du würdest eine gute Seelsorgerin abgeben." Elisabeth grinste: „Naja, so was Besonderes war das nun auch nicht."
„Doch, doch. Wenn's mir mal dreckig gehen sollte oder ich Herzschmerz habe, komm ich auch zu dir. Also, wenn du meinst, bleib hier, aber verschanz dich nicht ständig hinter deinen Büchern."
„Nein, keine Sorge", sagte Elisabeth und war in Gedanken schon bei ihren Büchern.

Darin ging es um die Rolle der deutschen Richter und Staatsanwälte während des Dritten Reiches. Sie hatte sich festgebissen an diesem Thema. Es war für sie einfach unglaublich, wie sehr sich die Juristen damals in Abhängigkeit von der herrschenden Weltanschauung und Politik hatten bringen lassen. Sollten gerade Richter nicht in jeder Weise neutral sein? Andererseits – sie waren Beamte, Staatsangestellte und hatten vermutlich Familien, die sie ernähren mussten. Man konnte es ihnen wohl nicht übel nehmen, dass sie ihr Fähnlein nach dem Winde hängten. Und wie war es heute mit der Neutralität von Juristen bestellt? Welchen Einflüssen und Strömungen waren sie heutzutage unterworfen?

Herr Bierbaum hatte vor kurzem zu ihr gesagt: „Sie haben mal erwähnt, dass der Krieg Ihre Kindheit vergiftet hätte, und jetzt beschäftigen Sie sich selbst mit einem Thema aus dieser Zeit – wie passt das zusammen?“ Da hatte sie ihm geantwortet: „Vielleicht ist es Segen und Fluch zugleich, was ich von meinen Eltern mitbekommen habe.“ Woher die Faszination kam, sich mit diesem Thema zu beschäftigen, konnte sie noch nicht genau sagen. Das war ihr im Moment auch egal – sie musste erst mal weitere Informationen sammeln.

Das Kind sitzt auf der Treppe vorm Finanzamt und langweilt sich. Keiner seiner Freunde ist draußen zum Spielen. Plötzlich hält ein Mann in einem Rollstuhl vor der Treppe. Das Kind sieht, dass eine Decke dort liegt, wo eigentlich die Beine sein müssten. Der Mann ruft: „Komm mal her, Kleine, tu mir einen Gefallen.“ Das Kind steht auf, aber es traut sich nicht näher zu kommen. Die Eltern hatten ihm eingeschärft, niemals mit fremden Leuten mitzugehen. „Du musst mir mal helfen. Du siehst doch, dass ich nicht aufstehen kann. Bring doch mal diesen Brief ins Finanzamt. Du kannst ihn einfach beim Pförtner abgeben. Ich gebe dir auch einen Groschen dafür.“ Das Kind geht vorsichtig auf ihn zu, nimmt den Brief und läuft ganz schnell die Treppe hoch. „Kind, und dein Groschen?“, ruft der Mann hinter ihm her. „Den will ich nicht!“, ruft es über die Schulter hinweg. So oft hat es schon Männer ohne Beine gesehen, aber noch nie hat einer von ihnen mit ihm gesprochen. Das ist ihm unheimlich.

Vorne im Finanzamt sitzt der Pförtner, Herr Hansen. Der hat nur einen Arm, aber das Kind kennt ihn gut, und dass Herrn Hansen ein

Arm fehlt, merkt man ihm kaum an. Er kann fast alles mit nur einem Arm. Das Kind gibt ihm den Brief und sagt: „Den hat mir draußen jemand gegeben. Der konnte nicht rein, wegen seinem Rollstuhl."
„Ja, ja", sagt Herr Hansen, „wer so wie ich mit einem Körperteil weniger aus dem Krieg zurückgekommen ist, hat's schwer bei uns im Land. Der Mann kommt keine Treppe hoch, und ich kann mir keinen Apfel schälen. Das Leben ist ungerecht." Das Kind ist stehen geblieben und hört ihm zu. Er redet weiter, als ob er zu einem Erwachsenen sprechen würde: „Am meisten Arbeit hat ja meine Frau mit mir – Waschen, Anziehen – bei allem muss sie mir helfen. In anderen Familien ist es umgekehrt – da können die Männer den Frauen helfen. Aber was kann ich alter Krüppel schon tun?" Da sagt das Kind: „Sie können aber gut telefonieren. Mein Papa sagt, wenn Sie Dienst haben, dann klappt das mit den Telefonverbindungen immer am besten."
„Kind, du bist ja goldig", sagt Herr Hansen und lacht, „du kannst einen ja richtig aufbauen. Guck mal, meine Frau hat mir heute einen Apfel mitgegeben. Wenn du willst, teilen wir uns den. Frag doch mal nebenan, ob jemand ein Taschenmesser dabei hat. Lass dir den Apfel in zwei Hälften schneiden, und dann hat jeder von uns ein Stück." Das Kind läuft los und kommt mit zwei Apfelhälften zurück. Es darf sich bei Herrn Hansen auf einen Besucherstuhl setzen, und dann beißen beide in ihren Apfel. „So ist es doch viel gemütlicher", sagt Herr Hansen, „wenn man nicht allein essen muss. In Gesellschaft schmeckt es doch viel besser." Und dem Kind ist jetzt auch gar nicht mehr langweilig. Es nimmt sich vor, öfter mal bei Herrn Hansen reinzuschauen. Vielleicht kann es ihm ja ab und zu ein bisschen helfen, wo er doch nur einen Arm hat.

Schon am nächsten Tag guckt es wieder bei Herrn Hansen rein. „Ich möchte Ihnen gerne helfen", sagt es, „dann sind Sie vielleicht schneller fertig und können bald nach Hause gehen zu Ihrer Frau."
„Das ist aber lieb von dir", sagt Herr Hansen und überlegt, „guck mal, diese Zettel muss ich alle lochen mit dem Locher und dann in Aktenordner einsortieren. Das kann ich zwar auch mit einer Hand,

aber mit zweien geht es viel schneller.“ Das Kind weiß längst, was ein Locher ist, der Vater hat ja auch einen. Es legt vorsichtig ein Blatt Papier nach dem anderen in den Locher, drückt kräftig auf den Griff und zieht das Papier wieder hervor. Das nimmt dann Herr Hansen an sich und heftet es in einem Aktenordner ab. Dabei schmunzelt er still vor sich hin. Die Arbeit ist anstrengend für das Kind, denn der Locher ist groß und schwer, aber es beißt die Zähne zusammen und gibt nicht auf.
Nach einiger Zeit kommt Herr Klinge vorbei, um einen Aktenordner abzuholen. Er sagt: „Na Kollege Hansen, haben Sie jetzt schon einen Lehrling eingestellt, noch dazu einen weiblichen? Geht die Lehrlingsdame denn auch regelmäßig zur Berufsschule?“ Dabei lacht er laut. Herr Hansen lacht auch und sagt: „Das kleine Frollein ist so nett, mir zu helfen, damit ich mit dieser eintönigen Arbeit schneller fertig bin. Das hat sie wohl vom Vater, der ist ja genauso nett und freundlich. Ja, ja, der Apfel fällt nicht weit vom Stamm.“ Das Kind wundert sich und sagt: „Meinen Sie den Apfel, den wir gestern gegessen haben? Ist der ganz dicht am Stamm runtergefallen?“ Wieder lachen die beiden Männer. Das Kind denkt: Komisch, dass die Leute immer lachen, wenn ich mal was frage. Sind das denn dumme Fragen?

Das Fach an der Unterseite des Lochers, in dem sich die runden Papierschnipsel sammeln, ist allmählich voll. Herr Hansen öffnet den Locher und will die Schnipsel in den Papierkorb ausleeren. Da sagt das Kind: „Kann ich die haben? Dann haben Agnes und ich Konfetti, wenn mal wieder Karneval ist, oder für Silvester.“
„Aber natürlich“, sagt Herr Hansen, „ich hab doch sonst kein Gehalt für dich.“ Er holt einen alten Briefumschlag hervor und kippt die kleinen runden Schnipsel hinein. „Bitte schön“, sagt er, „und tausend Dank für deine Hilfe. Du bist ein Prachtmädel!“

Das Kind geht mit dem Umschlag nach Hause. Dort zeigt es der Mutter und der großen Schwester, was es in der Hand hat. Die Schwester sagt: „Oh toll. Lass uns gleich Silvester spielen.“ Es öffnet den Umschlag und wirft alle Schnipsel hoch in die Luft. Die Mutter schimpft: „Bist du denn von allen guten Geistern verlassen? Jetzt muss ich extra deinetwegen den Staubsauer hervorholen und saugen. Dabei hatte ich gerade erst gestern saubergemacht." Das Kind ruft: „Nein, nicht wegsaugen. Das ist doch mein Geld, das ich verdient habe bei Herrn Hansen." Es kniet sich hin und versucht, alle Schnipsel wieder einzusammeln. „Agnes, du dumme Kuh, du kannst mir ruhig dabei helfen", sagt es und kneift die Schwester ins Bein. „Aua", schreit die, „wenn du so gemein zu mir bist, helfe ich dir erst recht nicht." Die Mutter ist immer noch ärgerlich und sagt: „Wenn das nicht in zehn Minuten alles weg ist, hol ich den Staubsauger. Hier habt ihr den Handfeger, damit geht's schneller." Schließlich sind die Schnipsel fast alle wieder im Umschlag und einige im Mülleimer. Das Kind legt den Umschlag unter sein Kopfkissen, und als Angelika mal wieder zum Spielen kommt, zeigt es ihr den Umschlag und sagt: „Das ist mein Geld. Das hab ich im Finanzamt verdient." Angelika staunt und ist ganz neidisch, denn sie hat noch nie Geld verdient.

Elisabeth besorgte einen Blumenstrauß und eine Flasche Wein. Heute musste sie sich von Herrn Bierbaum verabschieden. Sie hatte mit ihm vereinbart, heute ein gewisses Resümee ihrer Therapie zu ziehen. „Ich kenne Sie jetzt seit zwei Jahren. Etwa einmal im Monat waren Sie bei mir. Was meinen Sie, was hat Ihnen diese Zeit gebracht?" Elisabeth war auf diese Frage gefasst und hatte sich schon Gedanken darüber gemacht. „Um es mit einem Wort zu sagen", antwortete sie, „ich glaube, mein Selbstbewusstsein ist ein bisschen gewachsen. Das war ja auch meine Hoffnung gewesen. Ich trau mich eher, Fragen zu stellen, auch mal kritische Fragen. Ich hab manchmal schon den Mut zu widersprechen oder meine eigenen Wünsche anzumelden. Durchsetzen kann ich sie zwar nicht immer, aber dass ich meine eigenen Wünsche besser wahrnehme und äußere, das ist ja schon mal ein Anfang, oder?"

„Das ist ein Anfang, allerdings, und was werden Sie tun, um auf diesem Weg weiter zu kommen? Vielleicht mal ein weniger lieb sein zu anderen, sondern etwas unbequemer werden?“
„Ob mir das gelingt, das weiß ich nicht. Aber ich kann's ja mal probieren. Natürlich nur bei den Leuten, die mir dann den Kopf nicht abreißen.“
„Niemand wird Ihnen den Kopf abreißen – legen Sie doch mal Ihre Vorsicht und Ihr Misstrauen ab!“
„Ist denn Vorsicht so was Schlimmes?“
„Kommt drauf an. Sie haben sich Vorsicht angewöhnt als Schutz während Ihrer frühen Kindheit, und damals war das eine sinnvolle Reaktion. Aber vergessen Sie nie: Jetzt sind Sie erwachsen und können sich freier bewegen, ohne immer misstrauisch nach allen Seiten zu gucken, ob Ihnen jemand was Böses will oder Sie kritisiert. Sie könnten sogar“, und jetzt lachte Herr Bierbaum, „Sie könnten sogar mal Ihre biedere Einheitscordhose im Schrank lassen und einen Minirock anziehen. Bei Ihrer Figur können Sie sich das leisten.“ Elisabeth wurde rot. „Und ehe Sie das jetzt als plumpe Anmache verstehen, was es nämlich nicht ist, sage ich Ihnen jetzt noch etwas: Sie sind eine attraktive junge Frau. Lassen Sie sich das von einem alten Herrn wie mir gesagt sein. Auch das ist etwas, was Ihre Eltern Ihnen mitgegeben haben – ein gutes Aussehen, ein charmantes Lächeln, eine große Sensibilität und Herzlichkeit, eine starke Intelligenz und Ausdrucksfähigkeit – was wollen Sie mehr? Damit liegt Ihnen die Zukunft doch offen zu Füßen. Sie können Ihren Eltern von Herzen dankbar sein für das, was sie Ihnen mitgegeben haben. Und was nicht so gut gelaufen ist in Ihrer Kindheit, was Ihre Eltern Ihnen mit ihrer eigenen Vergangenheit aufgebürdet haben, das muss Sie doch nicht ein für alle Mal blockieren, oder?“

„Jetzt haben Sie mir eine Predigt gehalten“, sagte Elisabeth, „so lange am Stück habe ich Sie ja noch nie reden hören.“
„Ich könnte noch viel mehr sagen über Sie und Ihre Begabungen. Aber ich lasse es lieber, sonst fühlen Sie sich womöglich wieder eingeschüchtert.“ Er grinste sie an. „Doch, eines möchte ich

Ihnen noch mitgeben. Sie sagten einmal, Ihre Eltern hätten Ihnen mit Ihren Kriegserlebnissen die Kindheit vergiftet. Gift in kleinen Dosen ist ein Heilmittel, das wissen Sie doch sicher?“ Elisabeth sah ihn nachdenklich an. Darin steckte sicher mehr als nur ein Körnchen Wahrheit. „Darüber muss ich nachdenken“, sagte sie, „eigentlich müssten wir jetzt noch einen Termin vereinbaren, damit ich dann darüber mit Ihnen reden kann, aber nächste Woche muss ich eine Seminararbeit abgeben, und dann ist ja schon mein Umzug nach Kiel.“

„Sie ziehen doch zu Ihrer Schwester. Damit haben Sie die ideale Gesprächspartnerin für Ihr Nachdenken über Ihre Kindheit, oder? Außerdem – es gibt auch so eine Art Abhängigkeit vom Therapeuten, dass man meint, man müsste alles und jedes mit ihm besprechen, und in so eine Abhängigkeit wollen Sie doch ganz sicher nicht verfallen.“

„Nein, ich muss ja endlich mal auf eigenen Füßen stehen. Herr Bierbaum, ich bin Ihnen dankbar für alles, was Sie mir im Laufe der Zeit gesagt haben. Am Anfang war ich ja oft sauer auf Sie. Aber dann hab ich begriffen, dass Sie mir nur helfen wollten, meine enge Wahrnehmung zu erweitern. Und jetzt bin ich traurig darüber, dass meine Zeit bei Ihnen zu Ende ist, aber ich freue mich auch riesig auf Kiel.“

„Und mir hat es Freude gemacht zu sehen, wie Sie sich in den vergangenen zwei Jahren entwickelt haben. Danke für die Blumen und den Wein – ich werde beides mit zu meiner Frau nehmen und den Wein mit ihr teilen.“

Zum Abschied nahm Herr Bierbaum Elisabeth kurz und herzlich in den Arm. Mit wackeligen Knien verließ sie seine Praxis. Ja, sie freute sich auf ihren nächsten Lebensabschnitt. Aber ein wenig fühlte sie sich auch wie ein Küken, das aus dem Nest geschubst worden war.

Der Vater kommt nach Hause und ist ganz aufgelöst. „Greta, stell dir vor, unser Amt wird aufgelöst. Es soll ein ganz neues Finanzamt gebaut werden, mehr in der Innenstadt, nicht so weit draußen. Und ohne die hohe Treppe vorm Eingang."
„Oh Gott, Martin, was wird dann aus uns – wo sollen wir dann wohnen?"
„Ja, das frag ich mich auch schon die ganze Zeit. So günstig wie hier werden wir es nirgendwo anders haben. Aber es wird uns nichts anderes übrig bleiben. Wir werden umziehen müssen."
„Au ja", sagt die große Schwester, „wann denn? Krieg ich dann endlich ein eigenes Zimmer, damit Lieschen mich nicht mehr ärgern kann?"
„Na, so schnell schießen die Preußen nicht", sagt der Vater, „in ein oder zwei Jahren ist es erst soweit."
„Dann sollten wir aber doch allmählich anfangen, uns nach einer anderen Wohnung umzusehen", sagt die Mutter, „Wohnraum ist immer noch knapp, seitdem die Flüchtlinge da sind."
„Ich hab da eine ganz andere Idee", sagt der Vater, „aber das möchte ich mit dir alleine besprechen. Komm mal mit ins Wohnzimmer."

Das Kind sagt: „Ich will hier nicht wegziehen. Was ist dann mit meiner Freundin Angelika? Kann ich die dann gar nicht mehr sehen? Und warum brauchst du ein eigenes Zimmer? Ich stör dich doch nur ganz selten." Die Schwester schleicht sich an die Wohnzimmertür, um zu lauschen, aber sie kann nichts hören.

Nach einiger Zeit kommen die Eltern wieder heraus, und der Vater sagt mit ernstem Gesicht: „Eure Mutter und ich – wir haben uns überlegt, dass wir uns ein eigenes Haus bauen werden. Das wird sicher nicht groß werden; unser Bausparvertrag ist ja auch noch nicht so üppig, aber wir werden es versuchen. Das heißt aber: wir alle müssen noch mehr sparen als bisher. Also keine Extrawünsche in der nächsten Zeit! Und jeder von uns hilft mit beim Sparen. Keine Löcher mehr in die Jacke reißen, sonntags keine gute Butter, nicht mehr jeden Tag Nachtisch und überhaupt: jetzt wird der Gürtel enger geschnallt." Das Kind sagt: „Ich hab doch keinen Gürtel um." Die Schwester lacht und sagt: „Das hat Papa doch ganz anders gemeint. Er meint, wir sollen alle aufpassen, dass wir sein Geld nicht immer ganz ausgeben, sondern dass jeden Monat etwas übrig bleibt fürs neue Haus." Sie ist jetzt auch richtig aufgeregt und freut sich riesig. Die Mutter sieht sehr sorgenvoll aus. Sie sagt: „Noch mehr sparen – das geht doch gar nicht."

Plötzlich fällt der großen Schwester etwas ein: „Papa, was ist denn mit unserm Urlaub in der Lüneburger Heide? Da wollten wir doch nächsten Sommer hin."
„Ja, das machen wir auch, dafür hab ich schon länger Geld auf die hohe Kante gelegt." Das Kind sieht sich um. Wo ist wohl die hohe Kante, auf der das Geld liegen soll? In der Wohnung kann es keine entdecken. Als es nachfragt, wird es mal wieder ausgelacht: „Papa meint doch sein Sparkonto", erklärt ihm die große Schwester. Das Kind denkt sich: Alle behandeln mich immer wie ein kleines dummes Kind – ich glaub, ich sag bald gar nichts mehr.

Die Mutter und Agnes betraten das Krankenzimmer des Vaters. Elisabeth schreckte auf; sie war für einen Moment eingenickt. Die Mutter trat an das Bett und legte ihre Hand auf seine rechte Hand. „Er ist ja ganz kalt“, sagte sie mir leiser Stimme, „Martin, hörst du mich?“ Er zeigte keine Reaktion. Die Mutter drehte sich mit angstgeweiteten Augen zu Agnes um. „Lass ihm Zeit, Mama“, sagte Agnes, „er kann sich noch nicht entscheiden, welchen Weg er einschlagen will.“
„Aber er kann mich doch nicht alleinlassen!“
„Mama, du bist nicht allein, wir sind doch da“, sagte Elisabeth.

„Das ist furchtbar, so hilflos an seinem Bett zu stehen“, flüsterte die Mutter, „dass man gar nichts für ihn tun kann!“
„Du kannst etwas für ihn tun“, sagte Agnes, „sag ihm, dass er sich um dich keine Sorgen machen muss. Sag ihm, dass du seine Entscheidung akzeptierst, egal, wie sie ausfällt. Wenn er gehen möchte, dann soll er gehen dürfen, und wenn er bleiben möchte, dann werden wir uns freuen, aber wir sollten ihn nicht unter Druck setzen. Er hat's schon schwer genug mit sich selbst im Moment.“ „Aber vielleicht kann er uns gar nicht hören?“
„Er hört den Klang unserer Stimmen, und die sind ihm ja vertraut. Das kann ihm Geborgenheit geben. Ob er den Inhalt unserer Worte versteht, das ist doch zweitrangig.“ Agnes strahlte wie immer Ruhe und Kompetenz aus.

Elisabeth stand auf und überließ der Mutter ihren Stuhl. Ein Leben ohne den Vater – das konnte sie sich beim besten Willen nicht vorstellen. Als Kind hatte sie ihn viele Male weit weg gewünscht, aber jetzt?

Kapitel 2

„Der ist ja gar nicht so groß und wuchtig, wie ich ihn in Erinnerung hatte!", sagte Agnes. Sie und Elisabeth standen im Keller vor dem braunen Schrank. „Nee, wir waren ja auch kleiner, und alles erschien uns größer, als es wirklich war – die Wohnung damals im Finanzamt, die Räume, die Möbel."
„Aber warum du dieses alte Stück unbedingt mit nach Kiel nehmen willst, verstehe ich trotzdem nicht. Guck dir doch mal diese abgestoßenen Ecken an. Und die Schrammen hier an der Tür."
„Warte ab, bis er an Ort und Stelle steht, dann führe ich dir seine Qualitäten vor."

Die Mutter kam dazu, um ihre Sachen aus dem Schrank zu nehmen. „Guckt mal", sagte sie lachend, „dieses alte Kostüm, das hat mir kurz nach dem Krieg meine Mutter aus einem alten Uniformmantel genäht. Ich fand es furchtbar – der Stoff war so schwer und hart – aber wir hatten ja nichts anderes. Wir mussten ja dankbar sein für jedes Stück Stoff und für jedes Knäuel Wolle."
„Ich erinnere mich, dass du dieses Kostüm immer zu den Familienfesten getragen hast", sagte Agnes, „ich fand dich immer total schick darin."
„Sag mal, Mama", fragte Elisabeth, „wo stammte eigentlich die Wolle her, aus der diese furchtbaren Unterhosen gestrickt waren, die wir im Winter zu den dicken braunen Strümpfen anziehen mussten?"
„An die Schlüpfer erinnerst du dich noch? Die waren aus aufgeribbelter Wolle aus alten langen Marineunterunterhosen. Dunkelblau waren sie, und irgendein entfernter Verwandter, ich weiß gar nicht mehr wer, hatte sie nach dem Krieg mitgebracht."
„Natürlich erinnere ich mich daran. Nie im Leben werde ich vergessen, wie die gekratzt haben." Agnes ergänzte: „Einmal bin ich aus der Schule nach Hause gekommen, und da hast du weinend im Kinderzimmer gesessen, weil die Strümpfe mal wieder so gejuckt

haben. Und du hattest dich schon so gekratzt, dass deine Beine ganz rot waren. Da hast du mir echt Leid getan!" Die Mutter seufzte: „Ich hätte euch ja gerne andere Sachen angezogen, aber wir hatten doch nichts. Und das Geld war immer knapp."

Auf dem Boden des alten Schrankes fanden sich noch einige Taschen und alte Küchenutensilien. „Ach, gibt's die noch?", sagte Elisabeth lachend, „diese Handtasche hat mir mal Tante Henriette geschenkt. Ich glaub, die ist sogar aus Krokodilsleder und kam bestimmt aus Amerika. Aber weil das Futter innen schon ganz zerrissen war, hab ich sie von ihr zum Spielen bekommen."

„Und dann hast du dir immer vorgestellt, du wärest eine feine Dame mit Handtasche überm Arm", feixte Agnes, „mit braunen Wollstrümpfen an den Beinen und dunkelblauem Wollschlüpfer am Hintern!"

„An diese alten Aktentasche kann ich mich auch noch gut erinnern", sagte Elisabeth, „das sah immer ganz wichtig aus, wenn Papa damit morgens zum Dienst gegangen ist. Und dabei waren nur seine Butterbrote und seine Thermosflasche darin."

„Auf diese Tasche war er aber ganz besonders stolz", erzählte die Mutter, „die hatte ihm ein Kriegskamerad geschenkt. Der war bei den Fliegern gewesen, und das Leder stammte aus einem Flugzeug. Leder war eine Kostbarkeit damals. Mir wäre es ja lieber gewesen, er hätte uns nur das Leder geschenkt, dann hätte Opa daraus neue Schuhe machen können. Aber Papa war so glücklich mit dieser Tasche. Er hat später immer die Bauunterlagen vom Haus darin aufbewahrt, und Opa musste für ihn auch einige Male die Nähte neu befestigen, aber vor einiger Zeit hat er die Tasche dann doch endlich ausrangiert. Aber wegwerfen durfte ich sie bisher noch nicht."

„Dann wäre das jetzt ja eine gute Gelegenheit", meinte Agnes, „jetzt würde er das nicht mitbekommen, wenn du sie einfach in die Mülltonne wirfst."

„Um Himmels willen, das würde ich doch nie hinter seinem Rücken tun!"

„Tja, dann muss die Tasche wohl bis in alle Ewigkeit hier herumliegen", seufzte Elisabeth. „Nein, nur bis ihr mal das Haus erbt und unsere alten Sachen ausmisten dürft."
„Na, da kommt ja was auf uns zu", stöhnte Agnes und kramte weiter im Schrank herum.

„Schaut mal, diese alten Backformen", sagte die Mutter", das waren ursprünglich mal Konservendosen, die die Engländer in ihrem Casino hatten. Da hat euer Vater doch eine Zeit lang mal Musik gemacht und konnte dann manchmal etwas Essbares rausschmuggeln. Und in der Nachbarschaft meiner Eltern gab es einen Schmied, der hat dann aus dem Blech der Dosen alles Mögliche hergestellt. Für eine fertige Backform kriegte er eine Tüte Magermilchpulver für seine Kinder."
„Die gute alte Tauschwährung", meinte Agnes, „vielleicht sollte man die auch wieder einführen. Dann bekomme ich eines Tages für eine gelungene Operation ein frisch geschlachtetes Schwein."
„Lach nicht", meinte die Mutter, „unsern Hausarzt haben wir die erste Zeit nach dem Krieg auch in Naturalien bezahlt. Und mit dir mussten wir oft zum Doktor, weil du als Baby keine Milch vertragen hast. Nur Buttermilch. Und der Doktor hat uns zu einem Bezugsschein für Buttermilch verholfen. Damit ist dein Vater dann jeden Morgen um sechs zur Molkerei geradelt und hat für dich frische Buttermilch besorgt. Da kamen dann Haferflocken rein, und damit hab ich dich gefüttert."
„Solch ein Problemkind war Agnes? Das wusste ich ja gar nicht", sagte Elisabeth, „zum Glück hat sich das ja gebessert – heute kommt sie mir etwas unproblematischer vor. Nicht wahr, große Schwester?" Sie grinste Agnes an. „Blöde Kuh", sagte die lachend.
„Halt, das war mein Schimpfwort für dich. Du musst dir für mich ein anderes aussuchen", konterte Elisabeth fröhlich.

Außer dem Schrank sollten noch der alte ausziehbare Esstisch und zwei Stühle mit nach Kiel, dazu noch ein paar Bücher aus den Kindertagen der Mädchen. Agnes hatte zunächst protestiert, aber Elisabeth hatte sie mit dem Argument überzeugt, dass alte Kinderbücher ja auch ein Stück Kulturgeschichte seien und man sie deshalb ruhig als Erwachsener unter neuen Gesichtspunkten lesen könne. „Zum Beispiel diese Kinderbibel: da, wo es eigentlich Jesus heißen müsste, steht immer Unser Lieber Herr Jesus. Das fand ich schon als Kind befremdlich und hatte mir vorgenommen, mit meinen eigenen Kindern mal viel natürlicher über den Glauben zu reden. Oder dieses Kinderbuch hier: das hat uns mal Tante Hedwig zu Weihnachten geschickt, und da ist so viel DDR-Demagogie drin, dass einem ganz schlecht werden kann. Als Kind hab ich das nicht gemerkt. Da wird die Geschichte eines kleinen Mädchens erzählt, das mit den Eltern von Frankfurt am Main nach Frankfurt/Oder übersiedelt, und die Familie findet alles ganz super in der DDR, die kostenlose ärztliche Versorgung, was es alles Gutes im Konsum zu kaufen gibt, die FDJ-Gruppen, und wie toll die Schulen sind und lauter so ein Quatsch. Ich glaube, wenn Mama und Papa gewusst hätten, was in dem Buch steht, dann hätten sie es uns weggenommen."

„Daran kann ich mich gar nicht erinnern", sagte Agnes, „also gut, nimm die Bücher mit. Ich bin bereit, sie mit neuen Augen noch mal zu lesen. Aber Pu, der Bär – der kommt in mein Zimmer, das war nämlich mein Lieblingsbuch."
„Okay, aber nur, wenn ich die drei Bände von Pippi Langstrumpf haben kann."
„Mädchen, ihr werdet doch wohl nicht streiten?", ging die Mutter dazwischen, „wie soll das dann werden, wenn ihr demnächst ganz zusammenwohnt?"
„Ach Mama, hast du nicht gemerkt, dass wir nur Spaß machen?", fragte Elisabeth. „Ja, ja, so sind unsere Eltern, voller Harmoniesucht!", sagte Agnes lachend. „Und wenn hier einer schimpft, dann nur ich!", zitierte Elisabeth mit tiefer Stimme ihren Vater.

Vor der Haustür stand Michael mit einem Kleintransporter, den er in Hamburg angemietet hatte. Er wunderte sich, wie viel Zeit es brauchte, einen Schrank auszuräumen und aus dem Keller zu holen. Schließlich kam er selbst dazu und packte energisch mit an. Die Mutter gab ihnen noch einige belegte Brote mit und eine Tüte Äpfel, und dann machten sie sich auf den Weg nach Kiel. Es war ein bisschen eng zu dritt vorne im Fahrerhaus, aber sie hatten ihren Spaß. Am vergangenen Wochenende hatten sie schon Elisabeths Sachen aus Marburg geholt. „Meine Güte, tut das gut, sich mal so richtig körperlich auszutoben!", sagte Elisabeth, „Kisten schleppen, treppauf, treppab laufen – was für eine Wohltat für die Muskeln!"
„Eigentlich solltest du mir eine Extraprämie zahlen dafür, dass meine Wohnung im dritten Stock liegt und du immer alles hochschleppen kannst. Ich ernenne dich hiermit auch zur Chefeinkäuferin für unsern Haushalt. Du darfst in Zukunft jeden Einkauf tätigen und in unsere Küche befördern. Das leuchtet dir doch ein, dass ich mit meinen Händen, an denen demnächst zarte Chirurgenfinger sein sollen, solche Sklavenarbeiten nicht ausführen darf, oder?"
„Alles klar. Aber glaub ja nicht, dass es bei uns Cola, Mineralwasser oder Saft in Flaschen gibt. Ab sofort wird als Kaltgetränk Brausepulver gekauft und mit köstlichem Kieler Leitungswasser serviert."

„Wenn ich auch mal was sagen dürfte", unterbrach Michael sie, „ich wäre nicht abgeneigt, heute Abend das eine oder andere Bier zu meiner Feierabendspfeife zu trinken. Natürlich trage ich die Flaschen auch selbst nach oben."
„Trägst du auch für Agnes und mich eine Flasche Wein nach oben?"
„Auf gar keinen Fall. Ich hab schon genug für dich geschleppt. Und wenn ich deinen halbverfallenen alten Schrank bis in den dritten Stock befördert habe, dann hat meine Barmherzigkeit für dich für heute ein Ende. Und auf eine Erklärung, warum dir dieser Schrank so wichtig ist, warte ich immer noch."
„Ich auch", fügte Agnes an.

Spät abends waren alle Sachen aus dem Transporter nach oben geschleppt und der Schrank zusammengebaut. „Jetzt passt auf", sagte Elisabeth feierlich, „jetzt hört mal zu, wie mein Schrank singt." Sie öffnete die Schranktür ganz langsam und andächtig, und da hörten es die beiden anderen auch: die Schranktür sang, in dunklen, warmen Tönen, wenn man die Tür langsam bewegte, und in schrillen, kreischenden Tönen, wenn man sie schnell bewegte. „Hört ihr den Gesang? Ist der nicht schön?" Elisabeth hatte fast Tränen der Rührung im Auge. „Und dieser Schrank hat mir meine ganze frühe Kindheit hindurch Lieder gesungen, traurige, fröhliche, je nachdem, was sich bei uns ereignet hatte. Versteht ihr jetzt, dass ich ihn unbedingt behalten will?" Agnes und Michael guckten sich an und zuckten mit den Schultern. Agnes sagte: „Schön, dass du so viel Phantasie hast und aus einem Quietschen einen Gesang machen kannst. Aber es freut mich, wenn du dich jetzt freust. So wird dir deine neue Bleibe ganz schnell heimelig vorkommen, und du wirst dich hier so unbeschwert und geborgen fühlen können wie damals unterm Dach des Finanzamtes."

„Naja, Unbeschwertheit und Geborgenheit damals? Die Dachschrägen in jedem Zimmer haben dir vielleicht Geborgenheit vermittelt, aber alles andere ist ein Thema für sich. Davon wollen wir heute noch nicht reden; das heben wir uns für später auf. Jetzt lasst uns lieber mal gucken, was ein anderer Schrank zu bieten hat, nämlich dein Kühlschrank."

Die Mädchen und die Mutter sind bei Tante Elvira eingeladen. Das ist eine Kusine der Mutter, und sie wohnt in einer klitzekleinen Dachwohnung mit schrägen Wänden. Man muss ganz steile schmale Treppen hinaufsteigen. Bei Tante Elvira darf man am besten nichts anrühren, sonst hat sie immer gleich Sorge, dass etwas kaputt gehen könnte oder schmutzig wird. Die Mutter hat den Mädchen vor dem Besuch noch mal ganz genau eingeschärft, sich vorzusehen. „Ihr wisst ja, wie ordentlich sie ist. Unordnung ist ihr ein Dorn im Auge. Fasst bloß nichts an. Und krümelt nicht mit dem

Kuchen rum!“ Das Kind nimmt sich vor, sich genau die Augen von Tante Elvira anzusehen. Bisher hat sie darin noch keine Dornen entdecken können.

Tante Elvira hat auch eine Tochter; die heißt Gabriele und ist schon sechzehn Jahre alt. Tante Elvira und Gabriele streiten sich dauernd. „Gabriele ist immer so aufsässig“, seufzt Tante Elvira, als sie Tee in die Tassen eingießt, „ich werde gar nicht mehr mit ihr fertig. Aber was soll ich denn machen – ihr fehlt wohl die starke Hand eines Vaters.“ Tante Elviras Mann ist vermisst. Niemand weiß, wo er im Krieg geblieben ist, ob er noch lebt oder längst tot ist. Das muss schrecklich sein, findet das Kind. Lieber einen strengen Papa haben, als einen, von dem man gar nichts weiß. Gabriele setzt sich im Schneidersitz auf ihren Stuhl und verzieht nur das Gesicht, als ihre Mutter sagt, sie solle sich anständig hinsetzen. Das hätte sich das Kind zu Hause nicht getraut. Kurz danach sagt Gabriele zu den beiden Mädchen: „Kommt, wir gehen raus, hier ist es doof.“ Gabriele hat kein eigenes Zimmer; sie schläft mit ihrer Mutter zusammen, und im Schlafzimmer darf sich tagsüber keiner aufhalten, das weiß das Kind noch vom letzten Besuch in der Dachwohnung.

Hinterm Haus ist ein kleiner Hof. Da stehen eine alte Gartenbank und ein alter rostiger Eimer. Den dreht Gabriele um und setzt sich drauf. „Pass auf, dein Rock wird ja ganz schmutzig“, sagt die große Schwester. „Ist mir doch egal“, sagt Gabriele, „meine Mutter ist so blöde. Immer nörgelt sie an mir rum. Und dieser Sauberkeitsfimmel von ihr – grässlich. Dabei kann sie froh sein, dass sie mich noch hat, sonst wäre sie ja ganz allein. Papa weg, ihre Freundinnen weg, ihre Heimat weg – sie soll doch bloß froh sein, dass sie eine Wohnung und eine Arbeit hat. Mich soll sie in Ruhe lassen.“ „Seid ihr denn auch geflüchtet?“, fragt das Kind. „Ja, und wie. Das war vielleicht furchtbar! Soll ich euch mal davon erzählen?“ Das Kind nickt und setzt sich mit der großen Schwester auf die Gartenbank.
Gabriele fängt an zu erzählen, wie sie mitten in der Nacht von der Mutter geweckt wurde und lauter Röcke, Hosen und Mäntel

übereinander ziehen sollte, weil so starker Frost draußen war. Wie sie dann auf einem Schlitten der Nachbarn ganz schnell von zu Hause weg mussten, weil die Russen kamen. Alles ging so schnell, dass Gabriele nur noch eben ihre Puppe in den Arm nehmen konnte, keine anderen Spielsachen. Ihre Mutter hätte nur einen Koffer und eine Holzkiste auf den Schlitten geladen. Und dann wäre es durch meterhohen Schnee gegangen, immer weiter, tagelang. Sogar über die gefrorene Ostsee wäre die Fahrt gegangen. Gabriele redet sich richtig in Fahrt. Sie scheint zu vergessen, wo sie gerade ist. Es kommt dem Kind so vor, als ob Gabriele wieder auf dem Schlitten sitzt und alles wieder vor sich sieht. „Und dann lagen da tote Leute am Weg. Und tote Babys. Das war das Schlimmste. Und Pferde, die vor Erschöpfung umgefallen sind. Denen haben die Leute bei lebendigem Leib Fleisch rausgeschnitten, weil sie Hunger hatten. Ich hatte auch dauernd Hunger und Durst, und es war so eisig kalt, und wir waren so dreckig. Manchmal hab ich in die Hosen gemacht, weil ich nicht vom Schlitten runter durfte. Und Mama hat mich dauernd angeschrien, ich soll still sein und sitzen bleiben. Wir müssten dankbar sein, dass wir auf dem Schlitten mitfahren durften. Und dann, auf dem Eis, kurz bevor wir wieder auf dem Land waren, da ist eins von den Pferden ausgerutscht und kam nicht wieder hoch. Die anderen Wagen und Schlitten, die von hinten kamen, hätten uns fast überfahren. Da musste das Pferd ausgespannt werden, und wir mussten zu Fuß weiterlaufen."

Gabrieles Gesicht besteht nur noch aus Angst, Schrecken und Qual. „Und dann, wie ging es dann weiter? Irgendwie seid ihr doch hierher gekommen?", fragt die große Schwester. „Naja, irgendwann waren wir in Berlin, und später bekamen wir einen Platz in einem Zug nach Hannover. Da waren wir in einem Lager. Da gab es auch nichts zu essen, aber es war immerhin ein bisschen warm. Und dann hat Mama irgendwie Nachricht bekommen, dass eure Großeltern alle Flüchtlinge der Familie aufnehmen würden. Da haben wir dann eine Zeit lang bei denen gewohnt, bis wir diese Wohnung hier gefunden haben. Und Mama arbeitet jetzt in der Gummifabrik, und dauernd läuft sie zum Suchdienst vom Roten Kreuz, um nach Papa zu fragen. Aber ich glaub nicht, dass er zurückkommt. Eigentlich will ich das auch gar nicht mehr. Ich weiß doch gar nicht mehr, wie er aussieht. Der wäre doch total fremd für mich." Die Erzählungen von Gabriele machen dem Kind Angst. Es kuschelt sich an die große Schwester. Zum Glück kommt bald die Mutter und fährt mit ihnen im Bus nach Hause.

Dort erzählt die Mutter dem Vater von ihrem Besuch bei Tante Elvira. Der sagt: „Gott sei Dank war ich nicht mit. Deine Kusine Elvira ist mir einfach zu anstrengend. Alleine schon diese puppenstubenhafte Wohnung, wo man sich nicht traut, auch nur ein bisschen Staub zu hinterlassen. Und alle Sofakissen mit akkuratem Knick in der Mitte."
„Sei doch nicht so hart, Martin, im Grunde ist es doch kein Wunder, dass sie so übermäßig von Ordnung und Sauberkeit besessen ist, wo so vieles ist in ihrem Leben in Unordnung geraten ist. Vielleicht versucht sie unbewusst, den Schmutz und das Chaos ihres Lebens zu beherrschen, indem sie zumindest in ihrer eigenen kleinen Welt für Ordnung und Sauberkeit sorgt. Nur so kann ich mir das erklären."
„Dafür hab ich ja noch Verständnis; wir haben uns wahrscheinlich auch durch die Kriegszeit verändert, und vielleicht nicht immer zum Besten", meint der Vater. Die Mutter sagt: „Aber was ich ganz schlimm finde, ist der ständige Streit zwischen ihr und Gabriele. Sie hat mir auch verraten, wann das anfing. Es ist schon ein paar Jahre her, da fiel ihr beim Saubermachen Gabrieles alte Puppe in die Hände. Das war das einzige Spielzeug, das sie bei der Flucht mitnehmen konnte. Und Elvira dachte, Gabriele wäre schon zu groß, um mit der Puppe zu spielen, und außerdem war die mittlerweile total dreckig geworden, und dann hat sie die in den Müll geworfen. Später kam Gabriele nach Hause und fragte nach der Puppe. Die hab ich weggeworfen, hat Elvira gesagt, und da hat Gabriele sie angebrüllt und geschrien: dann hättest du mich gleich auch wegwerfen können. Und seitdem ist nur noch Krieg zwischen den beiden."

„Na, wen wundert's", sagt der Vater nur. Aber das Kind hat jetzt Gabriele vor Augen, wie sie zu allem Schrecklichen auch noch mit ansehen muss, dass ihre Mutter ihr einziges Spielzeug in die Mülltonne wirft.

In den nächsten Nächten wacht das Kind immer wieder auf und kann lange nicht einschlafen. Sie sieht Gabriele vor sich, wie sie dick eingemummelt in lauter warmen Wintersachen über einen zugefrorenen See stolpert, eine Puppe im Arm, und wie dann Soldaten kommen und ihr die Puppe wegreißen. Sie sieht auch kleine Babys steif wie eine Puppe an der Erde liegen. Und sie hört die Stimme von Tante Elvira, wie sie laut und schrill schreit: Sitz still, halt den Mund, mach dich nicht schmutzig. Morgens hat das Kind dunkle Ringe unter den Augen. Die Mutter macht sich Sorgen und fragt das Kind: „Brütest du etwa wieder eine Krankheit aus?"

Einige Tage später wacht das Kind nachts auf, weil sein ganzer Körper juckt und brennt. Es setzt sich auf und ruft voller Angst: „Mama!" Die kommt schlaftrunken ins Kinderzimmer. Das Kind jammert: „Es juckt so." Die Mutter macht Licht an, schaut erschrocken das Kind an und holt auch den Vater aus dem Bett. Der sagt: „Nesselfieber." Er setzt das Kind auf den Tisch und zieht ihm das Nachthemd aus. Die Mutter geht in die Küche und mischt Essig mit Wasser. Damit reibt der Vater vorsichtig das Kind ein, immer wieder. Das riecht ganz schrecklich, aber das Jucken und Brennen wird besser. Mittlerweile ist die große Schwester auch aufgewacht. Die Mutter bringt sie mit ihrem Bettzeug ins Wohnzimmer. Dort darf sie ungestört auf dem Sofa weiterschlafen, denn sie muss ja morgen in die Schule.

Immer wieder reibt der Vater das Kind mit dem Essigwasser ein. Der Schrank hat schon mehrmals gesungen, weil die Mutter frische Handtücher herausgeholt hat. Auch ein Stück Zucker bekommt das Kind vom Vater, mit ein paar Tropfen von dem bitteren Baldrian darauf. Allmählich wird das Kind müde, und der Vater trägt es ins

Bett. Er streichelt das Kind und sagt mit ganz liebevoller Stimme: „Wer weiß, was du heute Nacht ausschwitzen musstest. Jetzt schlaf gut!"

Am nächsten Morgen schläft das Kind fast bis zum Mittagessen. Das Jucken ist zum Glück jetzt vorbei, und die schrecklichen Träume haben auch aufgehört.

Als Elisabeth in ihrer neuen Behausung ihre Sachen einräumte, fiel ihr ein altes Oktavheft in die Hände. Sie schlug es auf und fand darin handschriftliche Aufzeichnungen aus ihrer Grundschulzeit. Auf einigen Seiten hatte sie Buch geführt über ihre Einnahmen und Ausgaben. So hatte es ihr der Vater einmal ans Herz gelegt, um einen Überblick über ihr Taschengeld zu behalten. 30 Pf. für Rechenheft, stand da zum Beispiel. Oder 20 Pf. für Bleistift. Ab und zu 20 Pf. für den Klingelbeutel. Ganz selten tauchten in der Ausgabenspalte mal Süßigkeiten auf, nur ein einziges Mal zwei Schokoküsse. Die hatte sie damals geliebt. In der Einnahmenspalte stand meistens pro Monat nur eine Summe: 2 DM Taschengeld. Erst im vierten Schuljahr kamen mehr Einnahmen dazu. Damals hatte sie während der Zeit, als die Sekretärin der Kirchengemeinde länger erkrankt war, die Briefe des Gemeindebüros zusammengefaltet, in Umschläge gesteckt, adressiert, frankiert und zum Teil selbst ausgetragen. Dafür hatte sie jedes Mal fünf Mark bekommen, zu wenig für die vielen Stunden Arbeit, aber immerhin ein eigener Verdienst. Die Ersparnisse summierten sich in ihrer Buchführung und in der kleinen Blechdose, die ihr als Kasse diente.

Meine Güte, war ich penibel, dachte Elisabeth, soviel Aufwand für Pfennigbeträge. Agnes hatte natürlich auch vom Vater den Rat bekommen, über ihr Geld Buch zu führen, aber sie hatte das nach wenigen Tagen aufgegeben und war sowieso immer schon Mitte des Monats pleite. Wohin das Geld gegangen war, konnte sie meistens nicht sagen, aber es war ihr auch gleichgültig. Mal war sie mit einer Freundin nach der Schule noch Eis essen gewesen, oder sie hatte sich einen neuen Lippenstift gegönnt. Sie musste es sich gefallen lassen, dass der Vater ihr Elisabeth als Vorbild hinhielt, aber darüber zuckte sie nur mit den Schultern.

Auch eine zeitliche Buchführung fand Elisabeth in dem alten Oktavheft: 90 Min. für Schularbeit, 25 Min. Klavier geübt, 8 Min. mit Rieke telefoniert. Sie wusste nicht, ob sie über sich selbst lachen wollte oder ob es sie zum Nachdenken bringen sollte. Herr Bierbaum hatte mich mal gefragt, was von Papas Zwanghaftigkeit bei mir angekommen ist, dachte sie, damals jedenfalls eine ganze Menge. Wie sieht das wohl heute bei mir aus? Und was hab ich sonst noch alles von ihm oder von Mama übernommen? Ich kann nichts wegwerfen, kann mich von nichts trennen und hebe alle möglichen und unmöglichen alten Sachen auf, so als ob es demnächst nichts mehr zu kaufen gäbe. Ich hab ja immer noch die Bluse, die ich mir zum Abitur gekauft habe, obwohl ich sie gar nicht mehr trage. Und Agnes hat dermaßen viele Vorräte in ihrer Küche, als ob sie auch eine unbewusste Angst vor einer Hungersnot mit sich rumschleppt. Immerhin hat sie nicht meine Konfliktscheu mitgekriegt. Ich habe mir Papas Maxime „Frieden um jeden Preis" komplett zu Eigen gemacht.

Abends sprach sie mit Agnes darüber. Die meinte: „Eigentlich hätte die Generation unserer Eltern eine Traumatherapie haben müssen. Aber wie soll das gehen – ein ganzes Volk therapieren? Ich find das Klasse, dass du eine Psychotherapie gemacht hast. Vielleicht hast du das Erbe von Mama und Papa damit ein wenig aufarbeiten können. Ich hab mir das auch schon mal überlegt, aber dann nie die Kurve dazu gekriegt, und außerdem hab ich, glaub ich, unter den Macken von Mama und Papa nicht so sehr gelitten wie du. Bei dir hatte ich immer den Eindruck, dass du dir alles entsetzlich zu Herzen genommen hast."
„Ja, eigentlich komisch, dass du unbeschadeter durch unsere Kindheit gekommen bist als ich. Dabei warst du doch zeitlich viel

dichter dran am Krieg als ich. Und außerdem bekommt doch normalerweise das erstgeborene Kind immer die geballte pädagogische Kraft der Eltern ab, die sich in ihrer neuen Rolle erst noch üben müssen. Bei den später Geborenen ist der Versuch der Eltern, alles richtig zu machen, schon ein bisschen abgeflaut. Warum hab ich noch so eine geballte Ladung Erziehungsernst von Papa abgekriegt, während du dich dem entziehen konntest?" „Vielleicht gerade, weil ich mich oft entzogen habe. Du warst ein leichteres Opfer. Du hast vieles geschluckt, zu vielem geschwiegen, während ich einfach mein Leben durchgezogen habe."

„Geht es dir denn auch so", fragte Elisabeth, „dass dir unsere Kindheit damals in der Dachgeschosswohnung im Rückblick düster und traurig vorkommt?"
„Überhaupt nicht! Ich fand das eine tolle, unbeschwerte Zeit damals. Aber ich weiß noch, dass du oft nachts weinend zu mir ins Bett gekommen bist. Manchmal hat mich das genervt, und ich hab mich gefragt, warum du dich dann nicht getraut hast, zu Mama oder Papa zu gehen, wenn dich irgendwas beunruhigt hatte."
„Von Papa kam damals oft der Satz: ‚Stell dich nicht so an.' Und Mama kam mir so beschäftigt vor mit ihren eigenen Sorgen, da hatte ich immer das Gefühl, keinen Platz zu haben."
„Ich hab mich ihr einfach aufgedrängelt, wenn ich was von ihr wollte; ich hab mich nicht so leicht ins Bockshorn jagen lassen wie du."
„Und ich hab dich oft um deinen Mut und deine Unbefangenheit Mama und Papa gegenüber beneidet."
„Ja, was hätte mir denn auch passieren können? Manchmal war ich ziemlich vorlaut, das weiß ich noch, dann gab es eben ein Donnerwetter, und dann war wieder Ruhe."
„Siehst du, und genau vor diesem Donnerwetter, wie auch immer das dann aussah – Klaps auf den Hintern oder lautes Geschimpfe von Papa – genau davor hatte ich Angst, eine Riesenangst. Ich kann mich noch genau an das Gefühl erinnern, wie das war, Schläge auf den Hintern. Das war so demütigend, so unglaublich demütigend.

In dem Moment hab ich Papa gehasst! Ich war dann gleichzeitig voller Rachegedanken und fühlte mich trotzdem absolut hilflos."
„Mir kam es so vor, als ob Mama und Papa unter einem enormen Druck standen. Der führte wohl dazu, dass es manchmal mit ihnen durchging: die finanzielle Knappheit, die enge Wohnung, der noch lange nicht verarbeitete Krieg – das alles muss ein Riesendruck für sie gewesen sein."
„Ja, das erklärt ihr Verhalten. Und trotzdem war es mehr als bedauerlich, dass wir das abgekriegt haben."
„Tja, wir sind eben arme Nachkriegskinder", sagte Agnes und lachte. „Siehst du, schon wieder gehst du damit so leicht und locker um. Für mich ist das nicht so einfach. Ich kann da nicht drüber lachen."
„Ach komm, Lieschen, nun nimm das nicht so tragisch."
„Doch, für mich ist das tragisch", sagte Elisabeth verstimmt und ging in ihr Zimmer, wo sie weiter ihre Kisten auspackte.

Nach einer Stunde klopfte Agnes an ihre Tür und sagte: „Bist du jetzt eingeschnappt?"
„Nein", antwortete Elisabeth, „ich hatte nur den Eindruck, dass du mich nicht ernst nimmt."
„Du lieber Himmel, nein! Hätte ich dir sonst vorgeschlagen, dass du zu mir ziehst, wenn du mir nicht wichtig wärst?" Elisabeth lachte, nahm Agnes kurz in den Arm und sagte dann: „Hat unser gemeinsamer Kühlschrank eigentlich noch zwei Fläschchen Bier für uns beide?" Das hatte er.

Der Vater kommt pfeifend die schmale Wendeltreppe vom Amt nach oben. Das hat das Kind noch nie von ihm gehört. Es läuft ihm entgegen und ruft: „Papa, ich wusste ja gar nicht, dass du pfeifen kannst!"
„Heute hab ich allen Grund zu pfeifen", lacht der Vater, stellt seine Aktentasche ab, hebt das Kind hoch und dreht sich einmal mit ihm im Kreis. „Komm, wir gehen zu Mama, sie soll es auch gleich hören." Er stürmt zur Küchentür herein und sagt: „Greta, es gibt

gute Neuigkeiten: Wir können das Haus bauen, ohne dass es uns in den Ruin treibt. Die Bewohner der Dienstwohnungen bekommen Sonderkonditionen bei einer kommunalen Baugenossenschaft, weil uns ja sozusagen von amtlicher Seite gekündigt worden ist. Ist das nicht eine erfreuliche Nachricht, Greta? Wir müssen also nicht so schwarzsehen, was unsere Zukunft betrifft." Das Kind hat das alles nicht verstanden, aber es merkt, wie sich jetzt auch die Mutter freut und dem Vater lachend um den Hals fällt. Am liebsten würde es jetzt fragen, was denn das Schwarze war, das die Eltern bisher gesehen haben, aber es spürt, dass das jetzt nicht passen würde.

In den nächsten Wochen kommt der Vater oftmals erst spät nach Hause. Manchmal nimmt er auch die Mutter mit. Er sagt, sie würden sich Bauplätze ansehen, und die Mädchen müssten solange groß und vernünftig sein und allein zu Hause bleiben. Abends sitzen die Eltern lange zusammen und reden über das neue Haus. Die Mutter kommt gar nicht mehr zum Bügeln, und so singt die Schranktür nachts längere Zeit nicht mehr.

Wann immer es ihre Zeit erlaubte, unternahm Elisabeth auch hier in Kiel Radtouren, um die Umgebung zu erkunden. Vor allem an der Förde radelte sie gerne entlang. Stundenlang konnte sie auf die Wellen schauen. Immer wieder hatte das Wasser eine andere Farbe, je nachdem, wie der Himmel und die Wolken aussahen. Einmal glitt das große Segelschiff Gorch Fock an ihr vorbei - das war ein beeindruckender Anblick.

An einem besonders sonnigen Tag wurde sie von Agnes begleitet. Sie hatten den ganzen Tag lang Zeit, also fuhren sie mit einem Fördedampfer bis nach Laboe und radelten von dort an der Ostseeküste entlang bis nach Schönberg. Unterwegs kamen sie durch einen Badeort mit dem Namen Kalifornien. Sie nahmen sich vor, abends die Eltern anzurufen und ihnen zu sagen, sie seien heute in Kalifornien gewesen. „Schade, dass wir dann ihre Gesichter nicht sehen können“, meinte Elisabeth schmunzelnd. Unterwegs waren unendlich viele Segelboote zu sehen. Agnes sagte: „Da lebt man nun hier direkt am Meer, alle Menschen scheinen heute auf dem Wasser zu sein, nur wir sitzen uns den Hintern auf einem Fahrradsattel platt. Lieschen, wie wäre es, wenn wir auf ein eigenes Boot sparen?“

„Ach nee, ich glaube, Segeln ist nicht so mein Ding. Ich hab lieber festen Boden unter den Füßen. Und falls du dich erinnerst: auf Autofahrten ist mir früher immer schlecht geworden. Ich bin sicher, das würde mir auf einem Boot auch passieren. Wenn ich Geld übrig haben sollte, spare ich es lieber für ein Auto. Dann wäre ich schneller bei Michael.“

„Da hast du natürlich Recht. Du bist wie immer die vernünftigere von uns beiden. Also muss ich mich mal umschauen, ob ich nicht auf anderem Wege an ein Boot oder eine Mitsegelgelegenheit komme.“

„Denkst du eigentlich noch daran, dass du mir einen Job in deiner Klinik beschaffen wolltest?“, fragte Elisabeth. „Keine Sorge, ich hab längst meine Fühler für dich ausgestreckt. Nächste Woche bekomme ich Bescheid, wo du dich melden sollst.“

„Lieschen braucht schon wieder neue Schuhe“, sagt die Mutter seufzend, „sie selbst scheint überhaupt nicht zu wachsen, aber ihre Füße werden immer größer.“ Auch der Vater seufzt. „Das ist aber nicht eingeplant, dass sie schon wieder neue Schuhe bekommt“, sagt er, „könnt ihr nicht gucken, ob es irgendwo gebrauchte Schuhe gibt?“

„Ich werd mich mal umhören“, sagt die Mutter. Der Vater sagt: „Wie wär's, wenn du, Agnes, mal in deiner Klasse fragst, ob jemand Schuhe übrig hat? Vielleicht hat ja jemand von deinen Mitschülern eine kleine Schwester, die aus ihren Schuhen rausgewachsen ist.“

„Nee, das ist mir peinlich“, sagt die große Schwester, „das mach ich nicht.“

„Also hör mal, das ist doch nicht peinlich, wenn man nach gebrauchten Schuhen fragt. Im Gegenteil: das ist doch ein Zeichen dafür, dass man sparsam zu wirtschaften versteht."
„Trotzdem", sagt die Schwester, „das tu ich ganz bestimmt nicht."
„Wenn ich dir das sage, dann wirst du das tun", sagt der Vater drohend. Die Schwester zieht eine Schnute. „Das muss ich mir von dir nicht bieten lassen", schimpft der Vater. Jetzt ist er wirklich zornig und hebt drohend die Hand. Die Schwester duckt sich und sagt gar nichts mehr. Abends im Bett sagt sie: „Du Lieschen, das hat nichts mit dir zu tun, aber ich frag bestimmt nicht in meiner Klasse herum, ob jemand Schuhe für dich hat. Das ist mir so peinlich!"

Aber das ist dann auch nicht mehr nötig, denn die Mutter hat sich selbst erkundigt. Schon am übernächsten Tag kommt sie mit einem Paar brauner Halbschuhe wieder. „Ich hab beim Kaufmann einige Frauen gefragt, und dann hat mir Frau Sieversen diese Schuhe von ihrer Tochter gegeben. Für nur vier Mark!" Sie ist ganz stolz auf ihren Einkauf. Die Schuhe sind breit und klobig, aus ganz hartem Leder, und das Kind findet sie entsetzlich hässlich. „Die zieh ich nicht an", sagt es. „Probier sie doch erst mal an", sagt die Mutter. Sie zieht dem Kind die Schuhe an. Obwohl sie noch viel zu groß sind, drücken sie an der Ferse, so fest ist das Leder. „Die will ich nicht", sagt das Kind laut. „Das werden wir ja sehen", sagt die Mutter, „ich geb doch nicht vier Mark für nichts und wieder nichts aus." Abends zeigt sie dem Vater die Schuhe und erzählt ihm, dass das Kind sich geweigert hat, sie zu tragen. Der sagt: „Komm mal her, Lieschen. Diese Schuhe wirst du von jetzt an anziehen. Da führt kein Weg dran vorbei. Und das sag ich dir nur ein einziges Mal, hast du mich verstanden?" Seine Stimme ist ganz laut und tief geworden. Das Kind hat Angst, dass der Vater gleich auch zuschlägt, aber trotzdem sagt es: „Die will ich nicht, die sind hässlich. Und drücken tun sie auch."
„Hab ich dir nicht eben gesagt: Keine Widerworte?! Du gehst jetzt in euer Zimmer und bleibst dort, bis du es dir anders überlegt hast."

Aber das Kind bleibt dabei: diese Schuhe sind hässlich, und die will es nicht tragen. Lieber will es weiter die alten Schuhe anziehen, auch wenn sie jetzt zu klein sind. Aber die hat die Mutter schon weggetan. Das Kind darf nicht zum Essen in die Küche kommen und muss hungrig ins Bett gehen. Das ist ihm egal; die Hauptsache ist, dass die hässlichen Schuhe verschwinden. Das tun sie aber nicht. Am nächsten Morgen stehen sie immer noch da. Jedes Mal, wenn das Kind sie anschaut, scheinen sie noch hässlicher zu werden. Obwohl die Mutter schimpft, bleibt das Kind den ganzen Tag in seinen Hausschuhen im Kinderzimmer. Abends steht der Vater plötzlich vor ihm und brüllt wie ein Löwe, zumindest stellt sich das Kind so einen Löwen vor. Er schreit: „Schluss mit diesen Faxen. Morgen gehst du mit Mama einkaufen und zwar mit diesen Schuhen. Ist das klar?“ Das Kind duckt sich und weint. Am liebsten würde es weglaufen, aber ohne Schuhe geht das ja nicht.

Später im Bett sagt es schluchzend: „Du Agnes, wenn mich morgen die andern Kinder mit diesen Schuhen sehen – die lachen mich doch aus.“
„Ja, schön sind sie nicht“, sagt die große Schwester, „die sehen sogar potthässlich aus. Aber hör doch auf, so ein Theater deswegen zu machen. Du kommst ja doch nicht drumherum.“
„Wollen Mama und Papa denn, dass ihre Kinder hässlich aussehen? Und diese blöden braunen Wollstrümpfe, die will ich auch nicht mehr haben – die kratzen so. Und die Strumpfbänder und das Leibchen – ich will das alles nicht mehr. Andere Kinder haben Strumpfhosen, die gar nicht kratzen, blaue oder rote, und blaue Schuhe dazu. Neulich im Schaufenster vom Schuhgeschäft hab ich so schöne blaue Schuhe gesehen.“ Das Kind ist jetzt ganz verzweifelt und kann gar nicht mehr aufhören zu weinen. Noch lange liegt es wach und denkt: Ich hab die gemeinsten Eltern der Welt.

Am nächsten Morgen hat es dicke Ringe unter den Augen und keine Kraft mehr zum Kämpfen. Es zieht ohne ein Wort das Leibchen mit den Strumpfbändern, die braunen Wollstrümpfe und die braunen

Schuhe an, und es ist so unglücklich dabei. Die Mutter scheint zu denken, dass jetzt alles wieder gut ist. Aber innen drin im Kind ist nichts gut. Es hat nur keine Kraft mehr, um sich zu wehren. Die nächsten Tage läuft es mit traurigem Gesicht und hängendem Kopf herum.

Nach einer Woche findet die Mutter in einem Strumpf des Kindes einen Blutfleck. Sie sieht sich seine Füße an und entdeckt eine große blutige Blase an der Ferse des linken Fußes. Sie sagt zum Vater: „Vielleicht hat Lieschen ja doch recht, und die Schuhe drücken. Jedenfalls hat sie sich die ganze linke Ferse aufgescheuert. Das muss ihr richtig wehtun beim Laufen."
„Also in Gottes Namen – fahr mit ihr in die Stadt und kauf ihr neue", stöhnt der Vater. Das Kind ist zu erschöpft, um sich jetzt darüber freuen zu können. Es denkt nur: hätte er das nicht gleich so entscheiden können? Warum musste erst dieser große Streit sein?

Es gibt tatsächlich neue Schuhe für das Kind, in hellbraun, aus schön weichem Leder. Nur das Leibchen und die Wollstrümpfe, die muss es den ganzen Winter tragen.

„Agnes, du weißt sicher, dass der Joghurt, den du im Kühlschrank stehen hast, schon ein bisschen übers Datum ist?", fragte Elisabeth. Die antwortete: „Da passiert doch nichts. Der hält auch noch ein paar Tage, ohne dass er schlecht wird." Elisabeth lachte und meinte: „Du kannst wohl auch kein Essen wegwerfen, was? Weißt du noch, wie das früher bei uns zu Hause war – da wurde aus der allerletzten kleinen Kartoffel, die übrig war, noch ein Auflauf zusammengeschustert."
„Adeliges Essen – nannte Papa das dann: Essen von vorgestern, weil sämtliche Reste der letzten Tage darin versammelt waren."
„Und weißt du noch: die grässliche Brotsuppe, die Mama aus altem Brot gemacht hat? Igitt, war die ekelig! Wenn man damals schon gewusst hätte, wie gefährlich verschimmeltes Brot ist, was da

an krebserregenden Stoffen drin ist, dann wäre uns das vielleicht erspart geblieben."
„Das glaub ich nicht", meinte Agnes, „auch dann hätte Mama es nicht übers Herz gebracht, Brot wegzuwerfen. Und wenn sie es tatsächlich getan hätte, dann hätte Papa eine Moritat angestimmt vom Krieg und dem Hunger, den sie damals hatten."
„Und wir leben in einer Zeit des Überflusses und können trotzdem immer noch kein Essen wegwerfen. Nur dass wir aus den Resten keinen Eintopf kochen, sondern sie auf eine Pizza legen."
„Ich glaub, Pizza ist sowieso im Grunde das Resteessen der italienischen Hausfrauen. So wie Paella das Resteessen in Spanien ist."
„Dann esse ich aber tausendmal lieber Pizza oder Paella als Mamas Resteessen, das man nur mit ordentlich viel Maggi runterkriegen konnte", sagte Elisabeth lachend, „und wie sieht es nun aus: beherbergt unser Kühlschrank vielleicht außer älterem Joghurt auch noch eine frische Tiefkühlpizza?"

Zum Glück war es so, und die beiden gönnten sich Pizza und Wein zum Abendessen. Gemeinsame Mahlzeiten kamen nicht oft vor. Elisabeth hatte häufig abends noch Seminare oder ein Treffen einer Arbeitsgruppe, und Agnes hatte neben ihrem Studium zu sehr wechselnden Zeiten Dienst in ihrer Klinik. Umso mehr genossen sie die wenigen gemeinsamen Abende. Der Gesprächsstoff ging ihnen nie aus.

„Das Essen damals nach dem Krieg war manchmal schon schrecklich genug", sagte Agnes, „aber die Klamotten, die wir tragen mussten – ein einziger Albtraum. Weißt du noch, diese grauen Trägerröcke, die uns irgendjemand aus einem alten Anzugsstoff genäht hatte? Wie kann man kleine Mädchen in Grau hüllen – das würde heute doch niemand mehr machen."
„Zur Hochzeit von Tante Henriette hatte ich ein rosa Kleidchen bekommen, das fand ich total hübsch, aber ich durfte es so gut wie nie tragen, damit es nicht dreckig wird, und dann war ich plötzlich rausgewachsen."

„Und du hattest als kleines Mädchen einen grünen Lodenmantel, den durftest du nicht schmutzig machen, weil man den Stoff nicht waschen konnte. Du hast dich natürlich trotzdem auf einem Sonntagnachmittagspaziergang dreckig gemacht, und dann gab es Ärger, weil kein Geld für die chemische Reinigung da war."
„Und du kamst immer mit Löchern in deinen Sachen nach Hause, weil du dir mit deinen Freundinnen unter den Büschen hinterm Finanzamt Höhlen gebaut hast. Ich glaube, Mama musste jeden Abend deine Sachen flicken, so kam es mir jedenfalls vor. Sie hat im Grunde nie Feierabend gehabt. Die Bügelwäsche hat sie auch noch abends gemacht."
„Während Papa im Wohnzimmer gesessen und gelesen hat."

„Weißt du, Agnes", sagte Elisabeth nachdenklich, „ich glaube, es war weniger die Hausarbeit, die ihr zugesetzt hat. Die hatten andere Frauen ja auch. Ich denke, es war eher die schwierige Situation mit Papa, unter der sie gelitten hat. Er muss ja wohl in einer psychisch sehr desolaten Verfassung nach dem Krieg nach Hause gekommen sein, obwohl er von der Zeit im Gefangenenlager immer so geschwärmt hat."
„Da könntest du Recht haben", meinte Agnes, „und sie selbst stand sicher auch noch unter den Eindrücken der Kriegsjahre. Zwei mehr oder weniger schwer traumatisierte Menschen zusammen und dann noch die beengten finanziellen und räumlichen Verhältnisse ihrer ersten gemeinsamen Jahre – das konnte doch nicht gut gehen."
„Wenn ich den Mut gehabt hätte, hätte ich Mama schon vor längerer Zeit gefragt, ob sie nicht manchmal an Scheidung gedacht hat."
Agnes schüttelte den Kopf. „Wie hätte sie das machen sollen – das war damals moralisch und materiell doch gar nicht möglich."
„Aber es ist doch wirklich bewundernswert, wie gut sich die beiden dann nach und nach zusammengerauft haben. Jetzt wirken sie wie ein glückliches Ehepaar."
„Ja, davor kann man wirklich den Hut ziehen", sagte Agnes und fing plötzlich an zu lachen. „Was ist daran so komisch?", fragte Elisabeth. „Als du klein warst, hast du immer alles ganz wortwörtlich

genommen, und bei der Redewendung ,den Hut ziehen' hättest du bestimmt gefragt, wer jetzt welchen Hut ziehen soll."
„Echt, so war ich?"
„Ja, so warst du. Und ich glaube, du bist immer noch so, dass du alles ganz genau hinterfragst."

Vaters Kollege Herr Warnecke, der mit seiner Frau auch eine Dienstwohnung überm Finanzamt hat, hat ein Auto gekauft. Er klingelt an der Wohnungstür, als der Vater gerade nach Hause gekommen ist und fragt: „Wollen Sie mal meinen Wagen sehen? Er steht unten im Hof." Seine Stimme klingt ganz stolz und begeistert. Natürlich wollen alle das Auto sehen. Herr Warnecke sagt beim Runtergehen: „Ich hab lange drauf sparen müssen, und es ist auch nur ein gebrauchter, aber immerhin: ein eigener Wagen!" Ein kleiner grüner DKW steht im Hof. Herr Warnecke öffnet die beiden Türen und lässt alle hineinsehen. Zur Mutter sagt er: „Setzen Sie sich ruhig mal auf den Beifahrersitz. Ist das nicht ein wunderbares Gefühl?" Frau Warnecke steht daneben und freut sich auch. „Wie wär's mit einer Probefahrt?", fragt Herr Warnecke, „Kinder, ich entführe jetzt mal kurz eure Eltern."
„So was Blödes", sagt die große Schwester, „die Erwachsenen dürfen mitfahren, und wir Kinder nicht. Komm, Lieschen, wir gehen wieder nach oben." Als die Eltern wieder zurück sind, sagt die Mutter: „Warneckes haben uns eingeladen, am nächsten Sonntag mit ihnen einen Ausflug zu machen, mit Picknick und allem Drum und Dran." Sie strahlt. „Endlich kommen wir mal wieder raus!"

Am Sonnabend bereitet die Mutter einen Kartoffelsalat vor und kocht Eier. Am Sonntagmorgen schmiert sie noch ein paar Brote und verpackt alles in einen Korb. Den Kartoffelsalat füllt sie in ein großes Weckglas. Dazu kommen fünf Teller, Tassen und Gabeln sowie eine Thermosflasche mit Tee. Natürlich hat sie nicht das gute Geschirr genommen, sondern das ganz alte, von dem der

Vater behauptet, dass es eigentlich nur noch für einen Polterabend geeignet sei.

Pünktlich um zehn Uhr geht die Fahrt los. Frau Warnecke, die Mutter und die Kinder sitzen hinten im Auto. Das ist ziemlich eng, aber die Mutter sagt fröhlich: „Raum ist in der kleinsten Hütte“, und nimmt das Kind auf den Schoß. Herr Warnecke pfeift beim Fahren, so gutgelaunt ist er, und auch der Vater strahlt heute. Die Fahrt geht eine Stunde weit in einen großen Wald. Die Mutter möchte am liebsten sofort den Picknickkorb auspacken, aber die Männer sagen: „Erst wird gewandert, dann gegessen.“ Sie marschieren auch gleich vorweg.

Der Vater hat eine Landkarte dabei. „Wenn wir diesen Weg hier nehmen“, sagt er, „dann kommen wir zu den alten Hünengräbern. Und, Lieschen, ehe du mich gleich fragst, was denn da für Hühner begraben liegen, sage ich es dir jetzt schon: Hünengräber – das sind große alte Steine, auch Findlinge genannt, und darunter wurden vor vielen Jahrhunderten die Menschen begraben.“
„Du klingst wie mein Heimatkundelehrer“, sagt die große Schwester. „Ein bisschen Bildung auch an einem Sonntag kann ja wohl nicht schaden“, antwortet der Vater.

Der Weg ist lang, aber das Kind ist gespannt auf die Hünengräber. Vielleicht kann man darin auch noch einen Sarg sehen. Aber dann liegen dort auf einem Hügel nur ein paar große graue Steine herum. Was darunter ist, kann man nicht sehen. Zuerst ist das Kind enttäuscht, aber der Vater hilft ihm, auf die Steine zu klettern, und die sind schön warm von der Sonne.

Die Mutter sagt: „Seht mal, die vielen Bucheckern hier unter den Bäumen. Was waren das noch für Zeiten, als wir Bucheckern gesammelt haben, um Öl draus zu machen.“
„Was, daraus kann man Öl machen?“, fragt die große Schwester erstaunt. „Ja“, sagt Herr Warnecke, „und das war manchmal das

einzige Fett, das wir im Krieg hatten." Seine Frau sagt: „Ich erinnere mich noch: wir mussten mit der ganzen Schulklasse im Herbst in den Wald und Bucheckern auflesen. Wer die meisten in seinem Eimer hatte, bekam einen Preis. Die Bucheckern wurden dann zu einer Sammelstelle gebracht und verarbeitet. Zu Weihnachten hat meine Mutter dann mit einem Bezugsschein etwas Öl bekommen und damit dann Plätzchen gebacken."
„Ach, das waren noch Zeiten", seufzt die Mutter, „was hab ich mich manchmal nach einem Kuchen gesehnt. Aber Backen ging ja nur, wenn man etwas gehortet hatte: ein bisschen Kunsthonig und Mehl, eine Spur Fett und vielleicht noch ein Ei, das man irgendwo abgestaubt hatte."
„Und wie gut geht es uns heute", sagt der Vater, „wir sitzen hier schön gemütlich im Grünen, die Mädchen sind ausnahmsweise friedlich, und im Auto wartet ein wunderbares Picknick auf uns." Er streckt und räkelt sich zufrieden.
Später am Auto holt die Mutter ihren Korb aus dem Auto. Sie hat auch eine große Decke mitgebracht, damit sich alle darauf ins Gras setzen können, aber Herr Warnecke sagt: „Für die Damen nur das Beste!" Und er holt aus dem Kofferraum zwei kleine Klapphocker hervor. „Und für die Herren auch", sagt er dann lachend und packt für den Vater und sich noch eine Flasche Bier aus. Die Mutter gibt jedem einen Löffel voll Kartoffelsalat und ein hartgekochtes Ei auf den Teller. Das Kind fragt: „Hast du die Eier auch ordentlich saubergemacht?" Die Mutter guckt das Kind erstaunt an. Das sagt: „Du hast doch vorhin gesagt, dass du früher die Eier vorm Kuchenbacken abgestaubt hast." Alle lachen über das Kind, aber niemand erklärt ihm, warum, und es schämt sich, weil es wohl mal wieder eine dumme Frage gestellt hat. Frau Warnecke hat einen Topfkuchen gebacken, mit viel Schokolade drin, den verteilt sie, als der Kartoffelsalat und die Brote aufgegessen sind.

Nach dem Essen steigen alle wieder ein, um nach Hause zu fahren. Aber Frau Warnecke meint: „Wo doch grad so schönes Wetter ist und der Tag noch nicht vorbei ist – lasst uns doch noch ein bisschen rumfahren und die Gegend anschauen." Die Eltern sind begeistert, aber das Kind möchte am liebsten gleich nach Hause. Es kann von seinem Platz aus nicht nach draußen sehen, denn jetzt sitzt die große Schwester auf dem Schoß der Mutter, und außerdem stinkt es ganz fürchterlich im Auto nach Benzin. Schließlich stupst es die Mutter an und sagt leise: „Mir ist so schlecht. Ich glaub, ich muss mich übergeben."

„Und ich habe heute keine Tüte dabei", sagt die Mutter. „Herr Warnecke, könnten Sie bitte gleich mal anhalten. Lieschen ist übel." Herr Warnecke muss erst nach einem geeigneten Parkplatz suchen, und das Kind fühlt sich jetzt so schlecht, dass ihm die Beine zittern. „Kind, du bist ja ganz grün im Gesicht", sagt Frau Warnecke, „hier hab ich was für dich, das tut gut." Sie träufelt ein paar Tropfen aus einer Parfumflasche auf ihr Taschentuch und hält es dem Kind unter die Nase. „Ordentlich tief einatmen, dann wird dir besser! Das gute alte Siebenundvierzigelf ist doch das beste Hausmittel." Aber davon wird dem Kind erst recht übel, und es dauert lange, bis es wieder ins Auto steigen kann. Jetzt bin ich schuld, dass wir so eine lange Pause machen mussten, denkt es. Während der Heimfahrt versucht es, ganz ruhig und gleichmäßig zu atmen und nur an schöne Dinge zu denken, damit ihm nicht wieder übel wird. Zu Hause geht es freiwillig gleich ins Bett, obwohl es noch ganz hell ist, und schläft sofort ein.

An der juristischen Fakultät wurde den Studenten nahe gelegt, einmal ein Praktikum in einer Anwaltskanzlei zu machen. Der Vater konnte mit Hilfe seiner Kontakte und Beziehungen für Elisabeth einen Praktikumsplatz bei Herrn Stichnoth, einem in der Stadt bekannten Rechtsanwalt, besorgen. „Der ist mir noch was schuldig", sagte er, „dem hab ich öfter mal mit seiner Steuer geholfen." Der Vater betonte zwar immer, dass er als deutscher Beamter nicht bestechlich sei, aber er pflegte auch zu sagen. „Eine Hand wäscht die andere." Und als ihm einmal aus Dankbarkeit ein anderer Bekannter eine Woche Urlaub in seinem Ferienhaus an der Ostsee spendiert hatte, da hatte er nicht Nein gesagt. „Herr Stichnoth ist ein äußerst korrekter Mensch; also Lieschen, mach mir da bloß keine Schande."

„Wenn ich was Dummes mache, meinst du, das fällt nur auf dich zurück?", fragte Elisabeth patzig, „bin ich dann nicht in erster Linie diejenige, die sich blamiert hat?"

„Kind, du weißt doch, dass dein Vater es sich in seiner Position nicht leisten kann, wenn auf die Familie ein Schatten fällt", sagte die Mutter. Elisabeth war wütend – immer sahen die Eltern nur sich und ihr Ansehen.

Agnes dagegen war enttäuscht. „Kaum bist du bei mir eingezogen, verschwindest du schon wieder für vier Wochen. Schade!" Natürlich hatte sie trotzdem Verständnis. „Aber weißt du, Lieschen, was ich nicht verstehe: warum besorgt Papa dir diesen Praktikumsplatz? Für mich hat er das nie gemacht, obwohl ich doch während meines Studiums auch mehrmals Praktika machen musste. Da hätte er mir seine Beziehungen doch auch zur Verfügung stellen können."

„Vielleicht war damals seine Sorge noch größer als jetzt, wir könnten ihm Schande bereiten?", mutmaßte Elisabeth, „deshalb solltest du deine Praktika woanders machen. Dabei ist ihm aber auch eine große Chance entgangen, dass nämlich heute alle in der Stadt zu ihm sagen: Herr Menge, Ihre Tochter ist wirklich eine begabte junge Ärztin."

„Nein, ich hab eher den Eindruck, es hat damit zu tun, dass er meinte, ich müsste meinen Weg ins Leben selber suchen und finden, ohne allzu große Unterstützung. Die hatte er von seinen Eltern ja auch nicht bekommen können. Und bei dir ist es vielleicht eher das Gefühl, du bist die Kleine und dich müsste er noch stärker beschützen."

„Und gerade das habe ich immer gehasst. Ich wollte lieber die Freiräume haben, die er dir gelassen hat."

„Stimmt", meinte Agnes, „du hast dich immer heftig gewehrt, wenn dir Vorschläge gemacht wurden."

„Ja, denn das kam mir dann oft nicht wie Vorschläge, sondern wie Vorschriften vor. Und dadurch hab ich mich dann immer furchtbar eingeengt gefühlt.“

„Und ich war neidisch, weil für mich daraus die Besorgnis von Papa und Mama klang, die Besorgnis um die Kleine, die behütet und angeleitet werden musste. Weißt du noch, wie das damals war, als du mit deiner Englischklasse einen Schüleraustausch nach England mitmachen wolltest? Wie lange eure Diskussion gedauert hat, ob du fahren darfst oder nicht? Einerseits fanden Mama und Papa das ganz wichtig für deine Entwicklung, nicht nur was das Sprachliche anging, andererseits konnten sie sich gar nicht vorstellen, wie du ohne sie und noch dazu im Ausland zurechtkommen solltest.“

„Ja, und ich selbst war hin- und hergerissen zwischen Lust und Angst.“

„Ja, und dann bist du letztendlich doch mitgefahren, aber ich weiß noch genau, wie sehr die beiden unter Anspannung waren, bis du wieder zu Hause warst. Ich möchte wetten, die haben nächtelang nicht geschlafen vor lauter Sorge um dich. Du hast ihnen nun mal besonders am Herzen gelegen.“

„Ich hab immer das Gefühl gehabt, du warst ihre Lieblingstochter“, sagte Elisabeth, „obwohl das doch eigentlich widersinnig ist, denn du hast doch, so ungeplant wie du dich angemeldet hast, viele ihrer Pläne durcheinander gebracht. Sie hätten ja auch einen unbewussten Groll auf dich hegen können.“

„Komisch, und ich hab immer gedacht, du wärst ihre Lieblingstochter. Wie oft haben sie mir gesagt: das Lieschen ist noch so klein, du musst auf sie aufpassen. Als du noch ein süßes kleines Mädchen warst, hab ich das ja auch ganz gern getan, aber als wir dann im neuen Haus wohnten, da wolltest du immer noch mit mir spielen, und das hat mich echt genervt.“

Jetzt musste Elisabeth lachen. Ihr kam eine Erinnerung aus der Zeit, als sie etwa acht bis zehn Jahre alt gewesen war. „Einmal

hab ich dir lauter kleine Zettel geschrieben, da stand drauf: Du bist eine doofe Kuh. Die hab ich dir unter deiner Zimmertür durchgeschoben. Leider kam auf unerklärliche Weise solch ein Zettel auf Papas Schreibtisch. Da wurde ich dann hinzitiert. Das war nicht sehr erfreulich, wie du dir denken kannst. Und du kamst schreiend vor Wut aus deinem Zimmer geschossen." Jetzt lachte auch Agnes: „Daran kann ich mich gar nicht mehr erinnern. Es hat mich also wohl nicht sonderlich belastet. Und was dein Praktikum angeht: Ich hoffe nicht, dass du bei Herrn Stichnoth unter einem besonders großen Erwartungsdruck stehst, nur weil du eine Menge-Tochter bist."
„Das hätte natürlich dafür gesprochen, dass ich mir selbst einen Praktikumsplatz suche und zwar ganz woanders."
„Und warum tust du's nicht?"
„Weil es so bequemer ist", antwortete Elisabeth lachend.

Eines Tages steht ein Lieferwagen vorm Finanzamt, aber nicht vor der offiziellen Tür, sondern vorm Hintereingang, dort, wo es zu den Privatwohnungen hinaufgeht. Drei Männer wuchten ein Klavier aus dem Wagen, und ein anderer klingelt bei Familie Menge. Die Mutter läuft nach unten, das Kind rennt hinterher. „Frau Menge?", fragt der Mann. „Ja, das bin ich", sagt die Mutter, „oh wie schön, Sie bringen unser Klavier." Sie ist ganz aufgeregt. „Und wo soll das gute Stück hin, junge Frau?"
„Ganz nach oben, in den dritten Stock."
„Na, das ist doch wohl nicht Ihr Ernst. Drei Etagen hoch sollen wir die olle Kiste schleppen?"
„Ja, und bitte ganz vorsichtig. Das Klavier ist kostbar!" Die Männer seufzen und machen sich an die Arbeit. „Mama, warum brauchen wir denn ein Klavier?", fragt das Kind. „Dein Vater möchte so gerne mal wieder spielen können, und Agnes soll ja nun auch bald Klavierunterricht bekommen. Und du doch auch, wenn du etwas größer bist." Das Kind staunt. Davon hatten die Eltern bisher noch nichts gesagt.

Eben kommt die große Schwester aus der Schule nach Hause. Auch sie ist ganz überrascht. „Wo kommt denn das Klavier her?“, fragt sie. „Von Opas Nachbarn. Die wollten es loswerden, weil niemand mehr darauf spielt. Die einzige Tochter, die spielen konnte, hat ins Ruhrgebiet geheiratet, einen reichen Industriellen, und der hat ihr einen Flügel spendiert.“

Endlich steht das Klavier im Wohnzimmer. Einer der Männer schiebt sich seine Schirmmütze nach hinten und sagt: „Na, junge Frau, das sollte Ihnen jetzt aber mal einen Kaffee wert sein.“
„Natürlich“, sagt die Mutter, „ich bin ja so froh, dass Sie das Klavier heil nach oben gebracht haben.“
„Aber falls Sie hier mal ausziehen sollten, müssen Sie sich jemand anders suchen, um es wieder runter zu schleppen“, sagt einer der Männer und lacht. Die drei setzen sich auf die Küchenhocker. Die Küche wirkt plötzlich viel kleiner, so groß und breit sind die Männer. Und sie haben ganz laute Stimmen und lachen so dröhnend, dass das Kind sich im Kinderzimmer versteckt. Die Mutter kocht den Männern Kaffee, echten Kaffee, nicht etwa den Muckefuck, den es sonst gibt, und bietet ihnen Wurstbrote an. Hinterher gibt sie ihnen noch eine Mark Trinkgeld, und dann sagt sie zum Kind: „Lauf mal schnell runter und sag Papa Bescheid, vielleicht kann er heute etwas früher Mittagspause machen und schon mal ein bisschen spielen.“

Der Vater kommt und strahlt. Er holt sich einen Stuhl, setzt sich ans Klavier und beginnt zu spielen: „Wie lieblich ist der Maien“, „Freude süßer Götterfunken“ und dann „Befiehl du deine Wege“. Da fängt die Mutter furchtbar an zu weinen und sagt: „Hör auf, Martin, ich bitte dich. Das Lied haben wir bei der Trauerfeier für Eberhard gesungen.“
„Wer ist denn Eberhard?“, fragt das Kind. Der Vater dreht sich auf seinem Stuhl um und sagt mit leiser Stimme: „Das war der erste Verlobte eurer Mutter. Der ist im Krieg gefallen. Der zweite Verlobte auch. Ich war dann nur noch dritte Wahl.“

„Das stimmt doch gar nicht", faucht die Mutter ihn an. „Dich hab ich genauso geliebt wie Eberhard und Fritz."
„Kinder, hört ihr den Unterschied? Sie hat mich geliebt, nicht etwa: sie liebt mich." Er grinst ein wenig dabei. Jetzt ist die Mutter wirklich ärgerlich. Noch mit Tränen im Gesicht sagt sie zornig: „Wenn ich dich nicht lieben würde, wäre ich dann immer noch hier?"
„Na, dann ist ja alles in bester Ordnung", sagt der Vater und spielt extra für die Mutter „Ännchen von Tharau". Hinterher sagt er: „Zwei Dinge brauchen wir jetzt noch: einen anständigen Klavierhocker, so einen zum Drehen, damit jeder von uns sich seine richtige Höhe einstellen kann, und einen Klavierstimmer. Und dann, Agnes, dann geht's ab zur ersten Klavierstunde. Freust du dich schon?" Die Schwester weiß noch nicht, ob sie sich freuen soll – es kommt alles zu plötzlich.

Drei Wochen später ist es soweit: der Vater hat sie bei Frau Michel angemeldet. Die wohnt ganz am andern Ende der Stadt und gibt in ihrem Wohnzimmer Klavierstunden. „Wie soll ich denn da immer hinkommen?", fragt die Schwester. „Ganz einfach: du fährst mit dem Bus in die Stadt und steigst am Marktplatz um. Dann fährst du bis zum Fliederweg, und von dort sind es nur noch zehn Minuten zu Fuß."
„Und in welche Buslinie soll ich am Markt einsteigen, und woher weiß ich, an welcher Haltestelle ich aussteigen muss? Und wie komm ich von da zu Frau Michel?" Das Kind sieht der Schwester an, dass ihr diese Fahrt ins Unbekannte nicht ganz geheuer ist. „Das wirst du schon rausfinden, stell dich nicht so an. Du hast doch einen Mund zum Fragen." Die Schwester bittet: „Könnte nicht jemand von euch beim ersten Mal mitfahren und mir alles zeigen?"
„Na hör mal. Du kommst demnächst auf die Oberschule, wo es viel schwieriger sein wird, sich zurecht zu finden. Da wirst du doch wohl einen Weg durch deine Heimatstadt finden."

Später im Kinderzimmer sagt die große Schwester: „Du Lieschen, ich find das doof von Mama und Papa, dass sie mir nicht helfen wollen, zu Frau Michel zu kommen. Ich bin in der Gegend doch noch nie gewesen. Und ich hab Angst, dass ich mich verlaufe und zu spät zu Frau Michel komme.“ Genauso ist es dann auch beim ersten Mal: die Schwester muss mehrmals nach dem Weg fragen und kommt eine Viertelstunde zu spät und ganz außer Atem bei Frau Michel an.

Am Abend erzählt die Schwester davon: „Du Lieschen, Frau Michel war ärgerlich darüber, dass ich zu spät war und hat dann als erstes gesagt: Na, das fängt ja gut an mit dir; es kommt mir nicht so vor, als ob du gerne Klavier lernen möchtest – hoffentlich übst du wenigstens regelmäßig.“ Das tut die Schwester, obwohl sie sich mit Frau Michel gar nicht gut versteht, denn die ist immer sehr streng und guckt sogar, ob die Fingernägel ihrer Schüler sauber sind.

Herr Stichnoth entpuppte sich als ein fröhlicher älterer Herr mit einem dichten weißen Backenbart. „Na, Fräulein Menge“, sagte er zur Begrüßung, „haben Sie sich das auch reiflich überlegt, mir hier bei meiner Arbeit über die Schulter zu schauen? Sie werden Einblicke bekommen in sämtliche Abgründe der menschlichen Seele.“
„Das kann ich gar nicht glauben, so schlecht sind die Menschen doch gar nicht.“
„Die Menschen wollen es nicht sein, und sie wollen es vor allem nicht wahrhaben. Aber glauben Sie mir: die Hälfte von dem, was einem als Anwalt erzählt wird, ist gelogen. Nicht immer aus böser Absicht, vieles unbewusst, manchmal nur, weil man sich selbst in einem guten Licht darstellen will, oder auch, weil man jemand anderem einen auswischen will. Da gehört schon sehr viel Humor dazu, trotzdem an das Gute im Menschen zu glauben. Aber Sie können nur ein guter Mensch sein, Fräulein Menge. Sie kommen aus einem anständigen Elternhaus, und der Apfel fällt ja bekanntlich nicht weit vom Birnbaum. Ich hoffe, Sie fühlen sich wohl bei uns. Und was ganz wichtig ist: Hier stehen die Kaffeemaschine und die

Keksdose. Und dieser freundliche Herr hier hinter mir, das ist mein Kollege Franz Moosbach, das ist ein bayerisches Urviech und für Familienrecht zuständig." Elisabeth gefiel die offene Atmosphäre in der Kanzlei, und sie war dankbar, dass ihr Vater ihr diese Möglichkeit beschafft hatte, auch wenn ihr Familienname wie immer hinter ihr herlief und sie auf ihre Herkunft festgenagelt wurde.

In den ersten Tagen durfte Elisabeth, sofern die Mandanten einwilligten, bei den Gesprächen dabei sein, die Herr Stichnoth führte. Auch ins Gericht nahm er sie einige Male mit. Sie hatte zwar früher schon einmal Gerichtsverhandlungen beigewohnt, aber diesmal hatte sie die Chance, vorher und nachher mit Herrn Stichnoth den Fall durchzusprechen. Das machte die Sache ungeheuer interessant und lehrreich für sie. Im ersten Fall, den sie miterlebte, ging es um eine Frau, die von einem Hund mehrfach ins Bein gebissen worden war. Sie hatte heftigste Wunden davongetragen, die über Monate nicht heilten und dazu geführt hatten, dass sie lange arbeitsunfähig war. Dabei hatte sie nur eine alte Frau besuchen wollen, die als Mieterin auf einem Bauernhof wohnte, und hatte arglos den Hof betreten, obwohl am Hoftor ein Schild gestanden hatte: Privatbesitz. Der Hofhund des Besitzers war auf sie zugestürmt, und jetzt wollte sie den Mann verklagen, weil der seinen Hund nicht gleich zurückgerufen, sondern zugelassen hatte, dass er sich in ihrem Bein festgebissen hatte. Herr Stichnoth vertrat sie vor Gericht und wollte versuchen, für sie ein erhebliches Schmerzensgeld herauszuschlagen. Auf dem Weg zur Gerichtsverhandlung sagte er zu Elisabeth: „In meinen Augen ist das schwere Körperverletzung. Für mich gehört der Mann verurteilt zu mindestens einer Geldstrafe. Und ein richterliches Verbot der Hundehaltung wegen seines unverantwortlichen Umgangs mit Tieren sollte auch noch dabei sein, um zukünftige Besucher des Hofes zu schützen. So etwas wird sich doch wiederholen, wenn dem Mann nicht das Handwerk gelegt wird."

Die geschädigte Frau entpuppte sich als freundliche, etwas schüchterne Mitarbeiterin eines kirchlichen Besuchsdienstes, die der zurückgezogen lebenden alten Frau auf dem Hof einen Geburtstagsgruß bringen wollte. Der Hofbesitzer grinste mehrfach zu ihr hinüber und schien sich keiner Schuld bewusst zu sein. Der Richter wirkte auf Elisabeth überlastet, genervt und gestresst, denn er hakte alle Formalitäten ziemlich hektisch ab. Er verstieg sich sogar zu der Bemerkung: „Mit solchen Nachbarschaftsstreitigkeiten werden heutzutage die Gerichte blockiert, und wir Richter kommen dadurch nicht zu unserer eigentlichen Arbeit!" Was ist denn die eigentliche Arbeit eines Richters, fragte sich Elisabeth im Stillen, ist es denn nicht gerade ihre Aufgabe, einem Geschädigten zu seinem Recht zu verhelfen und dafür Sorge zu tragen, dass sich Unrecht nicht wiederholt?

Der Anwalt des Hundebesitzers verwies in der Verhandlung mehrfach darauf, dass sich sein Mandant durch das Schild „Privatbesitz" vor unbefugtem Betreten seines Grundstückes korrekt abgesichert habe. Die Besucherin hätte das ignoriert und damit ihre Verletzung selbst verschuldet. Er hätte das Recht, auf seinem Grund und Boden seinen Hund frei herumlaufen zu lassen. Ein Wachhund sei ja gerade auf dem Lande üblich und auch notwendig; damit hätte die Besucherin rechnen müssen. Herr Stichnoth wandte dagegen ein, wenn jemand eine Wohnung vermieten würde, dann müsse er auch für einen freien, ungefährdeten Zugang zu seinen Mietern sorgen. Und unabhängig davon, ob sich die Sache auf seinem Privatbesitz zugetragen habe, hätte der Hofbesitzer dafür Sorge tragen müssen, dass sein Hund als Wachhund nur Signal gibt durch lautes Bellen, aber nicht gleich Menschen anfällt. Er wäre offensichtlich mit der Erziehung seines Hundes überfordert gewesen. Das hätte schließlich dazu geführt, dass die Besucherin lebenslange Schäden davon getragen hätte, nämlich eine große Narbe am Unterschenkel und Panikattacken bei jedem Hundegebell, das ihr seitdem bei Spaziergängen das Leben zur Hölle machen würde, sobald sich ihr ein Hund nähert.
Leider ging das Verfahren nicht so aus, wie Herr Stichnoth es sich erhofft hatte. Der Richter gab letztendlich dem Angeklagten Recht.

Die Besucherin hätte sich ja telefonisch anmelden können; sie hätte den Hof auf eigenes Risiko betreten. Außerdem bestünde nach Auffassung des Richters keinerlei öffentliches Interesse an dem Fall, und Herr Stichnoth solle Abstand davon nehmen, für seine Mandantin in die Berufung zu gehen. Dem tat es leid für die Frau, und er hatte fast ein schlechtes Gewissen, dass er sie nicht besser hatte vertreten können. Er legte ihr nahe, eine psychologische Beratungsstelle in der Stadt aufzusuchen, um mit professioneller Hilfe zumindest ihre Angst vor Hunden etwas zu verringern.
Elisabeth war ganz empört über den in ihren Augen ungerechten Ausgang des Verfahrens. „Recht haben und Recht bekommen – das ist nicht immer das Gleiche in unserm angeblichen Rechtsstaat", sagte Herr Stichnoth, „daran werden Sie sich gewöhnen müssen."

Manchmal nahm er sich in der Mittagspause, wenn die Kanzlei geschlossen war, zusätzlich Zeit für Elisabeth. Mit ihm konnte sie auch die Frage besprechen, die sie schon seit längerer Zeit beschäftigte: Wie konnte es sein, dass nach dem Krieg so viele Justizbeamte, die im Dritten Reich Karriere gemacht hatten, auch in der Bundesrepublik Deutschland wieder an Gerichten untergekommen waren? Herr Stichnoth meinte dazu: „Rein praktisch gesehen war es sicher so, dass es nach dem Krieg kaum Juristen gab. Frauen hatten zu der Zeit selten Jura studieren können, und viele Männer waren im Krieg geblieben, also gab es einfach nicht sehr viel Auswahl. Und dann kam sicher hinzu, dass man meinte, Juristen wären doch über politische und weltanschauliche Ansichten erhaben. Die hätten sozusagen qua Amt eine über alles erhabene moralische Einstellung, so wie man es Ärzten und Pastoren ja auch unterstellt. Direkt nach dem Krieg konnte sich keiner vorstellen, dass vielleicht immer noch braunes Gedankengut in den Köpfen von Juristen sein könnte. Erst viel später fing man an, genauer hinzusehen. Und da kamen dann natürlich einige finstere Dinge zutage." Das leuchtete Elisabeth ein.

Endlich fangen die Sommerferien an. Das Kind ist schon ganz aufgeregt. Die Mutter packt einen Koffer mit Kleidung für jedes Wetter, und der Vater fährt zum Großvater, um sich dessen Auto auszuleihen. Diesmal dürfen das Kind und die große Schwester mehr Spielzeug mitnehmen, als wenn sie mit dem Zug fahren. Das Kind möchte die ganze Puppenstube mitnehmen, aber das verbietet der Vater. „Aber wenn es mal regnet, womit soll ich dann spielen?“
„Erstens wird es nicht regnen, und zweitens können wir uns dann auch anders beschäftigen. Pack lieber ein paar Gesellschaftsspiele ein, dann haben wir alle was davon.“
„Aber mein Hasi muss mit!“ Damit ist der Vater einverstanden. Er selbst holt seinen alten Wanderrucksack vom Boden und packt eine Thermosflasche, eine Brotdose aus Blech und seinen Fotoapparat hinein.

In der Nacht vor der Abreise kann das Kind nicht schlafen. Auch Frühstücken mag es am Morgen gar nicht, so aufgeregt ist es. Die Mutter bekommt eine Landkarte in die Hand gedrückt und muss dem Vater sagen, wo es lang geht. Der Vater hat ihr vorsichtshalber mehrmals erklärt, wie sie fahren müssen. Er fährt sehr langsam und vorsichtig, denn es ist ja nicht sein eigenes Auto. „Drängle doch nicht so; wenn ich dir zu langsam bin, dann überhol doch, du Trottel!“, schimpft er plötzlich. Das Kind weiß erst gar nicht, was er meint, aber die große Schwester erklärt es ihm: „Ein Auto fährt hinter uns, und der Fahrer möchte gern, dass wir schneller fahren.“
„Papa, warum fährst du denn nicht schneller?“
„Ich lass mir doch nicht von irgend so einem hergelaufenen Fatzke vorschreiben, wie schnell ich fahren soll“, schimpft der Vater. Die große Schwester sagt leise: „Lass Papa lieber in Ruhe. Ich glaub, der ist ziemlich nervös.“
„Warum denn?“, fragt das Kind. „Er ist so lange nicht Auto gefahren. Das muss er erst wieder üben.“ Die Mutter scheint auch ziemlich aufgeregt zu sein, denn sie sitzt ganz aufrecht auf ihrem Platz und guckt starr nach vorne.

Nach einer Stunde macht der Vater eine Pause. „Nur mal kurz die Beine vertreten", sagt er und streckt sich. Die Kinder wollen nicht aussteigen; sie wollen lieber bald ankommen. Aber das dauert noch zwei weitere Stunden. Schließlich landen sie in einem klitzekleinen Dorf, und der Vater hält vor einem Gasthof. Dort hat der Vater zwei Zimmer gemietet. Sie liegen über der Gaststube und haben sogar ein Waschbecken. Die Wirtin begrüßt sie fröhlich. „Fühlen Sie sich wie zu Hause", sagt sie. „Aber benehmt euch nicht so", sagt der Vater an die Kinder gerichtet. In jedem Zimmer steht ein großes Ehebett, und das ist schon frisch bezogen. „Herrlich", sagt die Mutter, „mal zwei Wochen lang keine Hausarbeit!"

Am ersten Nachmittag machen sie einen Erkundungsspaziergang durchs Dorf. Der Vater erklärt den Kindern, wie ein Strohdach angefertigt wird, und warum es bei Feuer so gefährlich ist, in einem Strohdachhaus zu wohnen. Die Mutter sagt: „Ich erinnere mich noch: In meiner Schulklasse waren ja auch Mädchen vom Dorf, und immer wenn im Sommer Gewitter war, war meistens eine Familie aus dem Dorf ausgebrannt."
„Und was haben die Leute dann gemacht?", fragt das Kind. „Dann haben die anderen Leute die Familie erst mal bei sich aufgenommen, und später haben alle Familien im Dorf etwas zum neuen Haushalt beigetragen, die einen mit einem Kochtopf, die andern mit ein bisschen Bettwäsche und so weiter."
„Ja, so ist das auf dem Dorf, da halten die Menschen noch zusammen", sagt der Vater. Er zeigt ihnen auch verschiedene Niedersachsenrösser über den Dachgiebeln und die berühmten Heidschnucken. „Vielleicht bekommen wir ja mal ein Stück davon auf den Teller", sagt er. „Ach nee", sagt die Mutter, „die schmecken so streng." Dass die Eltern oft streng sind, kennt das Kind, aber wie etwas streng schmecken kann, das versteht es nicht.

Abends ist das Kind müde und schläft bald ein. Aber nach kurzer Zeit wird es wieder wach, weil es unter dem Zimmer, das es sich mit der großen Schwester teilt, immer wieder laut dröhnt und rumst.

Es versucht, die Schwester zu wecken, doch die schläft tief und fest. Also geht es leise im Nachthemd auf den Flur ins Zimmer der Eltern nebenan. Aber das Zimmer ist leer; die Eltern sind nicht da. Nur der Schlafanzug des Vaters und das Nachthemd der Mutter liegen ordentlich zusammengefaltet auf den Betten. Da bekommt das Kind furchtbare Angst: Wenn nun etwas passiert ist mit den Eltern? Oder wenn sie die Kinder hier ausgesetzt haben, wie die Eltern von Hänsel und Gretel, weil das Kind und die Schwester ihnen zu teuer geworden sind? Oder zu anstrengend! Das Kind zittert; ihm wird allmählich kalt, nur so im Nachthemd. Es setzt sich auf die Bettkante und betet: „Lieber Gott, bitte lass Mama und Papa nichts passiert sein. Ich verspreche dir, ich will auch immer ganz brav sein und ihnen keine Sorgen mehr machen. Und ich will auch nicht mehr jammern, dass wir zu wenig Geld haben. Bitte, lieber Gott, bitte, bitte!"

Ganz lange sitzt das Kind da und zittert, vor Angst und vor Kälte. Nach langer Zeit geht die Tür auf, und die Eltern kommen herein. Über irgendetwas lachen sie gerade fröhlich, aber als sie das Kind in ihrem Zimmer sehen, sind sie ganz erschrocken: „Lieschen, was machst du denn hier?", fragt die Mutter. „Unter unserm Zimmer ist so ein schrecklicher Lärm, da konnte ich nicht schlafen", sagt das Kind und schluchzt vor Erleichterung. „Aber Lieschen, das ist doch nur die Kegelbahn", sagt der Vater, „unten kegeln heute einige Leute aus dem Dorf. Da brauchst du doch keine Angst zu haben. Morgen früh zeig ich dir die Kegelbahn. Und jetzt ab mit dir in dein Bett!"
„Kann ich nicht heute ausnahmsweise mal bei euch schlafen?", fragt das Kind. „Nix da", sagt der Vater, „jeder hat sein eigenes Bett." Die Mutter bringt das Kind wieder nach nebenan, deckt es zu und streichelt ihm über den Kopf. „Wo wart ihr denn die ganze Zeit?", fragt das Kind. „Wir waren nur unten in der Gaststube und haben noch ein Glas Wein getrunken. Wir waren doch gar nicht weit weg."

„Aber ich hab solche Angst gehabt. Ich hab gedacht, ihr habt uns hier alleine gelassen."
„Ach Lieschen, das würden wir doch niemals tun", sagt die Mutter, gibt dem Kind noch einen Kuss und geht wieder nach nebenan. Das Kind lauscht auf die Geräusche von unten und schläft zum Glück dann doch bald ein.

Morgens zum Frühstück gibt es Weißbrot und Honig. „Das ist unser guter Heidehonig", sagt die Wirtin, „mein Mann imkert selber. Der Honig ist so gesund. Wer jeden Morgen davon isst, bekommt nie einen Schnupfen. Und das Brot hab ich selbst gebacken: ein echter Stuten!"
„Aber eine Stute ist doch ein Pferd", sagt das Kind leise. „Da hast du Recht, Kind, aber dies ist keine Stute sondern ein Stuten", sagt die Wirtin lachend. „Du musst genauer hinhören, Lieschen", sagt der Vater, „manchmal ist es nur eine Kleinigkeit, die den Unterschied macht." Es gibt auch selbst gemachte Erdbeermarmelade; die isst das Kind am liebsten, weil sie fast so gut schmeckt wie bei der Großmutter.

Der Vater hat eine Wanderkarte mitgebracht, und nun wird jeden Tag gewandert. Der Vater findet immer etwas, das er den Kindern erklären kann: das Heidekraut, die Birken, die Wacholderbüsche. Er hat auch seinen Fotoapparat dabei und fotografiert die Landschaft, die Bauernhäuser, die Kirche mit dem alten Glockenturm aus Holz, der ein bisschen schief aussieht, und die Kinder. „Diesmal hab ich einen Diafilm genommen", sagt er zur Mutter, „dann kann man sich die Bilder schön groß auf der Leinwand ansehen. Und man kann sie sich mit anderen zusammen angucken. Außerdem kommen die Farben viel besser raus."
Mittags setzen sie sich irgendwo ins Gras und essen die Stullen, die die Mutter morgens beim Frühstück geschmiert und in die alte Brotdose des Vaters gelegt hat. Abends gibt es warmes Essen in der Gaststube, manchmal Bratkartoffeln mit Sülze, oder Kartoffelbrei mit Bratwurst, Erbsen und Möhren, oder Pellkartoffeln mit Hering

und Quark. Der Vater schwärmt immer von den Heidekartoffeln. „Die sind so schön mehlig", sagt er. Die Mutter sagt: „Ich mag lieber die festen Kartoffeln, die es bei uns gibt. Aber es soll mir recht sein, solange ich die Kartoffeln nicht schälen muss."

Einmal machen sie auch einen Ausflug mit dem Auto. Zum Wilseder Berg soll die Fahrt gehen. Das Kind stellt sich einen hohen Berg mit Schnee drauf vor, so wie auf den Bildern in dem Kalender, der zu Hause in der Küche hängt. Aber dann ist da nur eine kleine Anhöhe zu sehen, und das Kind hat gar keine Lust, da hinauf zu laufen. Natürlich muss es trotzdem mit. Unterwegs werden sie von einem Pferdewagen überholt. Darauf sitzen Leute und winken ihnen fröhlich zu. „Warum fahren wir nicht mit so einer Kutsche?", fragt das Kind. „Wer zwei gesunde Füße hat, muss kein Geld fürs Fahren ausgeben", sagt der Vater. „Aber mir tun die Füße schon so weh."
„Ach, stell dich nicht so an. Guck mal, wir sind doch schon fast da." Aber das stimmt nicht; der Fußweg ist noch sehr lang, und obwohl der Berg doch nur ein Hügel ist, kommt es dem Kind so vor, als ob es steil bergauf ginge.

Am nächsten Morgen ist dem Kind übel und schwindelig, und Durchfall hat es auch. Die Mutter fühlt seine Stirn an und sagt: „Ich glaub, du hast einen Sonnenstich. Es war doch gestern etwas zu viel für dich, den ganzen Tag auf den Beinen in der prallen Sonne und nirgendwo ein bisschen Schatten. Heute bleibst du mal drinnen." Darüber wäre das Kind eigentlich ganz froh, aber es muss sich dauernd übergeben und fühlt sich ganz elend.

Die Mutter kommt mit einer Kanne Tee. „Da hab ich zwei Löffel Heidehonig hineingerührt", sagt sie, „du weißt ja, der ist gesund und macht gesund." Und tatsächlich, am nächsten Tag geht es dem Kind schon etwas besser. Es muss aber noch nicht mitwandern, sondern darf mit der Schwester im Garten spielen, während die Eltern allein losgehen. „Gehen Sie ruhig, ich werd mich schon um Ihre Töchter

kümmern", sagt die Wirtin, „das sind ja auch zwei ganz besonders liebe Mädchen."
„Das würde ich ja gerne glauben, dass sie besonders lieb sind", sagt der Vater, „aber es fällt mir schwer."
„Immer muss Papa uns schlecht machen", sagt die große Schwester später, „kann er nicht ein einziges Mal zustimmen, wenn uns jemand anderes lieb findet?"

Mittags gibt es nur für die beiden Kartoffelsalat mit Würstchen. Das Kind sagt zur Wirtin: „Das ist mein Lieblingsessen", und strahlt. Da strahlt die Wirtin zurück und sagt: „Ich hab's dir an der Nasenspitze angesehen, dass du das gerne essen würdest." Das Kind fasst sich an die Nase und fragt: „Wie kann man das denn sehen?"
„Das ist mein Geheimnis", sagt die Wirtin lachend. Die große Schwester versucht, es dem Kind zu erklären: „Bei Pinocchio konnte man es doch auch sehen, wenn er gelogen hat. Dann wurde seine Nase immer länger."
„Und wie sieht meine Nase aus, wenn es Kartoffelsalat und Würstchen gibt?"
„Das weiß ich auch nicht. Das gehört wohl zu den Geheimnissen, die nur die Erwachsenen kennen."
„Dann will ich auch bald erwachsen werden", seufzt das Kind, „ich will den Leuten auch an der Nase was ansehen können." Und dann isst es eine doppelte Portion Kartoffelsalat mit Würstchen.

Vor der Abreise kauft die Mutter einige Gläser vom guten Heidehonig. Die große Schwester möchte sich von ihrem Taschengeld ein buntes Körbchen mit Heidekraut darin kaufen. Aber der Vater sagt: „Was willst du denn mit dem Staubfänger? In ein paar Wochen rieseln die vertrockneten Blüten dir alles voll." Aber die Schwester findet die Heidekörbchen so hübsch, dass sie sich trotzdem eins kauft. Das Kind darf sich eine klitzekleine Heidschnucke aus echter Schafwolle aussuchen und mitnehmen.

Zu Hause sagen die Großeltern: „Was seht ihr alle gut erholt aus! Ihr habt wohl eine richtig schöne Zeit gehabt."
„Ja", sagt das Kind und strahlt. Von jetzt an kommt abends nicht nur Hasi mit in sein Bett, sondern auch die kleine Heidschnucke.

„Fräulein Menge, kann ich Sie um einen Gefallen bitten?", fragte Herr Stichnoth, „ich brauche eine Unterschrift von einem Mandanten, Herrn Müller, aber der liegt zurzeit im Krankenhaus. Könnten Sie für mich hinfahren und die Unterschrift besorgen?"
Elisabeth machte sich auf den Weg. Krankenhäuser hatten zwar immer etwas Unheimliches für sie, aber wenn es nur um eine Unterschrift ging, wäre die Sache ja schnell zu Ende gebracht.

Sie traf Herrn Müller auf einer chirurgischen Station an. Er lag in einem Dreibettzimmer in der Mitte und hatte einen Arm und ein Bein in Gips. Sie stellte sich vor als Mitarbeiterin von Herrn Stichnoth, erklärte ihm, worum es ging und wollte ihm das Formular zur Unterschrift vorlegen. Aber höflichkeitshalber fragte sie: „Was ist Ihnen denn passiert, dass Sie hier so eingegipst liegen müssen?" Da erzählte Herr Müller weit ausholend von dem Unfall, den er in der vergangenen Woche gehabt hatte, dass ein Autofahrer ihm die Vorfahrt genommen hätte, obwohl er auf dem Fahrrad doch von rechts gekommen wäre, und wie er dann hilflos auf der Straße gelegen hätte. Zwischendurch sagte er zu Elisabeth: „Nehmen Sie sich doch einen Stuhl, Sie müssen doch nicht stehen." Sie hatte gehofft, bald wieder gehen zu können, aber Herr Müller fand kein Ende. In allen Einzelheiten erzählte er von der Diagnose des Arztes, von seiner Operation und seinen derzeitigen Einschränkungen. Zwischendurch versuchte Elisabeth, ihn an die Unterschrift zu erinnern, um endlich gehen zu können, aber Herr Müller ließ sich nicht unterbrechen. Als nächstes sprach er von den beruflichen Folgen, die der Unfall für ihn hatte, dass er möglicherweise große finanzielle Verluste erleiden würde. Es gelang Elisabeth einfach nicht, seinen Redefluss zu unterbrechen. Innerlich seufzte sie bei jedem neuen Gedankengang, den er anschnitt. Sie sah ihre kostbare Zeit, die sie lieber in der Kanzlei verbracht hätte, schwinden. Nach einer endlos erscheinenden Zeit kam der Arzt zur Visite, und sie konnte die Gelegenheit nutzen, Herrn Müller schnell um die Unterschrift zu bitten und dann zu verschwinden. Draußen auf dem Flur blieb sie einen Moment stehen und schnappte nach Luft. Sie hatte das lange Zuhören als äußerst anstrengend empfunden, sowohl körperlich als auch psychisch, und Herrn Müllers endlos langes Reden hatte in ihr ein Gefühl völliger Hilflosigkeit ausgelöst.

Als sie wieder in der Kanzlei von Herrn Stichnoth auftauchte, sagte der schmunzelnd: „Na, schnell noch mal eben mit Freundinnen Kaffeetrinken gewesen, oder neue Schuhe eingekauft?"
„Ach", stöhnte sie, „der Herr Müller hat mir ohne Punkt und Komma von seinem Unfall erzählt. Ich bin gar nicht zu Wort gekommen."
„Also müssen Sie das noch üben, einen Menschen dann in seinem Redefluss zu stoppen, wenn es Ihnen richtig erscheint. Lassen Sie sich von niemandem einwickeln. Manche Mandanten neigen dazu, dermaßen wortreich ihre Dinge vorzutragen, dass man den Wald vor lauter Bäumen nicht mehr sieht. Knappe, klare Informationen – darauf kommt es für uns Juristen an, und nicht ein Wust von Behauptungen, persönlichen Einschätzungen oder Rechtfertigungen. Aber ich gestehe, Fräulein Menge, ich hab es auch erst lernen müssen, ein Gespräch so sachbezogen zu führen."
„Aber er tat mir einfach Leid, so gehandicapt, wie er zurzeit ist. Und dann noch der Schock von seinem Unfall."
„Mitleid ist ein schlechter Ratgeber in unserm Beruf. Wir Juristen sind weder Psychologen noch Seelsorger; wenn Herr Müller so einen braucht, um sich seelisch zu erleichtern, kann man ihm das nahe legen, aber unsere Aufgabe ist das nicht."

Herr Stichnoth hatte die ganze Zeit so freundlich mit ihr gesprochen, dass sie sich überhaupt nicht zurechtgewiesen oder belehrt gefühlt hatte. Und dass er zu ihr „wir Juristen" gesagt hatte, erfüllte sie mit einem stillen Stolz.

Gerade sollen das Kind und die große Schwester ins Bett gehen, da klingelt es an der Tür. Nicht an der Wohnungstür oben, sondern die Klingel unten an der Haustür ist es. Die Mutter läuft nach unten und kommt atemlos wieder nach oben. „Das war der Telegrammbote“, sagt sie aufgeregt. Der Vater nimmt ihr einen Umschlag ab und öffnet ihn. Er wird ganz blass und muss sich erst mal auf einen Küchenstuhl setzen. „Was ist denn los?“, drängelt die Mutter. „Mein Vater ist tot“, sagt er, und seine Stimme zittert. „Oh Gott!“, sagt die Mutter und nimmt ihm das Telegramm aus der Hand. Sie liest es auch und sagt dann: „Wir müssen sofort hinfahren, deine Mutter braucht uns jetzt.“ Der Vater sitzt zusammengesunken auf seinem Stuhl. Die Mutter nimmt ihn in den Arm und streichelt ihn. Dabei laufen ihr die Tränen übers Gesicht.

Die Kinder stehen erschrocken da und wissen nicht, was sie tun sollen. Schließlich fragt die Schwester: „Sagt doch endlich, was los ist. Von wem ist das Telegramm, und was steht drin?“ Es dauert lange, bis die Mutter wieder sprechen kann. „Großmama hat geschrieben. Großpapa hat einen Herzinfarkt gehabt. Er war noch kurz im Krankenhaus und ist da gestorben.“ Plötzlich richtet sich der Vater auf und sagt: „Kinder, ihr geht jetzt ins Bett, und heute bitte mal ohne Theater. Eure Mutter und ich haben jetzt wichtige Dinge zu besprechen.“

Das Kind und die Schwester gehorchen. Sie trauen sich nichts zu sagen – die Eltern sind plötzlich so anders. Das Kind flüstert: „Du Agnes, verstehst du das?“ Auch die Schwester flüstert: „Großpapa ist gestorben, und Großmama ist jetzt ganz allein. Ich glaub, Mama und Papa wollen gleich hinfahren.“
„Aber sie können uns doch nicht alleine lassen.“
„Vielleicht fahren sie ja auch erst morgen. Mach dir keine Gedanken, die lassen sich schon was für uns einfallen.“ Aber das Kind sorgt sich trotzdem. Und vor allem fühlt es sich jetzt ganz schrecklich alleingelassen. Die große Schwester weint ein bisschen, aber dann schläft sie ein. Das Kind liegt wach und hört, wie die Schranktür

singt, leise und traurig. Die Mutter bringt auch einen Stuhl aus der Küche, um die große Reisetasche herunterzuholen, die ganz oben auf dem Schrank steht. Das Kind hört, wie sie Wäsche und anderes in die Tasche packt. Dazwischen hört es immer wieder das Schluchzen der Mutter und die zitterige Stimme des Vaters. Es denkt: Wenn Großpapa jetzt tot ist, dann kann ich ihn ja nie, nie wieder sehen – ich möchte so gerne mitfahren und ihn noch ein einziges Mal sehen. Es dauert heute Abend besonders lange, bis das Kind einschlafen kann.

Am nächsten Morgen werden die Kinder vom Vater geweckt. Das kommt selten vor. Er sieht ganz grau aus im Gesicht und sagt: „Eure Mutter und ich fahren für ein paar Tage zu Großmama, um die Beerdigung vorzubereiten. Tante Henriette wird in der Zeit hier bei euch sein. Ich erwarte von euch, dass ihr euch anständig benehmt und ihr helft, wo ihr könnt. Dass mir hinterher keine Klagen kommen!"

Mit Tante Henriette ist es immer besonders lustig. Nur diesmal ist es anders, weil das Kind immer an die Großmama denken muss, die jetzt alleine ist in ihrem Haus. Tante Henriette versucht, die Kinder abzulenken. Sie fährt mit ihnen im Bus in die Stadt und geht mit ihnen Eis essen. Ein richtig großes Eis mit drei Kugeln in einem silbernen Becher, mit Schlagsahne und einer Waffel obendrauf, nicht nur eine Kugel zum Mitnehmen. Das Kind sitzt zum ersten Mal im Eiscafé und kann sich lange nicht entscheiden, welche Eissorte es essen möchte. Schließlich entscheidet es sich für Zitrone. „Was, alle drei Kugeln nur Zitrone?", fragt der Kellner, „vielleicht auch Schokolade oder Vanille?" Aber das Kind will nur Zitrone. „Die ist so schön sauer", sagt es.

Hinterher machen sie einen Schaufensterbummel. Das macht die Mutter nie mit den Kindern; sie hat es immer eilig. Am längsten stehen sie vorm Schaufenster vom Spielwarengeschäft. Das Kind zeigt mit dem Finger auf all die Dinge, die es gerne hätte. Tante

Henriette lacht und sagt: „Wenn du all diese Spielsachen hättest, könntest du dich in eurem Kinderzimmer nicht mehr umdrehen – dann wäre alles voll. Und ich verrate dir ein Geheimnis: je mehr Spielzeug du hast, desto langweiliger wird es." Darüber muss das Kind nachdenken. Es hat bisher immer gedacht: je mehr Spielzeug man hat, desto weniger langweilig ist es. Aber eigentlich hat Tante Henriette recht: Das Kind hat zwar nicht viele Spielsachen, aber langweilig war ihm noch nie.

Abends dürfen die Kinder ein bisschen länger aufbleiben als sonst. „Aber nichts verraten!", sagt Tante Henriette und legt einen Zeigefinger auf ihren Mund. „Indianerehrenwort", sagt die große Schwester. „Was ist das?", fragt das Kind. „Das bedeutet, dass du niemandem von diesem Geheimnis erzählst. So wie die Indianer, die nie jemanden verraten haben", sagt die große Schwester, „das hab ich bei Winnetou gelesen."
„Was, du liest Karl May?", fragt die Tante erstaunt, „ich dachte, dafür interessieren sich nur Jungs."
„Papa hat ein paar Bücher von Karl May, noch von damals, als er jung war. Die hat er mir ausgeliehen, als ich die Gehirnerschütterung hatte und nicht rumlaufen sollte."
„Und ich wollte euch jetzt vorm Einschlafen ein paar von Grimms Märchen vorlesen. Womöglich seid ihr dafür schon zu groß?"
„Nein, gar nicht", sagt die Schwester, und das Kind findet das auch. Die Tante liest lange vor, und heute kann das Kind gut einschlafen, obwohl die Eltern doch weit weg sind und Großpapa tot ist.

Tante Henriette kocht ganz anders als die Mutter. Am ersten Tag gibt es gefüllte Schmorgurke, und das Kind darf helfen, das Hackfleisch zu kneten und in die ausgehöhlte Gurke zu drücken. Ein bisschen darf es von dem Hackfleisch auch schon roh probieren, ob genug Salz drin ist. Am Tag drauf gibt es Pichelsteiner Eintopf, aber den mag das Kind nicht so gern, weil da so viel Kohl drin ist. Aber Tante Henriette zuliebe isst es trotzdem einen ganzen Teller voll. Es gibt auch jeden Tag Nachtisch, meistens Schokoladenpudding, und da ist sogar ein Klecks Schlagsahne drauf.

Zum Frühstück gibt es immer gutes helles Weißbrot, und nicht das langweilige Graubrot, das immer gleich schmeckt. Nach einigen Tagen stellt die Tante fest, dass sie zu viel Weißbrot eingekauft hat und es allmählich trocken wird. „Prima", sagt sie, „daraus mach ich uns einfach Arme Ritter." Die kennt das Kind noch nicht, aber es darf wie immer in der Küche mithelfen, und wenn es dabei klekkert, ist es auch nicht schlimm. Überhaupt schimpft Tante Henriette nie. Für die Armen Ritter darf das Kind Eier, Mehl und Milch verrühren. Am Gasherd darf das Kind nicht mithelfen, damit es sich nicht verbrennt. „Und warum heißen die jetzt Arme Ritter?", fragt das Kind. „Weißt du, das ist so wie in den Märchen der Gebrüder Grimm. Früher waren die Leute viel ärmer als wir heutzutage, und es gab sogar Ritter, die arm waren. Die konnten sich wahrscheinlich nichts anderes leisten. Das Weißbrot hatten sie vielleicht noch vom letzten Fest übrig, und Eier und Milch gab es bei den Bauern in der Nähe. Und dann haben sie vermutlich jeden Tag Arme Ritter gegessen."
„Das ist bestimmt ein Märchen, was du uns jetzt erzählst", sagt die große Schwester empört. „Aber die Ritter hatten doch eine Burg und Pferde und Rüstungen – die waren doch gar nicht arm", sagt das Kind. „Ja schon, aber die Pferde brauchten Futter, für die Burg mussten sie Holz haben, damit es im Winter nicht so eiskalt in den dicken Mauern war, und für die Rüstungen brauchten sie Putzmittel, damit sie nicht rosteten. Das war alles sehr teuer. Da blieb nichts mehr übrig fürs Essen."
„Reich und trotzdem arm – dass es so was gab", wundert sich das Kind. „Das gibt's auch heute noch. Nach dem Krieg haben viele Leute noch ihre großen Häuser gehabt, aber nichts zum Heizen und nichts, um die Bombenschäden zu reparieren. Manche von denen haben dann aus ihrem Haus viele kleine Wohnungen gemacht und die vermietet. Früher vor dem Krieg waren das zum Teil hochherrschaftliche Häuser, und jetzt sind es ziemlich heruntergekommene

Mietshäuser. Also verlass dich niemals auf irdischen Reichtum." Darüber muss das Kind nachdenken.

Einmal sagt Tante Henriette: „Lieschen, ich find's schade, dass dich niemand mit deinem richtigen Vornamen nennt. Keiner sagt Elisabeth zu dir, alle nur Lieschen. Dabei ist Elisabeth doch so ein schöner Name. Den hast du von mir, das ist mein zweiter Vorname."
„Hab ich deinen Namen geerbt?", fragt das Kind. „Nein, den hab ich dir geschenkt", sagt die Tante lachend, „damals, als du geboren wurdest, da war deine Mutter eine Zeit lang krank, und da bin ich auch gekommen, wie jetzt, und hab bei euch eingehütet. Und weil deine Eltern so dankbar dafür waren, durfte ich deine Patentante werden und dir meinen Namen geben. Ich durfte dich auch bei deiner Taufe übers Taufbecken halten."
„Ich finde Elisabeth viel schöner als Lieschen", sagt das Kind, „und ich find es richtig doof, dass alle nur Lieschen zu mir sagen." „Ach, mach dir nichts draus", sagt Tante Henriette, „als ich klein war, haben alle immer nur Jette zu mir gesagt. Das fand ich auch doof, und deshalb hab ich, als ich groß war, überall rumerzählt: ab heute bin ich Henriette. Zuerst haben sich alle darüber gewundert, aber irgendwann hatten sich alle daran gewöhnt."
„So mach ich das auch", beschließt das Kind, „später, wenn ich groß bin, dann sag ich allen, dass ich Elisabeth heiße."
„Siehste woll, is doch gar kein Problem", meint die Tante.

Bei ihr ist immer alles so schön leicht. „Und weil du mein Patenkind bist, hab ich etwas Besonderes für dich: Wenn ich mal heirate, darfst du bei meiner Hochzeit Blumen streuen. Wie findste das?" Das Kind kann vor Überraschung gar nicht sprechen. Dafür redet die große Schwester gleich drauflos: „Und ich, was darf ich bei deiner Hochzeit machen?"
„Du darfst meine Schleppe tragen." Die Schwester hüpft vor Begeisterung durch die Küche. Das Kind sitzt ganz still da und staunt. „Aber noch nichts verraten", sagt Tante Henriette, „auch nicht euren Eltern. Das ist unser Geheimnis. Großes Indianerehrenwort?"

„Großes Indianerehrenwort", sagt die Schwester und steht stramm, wie sie es auf Bildern von Soldaten gesehen hat, „ich kann schweigen. Und du, Lieschen, du verrätst auch nichts. Wehe!" Das Kind nickt.

Nach einer Woche kommen die Eltern zurück. Sie sehen traurig und erschöpft aus. Die große Schwester fragt: „Warum durften wir nicht mit?"
„Wir hätten gar keine Zeit für euch gehabt", antwortet die Mutter. „Aber wenigstens bei der Beerdigung hätten wir doch dabei sein können."
„Das ist nichts für Kinder", sagt der Vater nur kurz und schließt dann die Wohnzimmertür hinter sich. Die Mutter packt die Reisetasche aus. Die Schranktür singt nur ganz kurz, denn die Mutter hat nur schmutzige Wäsche in der Tasche, und die kommt in den Wäschekorb im Schlafzimmer. Sie murmelt: „Letzte Woche kein Waschtag, und jetzt die viele neue Wäsche – das kann ja morgen heiter werden." Aber leider wird es am nächsten Tag gar nicht heiter, denn Tante Henriette ist wieder weg, und die Mutter hat so viel Wäsche zu waschen, dass sie den halben Tag am Waschbrett steht und den ganzen Tag schlecht gelaunt ist. Sogar die Kartoffelsuppe hat sie anbrennen lassen, und darüber ist der Vater ärgerlich.
Abends sagt die Mutter zu den Kindern: „Wir müssen Rücksicht nehmen auf Papa. Er trauert um seinen Vater. Stellt euch vor, wie es euch ginge, wenn euer Vater tot wäre."
„Und du, bist du nicht auch traurig, dass Großpapa tot ist?", fragt die große Schwester. „Natürlich bin ich das. Ich hab ihn ja auch gern gemocht."
„Ich bin auch traurig", sagt das Kind, „und mir tut die Großmama leid. Jetzt ist sie ganz allein in ihrem Haus, und niemand ist da, für den sie kochen kann. Können wir sie nicht einladen, dass sie ganz lange zu uns zu Besuch kommt?"
„Das ist eine gute Idee, Lieschen, das sollten wir tun. Aber sie hat zum Glück ja auch noch ihre Musikschüler. Also so ganz allein ist sie nicht. In den Weihnachtsferien sollten wir sie zu uns

einladen, dann hat sie sicher mehr Zeit." Eben ist auch der Vater ins Kinderzimmer gekommen. Er sagt: „Du hast ein gutes Herz, Lieschen." Und schon ist er wieder draußen.

Elisabeth verabschiedete sich von Herrn Stichnoth und bedankte sich bei ihm dafür, dass er sich so viel Zeit für sie genommen hatte. Daraufhin sagte er: „Sie haben die richtigen Voraussetzungen für den Anwaltsberuf, Fräulein Menge. Sie haben ein soziales Empfinden, und Sie haben einen kritischen Verstand. Es hat mir gut gefallen, wie Sie immer wieder Sachverhalte kritisch hinterfragt haben. Bleiben Sie so! Und wenn Sie irgendwann Ihr Referendariat abgeschlossen haben, und ich bin dann eventuell gerade auf der Suche nach einem weiteren Sozius oder einer Sozia für meine Kanzlei, dann kommen Sie ruhig auf mich zu. Vielleicht ergibt sich da ja etwas." Und dann zauberte er aus einer Schublade eine Piccoloflasche Sekt, öffnete sie und verteilte den Inhalt auf zwei Wassergläser. „Den Sekt hat mir mal ein altes Mütterchen geschenkt, das ich ohne Honorarforderung beraten habe. Er ist zwar jetzt nicht kalt, aber dies scheint mir trotzdem ein würdiger Anlass, das Fläschchen mal zu leeren. Es wäre sicher im Sinne der alten Dame, wenn ich es mit Ihnen teile." Sie stießen zusammen an, lachten über diese etwas unkonventionelle Art, einen Sekt zu trinken, und dann verabschiedete sich Elisabeth. Zu Hause bedankte sie sich auch beim Vater dafür, dass er sich für sie um diesen Praktikumsplatz bemüht hatte.

Zurück in Kiel hatte sie ihren ersten Einsatz als nächtliche Sitzwache auf der Intensivstation der Klinik, in der auch Agnes gelegentlich arbeitete. Sie hatte ihr Versprechen gehalten und Elisabeth zu einem Aushilfsjob als Sitzwache verholfen. Elisabeth war sehr aufgeregt, als sie von der Stationsschwester, Schwester Jutta, in ihre Tätigkeit eingewiesen wurde. „Es geht darum, dass Sie die Vitalfunktionen der Patientin überwachen", sagte sie, „also immer ein

Blick auf die Monitore und vor allem ein waches Ohr, wenn an einem Monitor ein Alarm losgeht."
„Und ich dachte, ich soll die Patientin im Auge behalten, und jetzt soll ich auf die Apparate gucken", sagte Elisabeth erstaunt.
„Selbstverständlich, aber deren Leben hängt im Moment an diesen Geräten, und die geben Ihnen zurzeit Auskunft über das Befinden der Patientin. Natürlich sollen Sie auch die Patientin beobachten, ob sie einen Krampfanfall bekommt, oder ob Sie an ihrer Mimik oder ihrer Hautfarbe eine Veränderung feststellen. Sie dürfen auch lesen dabei, aber vertiefen Sie sich bitte nicht zu sehr in Ihr Buch. Also besser keinen spannenden Krimi mitbringen", sagte sie lachend. „Und wenn Ihnen irgendetwas auffällt: Hier ist die Klingel – bitte sofort drücken. Meine Kollegin bringt Ihnen zwischendurch etwas zu trinken vorbei, einen Kaffee oder ein Glas Wasser, was Sie wollen. Und wenn Sie zur Toilette müssen, sagen Sie es bitte einer Schwester, wenn sie gerade mal im Raum ist. Hier haben Sie einen Schutzkittel, den müssen Sie im Patientenzimmer immer tragen, und die Patientin dürfen Sie nur mit Handschuhen berühren. Da hinten steht für Sie ein Stuhl. Der ist nicht sehr bequem, aber komfortabel sitzen sollen Sie ja auch nicht, sonst schlafen Sie womöglich ein."

Schwester Jutta machte auf Elisabeth einen resoluten, aber auch herzlichen Eindruck. Sie hatte eigentlich längst Feierabend, aber es war ihr wichtig gewesen, Elisabeth persönlich zu begrüßen und einzuweisen. Sie stellte ihr noch einen Becher Kaffee hin und verabschiedete sich dann.

Elisabeth sah sich das Gesicht der Patientin an. Bisher wusste sie nur den Namen der Frau, aber nichts über ihre Krankheit. Sie nahm an, dass die Frau operiert worden war, aber für Einzelheiten hätte sie mehr medizinische Kenntnisse gebraucht. Vielleicht hätte ich Schwester Jutta danach fragen sollen, überlegte sie. Und auch, ob die Frau Familie hat, ob sie Besuch bekommt, und wie es für sie weitergehen wird in den nächsten Tagen. Eigentlich merkwürdig – sie sollte hier über das Leben dieser Frau wachen und wusste trotzdem nichts über ihr Leben. Auch von ihrem Gesicht war durch die Atemmaske nicht viel zu sehen. Eine Hand lag auf der Bettdecke, die war ungewöhnlich aufgedunsen und durch einen Schlauch mit einem Infusionsständer verbunden. Elisabeth nahm sich vor, Agnes bei nächster Gelegenheit einige Informationen über die Geräte auf dieser Station zu entlocken. Sie kam sich inmitten dieser hochtechnisierten Umgebung furchtbar dumm und hilflos vor. Zum Lesen hatte sie noch gar keine Ruhe. Immer wieder wanderte ihr Blick zwischen den Monitoren und der Frau hin und her. Außer dem Pumpen der Blutdruckmanschette alle Viertelstunde, dem Atemgeräusch der künstlichen Beatmung und dem Ticken eines der Geräte war es still. Von nebenan drang manchmal ein Piepsen zu ihr; das musste wohl ein Alarm eines Gerätes gewesen sein. Ab und zu kam eine Schwester oder ein Pfleger herein. Beide sagten nicht viel, sondern warfen nur einen Blick auf die Monitore und auf die Infusionen. Der Pfleger hatte sich ihr noch nicht einmal vorgestellt – er war wortlos an ihr vorbei gegangen – während die Schwester kurz gesagt hatte, sie sei Schwester Ilse und heute Nacht für die Patientin zuständig.

Die Stunden zogen sich hin. Gegen drei Uhr in der Frühe fielen Elisabeth die Augen einmal kurz zu, aber sie konnte ihre Müdigkeit mit einem weiteren Becher Kaffee vertreiben. Um sieben Uhr war Schichtwechsel bei den Mitarbeitern, und es entstand plötzlich Stimmengewirr und Unruhe auf der Station. Elisabeth durfte ihren Posten aufgeben und fuhr mit dem Rad nach Hause. Eigentlich hatte sie sich vorgenommen, jetzt ein paar Stunden zu schlafen, aber dazu war sie zu aufgekratzt. Dafür ging sie an diesem Abend schon um acht ins Bett und schlief sofort ein.

Am nächsten Tag fragte sie Agnes: „Sag mal, weißt du, was aus der Frau geworden ist, bei der ich die Nacht gesessen habe? Warum war sie eigentlich operiert worden? Und wann wird sie aufwachen?" Agnes sagte: „Das sind Fragen, die du besser nicht stellen solltest. Du kannst dich nicht bei jedem Patienten so in sein Schicksal hinein vertiefen. Wenn du erst anfängst, dich zu sehr persönlich mit ihm zu beschäftigen, verlierst du die Distanz, die in einem Krankenhaus nötig ist. Mitfühlen ja, aber kein Mitleiden. Und in dem Moment, in dem du die Klinik verlässt, solltest du die Patienten zurücklassen. Wenn jeder Arzt oder jede Pflegerin alle Menschen, mit denen sie es tagsüber zu tun haben, innerlich mit nach Hause nehmen würden, wären sie bald am Ende ihrer Kräfte."

„Ja, wahrscheinlich hast du Recht. Trotzdem ist mir das Schicksal dieser Frau nahe gegangen, weil es das erste Mal für mich war. Das wird sich bestimmt in Zukunft ändern." Und so war es auch. Von jetzt an wurde sie zwei bis drei Mal im Monat angerufen, ob sie spontan abends in die Klinik kommen könne. Danach fand sie auf ihrem Konto Summen vor, die ihr astronomisch hoch erschienen, aber das gab ihr die Möglichkeit, nicht mehr ganz so spartanisch leben zu müssen und dennoch größere Summen auf ihrem Sparkonto zu deponieren. Außerdem gelang es ihr, gleichzeitig die Patienten zu beobachten und in einem ihrer Fachbücher zu lesen, so dass die langen Stunden schneller vergingen.

Eines Morgens, als sie gerade das Krankenhaus verlassen wollte, sprach Schwester Jutta sie an: „Elisabeth, ich habe Sie beobachtet und gemerkt, mit welcher Fürsorglichkeit und Ruhe sie sich um die Patienten kümmern. Ich gehöre zum Kuratorium eines Altersheimes, und da suchen wir gerade händeringend nach Leuten, die sich ab und zu mit den alten Menschen beschäftigen – vorlesen, spielen, singen, miteinander reden, was gerade so anliegt. Hätten Sie nicht Lust, einmal die Woche für zwei Stunden mitzumachen? Es gibt natürlich kein Geld dafür, das ist rein ehrenamtlich. Aber ich versichere Ihnen, wenn man einmal damit angefangen hat, macht es richtig Spaß."

„Das überrollt mich jetzt etwas", antwortete Elisabeth, „da muss ich ein paar Tage drüber nachdenken. Darf ich Sie anrufen?" Schwester Jutta gab ihr ihre private Telefonnummer.

Zu Hause überlegte sie hin und her. Einerseits wollte sie sich ja mit aller Kraft ihrem Studium widmen; andererseits empfand sie eine gewisse Verpflichtung, sich endlich einmal wieder sozial zu engagieren. Der Umgang mit alten Menschen würde ihr nicht schwer fallen – da war sie sich sicher. Zu ihrer Großmama hatte sie ja auch immer einen guten Kontakt. Schließlich rief sie Schwester Jutta an und sagte zu.
Bei ihrem ersten Besuch im Altersheim begrüßte sie der Heimleiter und stellte ihr drei alte Damen vor, die in einem kleinen Aufenthaltsraum saßen und sich sichtlich langweilten. Er zeigte ihr noch, wo sie Liederhefte und Gesellschaftsspiele finden würde und war dann wieder verschwunden. Elisabeth versuchte vorsichtig, mit den drei Frauen ins Gespräch zu kommen. Eine der beiden zeigte erste Anzeichen einer Demenz, und Elisabeth befürchtete, mit ihr nicht in Kontakt zu kommen. Aber als sie die drei dann fragte, woher sie stammten, wo sie geboren wären und wie ihre Kindheit gewesen wäre, kamen sie schnell ins Gespräch miteinander. Elisabeth war fasziniert von der Fülle der Erinnerungen, die bei den Frauen hochkamen und vor allem auch von dem, was sie da hörte: unter welchen Entbehrungen sie aufgewachsen waren und sich dennoch zu starken Frauen entwickelt hatten, die sich trotz zweier Weltkriege niemals aufgegeben hatten.

Nach etwas über einer Stunde verabschiedete sie sich von ihnen und versprach, in der kommenden Woche wieder zu kommen. Draußen auf dem Flur setzte sie sich noch eine Zeit lang zu einem alten Mann, der in sich zusammengesunken in einem Sessel hockte. Er sprach nicht mit ihr, aber hielt mehrere Minuten lang ihre Hand fest. Diese Begegnung beschäftigte sie noch bis in den Abend hinein. Er tat ihr leid, und sie dachte: Wenn die Sprache als Möglichkeit der Mitteilung nicht mehr zur Verfügung steht, dann muss das einen Menschen doch sehr einsam machen. Vielleicht sollte ich mich in Zukunft gerade um ihn besonders intensiv kümmern.

Von jetzt an verbrachte sie jede Woche zwei bis drei Stunden in diesem Altersheim und kam hinterher jedes Mal beflügelt und dankbar für ihr eigenes Leben nach Hause.

Die Eltern haben Besuch eingeladen: zwei Kollegen des Vaters mit ihren Frauen. Der Vater will seine Dias vorführen, die er in der Lüneburger Heide aufgenommen hat. Während die Mutter Weingläser und Tellerchen für Gebäck auf den Tisch stellt, hängt der Vater seine Leinwand auf. Die hat er aus einem alten Bettlaken selber gebastelt. Er hat an die beiden Enden des Bettlakens einfach zwei Besenstiele genagelt. Den Diaprojektor will er auf den Wohnzimmertisch stellen, aber da stehen ja schon die Weingläser und eine Schale mit Salzstangen. Beide streiten sich ein bisschen, aber nur ganz wenig, und dann holt der Vater den Badezimmerhocker und stellt den Projektor darauf. Den Hocker findet die Mutter hässlich, und deshalb muss der Vater den Projektor noch einmal kurz anheben, damit sie eine kleine Tischdecke darunter legen kann.

Als abends die Gäste da sind, kann er es kaum erwarten, mit den Dias zu beginnen. „Ich hab nur einhundert ausgesucht“, sagt er, „mehr kann man ja gar nicht aufnehmen.“ Das Kind hat die Bilder schon öfter gesehen, aber es hat so lange gebettelt, sie noch einmal mit angucken zu dürfen, bis die Eltern zugestimmt haben. Auch die große Schwester darf noch aufbleiben, denn morgen ist Sonntag. Der Vater zieht die Vorhänge vor und knipst das Licht aus. Zu jedem Bild hat er viel zu erzählen. „Erstaunlich, diese großen Bauernhäuser“, sagt er, „die Leute müssen gut durch den Krieg gekommen sein. Die hatten ja auch alles: Fleisch, Milch, Butter, Getreide, Honig – die haben keinen Mangel leiden müssen. Und was da alles in den Häusern zu finden ist! Silberbesteck, Perserteppiche, Kristallgläser – das haben ihnen Leute aus Hamburg, die zum Hamstern in der Heide waren, eingetauscht gegen Lebensmittel. Die Bauern haben damals ein gutes Geschäft gemacht.“

Auf einem Bild ist die Mutter zu sehen, wie sie ein Schaf streichelt. Sie erzählt lachend: „Und dann kam plötzlich ein Hammel daher, und ich hab gedacht, der will mich auf die Hörner nehmen. Ich bin noch nie im Leben so schnell gerannt."
„Und dann bist du über den Zaun gesprungen", sagt das Kind. „Wie ein Eichhörnchen!", sagt der Vater, und alle lachen.

Der Vater hat auch ein Foto von dem Gasthaus, in dem sie geschlafen haben. „Man glaubt es ja nicht, wie viel braune Gesinnung da in den Dörfern noch anzutreffen ist", sagt der Vater, „abends in der Gaststube haben wir manchmal gehört, was sich die Männer am Stammtisch erzählt haben. Das verschlägt einem die Sprache. Wie zu Führers Zeiten!" Er regt sich jetzt richtig auf. Seine Kollegen erzählen, wo sie selbst auch einen „echten Nazi", wie sie sagen, getroffen haben. Irgendwann zupft das Kind den Vater am Ärmel und sagt leise: „Mach doch mal weiter mit den Bildern!" Das tut er dann zum Glück auch und führt jetzt die Bilder vom Wilseder Berg vor.

Es ist mittlerweile spät geworden, aber das Kind ist noch gar nicht müde. Nur einer von Vaters Kollegen ist eingeschlafen. Das sieht der Vater aber nicht, denn es ist ja dunkel im Zimmer. Das Kind und die große Schwester merken es und stupsen sich grinsend an. Als der Vater schließlich wieder die Lampe anknipst, wacht der Kollege auf und reibt sich die Augen. „Oh, ich bin wohl ein bisschen eingenickt", sagt er. Seiner Frau ist das peinlich, aber sie verteidigt ihn trotzdem. „Du hast ja heute auch viel im Garten gearbeitet", sagt sie, „da ist es kein Wunder, dass du jetzt kaputt bist." Sie verabschieden sich bald. Die Mutter sagt: „Martin, du musst aufpassen, dass du unsere Gäste nicht mit deinen Dias erschlägst. Vielleicht solltest du beim nächsten Mal lieber weniger Bilder aussuchen."
„Aber es waren doch nur einhundert", sagt der Vater, „weniger geht nicht." Das Kind denkt: die Dias sind doch so klein und leicht – wie kann man damit jemanden erschlagen?

„Kannst du dich eigentlich an Großpapa erinnern?“, fragte Elisabeth ihre Schwester. „Oh ja, sehr gut sogar“, antwortete Agnes, „er hat mich manchmal in seine Behörde mitgenommen, wo er gearbeitet hat. Da stand ein großes Aquarium, und er hat mir jeden Fisch darin gezeigt und mir die Namen genannt. Ich weiß sie heute noch alle auswendig.“
„Komisch, dass ich so wenige Erinnerungen an ihn habe. Ich weiß nur noch, dass wir manchmal abends zusammen Gesellschaftsspiele gemacht haben. Und dass er einen Schnurrbart hatte.“
„Ich glaube, du warst damals einfach zu klein. Mit dir konnte er noch nichts anfangen. Kleine Kinder waren damals Frauensache.“
„Ich hab mich oft gefragt, was für eine Kindheit Papa bei seinen Eltern gehabt hat, auf der einen Seite dieser akkurate Beamte und auf der anderen Seite Großmama mit ihrem kulturellen Interesse und ihren musischen Begabungen.“
„Ja, da hat Papa wirklich zwei extreme Lebenseinstellungen kennen gelernt. Klavierspielen hat sie ihm beigebracht, und von Großpapa hat er die Korrektheit und das Pflichtbewusstsein übernommen.“

Elisabeth überlegte: „Kann es sein, dass Papa in seinen schwierigen Zeiten, also im Krieg und die ersten Jahre danach, eher so wie sein Vater war, und später kamen dann die weicheren Züge seiner Mutter durch? In den letzten Jahren erlebe ich ihn jedenfalls nicht mehr als so übermäßig streng und verknöchert wie früher.“
„Ja, ich hab auch den Eindruck, er ist weicher geworden. Und toleranter.“
„Schade, dass er nicht so war, als wir klein waren. Dann hätte er uns manches leichter gemacht. So hab ich das Gefühl, er hat mir das Schwere, unter dem er stand, ungefiltert weitergegeben. Weißt du noch, dass er uns ganz selten berührt hat? Da musste schon was Außergewöhnliches passieren, bis er uns mal in den Arm genommen oder gestreichelt hat.“
„Ja, und wie wenig er uns in manchen Situationen unterstützt hat. Ich weiß noch, wie enttäuscht ich war, als ich das erste Mal zu Frau Michel zum Klavierunterricht sollte. Da hat er mich voll ins offene

Messer laufen lassen. Ich hätte es schön gefunden, wenn beim ersten Mal er oder Mama mitgekommen wären."
„Ja, bei mir war das genauso. Ich musste mir auch alles selber erarbeiten. Bis auf den Praktikumsplatz bei Herrn Stichnoth, den hat er mir ja besorgt."

Die beiden schwiegen. „Papa hatte genaue Vorstellungen davon, was für uns richtig war und was nicht", sagte Elisabeth. Plötzlich lachte Agnes auf. Elisabeth sah sie überrascht an. „Kannst du dich an den alten Bunker erinnern, der damals in der Nähe der Schrebergärten lag?", fragte sie. Elisabeth nickte. Agnes fuhr fort: „Da hatte Papa uns ja auch klipp und klar gesagt, dass wir da auf gar keinen Fall hingehen durften. Was er und Mama zum Glück nicht wussten, war, dass ich ganz oft mit meinen Freundinnen dort gespielt habe."
„Was, du auch?", fragte Elisabeth erstaunt, „ich dachte, das hab nur ich gemacht, damals mit den anderen Kindern aus der Nachbarschaft."
„Das war doch klar, dass ich davon zu Hause nichts erzählt habe. Das war doch strengstens verboten. Wegen Einsturzgefahr, und weil da angeblich noch irgendwelches gefährliches Zeug herumliegen sollte. Papa hatte mal erzählt, dass ein Junge da in der Gegend eine Handgranate gefunden hatte, und die hätte ihm die ganze Hand abgerissen."
„Vielleicht hat er so was aber auch nur erzählt, um uns davon abzuhalten, in die Nähe des Bunkers zu gehen. Ob die Geschichte wirklich passiert ist, bezweifle ich."
„Vielleicht nicht gerade diese Geschichte von Papa, aber solche Unfälle sind doch tatsächlich oft passiert."
„Ich fand es jedenfalls total spannend damals in diesem Bunker", sagte Elisabeth, „ich hab mich immer ganz doll gegruselt und mir immer vorgenommen, da nie mehr reinzugehen. Aber wenn dann mein Spielkamerad Horst vorgeschlagen hatte, mal wieder da drinnen zu spielen, bin ich doch mitgegangen."

„Du hast dich wohl einfach nicht gegen ihn durchsetzen können, obwohl du genau wusstest, dass sein Vorschlag nicht gut war."
„Ja, und so ist es mir noch viele Male im Leben gegangen, dass ich mich gegen andere nicht zur Wehr gesetzt habe."
„Und auch nicht gegen Mama und Papa?"
„Stimmt", sagte Elisabeth nachdenklich.

Wieder einmal hat das Kind eine Mandelentzündung gehabt. Der Doktor sagt: „Frau Menge, wir sollten darüber nachdenken, die Mandeln Ihrer Tochter entfernen zu lassen." Die Mutter macht ein besorgtes Gesicht, und das Kind bekommt Angst. „Was bedeutet das konkret?", fragt die Mutter. „Das bedeutet: eine kleine OP, zehn Tage Krankenhaus und dann nie wieder eine Mandelentzündung. Und ich vermute, dass sich Ihr Lieschen von da an endlich einmal richtig gut entwickelt und nicht mehr so klein und mickrig bleibt." Das Kind nimmt allen Mut zusammen und sagt: „Ich will das aber nicht!" Der Doktor sagt: „Das ist aber zu deinem Besten." Das Kind sagt jetzt ganz laut: „Ich will nicht ins Krankenhaus." Da lacht der Doktor und sagt zur Mutter: „Frau Menge, das besprechen Sie am besten zu Hause mit Ihrem Mann. Wenn Sie eine Entscheidung getroffen haben, geben Sie mir Bescheid, und ich melde Lieschen im Krankenhaus an."
Auf der Fahrt nach Hause im Bus weint das Kind und sagt immer wieder: „Ich will das aber nicht." Die Mutter streichelt das Kind, aber sie antwortet nicht. Beim Mittagessen erzählt sie dem Vater von der Untersuchung beim Doktor und was er vorgeschlagen hat. „Tja, wenn der Doktor das so meint, dann müssen wir da also durch", sagt er. Wieder fängt das Kind an zu weinen und sagt: „Ich will das aber nicht." Es schluchzt und weint den ganzen Tag und sagt immer wieder: „Ich will nicht ins Krankenhaus." Aber die Eltern lassen nicht mit sich reden.

Am nächsten Morgen ruft der Vater von seinem Diensttelefon aus beim Doktor an und gibt ihm Nachricht, dass sie sich für die

Mandeloperation entschlossen haben. Immer wieder weint und jammert das Kind. Es stampft mit den Füßen auf, es verspricht den Eltern alles, wenn es nur nicht ins Krankenhaus muss. Die Mutter sagt: „Wusstest du, dass man nach einer Mandeloperation Eis zu essen bekommt? Eis, soviel man will."
„Ich will das Eis nicht", schluchzt das Kind. Die große Schwester hat so viel Mitleid, dass sie das Kind jede Nacht zu sich ins Bett holt. Aber auch da kann das Kind nicht schlafen. Die Mutter ist mit den Nerven am Ende. Schließlich bietet sie an: „Wenn du möchtest, darfst du dir vorher auch die Zöpfe abschneiden lassen. Die würden ja sowieso stören, wenn man einen Halswickel bekommt."
„Aber keine Frisur mit Pony!", sagt der Vater. Doch auch mit einer neuen Frisur können die Eltern das Kind nicht überreden.

Schließlich steht der Termin fest: In drei Wochen soll die Operation sein. Das Kind kann kaum noch schlafen und essen. Es wird immer dünner und blasser, und der Doktor sagt: „Sehen Sie sich doch Ihre Tochter mal an. Die chronisch vereiterten Mandeln machen dem Organismus so zu schaffen, dass sie immer mehr abbaut." Die Mutter nickt. Sie sieht, dass das Kind Angst hat und möchte es trösten. Nach dem Besuch beim Doktor gehen sie in die Stadt zum Einkaufen. Das Kind darf sich einen Schlafanzug aussuchen, einen richtigen Kinderschlafanzug, damit es im Krankenhaus nicht nur die aufgetragenen Nachthemden der Schwester anziehen muss. Es sucht sich einen ganz weichen Schlafanzug aus, mit einer hellblauen Hose und einem Oberteil, auf dem lauter kleine Seehunde zu sehen sind, und jeder Seehund balanciert einen bunten Ball auf der Schnauze. „Das ist ja eigentlich ein Pyjama für Jungen", sagt die Verkäuferin, aber das ist dem Kind egal.

Anschließend gehen sie zum Friseur. Die Frisöse, die sonst immer die Mutter bedient, ist heute nicht da, und der Chef bedient sie. „Nanu, Frau Menge, Sie waren doch erst letzte Woche da", sagt er. „Heute ist unser Lieschen dran", sagt die Mutter, „die Zöpfe sollen ab."

„Und wie soll ich das Haar schneiden?“
„Ach, Sie werden schon wissen, was ihr gut steht.“ Mit zwei Schnitten sind die Zöpfe ab und liegen am Boden. „Möchtest du die mitnehmen?“, fragt der Frisör. Das Kind nickt. Da holt er einen großen alten Briefumschlag hervor und legt die Zöpfe hinein. Dann fängt er an, auf dem Kopf des Kindes herumzuschneiden. Heraus kommt ein Bubikopf, der dem Kind gar nicht gefällt. Es findet, dass die neue Frisur richtig langweilig aussieht. Es hatte sich mehr versprochen von kurzen Haaren.

Zu Hause schimpft der Vater: „Es ist ja doch eine Ponyfrisur geworden. Und ich hatte doch ausdrücklich gesagt: Kein Pony!“ Die Mutter schweigt. Die große Schwester kommt hereingestürmt, dreht das Kind einmal ganz herum und sagt strahlend: „Oh, ist das süß!“ „Mir gefällt das aber nicht“, sagt das Kind. „Du bist wohl mit nichts zufrieden zu stellen“, sagt der Vater ärgerlich. „Ach, da gewöhnst du dich schon dran“, meint die Schwester. Aber das Kind möchte sich zurzeit an nichts gewöhnen.

Vom Vater kam ein Anruf: „Wir müssen Großmama zu uns holen. Sie kommt in ihrem Haus alleine nicht mehr zurecht. Sie wird erst mal einige Wochen bei uns wohnen, und dann haben wir einen Platz für sie im Altersheim. Könnt ihr bitte an einem der nächsten Wochenenden kommen und uns beim Umzug helfen?“
„Im Umziehen haben wir zurzeit ja Übung“, antwortete Elisabeth, „aber was sagt denn Großmama selbst dazu? Will sie das überhaupt?“
„Danach geht es jetzt nicht. Ihre Nachbarin hat angerufen und erzählt, dass sie es kaum noch zum Einkaufen schafft und sie einige Male auch schon gefallen ist.“
„Aber man kann sie doch nicht einfach gegen ihren Willen aus ihrer Umgebung herausreißen!“, empörte sich Elisabeth. „Willst du zu ihr ziehen und auf sie aufpassen? Nein, nicht wahr? Na also!“ Der Vater klang jetzt ärgerlich. „Ich helfe ja gerne mit, aber richtig finde

ich das nicht. Vielleicht hätte man in ihrer gewohnten Umgebung eine Lösung finden können? Vielleicht mit einer Putzfrau. Sie ist doch nicht verwirrt, oder?"
„Doch, sie ist mittlerweile ziemlich tüdelig geworden. Deine Mutter und ich halten es für richtig, wenn sie in Zukunft in unserer Nähe wohnt. Da können wir besser ein Auge auf sie haben. Außerdem ist das jetzt so beschlossen; deine Vorschläge sind nicht mehr hilfreich."

Elisabeth hatte kein gutes Gefühl bei der ganzen Sache, aber ihre Eltern hatten wohl ihre Gründe für diese Entscheidung. An einem der nächsten Wochenenden fuhr sie mit Agnes in deren Ente nach Ostfriesland. Zusammen packten sie die wichtigsten persönlichen Dinge der Großmama ein. Ihr Vater hatte ein Umzugsunternehmen beauftragt, einige wenige Möbel aus dem Haus zu transportieren. Der Rest wurde vom Deutschen Roten Kreuz abgeholt und an Spätaussiedler weiterverteilt. Das Schaukelpferd von Hiltrud war auf den Sperrmüll gewandert.

Die Großmutter selbst saß wie ein Häufchen Elend inmitten des Chaos und schüttelte immer wieder den Kopf. „So viele Jahre hab ich hier gewohnt, und ich hab immer gedacht, irgendwann werde ich mit den Füßen voraus hier herausgetragen. Dass ich das noch erleben muss", seufzte sie. Elisabeth kniete sich vor sie hin, nahm ihre Hände und sagte: „Weißt du, Großmama, das hätte ich dir auch anders gewünscht. Diesen Umzug, den kann ich dir jetzt nicht abnehmen. Aber dich zu besuchen im Altersheim, so oft es geht, das verspreche ich dir."
„Du bist ein gutes Kind", sagte die Großmama. Der Vater rief von nebenan: „Los komm, nicht faul rumsitzen. Es gibt noch viel zu tun!"

Am Tag darauf war das meiste geschafft. Die Großmama fuhr im Auto des Vaters mit und Elisabeth mit Agnes, beide Autos bis oben hin voll gepackt.

Sechs Wochen später kam der zweite Teil des Umzugs: das Einrichten des Zimmers im Altersheim. Diesmal gelang es Elisabeth, ihren Vater zu überstimmen, der das Zimmer nur unter praktischen Gesichtspunkten gestalten wollte, mit möglichst wenigen Bildern an den Wänden und keinem Teppich auf dem Fußboden. „Löcher in den Wänden machen nur Arbeit, wenn Großmama irgendwann nicht mehr lebt. Die müssen wir dann ausflicken. Und Teppichkanten sind Stolperfallen für alte Leute."
„Aber jetzt lebt Großmama hier, und sie soll es schön haben", verfügte Elisabeth, und ihre Mutter gab ihr Recht.

Die Mutter möchte endlich einmal wieder ihre Kusinen und Freundinnen zum Kaffee einladen. Sie sagt: „Immer gehe ich überall zum Kaffeetrinken hin; jetzt bin ich auch mal dran mit Einladen."
Der Vater stöhnt laut und sagt: „Aber mich musst du mit deinem Kaffeeklatsch nicht behelligen."
„Doch", sagt die Mutter, „denn du musst mir helfen, den großen Tisch auszuziehen."
„Das ist aber auch alles. Mehr kannst du von mir nicht erwarten." Zu den Kindern sagt er im Flüsterton: „Wenn die alten Klatschtanten hier anrücken, dann seht zu, dass ihr Land gewinnt. Dann habt ihr hier nichts zu lachen." Aber er lacht selber, als er das sagt. Das Kind fragt sich, was er mit „Land gewinnen" meint. Meint er das Spiel „Land erobern", das es manchmal mit seinen Freunden spielt?

Die Mutter schreibt am gleichen Tag noch Einladungskarten. Die sind schön bunt, und das meiste ist schon aufgedruckt. Die Mutter muss nur noch den Tag und die Uhrzeit einfügen und ihren Namen darunter schreiben. Das Kind darf die Briefmarken aufkleben und die Karten zum Postkasten bringen. „Aber auch wirklich einstekken", schärft die Mutter ihm ein, „und keine Karte unterwegs verlieren, hörst du?"
Tagelang vorher ist die Mutter schon ganz aufgeregt. Sie überlegt, was sie backen will, welche Tischdecke auf den Tisch kommen soll

und wer wo Platz nehmen soll. Schließlich entscheidet sie sich für Käsekuchen und ein Blech Apfelkuchen mit Streuseln. „Das sind die einzigen Kuchen, die ich wirklich kann. Hefeteig geht bei mir immer nicht auf", sagt sie. „Weil du keine Geduld hast", sagt der Vater, „bei meiner Mutter wird der Hefeteig immer ganz hoch und locker. Wenn ich nur an ihren Pflaumenkuchen denke – köstlich!" „Raus aus der Küche", schimpft die Mutter, „wenn du so redest, heben wir dir kein Stück Kuchen auf, und du guckst in die Röhre." Das Kind würde gerne fragen, welche Röhre sie denn meint, aber wenn die Mutter so schimpft, traut es sich nicht.

Am Tag des großen Kaffeetrinkens gibt es mittags für die Familie eine Nudelsuppe. „Die ist aber dünn", meckert der Vater, „das ist ja nur Brühe mit nichts drin!" Aber die Mutter hat ihn wohl gar nicht gehört. Sie scheint mit ihren Gedanken ganz woanders zu sein. Sie steht vom Tisch auf, bevor alle fertig sind, und das Kind weiß genau, dass sich das eigentlich nicht gehört. Es selbst muss immer sitzen bleiben, bis alle anderen aufgegessen haben. Die Mutter beginnt schon, das Geschirr zu spülen. Heute müssen die Kinder dabei nicht mithelfen, das würde ihr zu lange dauern, meint sie. Sie muss ja noch die Sahne schlagen, den Kaffee mahlen, den Tisch decken und sich umziehen.

Der Kaffeetisch wird richtig elegant, findet das Kind. Ganz zarte bunte Papierservietten hat die Mutter besorgt und wickelt sie um die guten silbernen Kuchengabeln. Die hat sie gestern schon mit einem Silberputztuch poliert. Alle Stühle aus der Wohnung werden zusammengesucht, aber als die Mutter die Stühle durchzählt, stellt sie fest, dass es einer zu wenig ist. „Agnes, geh mal rüber zu Frau Grabowski und frag sie, ob sie uns heute einen Stuhl ausleiht", sagt sie, „aber nicht so einen alten Küchenstuhl, sondern einen guten aus dem Wohnzimmer." Es dauert lange, bis Agnes zurück ist. „Frau Grabowski wollte wissen, wer alles zu Besuch kommt", berichtet Agnes. Inzwischen hat die Mutter auch die Sahne geschlagen. Das Kind darf den Schneebesen ablecken. „Aber schmier dich nicht damit ein“, sagt die Mutter, „und wenn die Damen da sind, dürft ihr noch kurz Guten Tag sagen, aber dann verschwindet ihr nach draußen und spielt da.“ Dann klemmt sie sich die hölzerne Kaffeemühle zwischen die Knie und mahlt die Kaffeebohnen. Das duftet so gut, findet das Kind. Anschließend geht die Mutter ins Schlafzimmer und zieht sich ihr gutes Kleid an und ganz neue Perlonstrümpfe. Die alten hatten schon so viele Laufmaschen, und die Mutter sagt: „Hoffentlich bleiben diese ein bisschen länger heil, sonst muss ich ja schon wieder in die Laufmaschenklinik.“ Perlonstrümpfe sind kostbar und teuer, das weiß das Kind schon lange. Es war auch schon öfter mit, wenn die Mutter die kaputten Strümpfe zum Laufmaschenhochholen gebracht hat.

Als Erste kommt Tante Elvira. „Das ist ja die reinste Weltreise bis zu euch raus“, sagt sie, „erst die lange Busfahrt und dann noch die Treppen rauf bis zu euch.“ Sie schnauft ein wenig. Die Mutter nimmt ihr den Hut und den Mantel ab und bringt sie ins Kinderzimmer, das ja heute Esszimmer ist. „Hast du aber hübsche Tassen, Greta“, sagt Tante Elvira, „mein gutes Rosenthalgeschirr ist ja leider auf dem Haff stehen geblieben, als wir die Kisten abladen mussten. Wer weiß, vielleicht steht es ja immer noch da. Oder jemand hat es sich unter den Nagel gerissen.“ Sie schnieft einmal kurz durch die Nase. Das Kind denkt: Hat sie denn kein Taschentuch dabei – das gehört sich doch nicht! Und wie soll eine Kiste unter einen Nagel passen? Für die Mutter hat Tante Elvira einen Strauß mit Nelken mitgebracht. Auch die anderen Frauen überreichen kleine Geschenke, Blumen oder Pralinen. Drei der Damen haben sogar an die Kinder gedacht und für sie etwas dabei: eine Tüte Studentenfutter, eine Tafel Schokolade und eine Packung Katzenzungen. „Aber schön miteinander teilen“, heißt es. Dann müssen die Kinder nach draußen.

Der Vater hat beschlossen, heute Überstunden zu machen, um bloß nicht dazuzukommen, wenn die Damen noch da sind. Denn dann müsste er allen höflich Guten Tag sagen und freundlich sein, und dazu hat er keine Lust. Die Überstunden will er lieber ein anderes

Mal abfeiern, hat er angekündigt. Als er und die Kinder abends in die Wohnung kommen, sind alle Frauen weg, und die Mutter sitzt glücklich aber erschöpft am Esstisch. Überall stehen noch schmutzige Tassen und Likörgläser herum. „Wie sieht es denn hier aus?“, knurrt der Vater. „Das war ein schöner Nachmittag, und den lass ich mir von dir nicht madig machen“, sagt die Mutter. „Ich glaub, du hast einen Schwips“, sagt der Vater, „du hast so einen verdächtigen Glanz in den Augen.“
„Und wenn schon“, sagt die Mutter und beginnt aufzuräumen. Es sind noch fünf Stücke Kuchen übrig; die dürfen sich der Vater und die Kinder teilen. „Wie teilt man fünf durch drei?“, fragt die große Schwester. „Ganz einfach“, meint der Vater, „ich nehme drei Stücke, und ihr dürft euch die beiden letzten teilen.“ Wenn der Vater solche Witze macht, dann ist er gut gelaunt – das kennt das Kind schon von ihm.

Beim Abendessen hat die Mutter keinen Appetit, weil sie so viel Kuchen gegessen hat. Aber sie setzt sich trotzdem dazu und erzählt vom Nachmittag. „Das hat mal wieder richtig gut getan, sich von Frau zu Frau was zu erzählen“, sagt sie. „Und habt ihr dabei auch ordentlich über eure Männer gelästert?“, fragt der Vater. „Das möchtest du wohl gerne hören, was wir über dich geredet haben, aber Pustekuchen – daraus wird nichts!“
„Ich hab nur Apfelkuchen und Käsekuchen gesehen“, wundert sich das Kind, „hattest du für heute auch Pustekuchen gebacken? Schade, dass davon nichts mehr übrig ist.“ Und dann wundert sich das Kind noch mehr, weil alle laut loslachen, und es nicht versteht, worüber sie lachen.

Elisabeth machte ihr Versprechen wahr. Wann immer es ihr möglich war, fuhr sie am Wochenende nicht nach Hamburg zu Michael, sondern zu ihren Eltern, um viele Stunden mit Großmama verbringen zu können. Er war zunächst enttäuscht darüber gewesen, hatte dann aber Verständnis, als sie ihm erklärt hatte: „Wer weiß, wie lange Großmama noch lebt. Wir können zu zweit noch eine lange Zukunft haben, Großmama hat nicht mehr viel Zukunft. Und solange sie noch klar im Kopf ist, möchte ich gerne vieles von ihr hören und erzählt bekommen." Allerdings war Elisabeth dann nicht auf das gefasst, was ihre Großmutter ihr beim nächsten Wiedersehen erzählte.

Ihr Gespräch hatte ganz harmlos angefangen. Elisabeth hatte gebeten: „Erzähl mir doch ein bisschen von früher."
„Kind, was willst du denn wissen?"
„Wie war das zum Beispiel, als du klein warst? Wie bist du aufgewachsen?"
„Ach, da gäbe es viel zu erzählen. Meine Eltern waren für damalige Zeiten ausgesprochen fortschrittlich. Ich durfte Tennis spielen, natürlich nur im Rock, nicht so in Hosen, wie ihr jungen Mädchen heute zum Glück herumlaufen dürft. Ich durfte alleine meine Freundinnen besuchen und mit ihnen zur Tanzschule gehen. Bei den Eltern meiner Freundinnen hieß es immer: Tu dies nicht, tu das nicht. Das schickt sich nicht; das bringt uns ins Gerede. Meine Eltern haben mir zugetraut, dass ich schon wissen würde, was sich gehört und was nicht. Ich bin ja mit drei Brüdern aufgewachsen, da kann man auch gar nicht so zimperlich sein."
„Ich hab mir auch immer einen Bruder gewünscht", sagte Elisabeth.
„Beinahe wäre es ja auch so weit gewesen", sagte die Großmama.
„Wie meinst du das?", fragte Elisabeth erschrocken, „beinahe wäre es soweit gewesen, was heißt das?"
„Oh, hab ich jetzt was Falsches gesagt? Aber wusstest du das denn nicht, das du beinahe einen Bruder bekommen hättest?" „Nein, das wusste ich nicht. Davon hat Mama mir nie etwas erzählt." Elisabeth war ganz durcheinander. „Das hätte sie mir doch erzählen können; das ist doch keine Schande."
„Ich will da jetzt lieber nichts mehr dazu sagen. Da musst du deine Mutter fragen."
Das tat Elisabeth auch gleich, nachdem sie sich von Großmama verabschiedet hatte. Ihre Mutter seufzte und sagte. „Einmal musst

du es ja doch erfahren. Setz dich erst mal hin, Lieschen, und dann erzähle ich es dir."
„Nun spann mich doch nicht so auf die Folter, Mama."
„Also, das war so: Ich war, als du drei Jahre alt warst, noch mal schwanger. Aber ich konnte mich gar nicht auf das Kind freuen. Deine Geburt war schon schwierig gewesen, und ich war hinterher lange krank. Dazu kam: die Wohnung war so eng, wir hatten so wenig Geld, und ich hab immer nur gedacht: Wo soll dieses dritte Kind noch Platz haben? Heute glaube ich, wir hätten das auch noch irgendwie geschafft. Aber damals hab ich mir das einfach nicht zugetraut." Sie hatte Tränen in den Augen. Elisabeth fragte vorsichtig. „Kann es sein, dass du auch nicht sehr viel Vertrauen in Papa hattest, dass er dir helfen würde?"
„Da könntest du Recht haben. Jedenfalls hab ich damals furchtbar viel Angst gehabt. Ja, und dann kam es zu einer Fehlgeburt. Da war ich schon im sechsten Monat. Ich hab drauf bestanden, mir das Kind anzusehen. Das war damals überhaupt nicht üblich. Die Schwestern hatten mir das Kind gleich weggenommen und wollten es mir auch nicht mehr zeigen, aber ich hab mich durchgesetzt. Es war ein süßer kleiner Junge." Jetzt weinte die Mutter still vor sich hin.

Elisabeth wollte sie in den Arm nehmen, aber sie traute sich nicht. Soviel körperliche Nähe war zwischen ihnen nicht üblich. Sie streichelte nur ganz vorsichtig die Hand ihrer Mutter.

Die wechselte plötzlich das Thema: „Sag mal, was hast du denn damals davon mitbekommen?"
„Ich kann mich ganz von ferne daran erinnern, dass du plötzlich ein paar Tage nicht da warst und dass dann wie immer Tante Henriette bei uns eingehütet hat. Aber ich kann mich nicht daran erinnern, dass uns Kindern gesagt wurde, was mit dir los war." „Das ist gut möglich, dass wir euch nichts gesagt hatten, auch nicht von meiner Schwangerschaft. Wir wollten euch erst dann etwas sagen, wenn das Baby da war. Aber dazu ist es dann ja nicht mehr gekommen."

Die Mutter sah traurig und erschöpft vor sich hin. „Ist es dir jetzt schwer gefallen, davon zu erzählen?", fragte Elisabeth. „Es wühlt so vieles wieder auf", sagte ihre Mutter, „wenn ich gekonnt hätte, dann hätte ich damals anders reagiert." „Hättest du dich lieber auf das Baby freuen wollen?"
„Ja! Eigentlich sind Kinder doch etwas Wunderbares."
„Aber manchmal melden sie sich zur falschen Zeit an", sagte Elisabeth, „und das ist dann nicht deine Schuld, Mama."
„Ach Mädchen, ich wünsche dir, dass du niemals in solch eine Situation kommst." Das wünsche ich mir auch, dachte Elisabeth.
Beim nächsten Besuch bei ihrer Großmama erzählte sie von ihrem Gespräch mit ihrer Mutter. Die sagte: „Dein Vater hat mir damals von der Fehlgeburt deiner Mutter erzählt. Er war sehr traurig darüber. Er hat sich wohl nach zwei Mädchen noch einen Sohn gewünscht."
„Und wenn ich Mama richtig verstanden habe, lag es zum Teil auch an ihm, dass sie selbst sich kein weiteres Kind mehr zugetraut hat."
„Ja, dein Vater kann manchmal sehr hart sein."
„Woher kommt das, Großmama, du selbst bist doch nicht so?"
„Manchmal hatte ich den Eindruck, er wollte seinen eigenen Vater übertreffen. Noch akkurater sein als er, noch pflichtbewusster, noch konsequenter. Und dabei hat mein Mann das gar nicht von ihm verlangt."
„Weißt du, Großmama, ich hab Papa oft nicht verstanden. Und ich versteh ihn oft genug immer noch nicht." Die Großmama lächelte: „So geht's mir auch, Lieschen, obwohl er mein eigener Sohn ist. Aber er hat ein gutes Herz, und das ist doch das Wichtigste, nicht wahr?"

Schließlich ist es soweit: die Mutter packt eine Tasche für das Kind mit dem neuen Schlafanzug, frischer Unterwäsche, Hausschuhe, dem Bademantel und Waschzeug. Das Kind darf sich zwei Bilderbücher aussuchen und sein Hasi einpacken. Am Nachmittag soll das Kind im Krankenhaus ankommen. Der Vater fährt mit, um die Tasche zu tragen. Sie bringen das Kind in ein Krankenzimmer, das ihnen eine Krankenschwester gezeigt hat. Darin liegen schon drei Frauen im Bett. Sie kommen dem Kind uralt vor. Die Mutter sagt: „Ich hatte ja gehofft, dass im Moment noch mehr Kinder hier liegen. Mit denen hättest du dann spielen können.“ Aber mit fremden Kindern mag das Kind jetzt erst recht nichts zu tun haben. Der Vater stellt die Tasche ab und bleibt dann an der Tür stehen. Die Mutter begrüßt die Frauen und sagt: „Kümmern Sie sich ein bisschen um unser Lieschen, bitte?“ Das versprechen die Frauen. Die Mutter hilft dem Kind noch beim Umziehen und bringt es ins Bett. Das Kind fragt sich, warum es jetzt schon im Bett liegen soll – es ist doch noch hell draußen. Aber das ist im Krankenhaus wohl so üblich, dass man immer im Bett liegen muss.

Eine Krankenschwester läuft durchs Zimmer. Die Mutter fragt: „Wann kann ich denn morgen nach der Operation meine Tochter besuchen?“ Die Schwester ist in Eile, sie antwortet nur ganz kurz: „Morgen gar nicht. Besuchstag ist erst am Mittwoch.“ Der Vater sagt: „Ich geh schon mal raus. Das Ganze erinnert mich zu sehr an das Lazarett, in dem ich mal gelegen hab.“ Die Mutter sagt leise: „Stell dich nicht so an! Ich hab ja wohl mehr Lazarette von innen gesehen als du. Aber geh man ruhig.“

Kurz danach kommt ein Arzt mit einem anderen jungen Mann in einem weißen Kittel und guckt dem Kind in den Hals. „Na, da haben wir aber zwei besonders schöne dicke Klumpen drin“, sagt er zu dem jungen Mann, „die werden wir morgen früh mal gleich entfernen.“ Zur Mutter sagt er: „Sie müssen hier noch unterschreiben.“ Er gibt ihr einen großen Zettel. Sie möchte sich den gerne noch durchlesen, aber so viel Zeit hat der Arzt nicht. Er sagt: „Sie sollten jetzt gehen. Das ist besser für Ihre Tochter. Sonst entwickelt sie zu viel Heimweh.“ Also nimmt die Mutter das Kind in den Arm und geht dann. Das Kind schaut ihr hinterher. Es hätte die Mutter gerne noch länger hier gehabt; es ist alles so fremd und beunruhigend hier.

Dann kommt eine Schwester und bringt das Abendessen, aber nur für die Frauen, nicht für das Kind. Sie merkt, wie das Kind hinter ihr herschaut und sagt: „Am Abend vor einer Operation gibt es nichts zu essen. Morgen früh auch nicht. Und hinterher wirst du keinen Appetit haben. Morgen Abend, da bekommst du eine Suppe." Die Frauen lachen und schwatzen miteinander, und das Kind fühlt sich ganz alleine. Es soll sich vorm Schlafen die Zähne an einem Waschbecken putzen, das an der Wand gegenüber ist, und es kommt ihm so vor, als ob alle Frauen ihm dabei zusehen. Als es fertig ist und wieder im Bett liegt, kommt eine der Frauen zum Kind ans Bett, streichelt es ganz sanft und sagt: „Du hast bestimmt Angst. Aber wir haben das alle schon hinter uns, und es war gar nicht so schlimm. Schlaf gut, meine Kleine." Das Kind nickt. Es merkt, wie ihm die Tränen hochkommen und versteckt sich unter der Bettdecke. Später bekommt es von der Schwester eine Tablette, und dann schläft es ganz schnell ein.

Am nächsten Morgen wird es ganz früh geweckt, darf sich noch eben die Zähne putzen, und dann bekommt es einen weißen Kittel angezogen. Eine andere Krankenschwester, eine sehr junge, führt es am Arm einen langen Flur entlang. Sie hält das Kind ganz fest. Denkt sie etwa, ich laufe weg? fragt sich das Kind. In einem kleinen dunklen Raum wird es auf einen großen Stuhl gesetzt. Die Arme werden ihm an den Armlehnen festgebunden, und in den Mund bekommt es eine ganz große Klammer. Jetzt kann es den Mund nicht mehr bewegen. Dann geht ein großes Licht über ihm an, und der Doktor, den es gestern schon gesehen hat, kommt mit einer anderen Schwester und dem jungen Mann herein und hantiert mit lauter unheimlichen Geräten. „Jetzt bekommst du eine Spritze, damit es nicht weh tut", sagt er. Mit einer dicken großen Spritze sticht er dem Kind von innen in den Hals, und das tut natürlich furchtbar weh. Am liebsten würde es schreien, aber das geht ja nicht, weil sein Mund so weit offen steht. „Mach doch einfach die Augen zu, dann kriegst du nichts mit", sagt die Schwester, „es geht auch ganz schnell, und gleich bist du wieder in deinem Bett." Das Kind versucht, die Augen zu schließen, aber sie gehen immer wieder auf. Es muss doch sehen, was der Arzt als nächstes Unheimliches macht. Der hat jetzt ein langes schmales Messer in der Hand, und damit schneidet er dem Kind im Hals herum. Das tut jetzt wirklich nicht weh, aber das Messer ist eiskalt, und das Kind spürt, wie es etwas herausschneidet. Dann sieht es gar nichts mehr, weil ihm lauter Tränen in die Augen laufen.

Nach einer endlos langen Zeit ist der Doktor fertig und nimmt dem Kind die Klammer aus dem Mund. Die junge Krankenschwester kommt wieder und bringt das Kind in sein Zimmer. Diesmal muss sie das Kind wirklich festhalten, denn es ist ganz wackelig auf den Beinen. „Jetzt schlaf erst mal ein bisschen", sagt die Schwester, „und nachher bringe ich dir Eis." Die drei Frauen im Zimmer begrüßen das Kind fröhlich und freuen sich, dass es wieder da ist. „Wir werden heute auch nur ganz leise schwatzen und lachen, damit du schlafen kannst", sagt die eine. Aber das Kind kann nicht schlafen; es ist einfach zu zitterig. Nach einiger Zeit kommt die junge Schwester und bringt ein Schüsselchen mit einem Löffel darin. „Hier kommt dein Eis", sagt sie. Das Kind wundert sich, dass niemand gefragt hat, was für ein Eis es möchte. Es hätte natürlich wieder Zitroneneis gewollt. Es schaut in das Schälchen, und darin schwimmen einige ovale Kugeln aus Wassereis. „Die musst du jetzt schön langsam lutschen", sagt die Schwester und geht wieder. Das Kind ist enttäuscht und denkt: „Vielleicht kommt das richtige Eis später." Es nimmt ein wenig Wassereis in den Mund, aber als es das aufgetaute Wasser runterschlucken will, geht das gar nicht. Der Hals ist von innen zu. Es versucht immer wieder zu schlucken, aber nichts von dem Wasser geht nach unten. Es spuckt das Wasser wieder in die Schale. Die Schwester schimpft, als sie die Schale wieder abholt. Das Kind möchte ihr erklären, dass es doch nicht schlucken konnte, aber jetzt merkt es, dass es auch nicht sprechen kann. Es fängt an zu weinen, aber das Schluchzen tut im Hals furchtbar weh. So schrecklich hat sich das Kind noch nie gefühlt, und die Zeit geht gar nicht vorbei.

Am Nachmittag steht plötzlich die Mutter in der Tür. Das Kind flüstert: „Aber heute ist doch kein Besuchstag." Die Mutter lacht und sagt: „Ich hab mich einfach reingeschlichen, und die Schwester hat mich gelassen." Sie setzt sich ans Bett und holt etwas aus ihrer Handtasche, ein kleines Päckchen, das darf das Kind auspacken. Darin ist ein winzigkleiner Stofftiger. Die Mutter sagt: „Wenn dir jemand was Böses will, dann zeigt der Tiger dem die Zähne." Das Kind lacht und weint gleichzeitig. Es ist so froh, dass die Mutter da ist, aber der Hals tut ihm schrecklich weh.

Abends bekommt es einen Teller mit ein bisschen Pudding darin und Himbeersoße darüber. Das Kind versucht zu essen, aber nur ein Löffel voll rutscht den Hals herunter. Die Schwester schüttelt den Kopf und sagt: „Na Kleine, keinen Appetit gehabt? Schade!" Danach weint es immer noch, aber nur ganz still, um die Frauen nicht zu stören. Eine von ihnen kommt zum Kind ans Bett und streichelt es. „Tut es so weh?", fragt sie. Das Kind nickt, und obwohl es das nicht will, kullern ihm die Tränen übers Gesicht. „Komisch", sagt sie zu den anderen Frauen, „bei uns hat es doch nicht weh getan." Sie klingelt nach der Schwester und bittet sie, dem Kind ein Schmerzmittel zu geben. Die bringt ein Glas mit einer dicken Flüssigkeit drin, die soll das Kind mit einem Löffel einnehmen. Das ist mühsam, aber danach schläft das Kind endlich ein. Der kleine Tiger sitzt auf dem Nachtschrank, und Hasi hat es im Arm.

Die nächste Zeit geht schrecklich langsam vorbei. Die Schmerzen werden etwas weniger. Nach drei Tagen wird das Kind in ein anderes Zimmer gebracht. Das ist viel kleiner und darin liegt nur eine junge Frau. Ihr sind auch vor ein paar Tagen die Mandeln herausgenommen worden. Ihr Mann kommt jeden Tag zu Besuch, obwohl das ja eigentlich nicht erlaubt ist. Er sagt einfach zur Schwester: „Wir haben doch erst im letzten Jahr geheiratet. Ich kann doch meine Frau nicht einfach so allein lassen." Er bringt ihr jedes Mal ein richtiges Eis mit, und als er erfährt, dass das Kind bisher nur Wassereis bekommen hat, bringt er ihm auch jeden Nachmittag ein

Eis mit. Er fragt sogar nach ihrer Lieblingssorte. Die Schwester sieht das nicht gerne. Sie sagt: „Zitrone brennt doch viel zu sehr im Hals." Das findet das Kind gar nicht. Bisher hat ihm alles gleich geschmeckt, und die Zitrone bringt ihm endlich einmal einen etwas anderen Geschmack auf die Zunge. Mit der jungen Frau kann man sich gut unterhalten. Sie gibt dem Kind auch ihre Illustrierten zum Anschauen.

Von Tante Henriette kommt eine bunte Postkarte. Sie kann selbst nicht zu Besuch kommen, weil sie gerade in Westfalen bei ihrem Verlobten ist. Auf der Karte ist eine kleine weiße Katze mit einer roten Schleife um den Hals abgebildet. Die Mutter liest dem Kind vor, was Tante Henriette geschrieben hat: „Liebes Lieschen! Jetzt hast Du die Operation bestimmt schon überstanden. Ich finde Dich richtig tapfer und wünsche Dir gute Besserung! Deine Patentante Henriette." Das Kind stellt sich die Karte auf den Nachtschrank und freut sich jeden Tag daran.

Eines Morgens fällt dem Kind ein Zahn heraus, der erste Milchzahn, den es verliert. Es zeigt ihn voller Stolz herum, denn sein Freund Volker hat ihm mal erzählt, dass man schulreif ist, wenn man die Milchzähne verliert. Und dann, nach zehn Tagen, ist es endlich soweit: Die Eltern dürfen das Kind abholen. Die Mutter bedankt sich bei allen Schwestern. Der Vater hat sogar eine Taxe bestellt, damit sie nicht mit dem Bus fahren müssen. Zu Hause gibt es Möhreneintopf, ganz weich gekocht, damit das Kind ihn auch gut schlucken kann. Noch nie hat dem Kind ein Eintopf so gut geschmeckt. Es sitzt an seinem Platz in der Küche und strahlt alle an. Auch die große Schwester strahlt. „Es war so einsam im Kinderzimmer ohne dich", sagt sie. Und dann hängt sie noch dran: „Aber im neuen Haus will ich trotzdem ein eigenes Zimmer haben."

Drei Tage später bekommt das Kind hohes Fieber. Die Mutter sagt: „Eigentlich sollte das jetzt nach der Operation doch vorbei sein." Der Vater ruft den Hausarzt an, und der sagt, das Kind solle wieder

ins Krankenhaus zurück. Wieder weint das Kind und wehrt sich, und wieder packt die Mutter ihm eine Tasche. Der Vater bestellt eine Taxe, und im Nu sind sie wieder im Krankenhaus. Dort müssen sie lange warten, bis sie den Arzt sprechen können, der das Kind operiert hat. Er guckt dem Kind in den Hals und sagt: „Es ist doch alles gut verheilt. Woher soll denn das Fieber kommen?" Die Mutter fragt: „Hat es vielleicht damit zu tun, dass unsere Tochter vor ein paar Tagen einen Milchzahn verloren hat?"
„Ja, da hat sie sich wohl bei der Gelegenheit eine Infektion eingefangen. Da gibt's jetzt zwei Möglichkeiten: Entweder sie bleibt noch ein paar Tage hier im Krankenhaus zur Beobachtung, oder sie bekommt Penicillin. Eine Spitze in den Po, und damit müsste das Problem behoben sein." Das Kind stellt es sich schrecklich vor, so eine Spritze. Außerdem kann es sich noch gut an die Spritze in den Hals erinnern. Aber lieber eine Spritze als wieder ins Krankenhaus müssen! Die Mutter scheint auch so zu denken, denn sie zieht das Kind schon aus, auch den Schlüpfer. Das ist dem Kind jetzt peinlich. Der Doktor kommt mit einer großen Spritze und spritzt dem Kind ganz langsam eine Flüssigkeit in die linke Pobacke. Das tut weh, aber das Kind beißt die Zähne zusammen. Dann darf es sich wieder anziehen, und sie können nach Hause fahren, wieder mit der Taxe.

Der Vater meckert: „Dieses Kind macht uns noch arm." Und dann, nach ein paar Minuten, sagt er leise: „Wenn es damals im Krieg auch Penicillin gegeben hätte, dann hätte meine Schwester nicht sterben müssen." Das Kind erschrickt: Wäre es gestorben, wenn es die Spritze nicht bekommen hätte? Und ist es jetzt schuld daran, dass die Eltern kein neues Haus bauen können, weil alles so teuer war? Die Mutter sagt gar nichts. Sie hält das Kind ganz fest im Arm und bringt es zu Hause ins Bett. Da schläft es ein, und am nächsten Tag ist es fast ganz gesund. Nur dass es jetzt noch dünner und blasser ist als vor der Mandeloperation. Und Halsentzündungen hat es auch immer wieder.

Schon lange hatte das Ehepaar Reinicke, Michaels Eltern, Elisabeth nach Berlin eingeladen, aber immer war etwas dazwischen gekommen, entweder bei ihr oder bei Michael. Aber jetzt waren sie endlich auf der Fahrt nach Berlin, in Michaels altem Käfer, den er vor kurzem erstanden hatte. Elisabeth war aufgeregt. Zum einen war sie noch nie in Berlin gewesen, und die Fahrt durch die DDR war ihr unheimlich. Zum anderen hatte sie Sorge, ob sie wohl vor den Augen von Michaels Eltern bestehen konnte. Michael merkte, wie nervös sie war – ständig zerdrückte sie ein Taschentuch zwischen den Händen. „Was soll denn schon passieren?", meinte er, „die Grenzsoldaten sind keine Unmenschen, und meine Eltern erst recht nicht." In Helmstedt, am Grenzübergang, mussten sie kaum warten, obwohl der übliche Wochenendverkehr herrschte, und auch die Einreise nach Berlin ging zügig vonstatten. „Siehste", sagte Michael, „du hast dich mal wieder umsonst verrückt gemacht."
Abends kamen sie in Michaels Elternhaus in Zehlendorf an. Seine Mutter nahm Elisabeth in den Arm und sagte: „Das wurde aber auch mal Zeit, dass wir Sie endlich kennen lernen dürfen, Fräulein Menge. Michael hat schon viel von Ihnen erzählt. Er spricht immer so liebevoll von Ihnen." Elisabeth wurde rot und bekam vor Verlegenheit kaum ein Wort heraus. Im Wohnzimmer erhob sich Michaels Vater aus seinem Sessel. Er war sehr groß und breit und schaute lachend auf Elisabeth herab. „Sie sind ja nur 'ne halbe Portion", sagte er, „Michael hat so großartig von Ihnen gesprochen – ich hatte immer gedacht, Sie müssten eine große stattliche Person sein. Da sollten wir doch mal dieses Wochenende nutzen, um Ihnen ein paar Pfunde anzufüttern." Das machte sie erst recht verlegen.

Erst beim Abendessen, nach zwei Gläsern Wein, gelang es ihr, mehr aus sich heraus zu gehen. Michaels Eltern waren so herzlich und unkompliziert, da konnte man sich nur wohl fühlen. Herr Reinicke sagte: „Sie haben doch einen guten Einfluss auf unsern Sohn – könnten Sie ihn nicht überreden, sich auf Reiserecht zu spezialisieren? Wir merken es doch in unserm Reisebüro immer wieder,

dass zunehmend ein Bedarf an Juristen in der Tourismusbranche besteht. Die Kunden werden anspruchsvoller; wenn etwas nicht zu ihrer Zufriedenheit verläuft, kommen Beschwerden und immer häufiger auch Klagen, mit denen sie vor Gericht gehen." Michael grinste und sagte: „Du hast es selbst nicht geschafft, mich davon zu überzeugen, und jetzt versuchst du es von hintenrum über Elisabeth. Ganz schön gewieft!"
„Ach, Junge, wir wollen doch nur dein Bestes", sagte Frau Reinicke, „in dem Bereich wärst du sicher niemals arbeitslos."

Elisabeth sagte: „Für mich klingt das auch nach einer tollen Idee. Du könntest ja jedem Klienten vorschlagen, dass du ihn besser vertreten könntest, wenn du dich vor Ort, also an seinem Urlaubsort, erst mal persönlich über den Sachverhalt informierst. Natürlich auf seine Kosten. Und ich fahre oder fliege dann mit, als deine persönliche Referentin."
„Ja, ja, verbündet euch ruhig gegen mich."
„Höre ich da bei Ihnen eine gewisse Reiselust heraus, Elisabeth? Ich darf doch Elisabeth zu Ihnen sagen?", fragte Herr Reinicke.
„Wenn ich könnte, wäre ich ständig unterwegs", sagte Elisabeth mit leuchtenden Augen, „als ich klein war, sind wir mal in die Lüneburger Heide gefahren und später haben wir einmal drei Wochen Urlaub in Dänemark gemacht. Ja, und dann unser gemeinsamer Urlaub in Spanien letztes Jahr – mehr habe ich doch bisher nicht von der Welt gesehen. Meine Eltern haben immer gemeint, wir könnten in den Ferien nicht wegfahren, weil entweder die Johannisbeeren im Garten reif waren und gepflückt werden mussten oder weil die Äpfel geerntet werden sollten. Ich bin perfekt im Johannisbeergelee- oder Apfelmuskochen, aber viel herumgekommen bin ich noch nicht."
„Dann nehmen wir Sie morgen früh mal mit in unser Reisebüro – da werden Ihnen die Augen aufgehen, welch wunderbare Urlaubsziele es in der Welt gibt", sagte Herr Reinicke. „Ja, und dann wird das arme Mädchen vor Sehnsucht nach Rom und Athen zerschmelzen, ohne die Zeit zu haben, dort hinzufliegen", meinte seine Frau.

Und kein Geld dafür, dachte Elisabeth. Laut sagte sie schmunzelnd: „Eines Tages werde ich die Staranwältin von Hamburg sein, und dann werde ich jedes Jahr vier Wochen am Lago Maggiore verbringen."
„Sind Sie aber bescheiden", meinte Herr Reinicke, „Staranwälte pflegen zum Golfspielen nach Südafrika oder zum Surfen nach Kalifornien zu fliegen."
„Ach, mir wäre ja schon Europa recht. Außerdem: langes Fliegen wäre, glaub ich, gar nicht meine Sache. Stundenlang in der Luft zu sein, das ist nichts für mich. Ich hab lieber festen Boden unter den Füßen."
„Aha, also eine bodenständige Norddeutsche. Die halt dir fest, Michael, die ist was fürs Leben", sagte Herr Reinicke, lachte ihr herzlich zu und hob sein Glas: „Auf Ihr Wohl, Elisabeth. Behalten Sie Ihren guten Einfluss auf unsern Jungen. Der neigt nämlich zum Abheben. Er war schon immer ein ziemlicher Luftikus." Michael protestierte, aber seine Eltern winkten lachend ab.

Am nächsten Morgen schliefen Elisabeth und Michael erst einmal aus, während seine Eltern längst im Reisebüro waren. Die beiden fuhren mit der S-Bahn hinterher. Elisabeth staunte – so groß hatte sie sich das Reisebüro „Reinicke-Reisen" nicht vorgestellt. Vier Angestellte arbeiteten vorne im Geschäft, während das Ehepaar Reinicke in den hinteren Räumen in eigenen Büros saß. An diesem Samstagvormittag herrschte reger Betrieb. Dennoch rief eine von den vier Damen, die im Geschäft saßen, ihnen fröhlich zu: „Hallo Michael, auch mal wieder im Lande?" Sie bekamen von Michaels Mutter einen Kaffee angeboten. Sie sagte: „Guckt mal, hier habe ich neue Prospekte von Hotels auf den Antillen. Das wird ein Reisegebiet der Zukunft werden. Wir werden demnächst mal hinfliegen und nach guten Hotels Ausschau halten, die wir unsern Kunden empfehlen können. Jetzt müssen Sie nicht neidisch werden, Elisabeth. Denn das wird eine harte Arbeitswoche für uns und beileibe kein Urlaub. Wir werden alle möglichen Tests in den Hotels durchführen, wie die Betten sind und wie es um den Service und die

Sauberkeit bestellt ist und ähnliches. Vom Land und den Menschen dort werden wir so gut wie nichts zu sehen bekommen. Und abends müssen wir dann tausend Beurteilungen schreiben, also auch kein Feierabend, um in der Hotelbar einen Drink zu nehmen." Und Michael fügte an: „Von solchen Reisen sind die beiden immer total geschafft nach Hause gekommen, haben sich über ihre eigenen Betten und ihre eigene Badewanne gefreut und sich auf die echten Berliner Schrippen gestürzt."
„Aber spannend klingt das doch", sagte Elisabeth, „vielleicht solltest du dich wirklich auf Reiserecht spezialisieren, wie deine Eltern das vorgeschlagen haben. Da kommst du sicher mehr in der Welt herum, als wenn du Anwalt für Familienrecht in einer Kleinstadt wirst."
„Oh, unterschätz das nicht. Scheidungen sind der kommende Markt für Anwälte, da lässt sich eine Menge Kohle mit verdienen."
„Erst mal hast du ja eine Menge Menge an deiner Seite", meinte Frau Reinicke lachend, „und jetzt zeig ihr gefälligst was von Berlin, deinem kleinen Fräulein Menge. Und mir wäre es lieb, wenn ihr gegen sieben zurück wärt; ich will für euch eine echte Berliner Spezialität kochen."

Michael und Elisabeth fuhren mit der S-Bahn ins Zentrum. Sie bummelten stundenlang den Kurfürstendamm entlang, aßen im Stehen Bouletten mit Senf an einer Straßenkreuzung und hatten viel Spaß miteinander. Für Elisabeth war es wie ein Urlaub in einer faszinierenden neuen Welt. Als Michael ihr dann die Mauer zeigte, bekam dieser fröhliche Tag für sie allerdings einen bitteren Beigeschmack. „Ihr Westberliner lebt scheinbar in völlig ungezwungener Freiheit", sagte sie, „und im Grunde ist dies doch eine Insel umringt von Diktatur."
„Ja, eine Insel der Seligen, auf der permanent verdrängt wird, unter welchen Verhältnissen nur wenige hundert Meter entfernt unsere Ostberliner Nachbarn wohnen. Wir können von hier nach Amerika fliegen, aber meinen Cousin in Prenzlau hab ich noch nie im Leben

gesehen. Viele Berliner könnten dir sagen, wie es auf Mallorca aussieht, aber nicht, wie es in Weißensee ist."
„Ich hab schon immer gedacht, dass das Verdrängen eine irrsinnig starke Macht über den Menschen hat."
„Verdrängen können oder Verdrängen müssen – manchmal steckt auch ein guter Selbstschutz dahinter."
„Wie viel wohl nach dem Krieg verdrängt worden ist? Angeblich hat niemand auf einen Feind geschossen, aber irgendwoher müssen die vielen Gefallenen auf allen Seiten doch gekommen sein. Und niemand hat den Juden etwas Böses gewollt, und trotzdem hat man sie systematisch vertrieben und ermordet."
„Elisabeth, jetzt bist du schon wieder bei deinem Lieblingsthema – dem Krieg und dem Dritten Reich. Vermies uns doch damit nicht diesen Tag!"
„In Ordnung, ich hör schon auf, davon zu reden. Aber irgendwann möchte ich von dir doch mal wissen, warum du bei diesem Thema immer so schnell ausweichen möchtest."
„Mensch, bist du hartnäckig", sagte Michael und nahm sie in den Arm, „ich könnte dir auch Geschichten von Trümmerfrauen und Rosinenbombern erzählen, aber im Moment hab ich keine Lust dazu. Jetzt essen wir ein Eis und dann fahren wir nach Hause und gucken, mit welcher Spezialität uns meine Mutter überraschen möchte."

Es gab gekochtes Eisbein mit Erbsenpüree, ein echtes Berliner Essen, wie Michaels Mutter meinte. Elisabeth hatte Mühe, das Eisbein zu essen – das war ganz und gar nicht nach ihrem Geschmack, aber sie wollte nicht unhöflich sein. Das Erbsenpüree dagegen schmeckte ihr außerordentlich gut, und sie ließ sich zur Freude von Frau Reinicke zwei große Portionen davon geben. Hinterher gab es Berliner Weiße mit Schuss. Der Schuss stellte sich als Himbeersirup heraus, und von diesem ungewohnt süßen Getränk wurde Elisabeth so müde, dass sie tief und traumlos schlafen konnte, obwohl es in Michaels Jugendbett ziemlich eng war.

Als die beiden am nächsten Tag wieder abfuhren, raunte Frau Reinicke ihrem Sohn zu: „Deine Freundin ist ja ausgesprochen reizend. Nur ein bisschen schüchtern, aber das wirst du ihr schon abgewöhnen, oder?" Sie nahm beide in den Arm und sagte zu Elisabeth: „Kommen Sie bald mal wieder. Wir hatten uns schon immer eine Tochter gewünscht." Unterwegs im Auto sagte sie zu Michael. „Ich würde die Einladung deiner Mutter ja gern öfter annehmen. Wenn nur nicht diese schreckliche Fahrt durch die DDR wäre! So ein totalitäres System, da muss ich immer an die Erzählungen meines Vaters über das Dritte Reich denken."
„Ach Elisabeth", sagte Michael, „manchmal stehst du dir selber im Wege. Das eine hat doch nichts mit dem anderen zu tun."
„Trotzdem – es macht mir Angst." Elisabeth war heilfroh, als sie endlich wieder in Hamburg waren und sie spätabends im Zug nach Kiel saß.

Es ist Muttertag. Da gehört es sich so, dass die Mutter den ganzen Vormittag im Bett bleiben muss, damit die Mädchen ihr das Frühstück ans Bett bringen können. Der Vater hilft ihnen beim Kaffeekochen, und gemeinsam tragen sie Brot, Margarine und Marmelade auf einem Tablett ins Schlafzimmer. Die Mutter tut überrascht, obwohl sie natürlich weiß, was auf sie zukommt. Das Kind hat für sie ein Bild gemalt mit einem großen Blumenstrauß darauf. Die große Schwester hat gestern schon im Garten ein Sträußchen Blumen gepflückt, Gänseblümchen und Hahnenklee, und die Blumen in einer kleinen Vase mit aufs Tablett gestellt.

Der Vater ist heute besonders gut gelaunt. Er sagt zur Mutter: „Krümel nicht so beim Essen. Du weißt ja: wer nie sein Brot im Bette aß, weiß nicht, wie Krümel pieken." Dann holt er eine klitzekleine Schachtel hervor und gibt sie der Mutter. Sie öffnet die Schachtel und findet darin einen kleinen silbernen Anhänger für ihre silberne Kette. „Oh, Martin, ist der schön!", sagt sie. „Ja, nicht

wahr?", antwortet er voller Stolz, „der stach mir gestern ins Auge, als ich durch die Stadt ging."
„Hat er dich sehr doll gepiekt?", fragt das Kind besorgt, „zeig mal, ob du blutest." Es reckt sich nach oben, um die Augen des Vaters genau sehen zu können. Der lacht und sagt: „Na, Lieschen, du nimmst es aber mal wieder ganz genau, was? Ins Auge stechen sagt man, wenn einem etwas besonders aufgefallen ist."
„Ach, so ein Glück, ich dachte schon, du müsstest ausgerechnet heute zum Arzt wegen deinem Auge."
„Wegen des Auges, heißt es, Lieschen. Aber keine Sorge, mir geht's gut, und der Mama hoffentlich auch." Die strahlt und fragt: „Muss ich etwa den ganzen Tag im Bett bleiben? Und ihr, wollt ihr nicht auch endlich mal frühstücken gehen?"

Am Nachmittag trägt sie den neuen Anhänger an ihrer silbernen Kette zu einem schwarzen Pullover – das sieht hübsch aus.

Elisabeth entdeckte im Vorlesungsverzeichnis der Universität eine Vorlesungsreihe mit dem Titel „Die Waffen-SS im Dritten Reich und ihre Auswirkungen auf die Nachwelt". Eigentlich waren die Vorlesungen für die Geschichtsstudenten vorgesehen, aber der Professor antwortete auf ihre Nachfrage, ihm wäre jede Studentin recht, denn vermutlich würden bei dem Thema ohnehin nur wenige kommen. So war es denn auch. Ganze acht Studentinnen und Studenten saßen beim ersten Mal im Vorlesungsraum, so dass der Professor vorschlug, lieber in einen kleinen Seminarraum zu wechseln, um besser miteinander ins Gespräch zu kommen.
Als erstes gab er eine Einführung zur Entstehung der Waffen-SS, später trug er ihnen einen Abriss des in der SS herrschenden Gedankenguts vor. Elisabeth war erschrocken über die radikalen Ansichten, die unter den SS-Leuten herrschten, über die Positionen, die sie im Dritten Reich einnahmen, und mit welch großen Machtbefugnissen sie ausgestattet waren. Noch erschrockener war sie allerdings von dem, was einige der anwesenden Kommilitonen

zu erzählen hatten. Es stellte sich nämlich heraus, dass fast alle der anwesenden Studenten in ihrer Familie einen Angehörigen der SS gehabt hatten und schwer an diesem Erbe trugen. Es war für einige so schwer zu akzeptieren, dass sie sich erst bei einem späteren Treffen dazu bekennen konnten. „Wer kann sich schon eingestehen, dass der eigene Opa ein Mörder und Menschenquäler war", sagte ein Student verbittert, „für mich war er früher immer der liebe Opa, der mit mir Federball gespielt hat. Was er im Krieg gemacht hat, davon hatte ich doch keine Ahnung, und natürlich wurde bei uns auch nicht darüber gesprochen. Auch die entsprechenden Fotos waren längst aus dem Familienalbum verschwunden. Ich hab irgendwann mal, da war mein Opa schon tot, meine Mutter gefragt, warum es diese Lücken im Album gibt, da hat sie mir gesagt, da wäre ihr Vater in Uniform drauf gewesen, und die Bilder hätte er später nicht mehr sehen wollen. Ja, und dann hab ich richtig nachgefragt." Elisabeth sah dem Kommilitonen an, wie sehr ihn seine Entdeckung erschüttert hatte.

Beim nächsten Mal brachte der Professor Fotos mit von lachenden jungen Männern in SS-Uniform und Briefe von SS-Männern, die sie nach Hause an ihre Familien geschrieben hatten. „Die hab ich von Familien, die das alles nicht mehr bei sich zu Hause haben wollten. Sie wollen aber auch nicht namentlich genannt werden", sagte er, „aber für uns sind es wichtige Zeitzeugnisse. Daraus geht hervor, dass es sich um fröhliche junge Männer und liebevolle Familienväter handelte, die aber an einer Stelle ihres seelischen Immunsystems offenbar eine Lücke hatten. Und dorthinein konnte sich der braune Virus fressen und festsetzen. Und alles andere infizieren." Ein Bild zeigte ein strahlendes Brautpaar, sie mit weißem Schleier und er in SS-Uniform. „Viele Familien waren stolz auf ihre Männer und Söhne, die ja auf Grund ihrer Zugehörigkeit zur SS bedeutende Posten bekleideten", sagte der Professor.

„Meine Oma hat immer gesagt, ihr Sohn, also mein Onkel, wäre für Volk und Vaterland gestorben", erzählte eine Studentin, „dabei

ist er kurz nach dem Krieg in der Gefangenschaft umgekommen. Sie hat ein Bild von ihm auf ihrem Nachttisch stehen, da trägt er auch eine SS-Uniform. Den hat man wohl nicht geschont in der Gefangenschaft.“

„Soweit es den Siegermächten bekannt war, wer dazu gehört hatte, gab es natürlich Haft und zum Teil sicher auch Folter und Hinrichtungen“, sagte der Professor, „die auf den kleineren Posten wurden irgendwann entnazifiziert. Aber die Frage muss erlaubt sein, ob die Entnazifizierungen weit genug gingen. Vielen ehemaligen SS-Leuten gelang es später, sich einflussreiche Positionen zu sichern, und ob sie sich bis dahin von ihrer alten Gesinnung haben lösen können, ist die Frage.“

Elisabeth erzählte: „Mein Vater war, soweit ich weiß, nicht in der SS, aber ich hab mich oft gefragt, ob er während seiner Zeit als aktiver Soldat Menschen erschossen hat. Ich hab mich nie getraut, ihn danach zu fragen. Er hat meistens nur erzählt, dass er als Verwundeter eine Zeit lang in einem Lazarett war, und dass er relativ früh in amerikanische Gefangenschaft gekommen war, wo es ihnen allen wohl ziemlich gut ging. Wenn ich wüsste, dass er Menschenleben auf dem Gewissen hat, würde mir das sehr zu schaffen machen.“

„Aber davon müssen wir doch alle ausgehen“, sagte eine andere Studentin, „dafür waren die Männer damals als Soldaten doch ausgebildet, dafür wurden sie an die Front geschickt. Da hat doch jeder geschossen, schon um das eigene Leben zu retten. Ob jeder Schuss getroffen hat, ist eine andere Frage, aber die Absicht zu töten, war bestimmt bei allen vorhanden.“

„Zumal ja auch den Soldaten lange genug eingebläut worden war, dass der Feind ein Unmensch ist, den es auszulöschen gilt“, fügte der Professor hinzu.

„Das Dritte Reich ist jetzt seit etwa dreißig Jahren vorbei, und wir plagen uns immer noch mit den Folgen herum“, sagte eine Studentin, die sich als Irene vorgestellt hatte, beim Hinausgehen

zu Elisabeth. Die beiden beschlossen, noch einen Kaffee miteinander zu trinken. Irenes Eltern stammten aus dem Saarland, und ihr Vater war als ganz junger Mann freudig in den Krieg gezogen, weil ihm die uralte Feindschaft zwischen Deutschland und Frankreich noch durch den Kopf gegeistert war und er jetzt die Gelegenheit gekommen sah, den alten Feind endlich zu besiegen. Dass es dann andersherum gekommen war, hätte er lange nicht verwinden können, erzählte Irene.

„Ich hab immer gedacht, mit meinem Interesse für den Krieg und das Dritte Reich stünde ich ziemlich allein da“, sagte Elisabeth, „jetzt merke ich, dass es auch noch andere gibt, die davon gepackt sind.“
„Ja, aber sicher aus unterschiedlichen Motiven“, sagte Irene, „bei mir ist es sozusagen von Berufs wegen – ich will Geschichtslehrerin werden und meinen Schülern gerade dieses düstere Kapitel der deutschen Geschichte nahe bringen. Bei dir scheint es ja mehr um eine Auseinandersetzung mit deinem Vater zu gehen.“ „Stimmt, ich versuche ihn und seine jungen Jahre zu verstehen, um mich von ihm lösen zu können und meinen eigenen Weg zu finden.“
„Da hast du dir aber etwas Großes vorgenommen“, meinte Irene, „lässt du mich an deinen Entdeckungen teilhaben?“
„Gerne“, sagte Elisabeth, „vielleicht kannst du mir auch ab und zu geschichtliche Fragen beantworten“ Aus dieser Bekanntschaft entwickelte sich eine Freundschaft, die viele Jahre andauern sollte.

Das Kind sitzt auf der Fensterbank und guckt nach draußen. Aber das ist irgendwann langweilig, und es springt von oben herunter. Dabei stößt es sich den Ellenbogen an der Tischkante. Das tut weh, und das Kind fängt vor Schreck und Schmerz laut an zu weinen. Die Mutter kommt gerade mit einem Wäschekorb die Treppe herauf. Sie hört das Schreien, bekommt auch einen Schreck und rennt die letzten Stufen hinauf. Dabei stolpert sie, fällt hin und schreit jetzt auch. Das Kind hört das und wird vor Schreck ganz still. So

hat es die Mutter noch nie schreien gehört. Die Wohnungstür von Schultzes geht auf, und Frau Schultze kommt heraus: „Was ist denn los, Frau Menge?“, fragt sie. „Ich glaub, ich hab mir den Fuß verknackst“, stöhnt die Mutter. Das Kind läuft auf den Flur und sieht, dass die Mutter auf der obersten Treppenstufe sitzt und sich den Fuß reibt. Frau Schultze will ihr hoch helfen. „Oh Gott, ich kann gar nicht auftreten, das tut so weh“, sagt die Mutter und stöhnt immer lauter, „jetzt wird der Fuß auch noch ganz dick.“ Nun hat das Kind ein ganz schlechtes Gewissen. Wenn es nicht so laut geweint hätte, wäre die Mutter nicht so schnell gelaufen und wäre nicht hingefallen. Und eigentlich tut ihm doch überhaupt nichts mehr weh!
Die Mutter hüpft auf einem Bein am Arm von Frau Schultze in die Wohnung und legt sich aufs Sofa. Frau Schultze sagt: „Ich lauf mal schnell runter ins Amt und gebe Ihrem Mann Bescheid.“ Der Vater kommt kurz danach nach oben. Er guckt sich den angeschwollenen Fuß an und sagt: „Na, den hast du dir wohl verstaucht. Wird schon nicht so schlimm sein. Essigwasser muss da drauf, dann wird's besser. Du kennst ja meine Devise: Stell dich nicht so an. An der Front mussten wir auch weiterlaufen, auch wenn wir mal mit dem Fuß umgeknickt waren.“ Er will schon wieder gehen, aber die Mutter hält ihn fest und sagt ärgerlich: „Wie soll ich das denn machen mit dem Essigwasser, wenn ich nicht auftreten kann?“
„Lass dir von Lieschen helfen; ich muss wieder runter.“ Und schon ist der Vater wieder weg.

Die Mutter stöhnt. Dann erklärt sie dem Kind, wo der Essig steht, welche Schüssel sie nehmen und mit kaltem Wasser und etwas Essig füllen soll. Das Kind trägt die Schüssel zur Mutter, ganz vorsichtig, um nur ja nichts zu verschütten, obwohl ihm innerlich ganz zitterig ist vor Angst. „Geh an den Wäscheschrank und hol ein sauberes Handtuch heraus“, sagt die Mutter. Das Kind öffnet den Schrank, und die Schranktür singt ein leises ängstliches Lied. Die Handtücher liegen oben; das Kind muss sich einen Stuhl heranziehen, um dranzukommen. Schließlich hat es eins herausziehen können und bringt es der Mutter. Die taucht das Handtuch in die

Schüssel, wringt es aus und wickelt es um ihren dicken Fuß. Dabei stöhnt sie wieder laut. „Jetzt brauch ich noch ein Handtuch, damit das Sofa nicht nass wird. Aber da kannst du ein benutztes aus der Küche nehmen."

Die Mutter sieht ganz blass aus. Den Kopf hat sie auf ein Kissen gelegt. Das Kind möchte sie trösten, aber es weiß nicht wie. „Mama, bin ich schuld, dass du hingefallen bist?", fragt es und merkt, wie ihm die Tränen kommen. Die Mutter sagt: „Ich war so erschrocken, als ich dich gehört hab, da bin ich zu schnell losgelaufen. Was war denn mit dir los?"
„Ach, ich hab mir nur ein bisschen den Arm gestoßen. Das war nicht schlimm", sagt das Kind, und jetzt weint es richtig, weil die Mutter ihm nicht gesagt hat, dass es keine Schuld hat. Aber die Mutter denkt, der Arm täte ihm noch so weh, und deshalb nimmt sie das Kind ganz fest in die Arme und streichelt es. „Wer soll denn heute das Mittagessen machen?", fragt das Kind. „Da müsst ihr euch wohl ausnahmsweise mal ein Brot machen", sagt die Mutter, „ich werde heute bestimmt nicht aufstehen und mich in die Küche stellen."

Die Mutter steht den ganzen Tag nicht auf, und auch am nächsten Tag kann sie nicht auftreten. Der Vater ruft morgens den Doktor an, ob er kommen kann, aber der sagt, der Fuß müsste geröntgt werden. Der Vater fragt Herrn Warnecke, ob er die Mutter mit seinem Auto ins Krankenhaus fahren könnte. Beide Männer haken die Mutter unter die Arme und helfen ihr die Treppe hinunter. Das Kind bleibt solange bei Frau Warnecke. Die hat ein dickes Buch mit schwarzweißen Fotos aus ganz Deutschland, das darf sich das Kind ansehen. „Da sind noch Bilder drin von vor dem Krieg", sagt Frau Warnecke, „von Städten und Gegenden, wo man heute nicht mehr hin kann. Königsberg zum Beispiel und die Schneekoppe. Guck dir das gut an – wer weiß, ob man die jemals wieder sieht."
Es dauert lange, bis die Mutter zurückkommt. Sie hat jetzt zwei Krücken, und damit hangelt sie sich mühsam die Treppe herauf.

„Die Ärzte im Krankenhaus haben gesagt, das ist ein Bänderriss, und ich soll drei Wochen lang nicht auftreten“, sagt sie, „wie soll das bloß werden, mit dem Haushalt und den Kindern?“, fragt sie. Die Eltern überlegen lange. Schließlich geht der Vater in sein Büro zum Telefonieren, und dann sagt er: „Agnes, du gehst solange zu Oma und Opa. Lieschen, du wirst bei Tante Anneliese und Onkel Eduard einquartiert. Die können immer Hilfe in ihrer Gärtnerei gebrauchen. Ihr packt jetzt eure Sachen. Agnes, dich bringe ich heute Abend mit dem Bus zu Oma und Opa. Lieschen, du wirst morgen früh von Onkel Eduard abgeholt.“

Tante Anneliese ist eine Kusine des Vaters, und sie wohnt mit ihrem Mann in Hämelsdorf. Dort haben sie eine Gärtnerei mit lauter bunten Blumen darin. Das Kind war schon einmal dort, und Onkel Eduard hatte ihr ganz viele Blumen gezeigt und erklärt: Stiefmütterchen, Primeln, Osterglocken. Kinder haben die beiden nicht, aber ein großes Haus, in dem unten ein Blumenladen ist. Das Kind freut sich auf die Zeit in Hämelsdorf. Es nimmt sich vor, Tante Anneliese ganz viel zu helfen, im Haushalt und in der Gärtnerei. Vielleicht kann es damit wiedergutmachen, dass es schuld ist am Sturz der Mutter.

Onkel Eduard kommt am nächsten Morgen mit einem Lieferwagen vorgefahren. Der ist grün, und darauf steht in großen weißen Buchstaben: Blumen von Gärtnerei Franke – immer ein guter Gedanke. Als das Kind beim letzten Mal zu Besuch in Hämelsdorf war, hat die große Schwester ihm das vorgelesen, und es hat sich den Satz gemerkt, weil es sich so schön reimt, aber jetzt kann es ja schon selber lesen. Onkel Eduard hebt das Kind hoch und dreht es einmal im Kreis herum. „Na, kleine Prinzessin, alles klar für die Ferien auf dem Lande?“, fragt er. Das Kind nickt, der Onkel nimmt die Reisetasche und will schon los. „Halt“, ruft das Kind, „ich muss doch erst noch Mama Auf Wiedersehen sagen.“ Es läuft zur Mutter, die stöhnend auf dem Sofa liegt, den kranken Fuß auf einem Kissen. Es gibt der Mutter einen Kuss auf die Wange und

sagt: „Jetzt hast du ja Ruhe, ohne uns, da kannst du ganz schnell wieder gesund werden.“
„Mach’s gut und viel Spaß in Hämelsdorf“, sagt die Mutter, „und mach Tante Anneliese nicht so viel Arbeit.“ Zu Onkel Eduard sagt sie: „Ich bin euch ja so dankbar, dass ihr Lieschen bei euch aufnehmt. Wir hätten sonst gar nicht gewusst, wie das hier hätte werden sollen.“ Onkel Eduard lacht: „Wir werden euer Lieschen so verwöhnen, dass es hinterher gar nicht mehr nach Hause will.“
„Bloß nicht“, sagt die Mutter und lacht jetzt endlich auch.

Im Auto darf Lieschen vorne sitzen, denn hinten liegen lauter leere Holzkisten. Von dem Platz aus kann es viel besser sehen als sonst in einem Auto, und übel wird ihm auch nicht. Die Fahrt dauert über eine Stunde, aber das Kind wäre gerne noch viel länger mit Onkel Eduard durch die Gegend gefahren. Er hat nie schlechte Laune wie der Vater.

Tante Anneliese trägt eine grüne Schürze und bedient gerade eine Kundin, als das Kind in den Blumenladen kommt. Sie winkt dem Kind nur kurz zu und sagt: „Gleich hab ich Zeit für dich. Ich muss nur erst diesen Strauß zu Ende binden.“ Das Kind schaut sich solange im Blumenladen um. Diesmal sind keine Primeln oder Osterglocken zu sehen, denn es ist ja auch kein Frühjahr. Das weiß das Kind noch vom letzten Besuch hier, dass es die nur im Frühling gibt. Jetzt stehen vor allem Nelken, Freesien und Rosen in den Blumeneimern. Schließlich ist der Strauß fertig, die Kundin hat bezahlt, und Tante Anneliese nimmt das Kind in den Arm. „Komm, ich zeig dir, wo du schlafen kannst“, sagt sie. Sie bringt das Kind nach oben in ein winzig kleines Zimmer mit nur einem Bett, einem Stuhl und einem kleinen Kleiderschrank darin. „Das war früher die Gesindekammer“, sagt sie, „und jetzt ist es dein Reich. Hier kannst du dich ausbreiten.“ Onkel Eduard hat schon die Reisetasche aufs Bett gesetzt, und die packt das Kind jetzt aus. Es legt seine Sachen ordentlich in den Schrank, denn es will ja der Tante keine Arbeit machen.

Dann geht es den Onkel im Gewächshaus suchen und fragt ihn: „Was kann ich dir helfen?"
„Helfen willst du, kleine Prinzessin?", fragt der Onkel lachend, „aber du bist doch unser Gast, da musst du doch nicht helfen." „Das will ich aber. Sag mir, was ich dir abnehmen kann."
„Na gut, wenn du unbedingt willst." Und dann zeigt der Onkel ihm, wie es mit einer Schaufel viele kleine Blumentöpfe zur Hälfte mit Erde füllen kann. Auf die Blumenerde setzt der Onkel jeweils einen kleinen grünen Baum, füllt die Töpfe mit weiterer Erde auf und stellt sie dann in eine Holzkiste. „Das sind Buchsbäume", erklärt er dem Kind, „daraus soll mal eine Hecke werden."

Um eins machen sie eine Pause, denn dann gibt es Mittagessen. Die Küche von Tante Anneliese ist gleich über dem Blumenladen, und es gibt eine Klingel, die immer dann läutet, wenn unten jemand in den Laden kommt. Dann muss sie ihre Hausarbeit unterbrechen und schnell nach unten laufen. Aber über Mittag ist der Laden geschlossen. Onkel Eduard sagt: „Gib mal der kleinen Prinzessin eine doppelte Portion; sie hat so viel gearbeitet." Tante Anneliese hat Bohneneintopf gekocht, aus grünen Bohnen aus ihrem eigenen Garten, und der schmeckt so gut, dass das Kind tatsächlich zwei Teller voll davon isst.

Im Nachbarhaus wohnen ein paar andere Kinder, und wenn das Kind nicht im Gewächshaus oder in der Küche hilft, dann spielt es dort mit den anderen. Einmal fragt das Kind Tante Anneliese: „Warum habt ihr eigentlich keine Kinder?"
„Ach weißt du, Lieschen, das hat nicht geklappt bei uns. Onkel Eduard war als Kind mal sehr krank gewesen, und du weißt ja sicher, damals im Krieg gab es nicht viele Medikamente. Ja, und dann ist in seinem Körper ein Schaden zurückgeblieben, und dadurch kann er keine Kinder bekommen."
„Und ich hab immer gedacht, die Frauen bekommen die Babys und nicht die Männer." Da lacht Tante Anneliese und sagt: „Ja, da hast du Recht, und trotzdem gehört ein Mann dazu." Und nach einer

kleinen Weile sagt sie: „So wie du war dein Vater als Kind auch. Der hat auch immer Fragen gestellt und wollte immer alles ganz genau wissen. Wenn wir uns gesehen haben, bei Familienfeiern zum Beispiel, dann hat er am liebsten immer bei den Erwachsenen gesessen und ganz genau zugehört. Ich war damals ja noch eine kleine dumme Göre für ihn; er ist ja ein paar Jahre älter als ich. Mich hat er links liegen gelassen. Er war ein furchtbar altkluger Junge. Und als ich mich dann mit Onkel Eduard verlobt habe, da hat er mich gefragt, ob ich mir das gut überlegt hätte. In eine Gärtnerei einzuheiraten, das wäre doch nur Mühe und Arbeit, und nie ein freier Sonntag, weil die Blumen auch an Feiertagen Wasser brauchen. Er hat es wohl gut gemeint mit mir, aber ich hab mich nun mal in Eduard verliebt. Ihm zuliebe hab ich vor unserer Hochzeit auch eine Blumenbinderlehre gemacht. Und jetzt haben wir zwei es so gut miteinander. Welches Ehepaar kann schon so viele Stunden am Tag miteinander verbringen wie wir zwei in unserer Gärtnerei. Und bald haben wir so viel angespart, dass wir uns ein zweites Gewächshaus bauen können. Und dann wollen wir uns auch noch auf Gemüsepflanzen verlegen."

„Ich finde, du hast einen ganz lieben Mann", sagt das Kind. „Siehst du, jetzt bist du auch ein kleines bisschen altklug", sagt die Tante lachend, „aber du bist nicht so ein Sturkopp dabei, wie dein Vater es damals war. Und du hast vollkommen Recht – ich habe den besten Mann der Welt. Und vielleicht hat dein Papa das mittlerweile auch eingesehen."

„Soll ich dir ein Geheimnis verraten?", fragt das Kind flüsternd, „aber nicht weitersagen, das wissen nur Agnes und ich: Papa ist immer noch ein Sturkopp. Das sagt Mama jedenfalls manchmal zu ihm, wenn sie denkt, wir hören sie nicht."

„So, sagt sie das? Na, ich werd's jedenfalls nicht weitersagen."

„Versprochen?" – „Versprochen!" – „Großes Indianerehrenwort?"

„Großes Indianerehrenwort!", flüstert Tante Anneliese und zwinkert dem Kind zu.

In dem Augenblick kommt Onkel Eduard herein und fragt: „Was flüstert ihr zwei beiden Hübschen denn da miteinander?"
„Frauengeheimnisse", sagt die Tante, „sieh du lieber zu, dass du die Blumenerde aus deinen Fingernägeln bekommst, denn es gibt bald Essen."
„Ja, Mutti", sagt der Onkel lachend, „gibst du mir denn auch die Erlaubnis, dass ich mir zum Essen ein Bier nehme?" Das Kind sagt: „Bei euch ist es immer so fröhlich. Streitet ihr euch denn nie?"
„Na klar streiten wir uns auch mal", sagt der Onkel, „aber wir haben uns vorgenommen, niemals einen Streit mit ins Bett zu nehmen. Bevor wir einschlafen, sprechen wir uns aus, und dann ist die Sache ausgestanden."
„Und ich hab mir vorgenommen, ihn jeden Abend vorm Einschlafen in den Arm zu nehmen und ihm einen Kuss zu geben", sagt Tante Anneliese. „Manchmal auch mehr als einen", sagt der Onkel fröhlich und lacht. „So will ich das auch mal machen", sagt das Kind. „Aber dazu musst du erst mal den richtigen Mann finden", meint die Tante. „Ist das schwer?"
„Ja, das ist sehr schwer. Manchmal muss man lange warten auf den Richtigen."
„Woran merke ich denn, welcher der Richtige ist?"
„Frag dein Herz, das wird dir schon die richtige Antwort geben", sagt Tante Anneliese. „Aber frag ruhig auch deinen Verstand, der hat auch ein Wort mitzureden", sagt Onkel Eduard.

Das Kind ist gerne bei den beiden. Sie sprechen mit ihm, als ob es schon erwachsen wäre. Und nie schimpfen sie. Wenn das Kind etwas tun soll, sagen sie immer „bitte" zu ihm. Wenn es beim Essen mal aus Versehen gekleckert hat, sagt Tante Anneliese nur: „Das hätte mir auch passieren können." Sie hat ganz viel Arbeit, mit dem Blumenladen und mit dem Haushalt und ist trotzdem immer fröhlich, findet das Kind.

Nach drei Wochen bringt Onkel Eduard das Kind wieder nach Hause. Diesmal fährt Tante Anneliese mit, weil sie die kranke

Mutter besuchen möchte und heute eine Aushilfe im Geschäft hat. Die Mutter ist zum Glück nicht mehr sehr krank. Sie humpelt noch ein bisschen und hat auch noch einen Verband um den Fuß, aber er tut ihr nicht mehr so sehr weh. Tante Anneliese bringt ihr einen großen Blumenstrauß mit, lauter Rosen und Schleierkraut. Die Mutter bedankt sich und sagt zu Papa: „Wann hast du mir eigentlich zum letzten Mal Blumen geschenkt?"
„Warum sollte ich?", antwortet der Vater, „für solche Dinge haben wir doch eine Kusine. Und noch dazu so eine tüchtige." Er klopft Tante Anneliese auf die Schulter. Die dreht sich zum Kind um und grinst ihm verschwörerisch zu.

Onkel Eduard sagt: „Euer Lieschen bringt lauter schmutzige Wäsche mit. Denn erstens hat sie uns ganz viel in der Gärtnerei geholfen, und zweitens bekommen wir erst in der nächsten Woche eine richtige Waschmaschine, und ich wollte es Anneliese nicht zumuten, vorher noch große Wäsche mit der Hand zu machen. Euer Lieschen ist überhaupt ein ganz patentes Mädchen. Ihr könnt stolz sein auf sie."
„Wir haben uns ja auch Mühe gegeben mit ihrer Erziehung", sagt der Vater. Die Mutter fragt: „Ihr bekommt eine richtige elektrische Waschmaschine? Das ist ja auch schon lange mein Traum. Und ein Kühlschrank – das wäre auch toll. Dann müsste man nicht mehr jeden Tag einkaufen gehen und könnte mal was auf Vorrat kaufen."
„Aber du hast nur den Haushalt und nicht noch nebenbei ein Geschäft zu versorgen", sagt der Vater, „und außerdem müssen wir doch auf das neue Haus sparen."
„Was, ihr wollt bauen?", fragt Onkel Eduard. „Ja, wir müssen hier demnächst raus, weil das Finanzamt in einen Neubau in der Innenstadt zieht", antwortet der Vater. „Na dann viel Spaß – so ein Umzug ist ja auch kein Zuckerschlecken. Wenn ihr unsern Lieferwagen dafür ausleihen wollt, sagt einfach Bescheid."

„Eduard ist ein feiner Kerl", sagt der Vater, als die Tante und der Onkel wieder abgefahren sind, „ich hatte ja erst Sorge, ob Anneliese

mit ihm glücklich wird. Er hat ja nur Volksschule und sie immerhin das Einjährige. Aber sie hat mit ihm wohl doch einen Glücksgriff getan."
„Das finde ich auch", sagt das Kind laut. „Na, du musst es ja wissen", meint der Vater, und dann murmelt er noch: „Altkluge Göre." Aber er grinst ein bisschen dabei, also hat er es wohl nicht böse gemeint.

Elisabeth bekam ihre Schwester kaum noch zu Gesicht. Agnes verbrachte viele Stunden in der Universitätsbibliothek, wo sie an ihrer Examensarbeit schrieb. Ihre Doktorarbeit hatte sie schon vor geraumer Zeit abgegeben und wartete jetzt auf einen Termin für ihr Rigorosum. Wenn sie spätabends nach Hause kam, war sie manchmal zu müde, um noch mit Elisabeth zusammen zu sitzen und zu schwatzen, wie sie es bis vor kurzem noch getan hatten. Elisabeth fehlten die Gespräche mit Agnes. Der gemeinsame Austausch über das, was sie beide tagsüber erlebt hatten und über ihre Vergangenheit im gemeinsamen Elternhaus hatte ihr gut getan. Dafür traf sie sich jetzt abends oft mit Irene. Bis spät in die Nacht saßen sie manchmal zusammen, meistens in Elisabeths Zimmer, da es in Irenes Wohngemeinschaft lebhafter zuging.

Einmal sagte Irene zu Elisabeth: „Ich gewinne immer stärker den Eindruck, dass du ein sehr rückwärts gewandter Mensch bist. Du befasst dich mit dem, was im Dritten Reich in der deutschen Justiz passiert ist, und du wühlst viel in deiner eigenen Vergangenheit herum. Was hindert dich daran, deine eigene Kindheit, auch wenn du sie nicht als besonders erfreulich in Erinnerung hast, endlich ruhen zu lassen? Was brauchst du denn noch, um mit deinem Vater Frieden schließen zu können?" Elisabeth schwieg. Das waren Fragen, die sich ihr manchmal auch aufgedrängt hatten, die sie aber immer wieder versucht hatte beiseite zu schieben.
„Weißt du", begann sie zögernd, „ich glaube, da sind noch so viele Verletzungen, die immer noch wehtun. Und um mich dem Schmerz

nicht zu stellen, verwende ich meine Energie darauf, das Dritte Reich intellektuell aufzuarbeiten."
„Ist es nicht allmählich an der Zeit, dass du dich um das Verheilen deiner alten Wunden kümmerst? Du hast doch in Marburg eine ganze Zeit lang eine Psychotherapie gehabt. War dir das da nicht möglich?"
„Doch, in gewisser Weise schon. Der Therapeut hat mir immer wieder Denkanstöße gegeben, wie ich mehr Verständnis für meine Eltern aufbringen könnte, wie sie durch die Kriegsjahre sie so geprägt wurden, dass sie manchmal gar nicht anders agieren konnten als auf die Weise, wie ich es damals erlebt habe. Und ich bringe ja mittlerweile auch wirklich viel Verständnis auf für meine Eltern. Aber vieles tut eben immer noch weh."
„Kann es sein, dass du dich an diese alten Verletzungen klammerst, um dich vor neuen zu schützen?"

Elisabeth merkte, dass plötzlich Tränen in ihr hochstiegen, ohne dass sie wusste, warum. „Das würde ja bedeuten, dass in mir eine große Angst vor der Zukunft steckt", sagte sie mit unsicherer Stimme, „oder vor bestimmten Ereignissen, die mir in der Zukunft zustoßen könnten." Irene rückte dichter an sie heran, legte ihr die Hand auf den Arm und sagte: „Du bist manchmal so ungeheuer energiegeladen, so positiv und fröhlich. Bist du das selbst, oder ist das eine Schutzhülle, damit man deine Ängste nicht sieht?" Jetzt begann Elisabeth tatsächlich zu weinen. Irene legte den Arm um sie und ließ sie weinen.

Schließlich schnäuzte sich Elisabeth energisch und sagte: „Du bist die Einzige, die so tief in mich hineinguckt, aber bei dir macht es mir nichts aus."
„Und ich mag dich, weil bei dir nicht nur eine oberflächliche Lustigkeit da ist, sondern mehrere Schichten darunter liegen, auch wenn am Grund deiner Seele viel Trauriges liegt." Elisabeth wischte sich die letzten Tränen aus dem Gesicht und sagte: „Es gibt so

viel Schönes, auf das ich mich freue – eigentlich habe ich gar keine Veranlassung, mich vor der Zukunft zu fürchten."

„Lass hören: worauf freust du dich?"

„Auf das Ende meines Studiums, darauf, endlich anwenden zu können, was ich studiert habe. Darauf, dass Michael und ich hoffentlich endlich zusammenziehen können. Darauf, dass wir irgendwann genug Geld haben, um tolle Reisen machen zu können. Ach, auf so vieles freue ich mich. Und auf viele weitere gute Gespräche mit dir! Und was mich in der Vergangenheit verletzt hat, kann mir ja gar nicht mehr so viel Schlimmes antun, weil ich mittlerweile gelernt habe, mich besser zu schützen."

„Na bitte, dann also ran an die Zukunft!", sagte Irene strahlend, „und bitte lass deine Zukunft auch ein wenig mit meiner verflochten sein." Das war auch Elisabeths Wunsch.

Schließlich war der große Tag da, an dem Agnes ihren Doktortitel erhalten sollte. Die Eltern kamen extra für die Feierstunde angereist, der Vater im dunklen Anzug und die Mutter in einem dunkelgrünen Kostüm. Elisabeth schwänzte eine Vorlesung, und so erlebten sie voller Stolz, dass aus Agnes ein Fräulein Dr. Menge wurde. Hinterher lud der Vater sie alle in ein schickes Restaurant an der Förde ein. Nach der Suppe stand der Vater auf, erhob sein Glas und wollte offenbar eine Rede auf seine älteste Tochter halten. Elisabeth überkam ein ungutes Gefühl, und sie dachte: Hoffentlich kommt jetzt nicht wieder so etwas Schreckliches wie bei seiner Rede anlässlich meiner Konfirmation. Aber der Vater sagte nur kurz und bündig: „Liebe Tochter, deine Mutter und ich, wir sind überglücklich, dass dir etwas gelungen ist, das uns versagt geblieben war. Wir freuen uns mit dir. Auf dein Wohl!" Elisabeth war erleichtert.

Später sagte sie zu ihrem Vater: „Ich fürchte, dieses Erlebnis heute wird für dich einmalig bleiben. Ich habe nicht vor zu promovieren. Ich möchte möglichst bald mein Referendariat beginnen."

„Du wirst schon wissen, was für dich richtig ist; mach es so, wie du es meinst." Sie nickte, und dann sagte sie lachend: „Das Geld,

das ihr auf diese Weise an mir spart, solltet ihr aber trotzdem für mich aufheben. Davon könnt ihr in ein paar Jahren meine Hochzeit bezahlen."

„Ist das wahr? Ihr wollt heiraten?", ging die Mutter aufgeregt dazwischen. „Immer mit der Ruhe", antwortete Elisabeth, „erst mal will ich das Examen ablegen, dann müssen wir gucken, wo ich mein Referendariat machen kann und wo Michael eine Assistentenstelle bekommt, damit er seinen Doktor machen kann. Und erst, wenn das alles klar ist, dann planen wir die Hochzeit."

„Machen Sie doch mal einen Tag Pause", sagte die Krankenschwester, „Sie können doch nicht tagelang hier am Bett Ihres Vaters sitzen. Sie haben auch ein eigenes Leben, und das muss doch irgendwie weitergehen."
„Ich hab aber keine Ruhe, wenn ich nicht hier bin. Dann bin ich in Gedanken immer nur hier und bekomme zu Hause gar nichts auf die Reihe", sagte Elisabeth. „Sie müssen sehr an Ihrem Vater hängen", meinte die Schwester, „wie schön, dass es solche heilen Familien noch gibt." Elisabeth schluckte. Als so heil hatte sie ihre Familie nie sehen können, eher als problembelastet.

„Wenn ich ganz offen sein darf, bitte nehmen Sie es mir nicht übel, Fräulein Menge, aber wenn Ihr Vater vielleicht gerade auf dem Weg ins Jenseits ist, dann kann ihm Ihre ständige Anwesenheit es auch besonders schwer machen. Dann kann er vielleicht nicht loslassen, obwohl er im Grunde gehen möchte." Die Schwester hatte ganz leise und freundlich gesprochen, und dabei ihre Hand auf Elisabeths Schulter gelegt. „Wenn Sie ihm etwas Gutes tun wollen, dann lassen Sie ihn los. Damit machen Sie es ihm leichter."
„Sie haben ja Recht, aber wie geht das: ihn loslassen? Wie macht man das? Wir hatten es nicht immer leicht miteinander, und ich wollte gerne noch so vieles mit ihm klären."
„Manches im Leben bleibt ungeklärt – das ist nun einmal so." Elisabeth begann zu weinen.
Die Schwester streichelte sie und sagte: „Sie müssen ganz erschöpft sein. Da liegen die Nerven blank. Wenn ich Ihnen einen Rat geben darf: gehen Sie nach Hause, legen Sie sich ein paar Stunden hin, oder machen Sie einen Spaziergang. Und heute Abend kommen Sie wieder, und dann sieht man weiter."
„Aber wenn ihm gerade in der Zeit etwas passiert, dann würde ich mir hinterher Vorwürfe machen."
„Ihr Vater hätte sicher nicht gewollt, dass Sie sich hier aufreiben. Gehen Sie ruhig. Sie brauchen kein schlechtes Gewissen zu haben." Elisabeth nickte. Sie beugte sich zu ihrem Vater hinunter, streichelte ihm unbeholfen die Stirn und sagte: „Tschüss, Papa, bis später." Dann nahm sie

ihre Jacke und ging zur Tür. Dort drehte sie sich noch einmal um. Sie spürte, dass eine große Tränenflut sie zu überschwemmen drohte, und sie verließ das Zimmer fluchtartig. Auf dem Flur sank sie auf einen Stuhl und begann hemmungslos zu weinen.

Kapitel 3

Der Vater schwenkt die Zeitung und sagt: „Guckt mal, was auf der letzten Seite steht." Die große Schwester reißt ihm die Zeitung aus der Hand. Ihr Blick wandert über die letzte Seite. „Halt", sagt der Vater laut, „das soll deine Mutter als Erste lesen." Die Mutter muss sich erst die Hände abtrocknen, denn sie hat gerade Geschirr gespült. Dann hält sie die Zeitung hoch, strahlt und sagt: „Na, das ist ja eine Überraschung. In aller Heimlichkeit haben die beiden sich verlobt. Und wir haben nichts davon geahnt."
„Lies doch mal vor", drängelt das Kind. „Hier steht: Als Verlobte grüßen Henriette Scholz und Joachim Merkert. Ist das nicht toll, Kinder? Tante Henriette heiratet!" Beinahe hätte das Kind verraten, dass es dann Blumen streuen dürfte, aber gerade noch rechtzeitig fällt ihm ein, dass das ja ein Geheimnis zwischen ihm und Tante Henriette ist.

Die große Schwester fragt: „Mama, wie war das denn mit eurer Verlobung?" Ehe die Mutter antworten kann, sagt der Vater: „Die fiel aus."
„Warum?", fragt das Kind. „Dafür war keine Zeit."
„Das versteh ich nicht", sagt das Kind. „Kinder müssen auch nicht alles wissen", sagt der Vater. Dem Kind kommt es so vor, als ob ihm die Sache etwas peinlich ist. „Greta, wenn du meinst, dass die Kinder das schon wissen müssen, wie das damals war, dann musst du es ihnen erklären. Das ist Frauensache. Ich will mich dazu nicht äußern. Aber meines Erachtens ist das noch zu früh für die Kinder." Er geht ins Wohnzimmer und schließt die Tür hinter sich. „Los Mama, erzähl doch mal", sagt die große Schwester. Die Mutter wendet sich wieder dem Abwasch zu. „Naja, dein Vater und ich, wir waren ja erst kurze Zeit miteinander befreundet. Er war erst vor kurzem aus der Kriegsgefangenschaft entlassen worden, und wir kannten uns ja noch nicht so lange. Wir hatten uns bisher nur

Briefe geschrieben. Und kaum war er hier, da hast du dich schon angemeldet."

„Was meinst du mit angemeldet?", fragt das Kind. Es weiß, dass sich Besuch anmeldet, aber die große Schwester ist ja nicht zu Besuch da, sondern für immer. „Naja", sagt die Mutter, „das ist jetzt schwierig zu sagen. Ich hab eben gemerkt, dass ich schwanger war, dass ich bald ein Baby bekommen würde, und dann mussten wir schnell heiraten, damit Agnes nicht unehelich wird."

„Ich hab gedacht, Kinder kann man nur bekommen, wenn man verheiratet ist. Vorher geht das nicht, hast du mal gesagt." Die Mutter fängt an, etwas zu stottern. „Also – manchmal passiert das auch vorher. Wenn sich zwei Menschen ganz doll lieb haben und zusammen in einem Bett schlafen, dann kann das schon mal passieren."

„Ich hab Agnes auch ganz doll lieb und schlaf manchmal bei ihr im Bett. Bekomm ich dann auch ein Baby?"

Die große Schwester lacht und sagt: „Du bist doch selber noch ein Kind, da kann man doch kein Kind bekommen."

„Aber Mama hat auch mal gesagt, es tut ganz doll weh, wenn man ein Kind bekommt, und vorgestern hatte ich ganz dolle Bauchschmerzen."

„Ja, die hattest du, weil du so viele Kirschen gegessen hattest", sagt die Mutter. Sie scheint froh zu sein, dass sie jetzt über Kirschen reden können. Aber das Kind lässt nicht locker. „Ihr hättet euch doch trotzdem verloben können, auch mit Baby."

„Das tat man damals einfach nicht. Das schickte sich nicht. Und ein Baby zu kriegen, obwohl man noch nicht verheiratet war, das war eine Schande. Und ist es heute leider auch noch." Die große Schwester sagt: „In meiner Klasse ist ein Junge, der hat mal erzählt, dass er unehelich ist und dass früher, als er klein war, die Nachbarn nicht mit seiner Mutter geredet haben."

„Das muss schlimm gewesen sein für seine Mutter. Im Krieg ging ja vieles durcheinander. Die Männer weit weg, und dann die Bratkartoffelverhältnisse – da ist so manches Kind entstanden, das nicht geplant war." Kinder, die nicht geplant sind – das Kind versteht das alles nicht. Es fragt: „Mama, und ich, bin ich auch nicht geplant?“ Da dreht sich die Mutter um, nimmt das Kind mit ihren nassen Händen in den Arm und sagt: „Natürlich warst du geplant. Dich wollten wir doch unbedingt haben. Da hatte dein Vater gerade eine Gehaltserhöhung bekommen, und wir wollten doch so gerne noch ein zweites Kind haben. Ja, und dann bist du gekommen.“

Abends im Bett sagt die große Schwester: „Das ist gemein. Dich haben sie gewollt, und ich wäre fast eine Schande gewesen für Mama und Papa.“
„Aber ich hab dich ganz doll lieb, Agnes“, sagt das Kind und kuschelt sich an die große Schwester. Die brummt: „Wenn du mich wirklich lieb hättest, dann würdest du in dein eigenes Bett gehen und mich mal in Ruhe schlafen lassen.“ Komisch, denkt das Kind, ich will bei ihr schlafen, weil ich sie lieb habe, und sie denkt, ich hab sie lieber, wenn ich in meinem Bett schlafe. Komisch!

„Wollen wir uns im Dezember denn auch einen Adventskranz hinstellen und Tannenzweige mit Strohsternen dran in einer Bodenvase, wie wir das früher zu Hause hatten?“, fragte Elisabeth ihre Schwester, „oder sind wir dafür inzwischen zu erwachsen geworden und brauchen so einen Kinderkram nicht mehr?“
„Das ist doch kein Kinderkram“, sagte Agnes empört, „natürlich schmücken wir unsere Wohnung adventlich. Das war früher doch immer so schön gemütlich zu Hause – Tannenduft, eine Schale mit Keksen auf dem Tisch, das Weihnachtsoratorium im Radio – das brauche ich alles, sonst kommt bei mir keine Weihnachtsstimmung auf.“
„Okay“, sagte Elisabeth, „dann kümmere ich mich darum.“

Sie besorgte auf dem Markt einen kleinen Adventskranz und legte ihn auf einen alten Brotteller aus Holz, den sie von zu Hause mitgebracht hatte. Er war handgefertigt, und um den Rand herum war eingeschnitzt: Unser täglich Brot gib uns heute. Die Eltern

hatten fünf von solchen Tellern. Die hatten sie alle zur Hochzeit geschenkt bekommen von wohlmeinenden Bekannten, weil es damals nichts anderes gab als das, was man selbst hergestellt hatte. Den Adventskranz schmückte sie mit einer roten Schleife und roten Kerzen. Rot – das ist die Farbe von Advent, so hatte es der Vater ihr eingeschärft. Daneben stellte sie eine Schale mit Spekulatius und Dominosteinen und schließlich legte sie eine Kassette mit dem Weihnachtsoratorium, die sie vorhin in einem Kaufhaus gefunden hatte, in den Kassettenrekorder ein. Dann holte sie ihre Schwester aus ihrem Zimmer und fragte: „Ist es dir recht so?"
„Wunderbar", sagte Agnes, „danke! Wenn ich die ersten Töne höre – Jauchzet frohlocket – dann kommt bei mir Adventsstimmung auf."
„Und weißt du, was dann bei mir aufkommt?", fragte Elisabeth, „dann kommen Erinnerungen hoch an total langweilige Sonntagnachmittage, an denen ich zwischen Mama und Papa mucksmäuschenstill auf dem Sofa sitzen musste, während im Radio ein klassisches Konzert lief. Sie haben es ja gut gemeint, sie wollten mich an anspruchsvolle Musik heranführen, aber mit acht Jahren die gesamten Brandenburgischen Konzerte anhören zu müssen, ohne sich rühren zu dürfen – das war schon eine harte Angelegenheit für mich. Ich wäre viel lieber in meinem Zimmer gewesen und hätte gelesen. Und mit neun haben sie mich das erste Mal in eine Oper mitgeschleppt, „Die Zauberflöte", weil sie meinten, das sei für den Anfang genau das Richtige. Ich hab mich so gelangweilt dabei."

„Aber Musik von Mozart und Bach ist doch traumhaft schön", wandte Agnes ein. „Das finde ich mittlerweile ja auch, aber damals haben Mama und Papa mich einfach überfordert damit. War das bei dir nicht so?"
„Komisch, daran kann ich mich gar nicht mehr erinnern, dass ich gezwungen wurde, mit Mama und Papa stundenlang am Radio zu sitzen. Vielleicht war ich beim ersten Mal so hibbelig, dass sie es gar nicht weiter versucht haben. Was ich allerdings noch weiß, ist, dass wir montagabends oft im Radio das plattdeutsche Hörspiel zusammen gehört haben. Das fand ich schön, und seitdem kann

ich auch ein bisschen Plattdeutsch. Zumindest verstehen – sprechen eher nicht." Sie nahm sich einen Dominostein. „Hm, lecker", sagte sie und nahm sich gleich noch einen. „Die gab's in unserer Kindheit noch nicht."
„Nee, aber Aachener Printen, die so schaurig hart waren", sagte Elisabeth, „und Liegnitzer Bomben. Die gab's immer, weil irgendjemand aus der Verwandtschaft aus Liegnitz stammte."

„Ach, Weihnachten früher – das war immer schön", meinte Agnes nachdenklich, „diese Vorfreude, das Geheimnisvolle, die eingespielten Rituale und festen Traditionen. Jedes Jahr der gleiche Schmuck am Baum: weiße Kerzen, ganz wenig Lametta, Strohsterne und kleine rote Papieräpfelchen. Das hab ich mir nie übergesehen, im Gegenteil, ich fand unsern Baum jedes Jahr wieder ganz besonders schön. Und er blieb stehen bis zum sechsten Januar, dem Dreikönigstag."
„Ja, dann musste er aber wirklich raus, weil er kaum noch Nadeln hatte."
„Und die letzten Nadeln hat er verloren, als Papa den Baum durchs Fenster nach unten geworfen hat. Ich trag den Baum doch nicht durchs Treppenhaus, hat er immer gesagt, dann nadelt er ja alles voll." Die Schwestern lachten bei der Erinnerung. „Weißt du noch, wir sind dann immer nach draußen gegangen und haben zugeguckt, wie er das gemacht hat." Elisabeth kicherte. „Oben ging das Fenster auf, der Baum, immerhin noch mit ziemlich vielen Nadeln dran, wurde durchs Fenster geschoben, dann purzelte er das Dach hinunter, und als er unten ankam, war er nur noch ein kahles Gerippe."

„So möchte ich auch mal Weihnachten feiern, wenn ich mal eine Familie habe", sagte Agnes. „Dann musst du dich aber ranhalten", meinte Elisabeth, „sonst überhole ich dich noch mit dem Heiraten."
„Lass mich erst mal Karriere machen", meinte Agnes fröhlich, „wenn ich Oberärztin bin, ist es immer noch früh genug zum Heiraten." Sie nahm sich noch einen Dominostein und ging wieder

in ihr Zimmer, um weiterzuarbeiten. Ihre Zimmertür ließ sie offen stehen, um weiter das Weihnachtsoratorium hören zu können. Im Gehen murmelte sie: „Jetzt red ich schon wie eine alte Frau, dass früher angeblich alles schöner war.“

Jetzt ist das Kind fünf Jahre alt, das bedeutet: im nächsten Jahr könnte es zur Schule gehen. Aber vorher muss es zur Einschulungsuntersuchung. Die findet an einem Mittwochnachmittag in der Volksschule statt. Auf dem Flur sitzen schon ganz viele Mütter mit ihren fünfjährigen Kindern. Das Kind sieht schüchtern zu ihnen hinüber. Einige der Kinder reden schon miteinander, aber dazu hat das Kind keine Lust. Es hat überhaupt keine Lust darauf, andere Kinder kennen zu lernen, aber es möchte unbedingt zur Schule.
Endlich wird es aufgerufen: „Lieschen Menge!“, ruft eine Frau in einem weißen Kittel aus einem Klassenzimmer heraus. Die Mutter schiebt das Kind hinein und sagt: „Nun sag schön Guten Tag zur Frau Doktor.“ Das Kind macht einen Knicks, aber bekommt den Mund nicht auf. Die Ärztin gibt ihm die Hand und sagt: „Soso, du bist also das Lieschen. Von dir hab ich schon gehört.“ Sie ist auch Mitglied im Kirchenvorstand, wie der Vater, das hatte er zu Hause erzählt.

Das Kind muss sich nackt ausziehen, nur den Schlüpfer darf es anbehalten. Es wird gemessen und gewogen, dann auf einen Tisch gesetzt, wird abgehört, und die Ärztin schaut ihm auch in den Hals. Schließlich sagt die Ärztin: „Ihre Tochter ist zu klein und zu leicht für ihr Alter. Außerdem kommt sie mir noch sehr ängstlich vor. Ich möchte dringend davon abraten, sie im kommenden Jahr schon in die Schule zu geben. Lassen Sie ihr noch ein weiteres Jahr Zeit. Sie soll ruhig noch ein wenig ihre Kindheit genießen, ehe der Ernst des Lebens beginnt.“
„Sie möchte aber doch so gern zur Schule“, sagt die Mutter, „und außerdem kann sie schon ihren Namen schreiben.“

„Soso“, sagt die Ärztin, „dann zeig mir das doch mal.“ Sie gibt dem Kind ein Stück Papier und einen Bleistift, und es schreibt blitzschnell in sauberen Buchstaben ELISABETH MENGE. „Nanu“, sagt die Ärztin, „ich denke, du heißt Lieschen?“
„So heißt sie bei uns in der Familie“, sagt die Mutter, „in der Geburtsurkunde steht natürlich Elisabeth.“
„Also, Frau Menge, auch wenn Ihre Tochter schon ihren Namen schreiben kann – in Anbetracht ihres körperlichen und emotionalen Entwicklungsstandes würde ich nach wie vor dazu raten, sie noch ein weiteres Jahr zu Hause zu behalten. Aber ich kann Ihnen das natürlich nicht vorschreiben.“
Auf dem Heimweg sagt das Kind wütend zur Mutter: „Warum erzählt ihr überall, ich würde Lieschen heißen? Das stimmt doch gar nicht! Ich will, dass die Leute meinen richtigen Namen sagen!“
„Aber du bist doch nun mal unser Lieschen“, sagt die Mutter, und damit ist die Sache für sie erledigt.

Zu Hause erzählt sie dem Vater von der Untersuchung. Der fragt das Kind: „Was möchtest du denn: nächstes Jahr zur Schule gehen oder noch zu Hause bleiben?“ Da strahlt das Kind und sagt: „Zur Schule natürlich!“
„Guck dir diese leuchtenden Augen an“, sagt der Vater, „ich glaube, sie meint es wirklich ernst. Also – dann soll sie ihren Willen haben.“
„Und wenn's nicht gut geht“, sagt die Mutter, „dann können wir sie ja immer noch nach ein paar Wochen wieder aus der Schule nehmen und ein weiteres Jahr abwarten.“ Das Kind ist selig: endlich zur Schule gehen dürfen und ganz viel lernen! Von jetzt an übt es noch viel mehr Lesen und Schreiben. Nur schade, dass es noch so viele Monate hin ist bis zum Schulanfang – erst muss noch einmal Weihnachten und dann Ostern kommen.

Die Mutter rief an und sagte: „Dein Vater und ich wollen im Sommer drei Wochen in den Bayrischen Wald fahren zum Wandern.

Hast du nicht Lust, in der Zeit das Haus einzuhüten und für uns die Johannisbeeren zu ernten? Du wolltest dich doch sowieso im Sommer auf dein Examen vorbereiten; das kannst du auch hier tun."
„Eigentlich wollte ich die Semesterferien mit Michael verbringen", antwortete Elisabeth zögernd. „Den kannst du doch mitbringen. Dann macht ihr zwei es euch hier schön gemütlich."
„Aber nicht den Weinkeller leer trinken!", rief der Vater aus dem Hintergrund. „Das muss ich erst mit Michael besprechen. Eigentlich brauche ich für meine Examensvorbereitungen die Unibibliothek in der Nähe." Der Vater rief von hinten: „Wozu gibt es denn Fotokopiergeräte? Kopier dir doch einfach die entsprechenden Seiten, dann hast du sie hier."
„Wenn das so einfach wäre", meinte Elisabeth. Sie fühlte sich durch die Anfrage ihrer Eltern überrumpelt und unter Druck gesetzt. Erst einmal wollte sie für sich selbst klären, ob sie dazu Lust hatte, und dann wollte sie mit Michael darüber reden. Insgeheim vermutete sie, dass er alles andere als begeistert sein würde, einige Wochen in so einer miefigen Kleinstadt zu verbringen, und dann noch in dem altmodischen Häuschen ihrer Eltern.

Aber zu ihrem Erstaunen hielt Michael den Vorschlag ihrer Eltern für eine sehr gute Idee. „Da sind wir durch nichts abgelenkt und können in Ruhe lernen", sagte er, „deine Eltern haben doch auch eine hübsche Terrasse, da können wir draußen sitzen und arbeiten, beim Gesang der Vögel. Das klingt doch romantisch, oder? Und wenn wir mal eine Pause brauchen, machen wir einen Spaziergang durch deine alte Heimat, und du erzählst mir von früher, als du noch dort gewohnt hast. Nur nicht so viele Geschichten vom Krieg, bitte."
„Ich bin doch gar kein Kriegskind, und du auch nicht; warum sollte ich davon erzählen?"
„Nein, aber du bist eindeutig kriegsgeschädigt und sprichst dauernd davon."

„Wir sollen aber auch in der Zeit ein bisschen Gartenarbeit machen, Johannisbeeren ernten und so.“
„Das werden wir doch wohl auch noch hinkriegen. Also los, sag zu!“
„Okay, aber ich werde dann auch meine Bedingungen an meine Eltern stellen.“
„Und die wären?“
„Freie Benutzung des Weinkellers und der Speisekammer zum Beispiel“, sagte Elisabeth lachend, „und genug Geld in der Haushaltskasse.“
„Du alte Materialistin“, grinste Michael und drückte sie.

So standen sie eines sonnigen Tages im Juli vor der Haustür ihres Elternhauses, mit dem alten Käfer, der voll gepackt war mit Büchern und Sommerkleidung. Die Mutter begrüßte sie herzlich und führte sie umgehend in den Vorratskeller. „Guckt mal, hier hab ich alles stehen, was ich für euch eingekauft habe“, sagte sie. „Meine Güte, Mama, ihr seid doch keine Ewigkeit weg“, sagte Elisabeth, „so viel können wir in den drei Wochen doch gar nicht essen. Zehn Dosen Fisch und fünf Mettwürste – für wie verfressen hältst du uns?“
„Ich hab deinem Vater auch gesagt, er soll eine Kiste Bier besorgen, damit Sie abends mal ein Bier trinken können, Michael.“
„So ist meine Mutter, fürsorglich ohne Ende, aber dass ich vielleicht auch mal ein Bier trinken möchte, auf die Idee kommt sie nicht.“

Inzwischen war auch ihr Vater dazugekommen. „Dass hier die Gartengeräte und die Gießkanne stehen, weißt du sicher noch?“, fragte er. „Aha, mit anderen Worten, wir sollen auch mal das Unkraut weghacken und deine Blumen gießen, während ihr weg seid?“, meinte Elisabeth. „Ja, natürlich, wenn ihr hier schon gratis ein Ferienhaus geboten bekommt.“ Der Vater versuchte ernst auszusehen, aber es gelang ihm nicht ganz. Elisabeth wusste nicht, ob sie lachen oder seufzen sollte. So viel familiäre Zuwendung, verknüpft mit festen Erwartungen, schnürte ihr die Kehle zu.

Die Mutter zeigte ihr als nächstes den vollen Kühlschrank und sagte: „Ich hab schon mal ein bisschen vorgekocht für euch. Ihr mögt doch hoffentlich Frikadellen mit Kartoffelbrei?“ Michael strahlte sie an und sagte: „Als ob Sie es geahnt hätten – das ist eines meiner Lieblingsessen. Allerdings sagt man bei uns Bouletten und Stampfkartoffeln dazu.“
„Das Wichtigste daran sind die Zwiebeln“, sagte der Vater, „möglichst viele in den Frikadellen und kross gebratene Zwiebelringe auf dem Kartoffelbrei.“ Elisabeth lag auf der Zunge zu sagen: „Jetzt schreibt ihr mir auch noch vor, was ich die nächsten Tage essen soll.“ Aber sie schluckte den Satz herunter, denn ihre Mutter hatte es ja nur gut gemeint und wollte ihr Arbeit abnehmen.

Am nächsten Morgen reisten die Eltern ab, nicht ohne vorher noch an alles zu erinnern, das Elisabeth beachten sollte: wie oft der Rasen gemäht werden musste, wo die ankommende Post abgelegt werden sollte und dass sie ja immer abschließen sollten, wenn sie mal weggingen. „Ich bin doch kein kleines Kind mehr“, seufzte Elisabeth. Der Vater hatte vorsorglich auf seinen Schreibtisch eine lange Liste mit den wichtigsten Informationen gelegt: was zu tun sei, wenn die Heizung oder die Elektrik im Haus mal streiken sollten, die Telefonnummern der entsprechenden Handwerker und ähnliche Hinweise, die sicher nicht benötigt werden würden. „Und vergesst nicht, dienstags die Mülltonne rauszustellen“, schärfte er Elisabeth als letztes ein, und dann fuhren sie winkend davon.

„Gott sei Dank“, stöhnte Elisabeth, „mich zum Schluss an den Müll zu erinnern, das ist ja wohl ein starkes Stück. Wenn ihnen nun unterwegs was passiert, ein Unfall oder so, und sie kommen ums Leben, dann darf mich niemand fragen, was seine letzten Worte an mich waren. Dann könnte ich nämlich nur antworten: er hat an die Mülltonnen gedacht.“ Michael lachte. „Du bist aber auch empfindlich“, sagte er, „jetzt lass uns das alles mal ganz ruhig angehen. Als erstes kochen wir uns einen schönen Kaffee, setzen uns damit in den Garten und planen etwas Schönes für diesen Tag. Es reicht

auch, wenn wir morgen mit dem Lernen anfangen." „Weißt du, was wir machen?", sagte Elisabeth begeistert, „wir holen uns die alten Fahrräder meiner Eltern aus der Garage und radeln einmal rund um die Stadt. Ich zeig dir, wo früher das Finanzamt stand, ziemlich weit draußen war das, und den Baggersee, wo ich als junges Mädchen oft zum Schwimmen war."

Die Fahrräder stellten sich als ziemlich verstaubt heraus, und den Reifen fehlte Luft, aber das ließ sich schnell beheben. Als erstes fuhren sie dorthin, wo Elisabeth ihre ersten sechs Lebensjahre verbracht hatte, zu dem weit abgelegenen Vorort, in dem damals das Finanzamt stand. Das Gebäude war noch da, aber offensichtlich unbewohnt. Ein Schild am Eingang wies auf eine Baufirma hin, die demnächst hier Architektur- und Grafikstudios einrichten wollte. Elisabeth hätte ihm gerne die Wohnungen im Dachgeschoss gezeigt, aber natürlich war das Gebäude verschlossen. Auch der Garten mit dem dichten Gebüsch, den Apfelbäumen und dem Sandkasten war nicht mehr da; dort befanden sich jetzt Parkplätze. Sie führte Michael ums Haus herum, zeigte ihm die Fenster, hinter denen sich ihre Wohnung befunden hatte, schilderte ihm die Zimmer und das Gemeinschaftsbad, und schließlich erzählte sie ihm, wie ihr Vater von dort oben im Januar immer den Weihnachtsbaum heruntergeworfen hatte. „Du strahlst ja richtig", stellte er fest, „also kann die Zeit dort oben doch nicht nur schrecklich gewesen sein." Sie stutzte und spürte im gleichen Moment, dass ihre Wangen vom lebhaften Erzählen zu glühen begonnen hatten. Merkwürdig, dachte sie, da muss erst jemand von außerhalb kommen und mich darauf hinweisen, dass ich hier wohl doch eine schöne Kindheit hatte.
Am Baggersee meinte Michael: „Hier sollten wir demnächst mal mit Badehose und Picknickkorb wieder herkommen. Das ist ja die reinste Sommerfrische hier. Viel idyllischer als der Wannsee."
„Ich sehe schon, aus dem Lernen wird in diesen drei Wochen wohl nichts", seufzte Elisabeth, „aber ehrlich gesagt, ich hab auch noch keine Lust darauf." Von dort aus fuhren sie einen Bogen um die Stadt, und Elisabeth zeigte ihm das alte Krankenhaus. „Da hab ich

mal als Kind drin gelegen. Grässlich war das. Das war ursprünglich eine Kaserne, und so sah es drinnen auch noch aus: lange Flure, große hohe Räume, keine vernünftigen Badezimmer, und dann die Krankenschwestern – so streng wie Generäle. Das war das einzige Mal in meinem Leben, das ich richtig Heimweh gehabt habe."

Als nächstes kamen sie am Kino vorbei. Michael sah sich die Plakate der gerade laufenden Filme an und beschloss, dass sie demnächst auch einen Kinoabend einplanen müssten. Am Ende der Tour, gegen Mittag, landeten sie in einer Eisdiele. „Bouletten und Stampfkartoffeln kann es auch abends geben", meinte er, „jetzt haben wir uns erst mal ein großes Eis mit Sahne verdient."
„Kann es sein, dass du von deiner Mutter den Auftrag mitbekommen hast, mich ordentlich rauszufüttern?", fragte Elisabeth. „Das hab ich auch ohne mütterlichen Auftrag vor", sagte Michael, „es wäre doch gelacht, wenn wir dir nicht ein paar weibliche Rundungen anzüchten könnten." Elisabeth wurde rot. Sie biss sich auf die Zunge, um nicht zu fragen: „Bin ich dir nicht hübsch genug?"
Aber wenn er sie nicht mögen würde, wäre er ja jetzt nicht mit ihr hier. Und natürlich hatte er Recht, sie war einfach zu mager.

Abends, als Elisabeth die Gießkanne aus dem Keller holen wollte, fiel ihr Blick auf eine alte Kommode. Die hatte früher in ihrem Kinderzimmer gestanden, mit ihrer Unterwäsche darin. Neugierig zog sie eine der Schubladen heraus. Ihr Blick fiel auf einen leuchtend orangefarbenen Stoff. „Ach du lieber Himmel, das olle Strandkleid", stöhnte sie, „warum hat das noch keiner weggeworfen?" Sie hielt es vor sich hin und lachte. „Mit so einem hässlichen Fummel bin ich mal rumgelaufen", sagte sie zu Michael. „Naja, ein bisschen grell ist es ja, aber schön kurz. Da sind deine hübschen Beine sicher gut zur Geltung gekommen. Zieh's doch mal an." Das tat sie und musste dann erst recht lachen. „Aber der Frotteestoff ist noch gut zu gebrauchen; ich sollte ein paar Handtücher draus nähen", sagte sie. „So kurz wie das Kleid ist, werden das dann aber nur klitzekleine Gästehandtücher", spottete Michael.

Am Tag darauf ließ sich Elisabeth nicht mehr von ihrer geplanten Arbeit abhalten. „Im nächsten Sommersemester will ich endlich mein Examen machen", sagte sie, „und du hast das doch auch eigentlich vor. Also: heute gibt es keine Ausreden mehr – jetzt wird gelernt."
„Deine Selbstdisziplin möchte ich haben", stöhnte Michael. „Ja, ein Erbteil meines Vaters", sagte sie, „wenigstens eine gute Sache, die er mir mitgegeben hat."
„Bestimmt nicht die Einzige", murmelte Michael, holte sich ebenfalls seine Bücher und setzte sich damit auf die Terrasse.

Die Tage gingen wir im Fluge vorbei. Elisabeth kam gut voran mit ihren Examensvorbereitungen, und die Johannisbeeren waren schließlich auch geerntet und eingefroren. Sie auch noch zu Gelee zu verarbeiten, dazu hatte sie keine Lust. Das wollte sie ihrer Mutter überlassen. „Früher hatten meine Eltern auch noch etliche Stachelbeerbüsche", erzählte sie Michael, „die zu ernten, das war furchtbar. Diese Stacheln! Hinterher hatte man immer ganz zerkratzte Hände. Und mein Vater hat sich selber nicht daran beteiligt, sie abzupflücken. Er sagte immer, Agnes und ich hätten die richtigen Hände dafür, so schön klein und gelenkig. Aber als er sich einmal an einem Stachelbeerkern eine Zahnkrone ausgehebelt hatte, da wurden die Stachelbeeren abgeschafft. Zum Glück! Und die Johannisbeeren werden seitdem nur noch ohne Kerne verarbeitet."
„Meine Eltern haben immer nur Rasen und Blumen im Garten gehabt", erzählte Michael, „ich hätte als Kind gerne mal eigene Erdbeeren oder Kartoffeln aus dem Garten gehabt."
„Ich halte das für ein Ammenmärchen, dass selbstgezogene Kartoffeln besser schmecken als gekaufte. Als wir damals hier eingezogen sind, hat mein Vater im ersten Jahr nur Kartoffeln angepflanzt. Er meinte, das würde den Boden gut auflockern. Ich kann mich nicht erinnern, dass die irgendwie besonders geschmeckt hätten."
„Vielleicht nicht, aber man kann sie eben mit Stolz auf die eigene Ernte essen."

Nach zwei Wochen sagte Elisabeth: „Ich glaube, wenn es mir gelingt, in den nächsten Monaten weiter so konzentriert zu lernen, dann kann ich mich wirklich im nächsten Semester zum Examen anmelden. Wie ist es mit dir?"
„Och nö, ich weiß es noch nicht", sagte Michael und zündete sich eine Pfeife an, „ich hab keine solche Eile wie du. Student sein ist doch nicht schlecht. Warum sollte ich mich so beeilen, das zu beenden?"
„Ich hab einfach Lust auf die Praxis. Endlich das anwenden können, was ich gelernt habe. Außerdem möchte ich meinen Eltern nicht länger auf der Tasche liegen. Die haben erst Agnes und dann mir jahrelang das Studium finanziert; jetzt sollen sie ihr Geld endlich für sich haben können."
„Solange meine Eltern nicht drängeln, scheint es da ja keine finanziellen Probleme zu geben. Die werden schon was sagen, wenn ihnen mein Studium zu lang erscheint."
„Du alter Faulpelz!", rief Elisabeth und warf sich ihm lachend in die Arme. Er drückte sie und sagte: „Jede Stunde, die du in Kiel an deinem Schreibtisch sitzt, geht uns beiden verloren. Sei doch nicht immer so ehrgeizig."
„Da bin ich wohl anders gestrickt als du. Komisch – man sollte denken, da wir beide so unterschiedlich sind, dass wir gar nicht miteinander auskommen."
„Du weißt ja, Gegensätze ziehen sich an. Meine Mutter hat gesagt, ich sollte mir von dir mal 'ne Scheibe abschneiden, dann wäre ich nicht immer so träge. Aber ich gefalle mir selber so ganz gut."
„Du bist ja auch ein verwöhntes Einzelkind", sagte Elisabeth lächelnd, „warum hast du eigentlich keine Geschwister?"
„Ich glaube, meine Eltern hatten nie richtig Zeit für Kinder. Als ich klein war, da haben sie gerade das Reisebüro aufgebaut und mussten beide mitarbeiten. Für mich hatten sie stundenweise eine Kinderfrau engagiert. Und als das Geschäft dann anfing, richtig gut zu laufen, da hatten sie erst recht keine Zeit mehr."
„Ich hab viel Gutes von meiner großen Schwester bekommen, vor allem, als ich klein war. Ohne sie hätte ich wahrscheinlich manches

nicht gut ertragen. Wie sie das vor meiner Geburt mit unserm strengen Vater ausgehalten hat, ist mir ein Rätsel. Ach, übrigens: ich bin das Produkt einer Gehaltserhöhung. Ja, lach nicht, so ähnlich hat mir meine Mutter das mal erklärt. Wirklich, sie hat allen Ernstes mal gesagt: Dein Vater hatte eine Gehaltserhöhung bekommen, und da konnten wir uns ein zweites Kind leisten."

„Jetzt verstehe ich, warum du so mickrig geraten bist – es war wohl nur eine kleine Gehaltserhöhung um wenige Prozent."

„Du alter Blödmann", schimpfte Elisabeth lachend, „guck dir mal lieber deinen Bauchansatz an – der ist auch verbesserungswürdig."

„Oh ja, du hast Recht; gut, dass du mich daran erinnerst. Aus meinem wunderbar runden Bauch kann man noch viel mehr machen. Was hältst du davon, wenn ich eben mal zum Bäcker radele und uns ein Stück Kuchen hole?"

Elisabeth nutzte die Gelegenheit, öfter mal die Großmama im Altersheim zu besuchen. Sie hatte ihr am ersten Tag Michael vorgestellt, und Großmama hatte ihn freundlich begrüßt. „Ihr jungen Leute heute habt es gut", sagte sie, „ihr könnt eure Beziehung ausprobieren, bevor ihr heiratet. Zusammen verreisen – das wäre zu meiner Zeit undenkbar gewesen. Einige meiner Schulfreundinnen haben gleich nach der Schule überstürzt geheiratet, weil das ja die einzige Möglichkeit war, zusammen zu kommen. Und später haben sie das bitter bereut, weil sich die Männer als herrisch oder egoistisch herausstellten. Aber dann gab es kein Zurück mehr. Eine Ehescheidung – die hätte Schande über die ganze Familie gebracht. Ich war ja schon siebenundzwanzig, als ich geheiratet habe. Da galt ich schon als alte Jungfer. Aber ich hatte mir vorgenommen, auf den Richtigen zu warten, und das war ja dann auch gut so. Ich hätte keinen besseren Mann bekommen können."

„Wart ihr denn immer einer Meinung?", fragte Elisabeth, „habt ihr euch nie gestritten?"

„Natürlich haben wir das. Aber wir hatten viel Respekt voreinander, und es sind nie beleidigende Worte gefallen. Einmal hing

allerdings unser Haussegen über längere Zeit schief. Das war damals im Dritten Reich. Da ist mein Mann, dein Großvater, in die NSDAP eingetreten. Das wurde damals den deutschen Beamten sehr nahe gelegt, und er hatte Angst, dass man ihn schikanieren oder noch Schlimmeres antun würde, wenn er nicht Parteimitglied geworden wäre. Er hätte in jedem Fall seinen Posten verloren. Aber ich hatte solch einen Hass auf die Nazis – mir wäre es lieber gewesen, er wäre nicht in die Partei eingetreten. Die Konsequenzen, die das dann gehabt hätte, die hätte ich dann gerne mit ihm durchgestanden. Aber er sagte immer, er müsse ja auch an mich und die Kinder denken. Damals lebte ja auch unsere Hiltrud noch. Ich konnte mich mit seinem Standpunkt zwar nicht anfreunden, aber ich hab ihn dann respektiert. Das hat aber einige Monate gedauert, bis ich soweit war. Nach dem Krieg, als er dann lange arbeitslos war, weil er ja als Nazi galt, da war er mir sehr dankbar, dass ich trotzdem immer zu ihm gehalten habe. Und dann hatten wir noch einige sehr schöne Jahre miteinander. Leider zu wenige." Die Großmama seufzte traurig. „Wir haben uns sehr lieb gehabt. Er hatte auch eine sehr romantische Seite. Und er fehlt mir immer noch."

Später sagte Michael zu Elisabeth: „Toll, wie offen deine Oma von früher erzählt. Und für ihre Generation hat sie eine erstaunlich fortschrittliche Einstellung."
„Ja, das hat sie wirklich. Schade, dass ihr Sohn die nicht übernommen hat. Das hätte mir manchen Streit mit ihm erspart."

Nach drei Wochen kamen die Eltern zurück, braungebrannt und vergnügt. Der Vater fragte als erstes: „Na, alles gut gelaufen hier? Alles heil geblieben?"
„Ja, bis auf den Müll", sagte Elisabeth trocken, „der ist wahrscheinlich auf der Müllhalde schon zu kleinen Schnipseln verarbeitet."
„Willst du mich auf den Arm nehmen?", fragte der Vater mit einem kleinen Grinsen. „Nee, bei deinem Gewicht – ganz bestimmt nicht!" Die Mutter fragte: „Ihr habt doch hoffentlich immer ordentlich gegessen?"

„Na, so ganz ordentlich war das nicht immer", antwortete Michael ihr, „manchmal hat Ihre Tochter am Besteck gespart, und wir haben mit den Fingern gegessen. Schinkenbrot zum Beispiel." Die Mutter stutzte, überlegte einen Moment und lachte dann auch. „Wir haben euch auch was Gutes mitgebracht, einen frischen Leberkäse. Ich leg ihn gleich in den Kühlschrank, und ihr könnt ihn euch dann mit nach Hamburg nehmen. Ihr bleibt aber doch noch ein paar Tage?"
„Nein, Mama, sei uns nicht böse, aber wir sind gerade so gut drin im Lernen, und das würde hier nicht mehr so gut gehen, jetzt wo ihr da seid. Wir werden morgen wieder fahren."
„Du bist gut drin, ich nicht so", murmelte Michael, und die Mutter sagte: „Schade! Aber heute Abend machen wir es uns noch mal so richtig gemütlich. Ich hab auf der Fahrt deinen Vater überreden können, heute Abend mit euch essen zu gehen."

Sie gingen in das Restaurant „Zur Linde", dem Lokal, in dem immer die Familienfeiern stattfanden. Elisabeth hatte vorgeschlagen, mal das neue griechische Lokal auszuprobieren, aber ihr Vater hatte gemeint, in der Linde wüsste er, was es zu essen gäbe, und Experimente wolle er nicht machen.

Die Mutter erzählte während des Essens, dass sie viel gewandert wären und dabei andere nette Leute kennen gelernt hätten. Elisabeth sagte zu Michael: „Für mich als Kind war das immer ätzend langweilig, diese Wanderurlaube meiner Eltern. Meine Mutter sagte immer: Guck mal, diese wunderbare Natur, und mein Vater studierte in einem fort die Wanderkarte. Und das drei Wochen lang." Sie stöhnte theatralisch. „In den deutschen Mittelgebirgen könntest du mich jetzt an jeder x-beliebigen Stelle absetzen, und ich würde den Weg zurück auf Anhieb finden."
„Wenn wir mal Urlaub gemacht haben, dann höchstens zehn Tage", sagte Michael, „weil meine Eltern das Reisebüro nicht so lange den Mitarbeitern überlassen wollten, schon gar nicht im Sommer, in der Hauptreisezeit. Und dann sind wir meistens irgendwohin geflogen,

in eine piekfeine Hotelanlage, wo man als Kind keinen Pieps von sich geben durfte. Das war auch ätzend langweilig."
„Ja, so ist das", sagte der Vater, „nie ist man zufrieden mit dem, was man hat. Und im Nachhinein kommt einem die schönste Kindheit und Jugend schrecklich vor."
„Ich hab nur schöne Erinnerungen an meine Kindheit", sagte die Mutter und strahlte, „ich hab ja auch die besten Eltern der Welt gehabt." Wenn ich das doch auch sagen könnte, dachte Elisabeth voller Wehmut.

Der Vater hat aus dem Finanzamt eine gebrauchte Schreibmaschine mitgebracht. Die hat er günstig kaufen können, weil einige Büros neue Schreibmaschinen bekommen. Er setzt sie im Wohnzimmer auf seinen Schreibtisch und schärft allen ein: „Dass mir da ja keiner rangeht! Ihr macht sie mir sonst noch kaputt." Auf der Maschine schreibt er jetzt immer die Protokolle von den Sitzungen des Kirchenvorstands. „Das sieht dann sauberer aus als handschriftlich", sagt er. Das Kind sieht ihm oft beim Schreiben zu. Einmal fragt es: „Darf ich auch mal probieren?" Der Vater zeigt ihm, wie man auf die Tasten drücken muss, nicht zu schwach und nicht zu fest. „Und immer nur eine Taste auf einmal, sonst verhaken sich die Bügel an den Buchstaben!", sagt er. Das Kind ist auch wirklich ganz vorsichtig. Es schreibt als erstes seinen Namen und den der großen Schwester, anschließend die Namen der Eltern. Der Vater staunt: „Das machst du ja richtig gut. Ich hätte nicht gedacht, dass du so sorgsam damit umgehen kannst." Als das Kind auch nach einigen Tagen immer noch so vorsichtig mit der Maschine umgeht, erlaubt der Vater ihm, auch wenn er nicht da ist, darauf zu schreiben.

Die große Schwester schmollt und sagt: „Mir hättest du das bestimmt nicht erlaubt, als ich fünf Jahre alt war."
„Tja, wenn ich mir deine Schulhefte ansehe, dann denke ich, du bist auch nicht so ordentlich wie Lieschen. Deine Hefte sehen mir nicht nach einem sorgfältigen Umgang aus. Bei Lieschen bin ich mir

sicher, dass sie vorsichtig ist." Die große Schwester ist beleidigt, und das Kind ist stolz auf dieses Lob. Der Vater gibt ihm ein Blatt Papier, das nur von einer Seite beschrieben und auf der Rückseite noch frei ist, darauf darf es schreiben. Das Kind sagt: „Was – nur ein Blatt Papier? Und wenn das voll ist?" Da lacht der Vater und sagt: „Ein ganzes Blatt, das wird doch so schnell nicht voll. Aber wenn du Sorge hast, das könnte nicht ausreichen – hier, die unterste Schublade, da bewahre ich mein Schmierpapier auf, davon kannst du dir was nehmen."

Von jetzt an sitzt das Kind jeden Vormittag eine Zeit lang an der Schreibmaschine. Es schreibt die Überschriften aus der Zeitung ab, auch wenn es die nicht versteht. Aber es macht Spaß, die richtigen Buchstaben auf der Tastatur zu finden, und das geht von Mal zu Mal schneller. Bald weiß es aus dem Kopf, wo jeder Buchstabe oder jede Zahl zu finden ist. Es hat ja auch schon oft den Kollegen des Vaters beim Maschineschreiben zugesehen und fragt sich jetzt, warum es bei denen so schnell geht. Also geht es mal wieder Frau Adam besuchen und fragt sie: „Frau Adam, warum können Sie so schnell auf Ihrer Schreibmaschine schreiben? Zeigen Sie mir das bitte mal?" Da erklärt Frau Adam dem Kind: „Du musst die vier langen Finger deiner Hände immer an einer Stelle halten. Die dürfen nicht so hin- und her springen. Mit den Daumen drückst du auf die große Taste unten, dann kommt ein Leerzeichen. Und die anderen Finger hüpfen kurz nach unten oder oben, wo sie gerade gebraucht werden, aber im Grunde bleiben sie immer über der zweiten Buchstabenreihe stehen."

Zu Hause will das Kind das gleich ausprobieren. Es versucht es genauso zu machen, wie Frau Adam es ihm erklärt hat, aber das klappt nicht so gut: die Finger des Kindes sind einfach zu kurz. Und leider verhaken sich jetzt doch zwei Bügel. Das Kind zieht sie ganz vorsichtig wieder auseinander und hofft, dass sie sich nicht verbogen haben und der Vater nichts merkt. Trotzdem übt das Kind immer weiter, und schließlich kann es richtig schön schnell schreiben.

Außer der Mutter, die das Klappern der Schreibmaschine hört und sich wundert, weiß das aber niemand.

Einmal beim Mittagessen kommt das Gespräch auf Frau Adam. Das Kind holt kurz Luft, um etwas zu sagen, und die Mutter wirft dem Kind einen Blick zu. Sie scheint zu denken, dass das Kind jetzt endlich vom Schreibmaschineschreiben erzählen will. Aber es fragt nur: „Papa, wie kann eine Frau Adam heißen? Adam war doch ein Mann?“

Elisabeth blieb ihrem Vorsatz treu. Sie verbrachte die restlichen Semesterferien mit Lernen und Examensvorbereitungen, mal in Kiel, mal in Hamburg bei Michael. Aber sie merkte, dass sie manchmal über ihre Kräfte arbeitete. Immer öfter musste sie ihr Buch beiseite legen, weil ihr die Buchstaben vor den Augen verschwammen. Sie trank Unmengen von Kaffee, aber das bekam ihrem Magen nicht, also ging sie zu Tee über. Agnes war nicht da, sie machte zurzeit im Rahmen ihrer Krankenhausausbildung ein Praktikum in Frankreich. Eines Tages wurde ihr beim Aufstehen so schwindelig, dass sie sich eine Stunde lang hinlegen musste.

Sie beklagte sich bei Michael: „Ich glaub, mein Blutdruck ist völlig im Keller. Ob ich mal zum Arzt gehe und mir was verschreiben lasse? Aber eigentlich hab ich gar keine Zeit, mich jetzt in ein volles Wartezimmer zu setzen.“
„Wie wär's denn mal mit Pfeife rauchen?“, schlug Michael vor.
„Was – Pfeife rauchen, das ist doch nur was für Männer.“
„Du bist doch sonst eine emanzipierte Frau. Warum nicht auch 'ne Pfeife? Ich helf dir beim Aussuchen.“ Elisabeth zögerte noch, aber dann lockte es sie doch, das einmal auszuprobieren. Michael riet ihr zu einer kleinen leichten Pfeife, in der aber dennoch die extralangen Filter Platz hatten. Er ließ sie an seinen verschiedenen Tabaksorten schnuppern, damit sie eine Vorstellung davon bekam, was ihr gefallen könnte. Der Verkäufer im Tabakwarengeschäft

zeigte sich überhaupt nicht verwundert über ihren Wunsch nach einer eigenen Pfeife. „Ich habe durchaus auch andere Kundinnen, die Pfeife rauchen", sagte er, „aber erwarten Sie bitte nicht gleich den vollen Tabakgenuss. Eine Pfeife muss erst eine zeitlang eingeraucht werden, ehe sie ihren Rauchgenuss entfaltet."

Zu Hause probierte sie ihre Pfeife vorsichtig aus. Natürlich gelang es ihr nicht auf Anhieb, den Tabak genau so zu stopfen, dass er nicht zu fest und nicht zu locker saß, damit er gut brennen konnte. Aber allmählich gewann sie das richtige Fingerspitzengefühl dafür. Als Agnes nach vier Wochen wieder nach Hause kam, schnupperte sie an der Wohnungstür und rief: „Oh, Michael ist wohl mal wieder da?" Elisabeth kam mit der Pfeife in der Hand aus ihrem Zimmer und sagte: „Nein, ab jetzt bin ich die Wohnungsluftverpesterin."
Agnes lachte. „Wie bist du denn auf die Schnapsidee gekommen?"
„Es tut meinem Blutdruck gut. Der sackt nämlich immer so ab, wenn ich zu lange am Schreibtisch sitze."
„Ein paar Runden Laufen oder Radfahren hätten den gleichen Effekt", meinte Agnes trocken. „Das wäre mir jetzt zu zeitraubend. Und außerdem ist das so ein wunderbares Gefühl – als ob man ein kleines Öfchen in der Hand hätte, so warm und angenehm. Und dazu noch der Duft – einfach klasse!"
„Na, wenn du meinst. Aber mein Zimmer bleibt rauchfreie Zone, okay?"
„Ja, Frau Doktor!", grinste Elisabeth.

Von jetzt an hielt sie viele Stunden täglich am Schreibtisch durch und meldete sich mit Beginn des Wintersemesters zum Examen im kommenden Sommersemester an. Ihre wöchentlichen Besuche im Altersheim führte sie dennoch weiterhin durch. Mittlerweile war zwischen ihr und einigen der Bewohner fast so etwas wie eine Freundschaft entstanden, die sie nicht mehr missen mochte.

Auf dem Flur oben im Finanzamt herrscht große Aufregung: Frau Schimmelpfennig bekommt ein Fernsehgerät geliefert. Zwei Männer tragen es die Treppe hinauf, und alle Nachbarn öffnen ihre Wohnungstüren, um dabei zuzusehen. Das Kind steht an der Hand der Mutter und staunt. Das Gerät sieht aus wie ein einfacher Schrank aus braunem Holz. Das Kind hatte sich ein Fernsehgerät anders vorgestellt. Die Männer tragen es in die Wohnung von Frau Schimmelpfennig, und sie sagt strahlend zu den Nachbarn: „Wenn er angeschlossen ist, können Sie nachher zur Einweihung zu uns zu Besuch kommen." Der Vater sagt leise zur Mutter: „Tja, so ist das, wenn man Witwengeld bekommt – da kann man sich manches leisten, wofür unsereins kein Geld hat." Die Mutter antwortet genauso leise: „Gönn ihr das doch! Was soll sie denn sonst abends machen, wenn sie allein ist mit den Kindern?"

Nach dem Abendessen gehen die Eltern zu Frau Schimmelpfennig, doch die Mädchen müssen ins Bett. Agnes protestiert, aber der Vater sagt: „Fernsehen ist nichts für Kinder. Das macht die Augen kaputt." Am nächsten Morgen beim Frühstück erzählt die Mutter: „Das ist schon was Tolles, so ein Fernsehgerät. Wir haben gestern Abend eine Zirkusvorstellung gesehen, mit Elefanten und Löwen. Ganz von nahem konnte man die Tiere sehen."
„Aber alles nur ganz klitzeklein", sagt der Vater, „da geh ich doch lieber in einen echten Zirkus."
„Aber wir gehen doch nie in den Zirkus, Papa", sagt die große Schwester. Der Vater schweigt, nimmt sich seine Thermosflasche mit Tee und seine Butterbrotdose und geht ins Büro.

Manchmal dürfen das Kind und die große Schwester bei Frau Schimmelpfennig fernsehen, wenn gerade Kinderstunde ist, und wenn der Vater nachmittags länger weg ist. Besonders gern hat das Kind die Filme über Lassie. Die große Schwester mag lieber Fury. Sie hätte auch gern ein Pferd, aber das geht natürlich nicht. Das Kind versucht immer wieder, die Eltern davon zu überzeugen, dass sie sich doch einen Hund anschaffen sollten, aber das erlaubt der

Vater nicht. „Ein Tier im Haus – das macht nur Arbeit und kostet Geld. Und wer soll dann den Hund immer ausführen?"
„Das mach ich doch!", sagt das Kind, aber der Vater lacht nur darüber. Die Mutter sagt: „Wenn wir im neuen Haus wohnen, dann könnten wir ja mal über eine Katze nachdenken, die macht nicht so viel Arbeit."

Der Vater ist jetzt oft am Nachmittag weg, und vor allem am Wochenende. Die Eltern haben nämlich ein Grundstück in einem neuen Stadtteil gekauft. Darauf soll das neue Haus gebaut werden. Die Kinder drängeln, dass sie das Grundstück auch endlich sehen wollen, aber der Vater sagt: „Nix da! Da ist es im Moment alles nur schlammig und matschig, und die Bauarbeiter heben gerade die Baugrube aus, da wärt ihr nur im Wege. Wenn die Grundmauern stehen, dann dürft ihr mal mit." Er selbst fährt oft auf dem Fahrrad dorthin und guckt, ob die Arbeiter auch alles richtig machen. Sonnabendnachmittags ist er auch oft dort und beginnt, den Garten anzulegen. „Als erstes kommen Lupinen und Kartoffeln in den Garten, die lockern den Boden gut auf", sagt er, „später möchte ich einen Apfelbaum und einen Birnenbaum haben."
„Und ich möchte Rhabarber haben, für rote Grütze", sagt die Mutter.
„Und ich Erdbeeren", sagt das Kind. „Die nehmen viel Platz weg und bringen mehr Arbeit als Ertrag", sagt der Vater, „wie wär's denn mit Stachelbeeren und Johannisbeeren? Die kann man gut zu Marmelade verarbeiten."

Eines Abends breitet der Vater ein großes Papier auf dem Küchentisch aus und sagt mit feierlicher Stimme: „Dies ist der Grundriss – so wird unser Haus im nächsten Jahr aussehen." Er erklärt den Kindern den Plan und zeigt ihnen, wo jedes Mädchen ihr Zimmer haben wird. „In meinem Zimmer steht eine Zahl, eine vier mit noch was dahinter. Was bedeutet das?", fragt das Kind. „Das heißt, dass dein Zimmer vier Komma sechs Quadratmeter groß sein wird."

„Wie groß ist das denn?" Der Vater zeigt dem Kind auf dem Küchenfußboden, wie lang ein Meter ist und wie groß sein Kinderzimmer sein wird. Das Kind ist enttäuscht: „Sooo klein? Ich hab gedacht, in mein Zimmer passen ein Sofa und ein Bett und ein Schrank und ein großer Tisch rein."
„Du bekommst ein Jugendbett, und dein Gitterbett verschenken wir. Ein Kleiderschrank passt nicht rein, aber du bekommst meinen kleinen Schreibtisch, den ich schon als Kind hatte", sagt die Mutter, „und dann ist bestimmt noch Platz für ein Nachtschränkchen und ein kleines Schubladenschränkchen."
„Aber wo soll ich denn meine Kleider aufbewahren?"
„Ich hänge dir übers Bett ein Brett mit Garderobenhaken", sagt der Vater, „da kannst du Bügel mit Kleidern und Röcken dranhängen. Und deine Unterwäsche kommt ins Schubladenschränkchen, das früher deiner Mutter gehörte. Oma und Opa brauchen es nicht mehr; wir dürfen es uns abholen."
„Warum ist das Zimmer von Agnes so viel größer als meins?", fragt das Kind mit nörgeliger Stimme. Die große Schwester sagt voller Stolz: „Ich bin ja auch älter als du!" Die Mutter sagt: „Sie muss ja auch mehr für die Schule lernen, und bestimmt kommen dann auch ihre Klassenkameradinnen, damit sie zusammen lernen können."

Abends im Bett sagt das Kind zur großen Schwester: „Du Agnes, das find ich doof, dass unser neues Haus so klein ist. Mein Zimmer ist so winzig, und deins ist viel größer. Das ist gemein!" Die Schwester antwortet: „Wenn ich mal groß bin und heirate, dann ziehe ich ja aus, und dann darfst du mein Zimmer haben."
„Versprochen?" – „Indianerehrenwort!"
Nach einer Weile sagt die große Schwester: „Du Lieschen, hast du auch schon gemerkt: immer wenn Papa vom neuen Haus nach Hause kommt, dann ist er immer richtig gut gelaunt."
„Ja, und Mama ist in letzter Zeit auch immer so fröhlich. Und sie streiten sich auch gar nicht mehr so oft."
„Du Lieschen, ich glaub, die mögen unsere Wohnung nicht. Die sind froh, wenn sie hier weg kommen."

„Ich weiß noch nicht, ob ich froh bin darüber. Das ist alles noch so komisch."
„Du wirst dich schon dran gewöhnen. Ich bin jedenfalls auch froh, dass ich hier weg kann", sagt die große Schwester zufrieden, dreht sich zur Wand um und schläft ein.

„Darf ich dir als wohlmeinende Freundin mal wieder etwas Ehrliches sagen?", fragte Irene. „Nur zu, deine Ratschläge haben mir bisher immer gut getan", antwortete Elisabeth. „Du hast manchmal so ein piepsiges Stimmchen, wie ein kleines Küken, das am liebsten bei der Glucke unterschlüpfen möchte. Sogar wenn du lachst, ist deine Stimme nie so ganz voll und laut."
„Gut, dass du das sagst, ich hatte mir in Marburg schon vorgenommen, mal eine Stimmbildung mitzumachen. Vielleicht sollte ich das angehen, solange ich noch hier in Kiel bin. Wenn ich erst als Referendarin in irgendeiner Kleinstadt wohne, ist das vielleicht nicht mehr möglich."
Also meldete sie sich bei der Volkshochschule zu einem Stimmbildungskursus an. Der Kursleiter war ein pensionierter Kantatensänger namens Meyerling. Er ließ als erstes jeden Kursteilnehmer ein Stück aus einem Roman vorlesen und dann ein beliebiges Lied singen. Daraus zog er Rückschlüsse über das, was jedem Einzelnen fehlte, beziehungsweise wie er seine Stimme verbessern könne. Zu Elisabeth sagte er: „Ihre Stimme kommt nur aus dem Hals heraus, dadurch fehlt ihr Volumen. Wir müssen daran arbeiten, dass Sie Ihre Stimme im Bauchraum bilden. Sie haben eine gute akkurate Aussprache. Die Konsonanten sind gut zu hören bei Ihnen. Aber den Vokalen fehlt es noch ein bisschen an Wärme. Sie werden merken: Wenn Sie das verbessern, gewinnen Sie auch eine ganz andere Ausstrahlung."

Im Laufe des ersten Abends gab er allen Teilnehmern Hinweise zu einer verbesserten Körperhaltung. „Aufrecht stehen, aber nicht stocksteif", rief er immer wieder, „locker in den Knien, die

Schultern mehr nach hinten. Den Kopf nach oben, aber nicht in den Nacken. Locker – bleiben Sie locker!" Das sagt sich so leicht, locker bleiben, dachte Elisabeth. Sie merkte erst jetzt, wie verspannt sie war. Immer wieder drückte sie unbewusst die Knie durch oder verkrampfte sich im Nacken. Als Hausaufgabe erhielt sie die Anweisung, mindestens dreimal täglich ihre Körperhaltung wahrzunehmen und zu korrigieren.

Beim nächsten Kursabend ging es um die Mimik. „Warum runzeln Sie immer so die Stirn beim Sprechen?", fragte Herr Meyerling Elisabeth, „kann es sein, dass Sie viel Wert auf Intellekt legen, dass bei Ihnen die Gedanken immer Vorrang haben? Lassen Sie locker, auch im Gesicht!" Von Mal zu Mal bekam sie immer mehr hilfreiche Ratschläge von ihm. „Zu einer klaren, überzeugenden Stimme gehören nicht nur die Stimmbänder, sondern vor allem der Bauch als Resonanzboden, Fräulein Menge, auch wenn Sie, mit Verlaub gesagt, kaum Bauch haben. Aber auch ein schlanker Mensch kann seine Stimme von ganz weit unten holen. Probieren Sie das mal. Schreien Sie uns mal an, als ob Sie furchtbar wütend wären." Elisabeth lachte. „Ich kann gar nicht richtig wütend sein", sagte sie. „Aha, da haben wir des Pudels Kern. Ihnen fehlt es wohl an Emotionalität." Er sah sie lauernd an. „Sie sind wohl eine frigide alte Jungfer?"
„Das geht jetzt aber zu weit", schimpfte Elisabeth, „das muss ich mir hier nicht gefallen lassen." Der gesamte Kurs lachte lauthals los. Elisabeth schaute sich verunsichert um. Herr Meyerling trat auf sie zu und schüttelte ihr beide Hände. „Ich gratuliere Ihnen", sagte er herzlich, „jetzt haben Sie genau zu der Stimmlage gefunden, die ich von Ihnen möchte. Wenn Sie wütend sind, dann bilden Sie ganz automatisch die Stimme im Bauchraum. Und von da unten soll sie immer kommen. Natürlich nicht immer mit diesem wütenden Klang dabei. Aber mit der gleichen Fülle und Überzeugungskraft."
„Fräulein Menge hat eben auch viel dickere Backen gemacht und ihrer Stimme damit auch mehr Volumen gegeben", bemerkte ein anderer Kursteilnehmer. Elisabeth spürte es plötzlich selbst: Ihre

Wangen fühlten sich ganz anders an als sonst. Überhaupt vibrierte in ihr alles vor Lebendigkeit.

Am Ende des Abends trat Herr Meyerling noch einmal auf Elisabeth zu. „Sie studieren Jura, hab ich das richtig verstanden?“ fragte er. Sie nickte. „Wenn ich Ihnen noch einen Rat mitgeben darf: Sie sitzen vielleicht irgendwann auf dem Stuhl eines Richter in einem Gerichtssaal. Und dann entsteht möglicherweise aus welchen Gründen auch immer ein großer Lärm, und Sie sollen für Ruhe sorgen. Mit einem Piepsstimmchen geht das natürlich nicht. Aber wenn Sie dann genauso zornig wie vorhin mit bewusst ganz tiefer Stimme dazwischen gehen, dann können Sie sich durchsetzen. Dann müssen Sie noch nicht einmal laut sprechen oder rufen, und man hört Sie trotzdem.“

„Aber sagt man nicht immer, hohe Töne tragen besonders weit?“, fragte Elisabeth. „Ja, das trifft auf eine Kirchenorgel oder eine geschulte Sopranstimme zu, aber nicht, wenn es um Durchsetzungsvermögen geht. Da sind tiefe Töne gefragt, denn die vermitteln eine stärkere Autorität. Denken Sie an das Brüllen eines Löwen – davor hat jedes Tier weit und breit Angst, weil es so tiefe Töne sind.“

„Danke, dass Sie sich so viel Mühe mit mir geben. Ihre Hinweise sind wirklich hilfreich für mich.“

„Gern geschehen, Fräulein Menge. Und wenn ich mal bei Rot über eine Ampel gefahren bin und eine gute Juristin brauche, dann wende ich mich an Sie, und Sie können mir auf dem Wege Ihre Dankbarkeit erweisen“, sagte Herr Meyerling lachend. „Ach ja, und nichts für ungut für meinen derben Scherz vorhin.“

„Ist schon in Ordnung. Es war ja für einen guten Zweck“, meinte Elisabeth fröhlich.

Als Elisabeth kurz danach ein Referat zu halten hatte, kam ihr die Stimmbildung zum ersten Mal wirklich zugute. Obwohl sie wie immer vorher schrecklich aufgeregt war, hatte sie dennoch den Eindruck, durch Körpersprache, Stimme und Aussprache eine gute Figur abgegeben zu haben. Die Rückmeldungen durch ihre Kommilitonen waren hinterher durchweg positiv. Auch der Professor äußerte sich anerkennend: „Gut durchdacht und recherchiert, Fräulein Menge. Und sehr überzeugend vorgetragen. Respekt!“ Elisabeth strahlte und dachte sich: Das waren gut angelegte sechzig Mark Kursgebühr!

Eines Tages wollte sie wie gewohnt an der Rezeption des Altersheimes vorbeilaufen, auf dem Weg zu „ihren“ alten Leuten, als sie der Heimleiter ansprach. Er war sichtlich aufgeregt und sagte: „Fräulein Menge, die Diakonin, die normalerweise die wöchentliche Andacht hier bei uns hält, hat gerade für heute abgesagt. Ich hab gehört, wie Sie manchmal mit unsern Bewohnern gesungen haben. Sie haben eine so wunderbare Stimme und eine so klare Sprache – könnten Sie nicht vielleicht heute einspringen und eine kurze Andacht halten? Vielleicht zwei oder drei Lieder singen, etwas aus der Bibel vorlesen, einen Psalm zum Beispiel, und ein Vaterunser beten? Mehr muss es doch gar nicht sein – die Hauptsache, unsere Bewohner sind nicht enttäuscht, wenn die Andacht heute ausfällt.“
„Oh Gott, das geht mir aber ein bisschen zu schnell“, sagte Elisabeth. Aber dann dachte sie: Warum eigentlich nicht? Vorlesen und singen kann ich, das Vaterunser hab ich auch noch im Kopf, was kann schon schief gehen?

Sie ließ sich eine Bibel und ein Gesangsbuch geben, zog sich eine halbe Stunde in eine ruhige Ecke zurück und hielt dann mit etwa fünfundzwanzig Heimbewohnern und zwei Altenpflegerinnen eine kurze Andacht. Sie sang mit ihnen Lieder, von denen sie dachte, dass vor allem ältere Menschen sie auswendig kennen würden: Befiehl du deine Wege, und: Jesu, geh voran. Sie las langsam und ausdrucksvoll den 23. Psalm: Der Herr ist mein Hirte, mir wird nichts mangeln, und stellte fest, dass mehrere alte Frauen ihn halblaut mitbeteten. Ein kurzes Gebet um Schutz und Geleit durch Gott *kam ihr spontan auf die Lippen, und mit dem Vaterunser, das fast alle mitsprechen konnten, beendete sie ihre Andacht.*

Hinterher merkte sie, dass ihr vor Aufregung die Knie zitterten. Wenn ich das alles vorher gewusst hätte, hätte ich bestimmt eine doppelte Portion Baldrian gebraucht, dachte sie. Die beiden Pflegerinnen lobten sie und sagten, sie hätte eine so wunderbare klare Aussprache; sie sei viel besser zu verstehen gewesen als die Diakonin, die immer zu schnell und undeutlich sprechen würde.

Es stellte sich heraus, dass diese Diakonin noch viele Wochen ausfallen würde, und Elisabeth bot von sich aus an, bei jedem ihrer Besuche im Heim zu Beginn eine Andacht für alle zu halten. Dann hätte sie ja auch mehr Zeit für die Vorbereitung. Ihr fiel ein, wie es in ihrer Kindheit im Kindergottesdienst gewesen war. Da hatte Frau Hinrichsen in einfachen Worten biblische Geschichten erzählt, sie anschaulich ausgeschmückt und auch für Kinder gut verständliche Erklärungen dazu gegeben. Auch wenn alte Menschen nicht wie Kinder behandelt werden dürfen, brauchen sie trotzdem Worte, die ihrem Verständnis angemessen sind, dachte sie sich.
In ihrer nächsten Andacht bereitete sie sich auf die Geschichte vor, wie Jesus einen gelähmten Mann heilt. Sie erzählte anschaulich, wie seine Freunde ihn auf das Dach trugen, untermalte mit vielen Bewegungen und lebhafter Stimme, wie das Dach des Hauses, in dem sich Jesus gerade befand, geöffnet und der Kranke hinuntergelassen wurde. Ihr fiel sogar noch die Erklärung ein, die Frau Hinrichsen damals zu der Geschichte gegeben hatte, warum Jesus damals nicht nur den Gelähmten geheilt hatte, sondern auch noch von Sündenvergebung gesprochen hatte. So erklärte Elisabeth es jetzt auch für ihre Zuhörer, die ihr gebannt lauschten: „Wenn ich mit alten Geschichten aus meinem Leben abschließen kann, wenn ich das Ungeklärte in meinem Leben Gott übergebe, dann wird mir das Herz leichter. Die Vergangenheit soll uns nicht für immer niederdrücken – Jesus zeigt uns, wie wir leichten Herzens und leichten Schrittes in die Zukunft gehen können.“

Hinterher dachte Elisabeth: Das sind ja genau die Worte, die ich für mich selbst brauche. Hab ich etwa nur für mich gesprochen? Beim Hinausgehen bedankten sich viele der alten Menschen bei ihr und baten sie, doch bald wieder so eine schöne Geschichte zu erzählen – es hätte ihnen so gut getan, ihr zuzuhören. Sie war gerührt über dieses Lob und legte von nun an noch mehr Wert auf eine gute Vorbereitung ihrer Andachten. Ihren Eltern erzählte sie nichts davon, sie fürchtete spöttische Bemerkungen ihres Vaters. Nur Michael und Agnes wussten davon, aber da Agnes sich einmal am Telefon verplapperte, erfuhren es die Eltern dann doch. Statt des befürchteten Spotts ihres Vaters kamen jedoch anerkennende Worte von ihm: „Hut ab, Tochter, ich bin stolz auf dich." Das freute sie im Grunde ihres Herzens noch mehr als das Lob der alten Menschen.

„Im Altersheim am Stadtpark wird eine Nachtwache zur Aushilfe gesucht", sagt die Mutter beim Mittagessen zum Vater, „mit meinen Erfahrungen aus dem Lazarett hätte ich sicher Chancen, die Stelle zu bekommen."
„Das Thema haben wir doch schon oft genug erörtert", antwortet der Vater ärgerlich, „ich möchte es einfach nicht, dass meine Frau arbeiten geht. Du hast genug zu tun mit dem Haushalt und den Kindern."
„Das wäre aber nur nachts von neun Uhr abends bis sieben Uhr morgens. Da schlafen die Kinder längst. Und auch nur wenige Nächte pro Monat, vielleicht drei oder höchstens vier Mal." Ihre Stimme bekommt einen schmeichelnden Klang. „Das Geld, das ich da verdienen könnte, würde uns fürs neue Haus zugute kommen." Der Vater schweigt. „Das muss ich mir überlegen", sagt er nach einer Weile. „Woher weißt du überhaupt davon?", fragt er. „Das wurde beim Kaufmann erzählt", antwortet die Mutter, „eine Frau, die dort saubermacht, hat davon erzählt. Ich könnte doch einfach mal hinfahren und mich erkundigen." Der Vater macht „hm" und fängt an, von etwas anderem zu sprechen.

Später fragt das Kind: „Mama, was musst du denn da machen im Altersheim?"
„Als Nachtwache muss man einfach da sein, falls mal jemand von den alten Menschen Hilfe braucht. Und man muss abends durchs Haus gehen, gucken, ob die Fenster zu sind und vielleicht jemandem beim Ausziehen helfen oder ihm seine Tabletten geben. Viel Arbeit ist das nicht – einfach nur da sein für Notfälle."
„Aber dann musst du ja die ganze Nacht wach bleiben. Wann willst du denn dann schlafen?"
„Das ist doch nicht schlimm", sagt die Mutter lachend, „ich könnte mich vormittags zwei Stunden hinlegen. So lange kannst du dich dann alleine beschäftigen. Das kannst du doch ganz gut."
Abends sagt der Vater: „Mir schmeckt das nicht – diese Idee mit dem Altersheim." Das Kind sagt: „Du sollst das Altersheim doch nicht essen. Es ist doch egal, wie es schmeckt."
„Halt du gefälligst deinen Mund, wenn sich Erwachsene unterhalten!", fährt der Vater das Kind an. Das zieht erschrocken den Kopf ein. „Meinetwegen fahr hin und erkundige dich", sagt der Vater missmutig zur Mutter, „frag vor allem, was für einen Vertrag du bekommen würdest, wie das mit den Kündigungsfristen ist, und was du verdienen würdest. Aber begeistert bin ich davon nicht, dass das mal klar ist."
„Danke", sagt die Mutter mit leuchtenden Augen, „und glaub mir, ihr werdet das gar nicht merken, dass ich arbeite. Für euch wird sich gar nicht viel ändern. Nur dass dann mehr Geld auf dem Konto ist."

Am nächsten Morgen will sie gleich losfahren. Das Kind muss mit, denn von den Nachbarinnen hat keine Zeit, heute auf das Kind aufzupassen. Sie müssen im Altersheim lange warten, bis die Mutter mit dem Heimleiter sprechen kann. Der sagt: „Soso, Sie sind Frau Menge und wollen bei uns als Nachtwache anfangen. Was haben Sie denn als Qualifikation vorzuweisen?"
„Ich habe während des Krieges als Lazarettschwester gearbeitet", sagt die Mutter. Das Kind hört an ihrer Stimme, wie aufgeregt sie ist. „Das ist aber schon recht lange her."

„Manche Dinge verlernt man nie. Spritzen geben und Blutdruck messen traue ich mir immer noch zu. Auch Verbände legen und offene Beine wickeln."
„Na, das müssen bei uns die Nachtwachen nicht tun; das machen die Schwestern, die tagsüber Dienst haben. Aber zu Ihren Aufgaben würde es gehören, nachts schon den Speiseraum fürs Frühstück vorzubereiten, Tische decken und so weiter. Und wie ich sehe, haben Sie noch ein kleines Kind. Wie soll das denn familiär bei Ihnen funktionieren?" Die Mutter schiebt das Kind nach vorne und sagt: „Das ist unser Lieschen, die ist absolut selbständig. Und meine große Tochter und mein Mann sind ja auch noch da."
„Bevor Sie hier bei uns anfangen können, müssten Sie vorher mindestens dreimal im Tagdienst dabei sein, damit Sie die Bewohner, die Räume und alles Weitere kennen lernen können. Wäre Ihnen das in den nächsten Tagen schon mal möglich?"
„Wann immer Sie wollen", sagt die Mutter begeistert, „heißt das, Sie nehmen mich?"
„Wir warten mal ab, wie Sie sich beim ersten Mal bewähren. Kommen Sie erst mal nächsten Montag früh um sieben zum Frühdienst, und dann sehen wir weiter." Er gibt der Mutter und auch dem Kind die Hand und sagt: „Tja Lieschen, wenn deine Mutter hier Nachtdienste macht, dann musst du in Zukunft manchmal dein Frühstück alleine machen."
„Dann esse ich eben nur einen Keks zum Frühstück", sagt das Kind. Er lacht und bringt sie zur Tür. „Ach übrigens", sagt er noch zur Mutter, „Sie wissen ja, dass Ihr Mann dann auch Ihren Vertrag unterschreiben muss?"
„Das ist kein Problem", sagt die Mutter. Draußen strahlt sie das Kind an und sagt: „Jetzt kaufen wir dir erst mal ein Eis."

Beim Mittagessen erzählt die Mutter begeistert vom Altersheim am Stadtpark: „So schöne helle Räume. Und im Eingang lauter große Topfblumen. Und ein Aquarium steht auch da, damit die alten Leute was zu gucken haben."

„Und wie sieht es mit deinem Vertrag aus?", fragt der Vater. „Darüber haben wir noch gar nicht gesprochen. Der Heimleiter möchte, dass ich dreimal zur Probe komme, dann gibt es erst den Vertrag."
„Das hättest du doch aber gleich zu Anfang ansprechen müssen", sagt der Vater, „wenn darin keine vernünftigen Konditionen stehen, können wir ihn sowieso nicht akzeptieren." Die Mutter sieht enttäuscht aus. „Lass uns doch erst mal abwarten", sagt sie.

Am Montag steht die Mutter schon ganz früh auf. Das Kind hört, wie die Schranktür aufgeregt singt, weil die Mutter sich eine frische Bluse herausholt. Um halb sieben muss sie den Bus bekommen, und deshalb müssen die Kinder und der Vater alleine frühstücken. Die Mutter hat schon alles zurechtgestellt, aber dem Vater gefällt es gar nicht, dass sie nicht da ist. Er sagt kaum ein Wort. Erst als er ins Amt gehen will, sagt er: „Agnes, du musst Lieschen zu Frau Grabowski bringen, aber nicht so früh - du weißt ja, die schläft immer länger als wir."

Mittags ist die Mutter immer noch nicht zurück. Aber sie hat eine Rote Grütze mit Vanillesoße vorbereitet, die gibt es heute als Mittagessen. Erst nachmittags um drei kommt sie nach Hause. Mit strahlenden Augen kommt sie zur Tür herein und sagt zu den Kindern: „War das ein schöner Vormittag! Die alten Leute sind ja so nett. Und die andern Schwestern auch. Nur eine ist dabei, die hat ständig was zu meckern gehabt. Übermorgen soll ich wieder kommen, aber dann erst zur Nachmittagsschicht." Als später der Vater nach Hause kommt, will sie ihm auch gleich erzählen, wie schön es im Altersheim war, aber der sagt als erstes: „Kannst du es eigentlich mit deinem Gewissen vereinbaren, Lieschen so lange allein zu lassen? Und ein etwas kräftigeres Mittagessen hätte ich mir heute auch gewünscht." Plötzlich stehen der Mutter Tränen in den Augen. Sie sagt mit zittriger Stimme: „Da hab ich endlich etwas gefunden, das mir Freude bereitet, und du machst es mir gleich wieder madig."

„So war das doch nicht gemeint, Greta. Ich wollte doch nur sagen: wenn du wirklich auf Dauer dort arbeiten willst, müssen wir das in Zukunft besser organisieren."
An zwei weiteren Tagen geht die Mutter zur Probe ins Altersheim, und dann hat sie den Vertrag in der Tasche. Freudestrahlend kommt sie damit nach Hause, der Vater unterschreibt, und von da an fährt sie einmal die Woche abends mit dem Bus in die Stadt und kommt am nächsten Morgen zurück, zwar erst, wenn der Vater und Agnes schon aus dem Haus sind, aber das hat sich bald eingespielt. Vor solchen Tagen hat sie dann schon etwas vorgekocht, so dass sie den Vormittag über schlafen kann und das Mittagessen nur noch aufwärmen muss.

Einmal sagt das Kind abends im Bett: „Du Agnes, ist dir auch schon aufgefallen – immer wenn Mama ins Altersheim fährt, ist sie vorher und nachher ganz doll fröhlich. Dabei müsste sie doch eigentlich ganz müde sein."
„Ich glaube, wenn es einem gut geht, dann braucht man nicht so viel Schlaf", sagt die große Schwester. Das Kind denkt sich: Manchmal schlafe ich doch auch nicht viel, weil ich nicht einschlafen kann. Bedeutet das, dass es mir gut geht?

Agnes hatte in der gynäkologischen Klinik, in der sie schon früher als Pflegehelferin gearbeitet hatte, eine Stelle für ihr praktisches Jahr bekommen, das sie noch benötigte, ehe sie als Ärztin im Krankenhaus arbeiten durfte. Sie nahm ihre Arbeit ausgesprochen ernst, war morgens fast die Erste auf ihrer Station und abends die Letzte. Dann kam sie zwar erschöpft, aber erfüllt von den Erlebnissen des Tages nach Hause.

„Du arbeitest zu viel", sagte Elisabeth ihr eines Tages, „früher hast du das manchmal zu mir gesagt, aber jetzt muss ich dir das mal sagen. Mach weiter so, und du bist selbst irgendwann deine beste Kundin. Du hast gar keine Hobbys mehr, du isst unregelmäßig, und

du bewegst dich nicht mehr, außer wahrscheinlich in deinen weißen Arztschuhen auf den Fluren des Krankenhauses."

„Du hast ja Recht, Lieschen", sagte Agnes, „aber du weißt es doch von dir selbst: wir haben einfach zu viel Pflichtbewusstsein von zu Hause mitbekommen. Davon kann man sich nicht einfach so auf die Schnelle frei machen. Und außerdem: meine Arbeit macht mir ungeheuer viel Spaß. Ich lerne unglaublich viel auf Station und werde immer öfter im OP zum Assistieren herangeholt."

„Früher warst du diejenige, die sich um mich gekümmert hat, jetzt sorge ich mich um dich."

„Ja, aber du tust es wahrscheinlich freiwillig, während ich das früher nicht immer toll fand, dass du wie eine Klette an mir gehangen hast. Ich wollte auch mal was allein machen mit meinen Freundinnen, und immer bist du hinter mir hergedackelt. Und Papa hat immer gesagt: Du bist die Große, Lieschen ist noch klein – du trägst Verantwortung für sie, pass gut auf sie auf. Manchmal habe ich das gehasst – ich wollte diese Aufgabe nicht."

„Weißt du überhaupt, wie wichtig du damals für mich warst?", fragte Elisabeth, „wenn ich traurig war, hast du mich getröstet. Wenn ich nicht schlafen konnte, was ja oft vorkam, durfte ich in dein Bett kommen. Bei dir hab ich immer das Gefühl gehabt, du bist einfach für mich da, ohne Forderungen zu stellen. Bei Mama und Papa hatte ich selten so das Gefühl von bedingungsloser Annahme. Da hatte ich immer eher das Gefühl, es wird etwas von mir erwartet."

„Du hast mir auch oft leid getan. Wenn du so geschrien hast beim Haarewaschen, dann hab ich immer mitweinen müssen. Du hast dabei so laut geschrien, das ging den ganzen langen Flur entlang. Die Nachbarn müssen gedacht haben, du wirst verprügelt. Und Papa war das richtig peinlich."

„Ich weiß noch genau, was das für ein Gefühl war, wenn mir die Haare ausgespült wurden. Dann war mir immer so, als ob ich ertrinke – überall Wasser. Mama hat uns das Wasser mit einer Kanne über den Kopf gekippt, vielleicht weißt du das noch. Und das Haarwaschmittel hat in den Augen gebrannt wie Feuer. Vielleicht hab ich mich irgendwann auch ein bisschen in die Angst davor

hineingesteigert. Später, im neuen Haus, als ich alleine baden durfte, da war das vorbei. Wahrscheinlich war Mama damals einfach zu hektisch gewesen, wenn sie uns gebadet hat."
„Na klar, sie musste ja hinterher das ganze Badezimmer für die Familie putzen, die als nächstes ein Anrecht darauf hatte. Und zwischendurch wollten sie und Papa ja auch noch baden."
„Meine Güte, was war das primitiv damals", seufzte Elisabeth, „aber wir sind jetzt ganz vom Thema abgekommen: Ich finde, du arbeitest zu viel und treibst Schindluder mit deiner Gesundheit!"

Agnes schwieg einen Moment, dann sagte sie: „Einige Assistenzärzte in der Klinik sind Mitglied in einem Segelverein. Die hatten mir schon öfter angeboten, mal mitzukommen. Vielleicht sollte ich das Angebot am Wochenende annehmen, dann komme ich mal raus und auf andere Gedanken. Wäre dir das recht, kleine große Schwester?", fragte sie mir leicht spöttischem Unterton. „Ist das denn so schlimm für dich, wenn sich unsere Rollen mal vertauschen und ich ausnahmsweise die Rolle der größeren, vernünftigeren Schwester übernehme?", fragte Elisabeth. „Nein, ist schon in Ordnung. Ich bin das nur noch nicht gewohnt. Aber mach ruhig weiter so – irgendwann werde ich es genießen. Und um dich muss ich mich ja nicht mehr sorgen – du gehst deinen Weg."

Am übernächsten Wochenende war Agnes tatsächlich einen ganzen Tag lang verschwunden – Segeln mit Kollegen, wie sie sagte. Sie kam abends begeistert zurück und erzählte ihrer Schwester von hohen Wellen, waghalsigen Segelmanövern zwischen großen Schiffen hindurch, den schicken Räumlichkeiten des Segelclubs und von den netten Kollegen, zwei Assistenzärzten und einer Ärztin im Praktikum. Sie strahlte, und ihre Grübchen waren noch besser zu sehen als sonst.

Von jetzt an segelte Agnes öfter auf der Förde. Sie sprach sogar davon, in ihrem nächsten Urlaub einen Segelkurs zu besuchen. In ihren Erzählungen tauchten immer seltener die Namen ihrer Kollegen auf, dafür aber umso häufiger der Name eines jungen Architekten, der auch ein Boot in diesem Segelclub hatte. Elisabeth dachte sich ihren Teil dabei, fragte aber nicht nach.

Schon lange hatte das Kind gedrängelt, endlich einmal mit zur Baustelle fahren zu dürfen, um den Rohbau des neuen Hauses zu sehen. Schließlich stimmt der Vater zu. „Aber da musst du immer an meiner Seite bleiben", schärft er ihr ein. „Es ist gefährlich dort. Überall kann man sich verletzen oder sich schmutzig machen. Oder etwas kaputtmachen. Zieh dir alte Sachen an." Die Mutter gibt dem Kind eine alte schwarze Trainingshose, die der großen Schwester zu klein geworden ist, und einen alten Pullover. Der ist schon so viele Male gestopft, dass er sowieso nicht mehr gebraucht wird. Der Vater legt ein altes Kissen auf den Gepäckträger seines Fahrrades und setzt das Kind darauf. Am Lenker hat er einen Beutel hängen. Das Kind würde gerne wissen, was darin ist, aber es traut sich nicht zu fragen. Es will auf gar keinen Fall den Vater ärgern, sonst kommt er doch noch auf die Idee, das Kind zu Hause zu lassen.

Sie müssen quer durch die Stadt fahren, und irgendwann tut dem Kind der Po weh, weil es so rumpelt auf den Straßen, aber es beißt die Zähne zusammen. „Ohne dich wäre ich schneller da", grummelt der Vater, aber er hat trotzdem heute gute Laune.
Es ist Samstagnachmittag, und kein Maurer ist auf der Baustelle. Das findet das Kind schade – es hätte gerne zugeguckt beim Mauern. Vor kurzem hat es geregnet, deshalb ist alles voller Matsch. Aber zum Glück liegen Bretter als Wege zwischen Straße und Neubau. Der Vater führt das Kind durch eine Öffnung in einer halbhohen Mauer und sagt: „Hier ist die Haustür. Hier ist der Flur, und hier kommt die Küche hin. Und daneben ist das Wohnzimmer."
„Und wo ist mein Zimmer?", fragt das Kind. „Da oben", sagt der Vater und lacht. „Da oben ist doch nur Luft. Machst du dich etwa über mich lustig, Papa?"

„Nein, das würde ich doch nie tun", sagt der Vater mit gespieltem Ernst, „dein Zimmer kommt in den ersten Stock, und den gibt's noch nicht. Hier über uns, da kommt die Zimmerdecke hin, und die ist dann gleichzeitig der Fußboden von deinem Zimmer. Aber komm mal mit in die Küche. Hier, genau darüber, da wird dein Zimmer sein. Mit Blick in den Garten wie die Küche und genauso groß." Das Kind dreht sich in der Küche um und versucht sich vorzustellen, wie groß dann wohl sein Zimmer sein wird. Aber alles sieht noch so komisch und durcheinander aus, dass es sich das nicht vorstellen kann.

„So, und jetzt werde ich im Garten arbeiten", sagt der Vater, „ich will den hinteren Teil des Gartens schon mal umgraben. Da sollen die Gemüsebeete hin. Du kannst mir helfen, indem du alle Steine, die du dort findest, in einem Eimer sammelst und auf einen Haufen schüttest. Daraus können wir dann später an der Terrasse einen Steingarten anlegen."
„Darf ich denn auch ein Beet haben?", fragt das Kind begeistert.
„Ja, aber nur ein ganz kleines", antwortet der Vater, „so groß ist der Garten nicht, und wir brauchen Platz fürs Gemüse."
„Ich kann ja auch Gemüse pflanzen."
„Am besten versuchst du es erst mal mit Radieschen und Möhren – da kann man nicht so viel falsch machen. Aber ein Gemüsebeet macht auch Arbeit, das weißt du doch?" Das Kind nickt: „Unkraut wegmachen und so." Der Vater lacht: „Wenn ich dich so sehe, vermute ich, dass du vor lauter Begeisterung das Gemüse gleich mit dem Unkraut zusammen auszupfen wirst."
„Was du immer von mir denkst, Papa! So dumm bin ich doch auch nicht."
„Ich kenn doch mein Lieschen – das hat schon manchen Unfug angestellt." Der Vater hat das gar nicht böse gemeint, das kann das Kind ganz genau erkennen.

Jetzt bekommt es einen alten rostigen Blecheimer in die Hand gedrückt und gezeigt, wo es die Steine aufsammeln soll. Es kniet sich

auf den feuchten Boden und fängt an, Steine aus der schlammigen Erde zu holen. Irgendwann hat es nasse Knie, weil die Feuchtigkeit durch den Stoff der Hose hindurchgegangen ist. Es ist ja eine alte Hose, und deshalb kann das nicht schlimm sein, denkt sich das Kind. „Sag mir Bescheid, wenn der Eimer voll ist", sagt der Vater, „dann trage ich ihn weg und kippe ihn aus. So was Schweres sollst du nicht heben." Aber es dauert lange, bis der Eimer auch nur zu einem Viertel gefüllt ist, obwohl das Kind gar nicht bummelt bei der Arbeit. Der Vater wundert sich. Er guckt in den Eimer und fängt an zu lachen. Das Kind weiß nicht, warum und hat Angst, dass es etwas falsch gemacht hat. „Diese klitzekleinen Steinchen brauchst du nicht aufzuheben", sagt der Vater fröhlich, „du hast es wohl besonders gut gemeint, aber solche kleinen Steine, die können liegen bleiben. Das sind ja fast Sandkörnchen. Und wenn du die alle einsammelst, haben wir hinterher gar keine Erde mehr im Garten." Er strahlt das Kind an, und das denkt: Hoffentlich hat Papa jetzt immer so gute Laune.
Schließlich ist der Eimer tatsächlich voll bis oben hin. Der Vater trägt ihn in eine Ecke des Gartens und sagt: „Jetzt haben wir uns aber eine Pause verdient." Und nun zeigt sich, was in dem Beutel am Fahrradlenker ist: Eine Thermosflasche mit Hagebuttentee und eine Packung Butterkekse. Das Kind meint, noch nie so leckere Butterkekse gegessen zu haben. „Das ist ein schönes Picknick", sagt das Kind und strahlt. „Und du siehst aus wie ein Bauarbeiter", sagt der Vater, „guck dir bloß mal deine Hände und deine Hose an." Wenn er sonst solche Dinge sagt, klingt das immer ärgerlich, aber heute ist wohl alles anders als sonst. Heute klingt er ganz fröhlich dabei.

Als die beiden später wieder auf dem Fahrrad sitzen, wird es schon dämmerig. Zu Hause wird das Kind noch kurz in die Wanne gesteckt, denn heute ist ja Badetag, weil Sonnabend ist, aber dann geht es ganz schnell ins Bett. Dort bekommt es noch eine Klappstulle mit Leberwurst drauf und eine Tasse Milch. Ausnahmsweise darf es heute ohne Zähneputzen ins Bett, weil es schon so spät ist. Und plötzlich ist das Kind schon eingeschlafen.

Am nächsten Morgen fragt es den Vater: „Können wir das bald mal wieder machen, zum neuen Haus fahren, und ich helfe dir im Garten?" Aber der Vater bindet sich gerade seine Krawatte und hat keine Zeit zum Antworten. Denn heute hat er Dienst als Kirchenvorsteher in der Kirche.

Zur Feier eines weiteren gelungenen Referates hatte Elisabeth vor, ihre Schwester mit einem guten Abendessen zu überraschen. Sie kaufte Ostseedorsch, frisch aus dem Hafen, eine Dose Spargel, dazu neue Kartoffeln, ein Stück echte Butter und einen Moselwein. Zu Hause deckte sie liebevoll den Tisch, mit Kerzen und Papierservietten, und bereitete das Essen vor. Agnes kam wie immer spät aus der Klinik. Sie warf beim Heimkommen ihren Mantel achtlos auf einen Stuhl und sagte: „Irgendwie riecht es heute anders als sonst. Lieschen, hast du was gekocht?" Sie kam in die Küche, wo Elisabeth gerade erst den Fisch in die Pfanne legte. Vorher hatte sie sich das nicht getraut, damit er nicht beim Braten auseinander fiel. „Ich hab gedacht, ich tu uns mal etwas Gutes", sagte sie und strahlte, „außerdem hab ich heute etwas zu feiern, aber das erzähl ich dir beim Essen."

Der Fisch war köstlich, der Spargel auch, obwohl er nur aus der Dose kam. Agnes sagte: „Eigentlich hätte man zu diesem vornehmen Essen ein Fischbesteck gebraucht. Weißt du noch, wie das damals bei Großmama und Großpapa war, wenn es bei ihnen Fisch gab? Da wurde das silberne Fischbesteck aus der Schublade geholt und poliert, und Großpapa bekam zu seinem Besteck noch eine Lupe und eine Pinzette, wegen der Gräten. Der hat aus seinem Fischessen immer einen echten Staatsakt gemacht. Geredet werden durfte dann auch nicht."

„Ja, und Papa wollte das dann gerne auch bei uns zu Hause einführen“, sagte Elisabeth lachend, „stillschweigend seinen Fisch essen, um nur ja keine Gräte zu verschlucken – dagegen hat sich Mama dann aber gewehrt. Für sie waren die gemeinsamen Mahlzeiten manchmal die einzige Gelegenheit am Tag, um etwas voneinander zu erfahren.“
„Ja, aber ein Fischbesteck kam dann doch ins Haus. Das hat Papa ihr mal zum Geburtstag geschenkt.“
„Das weiß ich auch noch, aber ich fand es damals schon bescheuert. Eigentlich wollte er so was haben, aber sie bekam es zum Geburtstag, ob sie wollte oder nicht. Und sie durfte es dann auch regelmäßig polieren.“ Die Schwestern lachten. Sie hatten bereits einen kleinen Schwips.
„Unsere Mutter hat manches aushalten müssen mit ihrem Ehemann“, meinte Elisabeth, „wenn ich noch an den peniblen Tagesablauf von Papa denke – da hatte sie gar keine Chance, ihre eigenen Vorstellungen unterzubringen. Morgens um Punkt sieben Uhr Frühstück, selbst wenn sie mal abends spät ins Bett gekommen war. Er konnte sich offensichtlich seinen Kaffee nicht selber kochen, vielleicht kann er es auch immer noch nicht. Punkt halb eins Mittagessen, egal wie anstrengend ihr Vormittag war, und auch wenn sie vielleicht selbst einen Termin gehabt hatte. Und Punkt sieben abends dann Abendessen. Da war nicht dran zu rütteln, egal, was anlag. Die Selbstdisziplin, an die er sich hielt, verlangte er auch von allen anderen.“
„Und wie akkurat das Haushaltsbuch geführt wurde. Jede Ausgabe, jeder Einkauf musste eingetragen werden. Ganz schwierig wurde es, wenn Mama zu Weihnachten Pakete für Tante Hedwig in die DDR schicken wollte. Da musste sie dann mit dem Haushaltsgeld immer ein bisschen tricksen, damit dafür noch Geld übrig war.“
„Daran kann ich mich gar nicht mehr erinnern“, meinte Elisabeth. Agnes lachte, so dass ihre Grübchen hervortraten. „Papa mochte Tante Hedwig nicht, und deshalb fand er es überflüssig, dass sie ihr Päckchen geschickt hat. Die Sache mit der Buchführung vom Haushaltsgeld hat er sich zum Glück irgendwann abgewöhnt.

Sie hat ihn einmal sehr laut und ärgerlich gefragt, ob er ihr nicht traue."

Agnes füllte den letzten Rest aus der Weinflasche in ihre Gläser und sagte: „Ja, Mama hatte es nicht leicht mit ihm, obwohl sie ja immer zu ihm gehalten hat. Kannst du dich an die Silberhochzeit der beiden erinnern? Wir durften die Gäste bedienen, und die beiden saßen freudestrahlend auf dem Sofa und ließen sich feiern." „Ich war heilfroh, dass ich zwischen Küche und Keller hin- und herlaufen durfte und mir das Gerede der Gäste nicht anhören musste", seufzte Elisabeth, „all die Kollegen von Papa mit ihren Frauen! Da waren tatsächlich einige dabei, die zu mir sagten, als ich ihnen die Tür aufgemacht habe: Bist du aber groß geworden – als ich dich das letzte Mal gesehen habe, warst du noch sooo klein. Mann, war das nervig."
„Ja, und dann hat Papa wieder seinen altbekannten Witz erzählt: Ein Zeitungsreporter kommt zu einem alten Ehepaar, das gerade seine Goldene Hochzeit feiert. Der Reporter fragt: Haben Sie in all den Jahren denn niemals an Scheidung gedacht? Und die alte Frau sagt: Scheidung, junger Mann? Mord! Und alle Gäste haben lauthals gelacht, und Mama auch, obwohl sie den Witz von ihm bestimmt schon tausendmal gehört hatte."

Elisabeth streckte sich auf ihrem Stuhl. „Spannend war es ja immer, wenn Papa mal längere Zeit nicht da war, auf einem Lehrgang oder so. Dann war sie immer wie ausgewechselt – lebhaft, fröhlich, sogar ihre Haut war dann eine ganz andere."
„Einmal hat sie erzählt, unser alter Hausarzt hätte zu ihr gesagt, sie wäre allergisch gegen ihren Ehemann."
„Gibt's das wirklich – allergisch sein gegen einen Menschen?" fragte Elisabeth. „Medizinisch gesehen geht das natürlich nicht", antwortete Agnes, „aber vielleicht hat unser alter Doktor, der Mama ja schon seit Ewigkeiten kannte, geahnt, dass es zwischen den beiden nicht so ganz harmonierte. Und das Wort allergisch war ein bisschen salonfähiger und für sie vielleicht etwas leichter zu

akzeptieren, als wenn er ihr gesagt hätte, es gäbe Differenzen zwischen ihr und ihrem Mann.“

„Es ist schon bewundernswert, was sie an Geduld ihm gegenüber aufgebracht hat, und wie sie immer wieder ihre eigenen Interessen zurückgestellt hat, ohne dabei zu verzweifeln.“

„Einmal, da tat sie mir richtig leid; da war sie wirklich verzweifelt“, sagte Agnes, „das war damals, als sie ihre Arbeit im Altersheim aufgegeben hat.“

„Daran kann ich mich gar nicht mehr so genau erinnern“, sagte Elisabeth, „ich weiß nur noch, dass sie von einem Tag zum andern nicht mehr ins Altersheim gegangen ist, aber ich hab nie verstanden, warum.“

„Du warst an dem Tag ja auch in der Schule. Aber ich war zufällig zu Hause, weil ich Grippe hatte. Da kam sie morgens von einer Nachtwache nach Hause und war völlig aufgelöst. Sie weinte nur noch, und ich hab dann Papa im Amt angerufen, damit er nach Hause kommt. Er war gerade eben an seinem Schreibtisch angekommen aber hat sich dann zum Glück gleich wieder auf den Heimweg gemacht. Und dann stellte sich heraus, dass sich in der Nacht, in der sie Dienst gehabt hatte, ein alter Mann das Leben genommen hatte. Der hatte wohl über längere Zeit Schlaftabletten gesammelt und sie nachts alle auf einmal genommen. Mama hatte ihn dann morgens bei ihrem Rundgang tot in seinem Bett gefunden, die leeren Tablettenschachteln noch auf dem Nachttisch. Sie war total geschockt und voller Selbstvorwürfe, dass sie das nicht rechtzeitig bemerkt hatte. Sie hat noch den Notarzt angerufen, aber der konnte nichts mehr für den Mann tun. Er hat stattdessen versucht, sie zu beruhigen und hat ihr immer wieder gesagt, es sei nicht ihre Schuld; kein Mensch hätte das vorhersehen können. Es fand sich dann noch ein Abschiedsbrief, in dem er sich von seinen Verwandten, die irgendwo in Süddeutschland lebten, verabschiedet hat.“

Elisabeth war ganz betroffen. „Das hab ich ja gar nicht gewusst“, sagte sie, „mit mir hat damals keiner darüber gesprochen. Für

Mama muss das entsetzlich gewesen sein. Sie hat doch bestimmt wahnsinnige Schuldgefühle gehabt."

„Natürlich, und die konnte ihr keiner ausreden, auch Papa nicht. Aber es war total schade, dass sie dann nicht mehr ins Altersheim gehen mochte, obwohl ich ihre Reaktion verstehen kann. Im Grunde hatte ihr die Arbeit doch gut getan. Sie kam immer so fröhlich nach Hause, wenn sie mal wieder eine Nacht dort gearbeitet hatte."

„Zum Glück hat sie dann ja angefangen, sich ehrenamtlich zu engagieren, bei den Johannitern und im Altenkreis der Kirchengemeinde."

„Ja, und Schöffin war sie auch einige Jahre lang", ergänzte Agnes, „nur dass sie damit kein Geld verdient hat. Und das selbstverdiente Geld war ihr ja auch wichtig gewesen. Damit war sie etwas aus der Abhängigkeit von Papa raus."

„Ich weiß noch genau, was sie sich von ihrem ersten eigenen Geld gekauft hatte: eine elektrische Wäscheschleuder, um die Betttücher nicht mehr mit der Hand auswringen zu müssen. Das war für sie immer der schwerste Teil am Waschtag gewesen."

„Ach ja, die Wäscheschleuder. Die war entsetzlich laut, und uns war eingeschärft worden, auf gar keinen Fall den Deckel zu öffnen, wenn sie lief, und niemals, wirklich niemals eine Hand reinzustekken, wenn sie angeschaltet war. Es hieß, dann wäre die Hand ab. Von einer Kindersicherung am Deckel war damals noch keine Rede. Heute dürfte so was gar nicht mehr verkauft werden." „Ich glaube, die Schleuder steht immer noch im Keller bei Mama und Papa. Nur für alle Fälle, hat sie einmal gesagt, falls die Waschmaschine mal kaputt geht. Und wegwerfen können die beiden ja sowieso nichts."

Die beiden schwiegen, jede in ihren Gedanken versunken. Plötzlich sah Agnes auf und sagte: „Du hast mir noch gar nicht erzählt, was wir denn eigentlich heute feiern."

„Ach, das ist nicht so wichtig", meinte Elisabeth, „ich hab heute nur ein kleines Referat gehalten und der Proff war damit ganz zufrieden."

„Das nennst du nicht wichtig? Aber das ist doch grandios!"

„Bei unsern Eltern ging's immer um viel größere Dinge, daneben ist doch ein Referat nur eine ganze Kleinigkeit."
„Mensch Lieschen, nun sei doch nicht immer so bescheiden! Ich freu mich für dich." Sie drückte ihre jüngere Schwester, und dann seufzte sie: „Jetzt muss ich in die Falle – morgen geht es wieder früh los. Vorher mach ich mit dir zusammen aber noch den Abwasch."
„Nix da", sagte Elisabeth, „der Teil gehört auch zu meiner Einladung heute Abend. Verschwinde du im Bett und überlass mir die schmutzigen Teller." Sie war noch viel zu aufgekratzt, um jetzt schon schlafen zu können. Während sie die Küche aufräumte, ging ihr das Gespräch mit Agnes noch einige Male durch den Kopf. Vielleicht hab ich unsere Eltern manchmal unterschätzt, dachte sie.

Agnes kommt aus der Schule nach Hause und erzählt: „Unser Lehrer hat gesagt, im Krieg und danach haben ganz viele Leute geklaut."
„Ja", sagt die Mutter, „das stimmt – leider. Die Bauern haben nachts Wache geschoben an ihren Feldern, damit ihnen keiner was wegholt."

„Armut und Krieg machen die Moral kaputt", sagt der Vater. „Du sagst doch immer, wir sind auch arm", sagt Agnes, „darf ich mir dann auch was nehmen, was jemand anderem gehört? Die Fritzi aus meiner Klasse, die dumme Kuh, die hat zwei Füller, und meiner ist schon so alt und macht immer Tintenflecken in meinem Heft, und dann schimpfst du."
„Wehe, wenn ich dahinter komme, dass eine meiner Töchter stiehlt", sagt der Vater drohend, „dann ist aber die Hölle los." „Das ist doch auch etwas ganz anderes", sagt die Mutter, „während des Krieges und danach hatten die Leute richtig Hunger. Da ging es ums Überleben. Ich erinnere mich, dass wir damals einen Pastor hatten, der war wegen einer Kriegsverletzung aus dem Ersten Weltkrieg nicht eingezogen worden, und der hat sogar von der

Kanzel runter gepredigt, dass man ruhig auf die Zugwaggons mit den Kohlen klettern dürfte, um sich einen Eimer Kohlen zu holen."
„Ja, und ich erinnere mich", sagt der Vater, „dass überall Plakate hingen, da war ein ganz grässliches Gesicht drauf zu sehen, das war der Kohlenklau, und wer einen Kohlenklauer erwischt, sollte den anzeigen."
„Und wir sollen nicht petzen", sagt Agnes, „was ist denn nun eigentlich richtig? Wer bestimmt, was klauen ist und was erlaubt ist, und was petzen ist und was nicht?"
„Solange ihr noch so klein seid, haltet ihr euch an das, was ich euch sage, und damit ist das Thema für mich durch." Die Stimme des Vaters ist laut geworden. Wenn er so redet, dann hat das Kind Angst vor ihm.

Abends im Bett sagt Agnes kichernd: „Du Lieschen, Papa hat gesagt, wenn er dahinter kommt, dass wir klauen, dann ist die Hölle los. Aber er hat nicht mitgekriegt, dass ich im Sommer in einem Schrebergarten übern Zaun gestiegen bin und mir ein paar Kirschen geholt hab."
„Aber das durftest du doch nicht! Wenn dich die Leute gesehen hätten, denen der Garten gehört!"
„Da war aber gerade niemand, und die Kirschen sahen so lecker aus."
„Papa hat aber doch gesagt, du kommst jetzt in die Hölle."
„Ach Quatsch, das hat er doch ganz anders gemeint. Wenn er so was mitkriegt, dann macht er uns die Hölle heiß, und das bedeutet: dann schimpft er ganz fürchterlich."
„Ich werde nie, nie, nie klauen", sagt das Kind. „Na, da warte mal ab, irgendwann juckt es dich auch in den Fingern, wenn du was Gutes siehst." Von jetzt an spürt das Kind immer wieder in seine Finger hinein, ob da etwas juckt. Es weiß jetzt: dann muss es aufpassen, sonst gibt es ein Donnerwetter vom Vater.

Elisabeth brauchte neue Aktenordner und Schnellhefter. Es störte sie, wenn ihre Studienunterlagen, Notizzettel, Vorlesungsmitschriften und so weiter unsortiert herumlagen. Sie brauchte eine gewisse Ordnung um sich herum, um sich wohl zu fühlen und sich konzentrieren zu können. Im Schreibwarengeschäft sah sie aus den Augenwinkeln, dass ein junger Mann einen Füllfederhalter aus dem Regal nahm und sich unbemerkt in die Jackentasche steckte. Sie wollte auf ihn zugehen und ihn zur Rede stellen, aber sie traute sich nicht. Es war kein Verkäufer in der Nähe, und sie überlegte, ob sie zur Kasse gehen sollte, um auf den Ladendieb hinzuweisen. Aber was, wenn der sie dann hinterher verfolgte, ihr auflauerte und sie zusammenschlug? Sie zögerte, und in dem Moment verließ der junge Mann den Laden.

Später erzählte sie Irene von diesem Erlebnis. „Ich find das ungerecht, dass der damit einfach so durchkommt. Der fühlt sich ja geradezu ermutigt, weiter zu klauen. Ich hätte vielleicht doch an der Kasse Bescheid sagen sollen."
„Und warum hast du's nicht getan?"
„Weißt du, mir kam da so eine Erinnerung. In der Schule war ich mal eine Zeitlang als Petze verschrien, weil ich einem Lehrer gesagt hatte, wenn jemand geschummelt oder abgeschrieben hatte. Und du weißt ja, wie Kinder so sind – ich war dann echt Außenseiterin in der Klasse. Also hab ich dann nichts mehr gesagt und lieber den Mund gehalten, obwohl ich es ungerecht fand, wenn sich jemand gute Zensuren unredlich erschlichen hatte. Und irgendwas von dieser Erinnerung tauchte heute auch wieder auf. Und ich hab mich gefragt, ob ich wieder so eine alte Petze werden wollte, die keiner mehr anguckt. Es ist doch bescheuert: Was nützt mir mein ganzer Gerechtigkeitssinn, wenn ich keine Zivilcourage habe?"

Der Vater hat das Kind wieder mitgenommen zur Baustelle. Heute hat er aber nichts zu tun für das Kind, und deshalb bummelt es ein bisschen durch die Nachbarschaft. In einem anderen Garten steht eine Schaukel. Das Kind würde gerne mal darauf schaukeln, aber in dem Garten spielen gerade zwei Mädchen, die ein bisschen älter sind, und die gucken schon so komisch zum Kind herüber. Als es gerade weitergehen will, kommt eine Frau aus dem Haus und sagt: „Du kommst doch bestimmt aus dem Neubaugebiet?“ Das Kind nickt. Es ist mal wieder zu schüchtern, um den Mund aufzumachen. „Dann hast du hier sicher noch gar keine Freundinnen.“ Das Kind schüttelt den Kopf. Da sagt die Frau: „Komm doch einfach in unsern Garten und spiel mit meinen beiden Mädchen. Wie heißt du denn?“

„Elisabeth“, sagt das Kind leise. „So ein schöner Name! Meine Mädchen heißen Karin und Elke. Sie sind Zwillinge, aber sie sehen sich kaum ähnlich.“

Das Kind hat das Gefühl, dass Karin und Elke gar keine Lust darauf haben, mit ihm zu spielen. Eine von den beiden wirft ihrer Mutter sogar einen bösen Blick zu. Die sieht das und lacht: „Ihr wolltet doch sowieso gerade Gummitwist spielen, und das geht ja nur zu dritt.“

„Ich weiß gar nicht, wie das geht“, sagt das Kind. „Das zeig ich dir“, sagt das andere Mädchen, „guck mal, dafür braucht man so ein langes Gummiband. Das hab ich meiner Mutter aus dem Nähkasten gemopst und an den Enden zusammengeknotet. Das ist eigentlich ein Schlüpfergummi.“ Sie kichert. „War deine Mutter da nicht böse, dass du ihr das weggenommen hast?“, fragt das Kind erschrocken. „Ach wo, die schimpft nicht so schnell. Und wenn, dann hätte ich ihr 'ne Mark von meinem Taschengeld gegeben und ihr das Gummi abgekauft. Ich bin Karin, und das ist meine blöde Schwester Elke.“ Sie grinst ihre Schwester an, und die sagt: „Selber blöde!“

„Siehst du, Elisabeth“, sagt die Frau lachend, „die beiden fallen sich schon richtig auf die Nerven, weil sie nie jemand anderen zum Spielen haben. Wie gut, dass du gerade vorbeigekommen bist, sonst hätten sie sich irgendwann die Köpfe eingeschlagen.“ „Haut ihr euch wirklich die Köpfe kaputt?“, fragt das Kind ängstlich. „Nö,

nur, wenn Montag ist“, sagt Elke und lacht jetzt auch, „aber du musst keine Angst vor uns haben. Dich hauen wir nicht.“
Dann spielen die drei Mädchen Gummitwist. Das Kind muss es erst lernen, aber es lernt schnell. Nur ganz nach oben, wenn Karin und Elke das Gummiband um ihren Bauch geschlungen haben, kann es noch nicht springen – dafür sind seine Beine zu kurz.

Am Abend erzählt das Kind zu Hause von Karin und Elke. „Na siehst du, da hast du ja schon zwei neue Freundinnen“, sagt die Mutter, „dann wirst du dich in der neuen Umgebung ganz schnell einleben.“
„Aber das sind doch noch nicht meine Freundinnen, nur weil wir einmal zusammengespielt haben“, sagt das Kind und wundert sich. Eine Freundin, das ist doch jemand, den man schon ganz lange kennt, denkt es. Und den man besonders gern mag. Ich mag Karin und Elke, aber ob die mich mögen, weiß ich doch gar nicht.

Außer zu Irene hatte Elisabeth in Kiel nicht viele freundschaftliche Kontakte. Das war in Marburg noch anders gewesen – da hatte sie sich oft spontan mit anderen Studenten getroffen, mit denen sie schon seit dem ersten Semester befreundet war. Aber seitdem sie sich so intensiv auf ihr Examen vorbereitete, fehlte ihr die Zeit für neue Freundschaften. Außerdem hatte sie immer wieder den Eindruck, dass die oftmals fanatisch geführten politischen Diskussionen ihrer Kommilitonen zurzeit nicht dem entsprachen, was für sie wichtig war. Natürlich hörte sie auch die Nachrichten im Radio, aber sich selbst politisch zu engagieren wäre ihr nicht in den Sinn gekommen. Sie bedauerte das und fand sich feige, aber sie hätte im Moment nicht zu sagen gewusst, wo sie sich politisch ansiedeln sollte. Mit meinen Entscheidungsschwierigkeiten stelle ich mir selbst immer wieder ein Bein, dachte sie, jetzt bin ich Mitte Zwanzig – müsste ich da nicht allmählich klare Standpunkte haben? Sie fand sich egoistisch, weil sie in letzter Zeit nur an ihr eigenes Fortkommen gedacht hatte, und fragte sich, ob sie als angehende

Juristin nicht gerade ein stärkeres Engagement in öffentlichen Fragen zeigen müsste.

Zu ihrem Leidwesen stellte sie auch fest, dass sie mit ihren Fragen bezüglich der Rechtsprechung im Dritten Reich nicht weiterkam. Literatur zu dem Thema war knapp, und wenn sie einen ihrer Professoren dazu befragen wollte, hielt der sich meistens sehr bedeckt. Sie teilte ihre Beobachtung Irene mit und bekam von ihr zu hören: „Wer weiß, wie viele alte Seilschaften es da noch gibt. Vielleicht ist es besser, nicht daran zu rühren." Das fand Elisabeth unbefriedigend, aber sie sah ein, dass ihr wahrscheinlich die Hände gebunden waren und sie sich mit dem begnügen musste, was sie bisher hatte in Erfahrung bringen können. Also verlegte sie ihre Energie auf ihre Examensarbeit, für die sie unlängst das Thema erhalten hatte.

Endlich ist der Tag von Tante Henriettes Hochzeit da. Das Kind hat schon lange darauf gewartet. Die Tante hat ihr Versprechen wahr gemacht: Das Kind darf Blumen streuen und die große Schwester die Schleppe tragen. Die Mutter hat für beide Mädchen Kleider in ihrem dicken Katalog ausgesucht und bestellt, in rosa mit Spitze am Hals. „Ich hab sie eine Nummer größer bestellt, damit sie länger was davon haben", sagt die Mutter. „Das ist doof", schimpft die Schwester, „jetzt hängt mein Kleid wahrscheinlich wie ein Sack an mir." Ganz so schlimm ist es dann doch nicht, aber ein wenig zu weit sind die Kleider tatsächlich. Von einer Bekannten bekommt die Mutter zwei weiße Haarreifen, die man mit Blumen bestecken kann. „Das drückt hinter den Ohren", mault das Kind und weigert sich, seinen Haarreifen zu tragen. „Zur Trauung behältst du ihn auf", bestimmt die Mutter, „hinterher kannst du ihn meinetwegen abnehmen. Und dass ihr zwei euch heute nicht schmutzig macht!"

Sie fahren mit der Taxe zum Haus der Großeltern. Dort soll der Hochzeitszug losgehen. Es sind schon ganz viele Gäste da, auch aus der Familie von Onkel Joachim, Tante Henriettes Mann. Die haben hier geschlafen, und das ganze Haus liegt voller Taschen, Mäntel und Kleidern. Dazwischen läuft die Großmutter herum und versorgt alle mit Kaffee und belegten Broten. Sie strahlt und freut sich, dass die Familie mal wieder vollständig zusammen ist. Der Großvater sitzt mit dem Vater von Onkel Joachim im Garten und raucht mit ihm eine Zigarre. Die Mutter verschwindet im Zimmer von Tante Henriette, der Braut, um ihr mit der Frisur und dem Schleier zu helfen.

Endlich geht es los: Das Kind soll vorneweg gehen, zusammen mit einem kleinen Neffen von Onkel Joachim. Der heißt Simon und ist erst drei Jahre alt. Er hat eine funkelnagelneue Lederhose und ein Tiroler Jäckchen an. Dazu trägt er einen kleinen Tiroler Hut. Er guckt sich immer nach seiner Mutter um. Das Kind soll ihn an die Hand nehmen und ihm zeigen, was er als Blumenstreukind zu tun hat. Das findet das Kind doof. Beide haben ein Körbchen mit bunten Blütenblättern in der Hand, aber die sollen sie erst nach der Trauung auf den Weg werfen. Das bedeutet dann, dass das frischgebackene Ehepaar wie auf Rosen gebettet leben soll. So hat es die Mutter am Abend vorher erklärt. Das Kind hätte am liebsten gefragt, in was für einem Backofen denn Ehepaare gebacken werden – das müsste dann ja ein ziemlich großer Ofen sein, und die Hitze darin wäre doch kaum auszuhalten. Vielleicht so wie im Märchen von Hänsel und Gretel? Aber die Mutter hatte keine Zeit für Fragen, denn sie musste noch das weiße Hemd des Vaters bügeln und ein Loch in ihrer wollenen Stola stopfen.

Hinter dem Kind und Simon geht das Brautpaar. Die Braut hat eine lange Schleppe, und das Ende der Schleppe trägt die große Schwester. Sie muss genau auf die Schritte des Brautpaares aufpassen, damit der Abstand zwischen ihr und den beiden immer genau gleich bleibt. Die Schleppe darf nicht auf dem Boden schleifen und auch nicht zu straff gespannt sein, sonst fällt sie Tante Henriette vom Kopf. Hinter der großen Schwester geht die übrige

Hochzeitsgesellschaft – erst die Großeltern, dann Onkel Joachims Eltern, dann die Geschwister von Tante Henriette, und dann alle anderen, immer zu zweit nebeneinander. An der Kirchentür wartet Pastor Hinrichsen auf sie. Es ist sehr feierlich in der Kirche. Die Großmutter weint ein bisschen, aber der Großvater drückt ihren Arm und strahlt sie an; da hört sie auf zu weinen. Das Kind muss neben Simon sitzen, aber der kann gar nicht so gut stillsitzen wie das Kind. Immer wieder muss es ihn anstupsen und ihm zuflüstern: „Sitz still! Und nicht reden!“
Als alles vorbei ist, spielt die Orgel ganz laut, und jetzt darf das Kind endlich anfangen, Blumen zu streuen. Ganz vorsichtig wirft es ein Blütenblatt nach dem anderen auf den Boden, nicht zu viele auf einmal, damit es lange reicht. Simon will das nicht, er will seine Blütenblätter mit nach Hause nehmen. Aber dann flüstert ihm seine Mutter zu: „Zu Hause besorg ich dir neue Blumen.“ Und da schüttet er seinen ganzen Korb auf einmal vor dem Brautpaar aus. Jetzt hat er nichts mehr zum Streuen, und deshalb läuft er schnell zu seinen Eltern. Alle lachen über ihn, und keiner lobt das Kind, weil es so ordentlich seine Blütenblätter ausstreut. Darüber ist es enttäuscht.

Von der Kirche aus geht es ins Gasthaus „Zur Linde“. Da ist für alle eine große Tafel gedeckt, mit vielen Blumen darauf. Das Kind möchte sich neben die Eltern setzen, aber die Mutter sagt: „Für euch Kinder gibt es einen Katzentisch. Da könnt ihr Kinder euch besser unterhalten, und ihr dürft auch früher aufstehen als die Großen und spielen gehen.“ Darauf hat das Kind keine Lust, denn außer der Schwester kennt es fast niemanden von den andern Kindern. Es muss außerdem neben Simon sitzen und sich um ihn kümmern, das findet es erst recht doof. Aber nach dem Essen geht er zum Glück zu seinen Eltern und schläft auf dem Schoß seines Vaters ein.

Es gibt erst eine Hochzeitssuppe mit viel Eierstich und Fleischklößchen drin, die ist lecker, und das Kind isst zwei Teller voll davon. Dazu gibt es Apfelsaft für die Kinder und Wein für die Erwachsenen. Hinterher stehen Schüsseln mit Braten, Kartoffeln und

Rotkohl auf dem Tisch. Die große Schwester flüstert: „Kartoffeln und Gemüse gibt es auch zu Hause, lass uns lieber warten, was es zum Nachtisch gibt." Das Kind findet das einen guten Ratschlag, denn zum Nachtisch gibt es tatsächlich eine Scheibe Eis für jeden auf einem Glastellerchen, und wer mag, kann sich vom Tisch der Erwachsenen auch noch eine Portion Zitronenspeise holen. Das tut das Kind, weil es ja so gerne Saures isst.

Nach dem Essen werden die Kinder nach draußen geschickt, damit sie nicht so viel Lärm machen und die Großen sich besser unterhalten können. Aber das Kind findet, dass die Erwachsenen beim Erzählen noch viel lauter sind und manchmal furchtbar laut lachen. Draußen im Garten unter einem Baum steht eine Schaukel, dahin laufen gleich alle Kinder. Die große Schwester ist die Älteste von allen, und sie will bestimmen, wer als erstes darauf schaukeln darf und wie lange jedes Kind schaukeln darf, damit es keinen Streit gibt. Ein Junge ist dabei, der ist ein Jahr jünger als die Schwester, aber ein bisschen größer, und er sagt: „Nee, ich bestimme." Da sagt die große Schwester: „Komm Lieschen, mit dem streite ich mich doch nicht. Wir gehen weg und spielen Verstecken." Als das die anderen Kinder hören, wollen alle auch mit Verstecken spielen. Der fremde Junge sitzt ganz alleine auf der Schaukel und ruft ihnen hinterher: „Ha, jetzt hab ich die Schaukel ganz für mich allein, ätsch bätsch!" Aber das ist wohl doch nicht so lustig für ihn, denn nach einiger Zeit will er auch mit den anderen spielen. Da sagt ein Mädchen: „Nee, jetzt lassen wir dich nicht mehr mitspielen." Der Junge brüllt: „Das sag ich meinen Eltern!" Die große Schwester sagt: „Ach kommt, wir müssen doch nicht so gemein zu ihm sein. Vielleicht ist er ja doch ganz nett." Und damit behält sie Recht.

Natürlich bleiben die rosa Kleidchen nicht ganz sauber dabei, aber das Kind findet, dass das an so einem besonderen Tag auch sein darf. Und die Mutter schimpft tatsächlich nicht, als sie es bemerkt. Später gibt es noch ganz viele Torten und Kakao für die Kinder. Abend ist das Kind pappsatt und todmüde. Auf dem

Heimweg sagt die Mutter: „Morgen fahren Henriette und Joachim auf Hochzeitsreise an die Ostsee. Ach, haben die beiden es gut!“ Sie seufzt. „Mama, wohin seid ihr auf Hochzeitsreise gefahren?“, fragt das Kind. „Für uns gab es nur ein Hochzeitsreislein“, lacht der Vater, „wir sind zwanzig Kilometer mit dem Fahrrad gefahren, nach Fliedersdorf, und da haben wir drei Tage und drei Nächte in einem kleinen Gasthof verbracht. Das war alles.“

„Und wir haben dem Gastwirt nicht gesagt, dass wir erst ganz frisch verheiratet waren, weil man ja schon ein bisschen meinen Bauch gesehen hat.“

„Und Geld hatten wir sowieso keins. Einen Abend haben wir uns mal ein Glas Wein bestellt – das war alles an Luxus.“

„Aber wir waren trotzdem soooo glücklich“, sagt die Mutter und strahlt den Vater an. Der tippt der Mutter auf den Arm und sagt: „Und jetzt bist du nur noch eine unglückliche Beamtenfrau, nicht wahr?“ Er grinst dabei, und das Kind weiß: er meint das jetzt nicht so ernst. „Auf jeden Fall hab ich einen Schwips“, sagt die Mutter. „Na also“, meint der Vater, „der macht doch auch glücklich.“

Agnes kam erschöpft aus der Klinik zurück. „Wir hatten schon wieder eine Abtreibung in der Klinik“, sagte sie und setzte Teewasser auf. „Ich versteh's einfach nicht. Jede Frau hat heutzutage die Möglichkeit, an Verhütungsmittel ranzukommen. Jeder Frauenarzt verschreibt dir die Pille, wenn du das möchtest. Da müssten doch wirklich keine ungewollten Schwangerschaften mehr sein.“

„Stimmt nicht“, sagte Elisabeth, „als ich Michael kennen lernte und mir die Pille verschreiben lassen wollte, da hat damals in Marburg mein Frauenarzt gesagt, dafür wäre ich noch zu jung, und ich sollte mich doch lieber für die Ehe aufbewahren.“

„So ein konservativer Knopf“, schimpfte Agnes, „solche Leute sind schuld daran, wenn junge Mädchen dann unverhofft schwanger werden.“

„Ich bin dann ja auch zu einer anderen Frauenärztin gegangen. Die hat mir geholfen. Während des Studiums ein Baby bekommen – das kann ich mir überhaupt nicht vorstellen."

„Wir haben an der Fakultät einige Studentenpaare, die schon ein Kind haben, aber die haben's auch ganz schön schwer. Es kann immer nur einer zurzeit weg, der andere muss zu Hause bleiben und das Kind hüten. Für das Kind ist es vielleicht nicht das Schlechteste, aber ein Studium dauert dadurch natürlich entsprechend länger."

„Oder das Studium fällt ganz flach, wie bei Mama und Papa damals", sagte Elisabeth und zündete sich eine Pfeife an.

„Damals gab es ja wahrscheinlich auch keine Verhütungsmittel", sagte Agnes und goss kochendes Wasser in die Teekanne. „Doch, Mama hat mal erzählt, sie hätten vor meiner Geburt so komische Kondome gehabt. Die wären aus ganz dickem Gummi gewesen, und nach Gebrauch wurden sie ausgespült und neu eingepudert."

„Schreckliche Vorstellung", lachte Agnes, „aber es übersteigt auch total meine Vorstellung, dass Papa in jungen Jahren ein feuriger Liebhaber war."

„Das muss er aber wohl gewesen sein, denn du bist ja trotzdem außerplanmäßig entstanden, in Mamas Jungmädchenzimmer, als bei den beiden von Hochzeit und so weiter noch gar keine Rede war."

„Und ich hab dann alle ihre Pläne über den Haufen geworfen. Weißt du, Elisabeth, als mir die Zusammenhänge irgendwann klar wurden – zu dem Zeitpunkt war ich etwa fünfzehn Jahre alt – da hab ich gedacht, dass ich schuld daran war, dass Mama und Papa ihre Pläne nicht verwirklichen konnten. Ich hab mich damals so schuldig gefühlt; ich kam gar nicht mehr zur Ruhe."

„Agnes, wenn sie dich nicht gewollt hätten, dann hätte sich auch zu der Zeit bestimmt irgendwo die Möglichkeit zur Abtreibung gefunden. Irgend so eine Engelmacherin gab es doch zu allen Zeiten."

„Trotzdem – ich kam mir total schuldig vor. Du warst das heißersehnte, geplante und erwünschte zweite Kind; ich war nur der Fehltritt. Und um keine Schande über die Familie zu bringen, wurde überstürzt geheiratet."

„So stimmt das nicht. Weißt du nicht mehr, dass Mama mal erzählt hat, sie hätten erst an ein zweites Kind denken können, als Papa eine Gehaltserhöhung bekommen hat? Ich hab mich jahrelang als das Produkt einer Gehaltserhöhung gefühlt." Agnes lachte. Elisabeth sagte: „Zum Glück hab ich mich von diesem negativen Image irgendwann befreien können."

„Weißt du, wofür ich unsern Eltern sehr dankbar bin?", fragte Agnes und goss sich und Elisabeth eine Tasse Tee ein. „Sie haben uns nie das Märchen vom Klapperstorch erzählt. Von Anfang an haben sie uns die richtigen Zusammenhänge erklärt, zwar mit Stottern und rotem Kopf, aber wir haben von Anfang an gewusst, dass ein Baby bei der Mutter im Bauch heranwächst."

„Stimmt, da haben sie uns immer reinen Wein eingeschenkt. Und dann bin ich als Kind mal furchtbar ausgelacht worden, als einer meiner Spielkameraden eine kleine Schwester bekam und er überall voller Stolz erzählte, in der letzten Nacht hätten sie Besuch vom Klapperstorch gehabt. Da hab ich behauptet, dass es den Klapperstorch gar nicht gibt, und du glaubst nicht, wie da die anderen Kinder über mich hergefallen sind. Ich bin heulend zu Mama gelaufen, weil alle mich als Spinner und Lügnerin bezeichnet haben."

„Tja, das ist der Preis der Wahrheit", sagte Agnes, „manchmal lebt es sich mit Unwahrheiten und Halbwahrheiten leichter."

„Das trifft wahrscheinlich auch auf andere Bereiche des Lebens zu", meinte Elisabeth und rührte nachdenklich in ihrem Tee. „Papa hätte uns vielleicht die ganze Wahrheit darüber erzählen sollen, wie er damals mit Mama zusammengekommen ist und wie sie als Jungverliebte waren, dann hätten wir bestimmt ein anderes Bild von ihm bekommen können, ein weicheres, weniger autoritäres."

„Stimmt, da wurde immer ein großes Geheimnis draus gemacht. Ich weiß im Grunde nur, dass Mama über eine Freundin aus Ostfriesland Kontakt zu Papa bekommen hatte. Die hatte Mama wohl erzählt, dass es da einen Jungen aus ihrer Nachbarschaft gäbe, der sehr schüchtern sei und gerade in Gefangenschaft gekommen war. Diese Freundin hat Mama dann wohl die Anschrift

des Gefangenenlagers besorgt, und sie hat angefangen, ihm zu schreiben.“
„Ja, und er war dann ganz verdutzt, plötzlich Post von einer ihm unbekannten jungen Frau zu bekommen. Aber er hat ihr dann doch geantwortet, und so ist eine Brieffreundschaft entstanden.“ „Und als er wieder nach Deutschland kam, ist er gleich zu Mama gefahren, und da muss der Funke sofort übergesprungen sein.“ „Und von schüchtern war dann irgendwann keine Rede mehr“, sagte Elisabeth lachend, „davon hat Mama ihn dann wohl kuriert. Und du bist das Ergebnis dieser wundersamen Kur.“
„Komm, lass uns anstoßen auf unsere wunderbaren Eltern“, sagte Agnes, und sie stießen mit ihren Teebechern an. Dann zog sich Elisabeth mit einer frisch gestopften Pfeife wieder an ihren Schreibtisch zurück.

Am Sonntagnachmittag steht wie immer der Familienspaziergang an. Das Kind hat keine Lust, aber die große Schwester sagt: „Wenn du mitkommst, zeig ich dir Juckpulver. Wenn du das jemandem hinten ins Hemd tust, dann juckt es ihn ganz schrecklich.“ Darauf ist das Kind neugierig. Sie gehen stundenlang, so kommt es ihm vor. „Schlurf nicht so mit den Füßen“, sagt der Vater, „du machst dir ja die neuen Schuhe kaputt. Guck mal, wie abgewetzt die schon aussehen.“
„Dafür kann ich nichts, das kommt vom Hinkepott und vom Ländererobern-Spielen“, sagt das Kind.

Plötzlich bleibt die große Schwester stehen und sagt: „Da, ich kann es schon sehen, das Juckpulver.“ Sie zeigt auf eine Hecke mit kleinen roten Früchten dran.“
„Bist du aber dumm, Agnes“, schreit das Kind und lacht, „das sind doch Hagebutten. Daraus macht Frau Schimmelpfennig immer Gelee. Weißt du das etwa nicht mehr? Sie hat uns mal ein Glas davon geschenkt, aber das hat scheußlich geschmeckt.“

„Glaubst du mir etwa nicht?", fragt die Schwester. Sie pflückt eine Hagebutte, zerquetscht sie zwischen den Fingern und streut blitzschnell etwas davon dem Kind in den Kragen vom Pullover. „Jetzt kannst du aber was erleben", ruft sie und lacht. „Na und, was soll schon sein, du blöde Kuh!", schreit das Kind zurück. Aber mit einem Mal fängt es auf der Haut am Rücken ganz schrecklich an zu brennen und zu jucken. Es hört gar nicht wieder auf, und vor allem an den Stellen, an denen es sich nicht selbst kratzen kann. Das Kind heult, und die Schwester sagt hämisch: „Siehst du, das kommt dabei raus, wenn du mir nicht glaubst."
„Müsst ihr euch immer streiten?", stöhnt die Mutter. „Zumindest heute am Sonntag könnte man von euch beiden ja ein bisschen mehr Frieden erwarten", schimpft der Vater, „woher habt ihr bloß diese Gehässigkeit?"
„Wenn die jetzt nur noch mit uns schimpfen wollen, dann laufen wir weg. Ja, Lieschen?", flüstert die Schwester. Das Kind nickt, und die Schwester ruft den Eltern zu: „Wir laufen schon mal nach Hause." Dann nimmt sie das Kind an die Hand, und zusammen laufen sie blitzschnell den ganzen Weg zurück nach Hause. Dort setzen sie sich auf die Treppe vorm Finanzamt.

Viel später treffen auch die Eltern ein. Die Mutter ruft entsetzt: „Ihr könnt euch doch nicht auf die eiskalten Stufen setzen! Was seid ihr leichtsinnig! Ihr verkühlt euch doch die Blase. Jetzt aber schnell ins Warme!"

Es ist immer noch etwas vom Sonntagnachmittag übrig; deshalb fragt die große Schwester den Vater: „Liest du uns was vor? Aus dem dicken Buch von Wilhelm Busch?" Die Schwester weiß, dass er dieses Buch selbst besonders gerne mag, und deshalb sagt er fast nie Nein, wenn sie ihn bittet, daraus vorzulesen. Vor allem freut er sich immer an den Bildern und kann den Kindern viele kleine Einzelheiten darauf zeigen, über die sie dann auch lachen können. Er holt das Buch aus dem Regal und setzt sich damit aufs Sofa zwischen die beiden Mädchen. Dann liest er vor: von Max und Moritz, von der frommen Helene und schließlich aus dem heiteren ABC. Als er den letzten Satz daraus lesen will, zögert er. „Was ist los, Papa?", fragt die Schwester. „Das kann man ja heute im Grunde gar nicht mehr lesen", antwortet der Vater kopfschüttelnd. Dann liest er aber doch: „Die Zwiebel ist der Juden Speise; das Zebra trifft man stellenweise."

„Wieso kann man das nicht lesen? Du hast es doch gerade gelesen", sagt das Kind. „Wenn man das in der Öffentlichkeit lesen würde, würden manche Leute es bestimmt in den falschen Hals kriegen." Das Kind wundert sich: Gibt es einen richtigen und einen falschen Hals? Es greift sich an den Hals und fragt sich, ob das ein richtiger Hals ist. Der Vater sagt: „Den Satz könnte man auch als Rassendiskriminierung auslegen, aber dafür seid ihr zu klein, um das zu verstehen. Wilhelm Busch hat das wohl ganz unbedarft daher gesagt. Zu seiner Zeit konnte man wohl noch so reden." Er schlägt das Buch zu und sagt: „Feierabend! Jetzt gibt's gleich Essen, und dann ab in die Falle!"

„Oh, schade", sagt das Kind. „Hör auf zu maulen!", sagt der Vater, und seine Stimme, die eben beim Vorlesen so fröhlich war, klingt jetzt wie immer.

„Was ist eigentlich aus deinem Interesse für die Kriegsjahre geworden?", fragte Irene, „du hattest dich da mit so viel Engagement hineingeworfen, aber in letzter Zeit sprichst du gar nicht mehr davon."

„Mir ist etwas klar geworden", antwortete Elisabeth nachdenklich, „ich glaube, dass ich mich so intensiv mit dem Thema beschäftigt habe, war im Grunde eine Flucht. Ich konnte mich empören über das Unrecht in der deutschen Justiz, während des Krieges und danach, aber eigentlich war ich innerlich empört über die Kriegsfolgen, die ich selbst hatte ausbaden müssen. Dieses Interesse von mir war nur ein Vorwand, um mich nicht mit dem beschäftigen zu müssen, was mir eigentlich auf der Seele lag." „Und was war das?"

„Im Grunde ging es mir wohl nur darum, mit dem ins Reine zu kommen, was mir meine Eltern von ihren Kriegserfahrungen aufgebürdet hatten. Davon wollte ich mich befreien, und das ist mir ja mittlerweile auch weitgehend gelungen. Die Justiz im Dritten Reich – das ist nach wie vor ein spannendes Thema für mich, aber ich muss da nicht mehr so viel Energie und Herzblut investieren, wie bisher. Ich habe mein Herzblut in das Erforschen meiner Kindheit gesteckt und hab mich mit vielem aussöhnen können, auch damit, dass meine Eltern ihre Erlebnisse so ungefiltert an uns Kinder weitergegeben hatten. Sie konnten eben nicht anders. Und ich konnte damals auch nicht anders, als so zu werden, wie ich damals war. Aber jetzt sind andere Zeiten, und ich bin ein anderer Mensch geworden."

„Das klingt ja wie ein Vermächtnis am Ende eines Lebens", meinte Irene mit etwas spöttischem Tonfall. Elisabeth lachte: „Na, ganz so dramatisch sollte es nicht klingen. Ich bin wohl am Ende einer bestimmten Lebensphase und bald am Anfang einer neuen Epoche – als hoffentlich frisch examinierte Juristin. Da ist es doch wirklich an der Zeit, dass ich alte Zöpfe abschneide und mich freimache von Altlasten. Außerdem hab ich zum Glück endlich gemerkt, dass meine Eltern doch nicht so schrecklich sind, wie ich lange Zeit gedacht habe. Man kann eigentlich ganz gut mit ihnen reden. Sie haben mir vieles ermöglicht, und überhaupt hab ich ihnen vieles zu verdanken."

„Zum Beispiel?"

„Oh, da gibt es eine lange Liste: Intelligenz, Verantwortungsgefühl, Humor, Einfühlungsvermögen, und vielleicht", jetzt kicherte sie, „auch ein wenig Charme."

„Natürlich hast du all das", sagte Irene schmunzelnd, „und deshalb mag ich dich so gern! Komm, lass uns ins Kino gehen und irgendetwas ganz Albernes sehen, bloß keinen Problemfilm."

„Gute Idee! Im Stern-Kino läuft gerade der alte Winnetou-Film. Lass uns den angucken – dabei kann man so schön weinen, an der Stelle, als Winnetou stirbt. Und hinterher kann man dann über die

eigene Sentimentalität lachen." Sie lachte jetzt schon, und Irene ebenfalls.

Oben auf dem Dach des Finanzamtes ist eine Feuersirene. Einmal in der Woche, am Sonnabend um zwölf Uhr, ist Probealarm; dann heult die Sirene dreimal kurz. Aber an einem Mittwoch am frühen Abend heult sie plötzlich auch, ganz anders als sonst, mit Tönen, die rauf und runter gehen. Die Eltern sehen sich erschrocken an. „Feueralarm!", sagt der Vater. „Oh, Gott", stöhnt die Mutter und wird ganz blass, „hoffentlich ist nichts Schlimmes passiert. Ich muss bei diesen Tönen immer an Fliegeralarm denken." Die große Schwester kommt den langen Flur entlang gelaufen und stößt die Wohnungstür auf. Sie ist ganz aufgeregt. „In den Schrebergärten brennt eine Laube!", ruft sie. „Warst du etwa wieder da hinten bei den Gärten?", fragt der Vater und klingt dabei ganz böse, „ich hab dir doch schon so oft gesagt, du sollst da nicht spielen. Da treibt sich manchmal merkwürdiges Gesindel herum, Asoziale, die nach dem Krieg nicht wieder Fuß gefasst haben." Die Schwester wird rot. „Naja", sagt sie, „ich war nur zufällig da in der Nähe, weil ich meine Freundin Elsa nach Hause gebracht habe. Und da hab ich das Feuer gesehen, aber nur ganz von weitem."

Inzwischen hört man in der Ferne das Tatütata der Feuerwehr und später auch das Martinshorn der Polizei und einen Krankenwagen. Die Mutter beugt sich aus dem Fenster und ist jetzt genauso aufgeregt wie die große Schwester. „Da muss mehr passiert sein als nur ein Brand", sagt sie mit einer komischen hohen Stimme, „und man riecht das Feuer bis hierher." Das Kind sieht, wie ihre Hände zittern. Krampfhaft hält sie sich an der Fensterbank fest. Der Vater tritt hinter sie und legt ihr die Hände auf die Schultern. „Nun reg dich doch nicht auf, Greta", sagt er, „das ist für uns weit weg. Ich weiß ja, woran dich das erinnert, aber wir haben damit nichts zu tun."

„Aber vielleicht sind Menschen zu Schaden gekommen. Sollten wir nicht hingehen und unsere Hilfe anbieten?“, fragt die Mutter. „Auf gar keinen Fall“, antwortet der Vater, „dafür sind jetzt die Fachleute da, Feuerwehr und Polizei. Die werden sich schon darum kümmern. Und übermorgen kannst du dann in der Zeitung lesen, was da passiert ist.“

Zwei Tage später liest die Mutter laut aus der Zeitung vor: „Feuer in Kleingartenkolonie. Betrunkener Laubenpieper kokelt mit Zigarettenkippe. Fünf Lauben abgebrannt. Tauben und Kaninchen in ihren Ställen verbrannt.“
„Was ist ein Laubenpieper?“, fragt das Kind, „ist das ein Vogel?“
„Nein“, sagt der Vater, „das ist jemand, der einen Schrebergarten hat. Aber so ein Garten ist eigentlich nur für Gemüse und Obst da, meinetwegen auch noch für Karnickel, aber nicht zum Trinken und Rauchen.“ Und dann schimpft er laut: „So ein blöder Kerl, der gehört vor den Kadi – im Suff andere Menschen gefährden!“
„Und die armen Tiere“, sagt die Mutter, „wenn ich mir das vorstelle, die sind ja bei lebendigem Leibe verbrannt.“ Der Vater sieht die große Schwester an und sagt: „Agnes, du gehst da nie wieder hin, hast du mich gehört?“ Die große Schwester nickt, aber das Kind sieht an ihren Augen, dass sie doch nicht gehorchen wird.

Abends im Bett sagt das Kind: „Du Agnes, kommen tote Tiere auch in den Himmel? So wie der Großpapa? Sind dann da auch tote Fische? Er hat doch Fische so gerne gehabt und alle mit Namen gekannt.“
„Du kannst ja doofe Fragen stellen“, antwortet die Schwester, „ich weiß das nicht, ich war ja noch nie im Himmel. Und so schnell will ich da auch nicht hin. Ich find es hier auf der Erde richtig lustig.“
„Ich hab es dir angesehen, dass du doch wieder bei den Schrebergärten spielen willst“, sagt das Kind, „aber dann hab ich ganz doll Angst um dich.“
„Ach, mir passiert schon nichts“, sagt die Schwester und lacht, dass man ihre Grübchen sehen kann. Dann dreht sie sich um und ist ganz

schnell eingeschlafen. Aber das Kind liegt noch lange wach und muss sich immer wieder vorstellen, wie das ist, wenn Kaninchen und Tauben sterben. Es hätte so gerne, dass die Schranktür ein kleines beruhigendes Lied singt, aber heute hat die Mutter keine Wäsche zu bügeln.

„Lieschen, du musst mal raus. Du versauerst ja an deinem Schreibtisch", sagte Agnes, „fahr doch mal für zwei Tage nach Hause, lass dich von Mama bekochen und leiste Großmama ein bisschen Gesellschaft in ihrem kleinen Zimmer."
„Ich kann nicht, ich muss doch noch so viel tun bis zum Examen. Es sind nur noch ein paar Monate bis dahin", seufzte Elisabeth. „Aber so verkrampft wie du im Moment bist, geht doch bestimmt kaum noch was in deinen Kopf rein. Mach ihn mal zwei oder drei Tage frei von jedweder Wissenschaft, und dann klappt es anschließend viel besser mit dem Arbeiten."
„Du hast wahrscheinlich Recht."
„Natürlich hab ich Recht, ich bin ja schließlich deine große Schwester", sagte Agnes und lachte, so dass ihre Grübchen zutage traten.
Also meldete sich Elisabeth telefonisch bei ihren Eltern an. Ihre Mutter freute sich und fragte gleich, was sie denn kochen solle. „Nudelauflauf", sagte Elisabeth, und die Mutter versprach, einen extragroßen Nudelauflauf mit viel Schinken und Käse darauf vorzubereiten.

Als sie bei ihren Eltern ankam, war ihr Vater gerade damit beschäftigt, alte Fotoalben zu sortieren. „Ich hab mir gedacht, ich gebe dir die Alben mit, in denen Bilder von dir und Agnes sind aus der Zeit, als ihr noch ganz klein wart", sagte er, „ihr werdet euch hoffentlich einig, wer welche bekommen soll."
„Aber die gehören doch hierher", sagte Elisabeth erstaunt, „warum soll ich die denn schon mitnehmen?"

„Wir sind ja nicht mehr die Jüngsten, und wer weiß – vielleicht passiert uns mal was. Man soll sein Haus rechtzeitig bestellen." Später fragte Elisabeth ihre Mutter: „Sag mal, ist Papa etwa jetzt schon dabei, seine letzten Dinge zu regeln? Er ist doch kerngesund." „Mädchen, vergiss nicht, wir werden auch älter, und jetzt haben wir noch die Kraft, alles zu regeln. Du kennst doch deinen Vater – er ist beruhigt, wenn er alles unter Dach und Fach hat." Elisabeth schüttelte den Kopf. Ihr kam das alles verfrüht vor.

Am Nachmittag ging sie ihre Großmutter im Altersheim besuchen. Es nannte sich mittlerweile Seniorenheim, aber ansonsten hatte sich nicht viel geändert, seitdem sie das letzte Mal hier gewesen war: das gleiche große Aquarium im Eingangsbereich, der gleiche Geruch nach Eintopf und Desinfektionsmitteln, die gleichen langen Flure mit einigen pflegeleichten Topfblumen in den Fenstern. Nur Großmama hatte sich verändert: sie wirkte noch kleiner und gebeugter. „Es fällt mir so schwer, mich hier einzuleben", sagte sie, „es ist alles so fremd für mich, die Menschen, die Umgebung – ich finde mich gar nicht zurecht. Ich hab Heimweh nach Ostfriesland, obwohl das doch ursprünglich gar nicht meine Heimat ist. Selbst deine Eltern haben sich verändert. Sie gucken zwar immer wieder bei mir rein, aber nur um zu fragen, ob alles in Ordnung ist, und dann sind sie schon wieder weg. Wenn sie uns in Ostfriesland besucht haben, dann blieben sie länger, und wir hatten wunderbare lange Gespräche miteinander."

Elisabeth dachte daran, wie schwer es ihr die erste Zeit gefallen war, sich als Kind nach dem Umzug ins neue Haus in der ungewohnten Umgebung einzuleben. Aber im Gegensatz zu Großmama war sie damals ein junger Mensch mit großen Anpassungsfähigkeiten gewesen, und nachdem sie ihr Heimweh nach der alten Umgebung überwunden hatte, hatte sie sich in ihrem Haus und in ihrem winzigen Kinderzimmer sehr wohl gefühlt. Auch damals hatten sich ihre Eltern verändert. Es war, als ob der große innere und äußere Druck, der sie in den ersten Jahren ihrer Ehe belastet hatte, mit dem Umzug von ihnen abgefallen war. Sie waren ihr ausgeglichener vorgekommen, heiterer, gelassener. Ihr Vater schien nicht mehr so getrieben von seinen Prinzipien; er konnte auch mal alle Fünfe grade sein lassen. Die Mutter hatte zu ihren Freiräumen gefunden, ohne sie erkämpfen zu müssen und darin Erfüllung gefunden. Die verlorene Jugend der beiden stand nicht mehr ständig bedrohlich im Raum, sondern war zu einem akzeptierten Teil ihrer Vergangenheit geworden. Vielleicht ist das Lebenskunst, dachte sie: die Vergangenheit ruhen zu lassen, die Gegenwart gestalten und offen sein für die Zukunft. Sie kam sich plötzlich sehr gereift und weise vor bei diesen Gedanken.

Zur Großmama sagte sie: „Steht hier im Heim denn nicht irgendwo ein Klavier?"
„Doch, im Gemeinschaftsraum."
„Und hast du schon einmal darauf gespielt?"
„Ja, aber meine Finger wollen nicht mehr so wie früher. Ich hab kein Gefühl mehr in den Fingerspitzen, und die Beweglichkeit ist auch nicht mehr da."
„Würdest du denn mir zuliebe mal dorthin gehen und mir etwas vorspielen, so wie du das früher oft gemacht hast, als ich noch klein war?"
„Ach, damals hab ich dir oft die Mondscheinsonate vorgespielt. Die hast du geliebt."
„Ja, und in meinen besten Zeiten hab ich die ersten Sätze auch spielen können. Aber nicht alle. Du konntest sie alle. Und du hast auch Ännchen von Tharau gespielt, und wir haben zusammen gesungen. Würdest du das jetzt für mich spielen?"

Langsam verließen sie das Zimmer. Die Großmama hatte in der einen Hand ihren Stock, mit dem anderen Arm hatte sie Elisabeth untergehakt. Der Gemeinschaftsraum war zum Glück auf der gleichen Etage. Elisabeth öffnete die Tür – es war niemand darin. Sie schloss die Tür hinter ihnen nur zur Hälfte. Ächzend ließ sich die Großmama auf dem Klavierhocker nieder. Sie begann zu spielen, erst langsam und zögerlich, dann immer freier und lauter. Gemeinsam sangen sie, erst ihr gemeinsames Lieblingslied „Ännchen von Tharau", dann das plattdeutsche Lied „Dat du min Leevsten büst", dann „Hoch auf dem gelben Wagen" und schließlich „Wenn alle Brünnlein fließen". Die Großmama spielte ohne Noten; sie hatte die Töne und Harmonien immer noch im Kopf.

Aus den Augenwinkeln sah Elisabeth, wie sich zunächst eine Gestalt und schließlich immer mehr alte Menschen in den Raum schlichen. Erst summten sie nur mit, aber der Gesang der zitterigen alten Stimmen wurde immer kräftiger. Als die Großmama aufhörte, sagte eine alte Frau: „War das schön! Wie in meiner Jugend, als wir abends immer zusammengesessen und gesungen haben." Die Großmama drehte sich um. „Oh Gott, jetzt haben alle gehört, wie schlecht ich spiele", sagte sie. „Wären die Leute hier, wenn es ihnen nicht gefallen hätte?", fragte Elisabeth lächelnd. „Bitte spielen Sie weiter", drängte eine alte Frau. „Soll ich wirklich?", fragte die Großmama zögernd. „Ja, bitte!", kam als Antwort. Und so spielte sie weiter, alle alten Volkslieder, die ihr gerade einfielen. Manche konnten die anderen mitsingen, manchmal reichte ihre Erinnerung nur für die ersten Liedzeilen. Dann summten sie mit und wiegten sich im Takt.

Auch eine Pflegerin tauchte auf und sagte fröhlich: „Frau Menge, Sie sind engagiert. Ich brauche Sie in Zukunft, um mit mir das Nachmittagsprogramm zu gestalten." Die Großmama strahlte: „Meinen Sie wirklich?"
„Aber ja, Frau Menge, Sie sehen doch, wie gut Ihre Musik bei unsern Bewohnern ankommt." Die Großmama klappte den Klavierdeckel zu und sagte: „Für heute ist es aber genug. Jetzt bin ich müde. Aber gerne morgen wieder." Auf dem Weg zurück in ihr Zimmer sagte sie: „Danke, Lieschen, ohne dich hätte ich mich das nicht getraut."
„Aber dass du dich schließlich getraut hast, das hast alleine du gemacht", sagte Elisabeth, „du bist die mutigste und tollste Großmama, die ich mir denken kann."

Die vom Vater aussortierten Fotoalben nahm Elisabeth mit nach Kiel. Abends blätterten sie und ihre Schwester darin und schwelgten in Erinnerungen. „Guck mal, der alte Teppich", sagte Elisabeth, „mit diesen Linien darin. Das waren für mich immer die Straßen für meine Spielzeugautos."
„Und dahinten, der alte Geschirrschrank mit den Glasscheiben vorne, den fand ich immer so schön, und jetzt steht er bei Mama und Papa im Keller", sagte Agnes. „Und guck bloß mal, die Bilder, wie wir alle vorm Adventskranz sitzen, mit andächtiger Miene, und Papa guckt so ernst vor sich hin, als ob das Leben eine einzige Anstrengung wäre."
„Und Mama hat so ein schönes glattes Gesicht."
„Sie muss überhaupt in jungen Jahren eine sehr hübsche Frau gewesen sein", meinte Elisabeth, „aber so ganz glücklich sieht sie nur auf wenigen Bildern aus."
„Doch, hier auf den Fotos, wo wir am neuen Haus auf der Terrasse sitzen. Guck mal, wie sie da strahlt."

Elisabeth blätterte zurück zu den Fotos aus ihren allerersten Lebensjahren. Sie sah ein Kleinkind mit kurzen blonden Zöpfen und großen erwartungsvollen Augen. Agnes beugte sich zu ihr, um auch mit ins gleiche Album sehen zu können und sagte: „Diese Klamotten, die wir damals anhatten – wie haben wir das bloß ertragen? Diese dicken harten Wollstoffe, aus denen unsere Kleidchen waren!"
„Am schlimmsten fand ich die langen Wollstrümpfe und die Wollschlüpfer, die Mama für uns gestrickt hatte. Die haben so schrecklich gekratzt, dass ich an manchen Tagen nur geweint habe."

Sie lachten albern wie Backfische. „Guck mal hier, Lieschen, war das nicht schauderhaft?", fragte Agnes, „das Taschentuchtäschchen – das mussten wir immer umhaben, wenn Besuch kam oder wir irgendwohin zu Besuch gefahren sind. Bei keinem anderen Kind hab ich so was gesehen, nur wir mussten das haben."

„Na klar, denn wenn uns mal die Nase lief, durften wir ja nicht schniefen oder womöglich die Nase am Ärmel abwischen."

„Die Jungs in meiner Volksschulklasse haben das gemacht", sagte Agnes, „aber wir wurden immer gefragt: Hast du auch dein Taschentuch dabei? Sogar abends im Bett noch! Da musste immer eins unterm Kopfkissen liegen."

„Und genauso blöd wie das Taschentuchtäschchen war die Brottasche, die ich während der ersten Schuljahre mit in die Schule nehmen musste. Die Brote durften auf keinen Fall mit in den Ranzen – die Hefte hätten ja Fettflecken kriegen können. Kein anderes Kind hatte so was. Ich hab mich unendlich geschämt dafür."

„Ja, unsere Eltern haben wirklich oft dafür gesorgt, dass wir uns geschämt haben", meinte Agnes, „aber sie haben dadurch auch dafür gesorgt, dass wir uns ein dickes Fell zugelegt haben, was die Meinung anderer Leute angeht. Heute ist es mir egal, was andere über mich denken, und das geht dir doch wahrscheinlich auch so."

„Zu Anfang nicht", sagte Elisabeth, „da wollte ich unbedingt immer genauso sein wie alle anderen. Aber in den letzten Jahren hab ich mich, was das betrifft, geändert."

„Also nicht mehr nach dem Motto ‚Ein Esel läuft dem anderen nach'?", fragte Agnes, „das war ja Papas Lieblingsrede bei allen möglichen Anlässen."

„Er hat mir damit zwar meine Konfirmation versaut, aber Recht hatte er trotzdem. Heute kann ich ihm nur zustimmen."

Sie blätterten weiter und stießen auf Fotos aus den Sommerferien an der Nordsee. Braungebrannt sah man sie bei der Großmama im Garten sitzen. „Das war immer schön dort", sagte Agnes, „Großpapa hat mir Schwimmen beigebracht und mir ganz viel vom Meer gezeigt und erklärt."

„Er ist für mich viel zu früh gestorben", meinte Elisabeth, „ich hätte gerne mehr von ihm erfahren, ihn erlebt, wie er so war als Mensch. Dann hätte ich vielleicht auch Papa besser verstehen können. Dann hätte ich wohl auch begreifen können, ob es der Krieg war, der ihn

so hart hatte werden lassen, oder ob da auch viel Vererbtes dabei gewesen ist."
„Ich hab Großpapa immer als ganz freundlichen, liebevollen Mann erlebt. Und davon hat Papa bestimmt auch etwas mitbekommen, auch wenn diese Seite in ihm nicht immer zum Tragen kam. Er konnte wohl nicht so aus sich heraus."
„Und was haben wir von unsern Eltern mitbekommen?", sinnierte Elisabeth. „Nur das Beste!", sagte Agnes fröhlich, „und du hast einen singenden Schrank von ihnen bekommen."

„Wenn es weiter so zügig vorangeht, können wir in etwa zwei Monaten einziehen", sagt der Vater, als er mal wieder von der Baustelle nach Hause kommt. In den letzten Wochen hat er jede freie Minute dort verbracht, hat mitgeholfen, Wände zu verputzen und zu streichen und das Linoleum zu verlegen. „Ich hab gar nicht gewusst, wie viele handwerkliche Fertigkeiten ich habe", hat er einmal lachend gesagt, „dass aus einem Schreibtischmenschen wie mir einmal ein Handwerker werden würde, hätte ich nie gedacht. Und es macht mir sogar Spaß!" Seine sonst so gepflegten Hände sind rau und rissig geworden, aber er ist glücklich dabei.

„Dann können wir allmählich ja schon anfangen zu packen", meint die Mutter. „Au ja", ruft das Kind, „ich nehme mir die große Reisetasche und packe schon mal alle meine Kleider ein."
„Halt, halt! So schnell schießen die Preußen nicht", sagt der Vater. Aber nur wenige Wochen danach stellt die Mutter dem Kind einen großen Pappkarton hin und sagt: „Hier kannst du alle deine Spielsachen einpacken. Aber schön vorsichtig, dass nichts kaputt geht. Die schweren Sachen nach unten und die leichten nach oben." Das Kind muss den Karton mehrmals ein- und wieder ausräumen, bis all sein Spielzeug darin Platz gefunden hat. Obendrauf legt es den Ranzen der großen Schwester. Die hat nämlich eine richtige Aktentasche zu ihrem letzten Geburtstag bekommen, und der

Ranzen gehört jetzt dem Kind, weil es ja in wenigen Wochen schon zur Schule kommt.

Zwei Tage vorm Umzug wird es zu den Großeltern gebracht, damit es nicht im Wege ist. Das Kind will nicht weg; es will miterleben, wie die Packer die Möbel abbauen, die vielen Treppen nach unten schleppen und im neuen Haus wieder aufbauen. Aber die Eltern bleiben eisern, und so holt der Opa das Kind morgens ab. Im Auto fällt ihm plötzlich ein, dass es sich ja noch nicht von seinen Spielkameraden verabschiedet hat, und es möchte sofort wieder aussteigen. Aber der Opa sagt: „Ihr seid doch nicht aus der Welt. Du kannst doch immer wieder hinfahren und deine Freundinnen und Freunde besuchen. Außerdem brauche ich heute deine Hilfe in meiner Werkstatt. Ich habe neue Schnürbänder eingekauft; die müssen jetzt sortiert und eingeräumt werden. Und die Oma braucht dich, damit du ihr beim Kuchenteigrühren hilfst.“

Nach vier Tagen, die dem Kind endlos lang vorkommen, kommt der Vater und sagt: „Jetzt ist fast alles fertig im Haus. Jetzt nehme ich dich mit.“ Das Kind läuft schon auf die Straße und vergisst sogar seinen Hasi. Die Mutter öffnet die Haustür, als sie die beiden kommen sieht. Staunend steht das Kind im Flur. Alles ist so neu, das ist fast ein bisschen beängstigend, aber dann sieht es, dass ja die alten Möbel in den Zimmern stehen, und schon fühlt sich das Haus weniger fremd an. Vorsichtig steigt es die Treppe in den ersten Stock hoch. Auch die Treppe ist ganz anders, mit schmalen Stufen und mit einer Kurve darin, nicht so geradeaus, wie es das aus dem Finanzamt kennt. Die Mutter öffnet eine Tür und sagt: „Dies ist jetzt also dein eigenes Zimmer.“ Sie strahlt das Kind an. Das blickt sich scheu um und weiß noch gar nicht, wie ihm zumute ist. Eigentlich möchte es sich freuen, aber alles ist doch noch so fremd und ein wenig unheimlich. Die Mutter sagt: „Deine Spielsachen haben wir noch nicht ausgepackt. Guck mal, da steht der Karton. Wir dachten, das kannst du selbst am besten tun.“ Das Kind öffnet den Karton, und darin sind noch alle Sachen genauso, wie es sie eingepackt hat. Es holt eines nach dem anderen hervor, die Quartettspiele, die Pixibücher, die Buntstifte und das Knetgummi, und plötzlich merkt es, wie sich ein riesiges Glück in ihm ausbreitet, eine große Vorfreude und Erleichterung. Noch viele Jahre später kann es sich an dieses Glücksgefühl erinnern.

„Wie ich den Tag morgen überstehen soll, ist mir schleierhaft", sagte Elisabeth am Abend vor ihrem ersten mündlichen Examen am Telefon zu Michael, „ich bin tierisch aufgeregt."
„Wie bist du denn früher Prüfungen angegangen?", fragte er, „die Führerscheinprüfung zum Beispiel oder Abiturarbeiten?" „Da hab ich mir vorher immer eine ordentliche Dröhnung Baldrian reingehauen."
„Und warum machst du es diesmal nicht genauso?"
„Weil ich Sorge habe, dass ich dann zu müde bin."
„Quatsch, du weißt doch mittlerweile genau, wie viel du davon nehmen musst, um ruhig aber nicht müde zu werden."

Er hat Recht, dachte Elisabeth später, warum sollen mir meine Nerven einen Streich spielen und mich daran hindern, das, was ich gelernt habe, morgen an den Mann zu bringen? Da wäre ich doch schön blöd. Das, was ich weiß, möchte ich auch ruhig und souverän sagen können.

Sie fuhr gut mit dieser Taktik, in allen mündlichen Examina, die vor ihr lagen. Ruhig und gefasst betrat sie den Raum, sah den Prüfern offen und freundlich ins Gesicht und gab mit fester Stimme klare Antworten. Fragen, die sie nicht beantworten konnte, quittierte sie mit einem Lächeln und dem ehrlichen Satz, darauf im Moment keine Antwort zu wissen. Sie beeindruckte offensichtlich die Prüfer mit ihrem bescheidenen und dennoch selbstbewussten Auftreten. Und wie sie insgeheim schmunzelnd feststellte, waren die Prüfer, denn es waren nur Männer, auch den weiblichen Reizen nicht ganz abgeneigt. Sie hatte sich vorher von ihren langen dünnen Haaren getrennt und trug jetzt eine flotte Kurzhaarfrisur. Von Agnes hatte sie sich einen kurzen dunklen Rock ausgeliehen und dazu eine enge Bluse angezogen.

Sie bestand letztendlich ihr Examen mit einer guten Zwei, und damit war sie mehr als zufrieden. In sechs Wochen würde sie ihr Referendariat am Amtsgericht von Pinneberg beginnen, und sie hatte dort eine Wohnung in Aussicht, die sie mit Michael teilen würde. Er hatte vor, im kommenden Jahr sein Studium abzuschließen und anschließend bei seinem Hamburger Professor mit seiner Doktorarbeit zu beginnen.

Am Abend nach ihrer letzten Prüfung kam Michael nach Kiel, um mit ihr zu feiern. „Ich habe eine Überraschung für dich", sagte er, „wenn du Lust hast, können wir in einer Woche nach Gran Canaria fliegen. Meine Eltern haben dort ein Hotel aufgetan, wo wir kurzfristig noch ein Zimmer bekommen könnten. Auch den Flug können sie für uns buchen. Und da haben wir dann ein paar Tage nur für uns und könnten unsere Hochzeit planen. Hast du Lust?" Ja, sie hatte Lust. Auf die Reise und auf die Hochzeit.

„Wir werden heute die Sedierung Ihres Vater herunterfahren", sagte der Arzt, „der Zustand Ihres Vaters ist soweit stabil, dass wir es versuchen können. Er atmet selbständig, Blutdruck und Kreislauf sind in Ordnung, seine Reflexe sind normal – er hat gute Chancen, wieder auf die Beine zu kommen. Ob er allerdings geistig wieder so wird, wie er einmal war, das steht in den Sternen. Welche Schäden der Schlaganfall letztendlich bei ihm hinterlassen hat, das wird sich zeigen."

Aber gerade das brauche ich doch von ihm, seine geistigen Fähigkeiten, dachte Elisabeth, ich will ihm doch erzählen können, wie gut die Kanzlei von Michael und mir läuft. Und dass wir im nächsten Jahr ein Kind bekommen. Mein Kind soll doch einen Großvater haben, der ihm von früher erzählt.

Sie streckte sich. Der Rücken tat ihr weh. Noch sah man ihr die Schwangerschaft nicht an, aber sie spürte, dass sich vieles in ihrem Körper veränderte. Vielleicht war sie auch davon so dünnhäutig geworden. Gerade jetzt hätte sie sich stärkere Nerven gewünscht. Stattdessen kamen ihr bei jeder Gelegenheit die Tränen. Und hier am Bett ihres Vaters fühlte sie sich besonders schwach. Hatte sich seine augenblickliche Schwäche auf sie übertragen? Waren sie doch enger miteinander verbunden, als sie sich das bisher eingestanden hatte?

Die Stunden vergingen. Agnes und ihre Mutter kamen auch zu Besuch. Sie wollten Elisabeth ablösen, aber sie hatte darauf bestanden, dass Agnes sich weiter um die Mutter kümmern solle; sie wolle beim Vater bleiben. Sie legte die Arme auf das Bettgitter, den Kopf darauf und döste vor sich hin.

Plötzlich spürte sie eine Unruhe am Gitter. Das Bett bewegte sich ein wenig. Sie sah, dass ihr Vater eine Hand anhob. Sie richtete sich erschrocken auf. Ihr Vater öffnete die Augen. Sein Blick irrte durchs Zimmer. Dann fand sein Blick ihr Gesicht. Er sah er sie an, lächelte und sagte mit brüchiger Stimme: „Elisabeth."

Da brach sie in Tränen aus, und zwischen Lachen und Weinen stammelte sie: „Willkommen im Leben, Papa!“

Inhaltsverzeichnis